FANTASY

Buch

Der junge Sario Grijalva fühlt sich doppelt gestraft: durch die Kontrolle, die seine Lehrer über ihn ausüben, und durch das Verbot der Liebe zu seiner Cousine Saavedra, die aus Gründen der Familienpolitik niemals seine Frau werden darf. Saavedra wiederum wünscht sich nichts sehnlicher, als daß ihre künstlerischen Fähigkeiten endlich anerkannt werden, unabhängig von ihrem Geschlecht. Als die beiden längst vergessen geglaubtes magisches Wissen entdecken, treffen sie eine Entscheidung, die sich über Jahrhunderte auswirken und die Geschicke ihrer Welt für immer verändern wird.

Autorinnen

Melanie Rawn, geboren 1953, lebt in Los Angeles und ist eine der beliebtesten und erfolgreichsten Fantasy-Autorinnen der letzten Jahre. Die sechsbändige »Drachenprinz-Saga« (Goldmann Verlag) war ihr erster großer Publikumshit.

Jennifer Roberson, geboren 1953, zählt seit längerem zu den beliebtesten Fantasy-Autorinnen. Sie wurde vor allem durch ihren Welterfolg »Herrin der Wälder« (Goldmann Verlag) bekannt.

Kate Elliott, geboren 1958, begann unter ihrem richtigen Namen Alis A. Rasmussen als Science-fiction-Autorin. Sie gilt als eine der neuen großen Hoffnungen auf dem Gebiet der Fantasy. Ihr erster epischer Fantasy-Zyklus befindet sich in Vorbereitung.

In Kürze erscheinen:

Die Chronik des Goldenen Schlüssels 2: Die Farben der Unendlichkeit. Roman (24792)

Die Chronik des Goldenen Schlüssels 3: Zeit der Wiederkunft. Roman (24793)

Melanie Rawn
Jennifer Roberson · Kate Elliott

DIE CHRONIK DES GOLDENEN SCHLÜSSELS 1

DAS BILDNIS DER UNSTERBLICHKEIT

Roman

Aus dem Amerikanischen
von Regina Winter

GOLDMANN

Die amerikanische Originalausgabe erschien 1996 unter dem Titel
»The Golden Key« (Part one) bei Daw Books, New York

Umwelthinweis:
Alle bedruckten Materialien dieses Taschenbuches
sind chlorfrei und umweltschonend.
Das Papier enthält Recycling-Anteile.

Der Goldmann Verlag
ist ein Unternehmen der Verlagsgruppe Bertelsmann

Deutsche Erstveröffentlichung 11/97

Published by arrangement with Baror International, Inc.,
Bedford Hills, New York, USA

Umschlaggestaltung: Design Team München
Umschlagillustration: Agt. Schlück/Lee
Satz: deutsch-türkischer fotosatz, Berlin
Druck: Elsnerdruck, Berlin
Verlagsnummer: 24649
Redaktion: Cornelia Köhler
V.B. · Herstellung: Heidrun Nawrot
Printed in Germany
ISBN 3-442-24649-0

1 3 5 7 9 10 8 6 4 2

Zum Gedenken an
Elsie Balter Wollheim
26. Juni 1910 – 9. Februar 1996

Seit dem 18. Jahrhundert waren viele Maler besessen von der Idee eines Goldenen Schlüssels – einer Formel oder eines technischen Verfahrens, das die Geheimnisse der Malkunst enthüllen könnte ... Die Antwort lautet selbstverständlich, daß es so etwas nicht gibt.

– Jonathan Stephenson
The Materials and Techniques of Painting

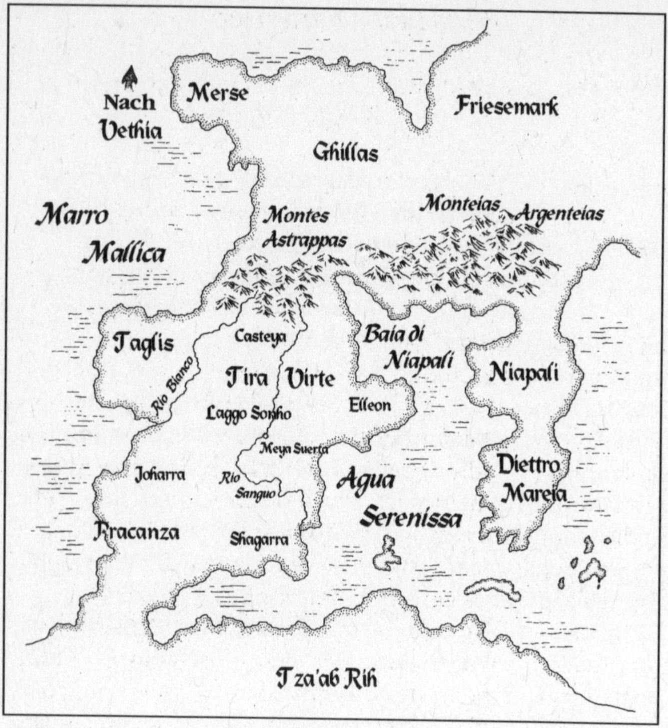
Nach
Vethia
Merse
Friesemark
Ghillas
Marro
Mallica
Montes
Astrappas
Monteias
Argenteias
Taglis
Casteya
Rio Bianco
Tira
Virte
Baia di
Niapali
Niapali
Elleon
Laggo Sonho
Meya Suerta
Joharra
Rio
Sanguo
Agua
Serenissa
Diettro
Mareia
Fracanza
Shagarra
Tza'ab Rih

Peintrados Historicos

(aus: Geschichte in der Kunst, *von Fernandal Grijalva, Privatdruck, 940)*

Tod des Tza'ab, 716
von Grimaldo Serrano, 916.
Öl auf Holz.
Sammlung der Familie Serrano.

Ein typisches Serrano-Gemälde: eine historische Szene – romantisiert, politisch und bar jeden Symbolismus – die den Tod des Tza'ab »Verkünder des Goldenen Sturms« darstellt. Doch die Plazierung dieser Gestalt weitab links vom Zentrum der Handlung zeigt, daß er alles andere als der Mittelpunkt des Gemäldes ist. Serrano interessiert sich mehr für die wilden Mienen der Tza'ab, die vom Schlachtfeld fliehen und bereits das kommende Jahrhundert der Rachefeldzüge der Reiter des Goldenen Sturms ankündigen.

Zwei andere Gesichter sind ebenfalls bemerkenswert. Der Shagarra-Hauptmann, der den »Verkünder« tötet, weist eine bemerkenswerte Ähnlichkeit mit Serranos *Herzog Alessio II.* auf, eine offensichtliche Schmeichelei; der sterbende Tza'ab selbst erinnert stark an das Selbstporträt von Bartollin Grijalva, Serranos bitterstem Rivalen.

Schlacht am Rio Sanguo, 818
von Bartollin Grijalva, 918.
Öl auf Wasser.
Galerria Verrada.

Wieder ein Erinnerungsgemälde, für das bezüglich der Positionen, Kleidung und Details sorgfältige Recherchen betrieben wurden. Das Abbild Alesso do'Verradas wurde zeitgenössischen Zeichnungen nachempfunden; Augenzeugenberichte wurden sowohl für die Standorte der Armeen als auch einzelner Personen bemüht. Der Einfallswinkel des Sonnenlichts entspricht exakt dem der entsprechenden Jahreszeit, dem Tag und der Stunde der Schlacht.

Bei aller Exaktheit wimmelt das Gemälde von Symbolismen. Alessos militärischer Genius wird deutlich in der Aufstellung seiner Truppen, aber auch in den Ornamenten, mit denen sein Mantel bestickt ist (Eichen- und Minzblätter für Tapferkeit und Tugend, Lupinenblüten für Phantasie und so weiter). Der Reichtum, den er durch die Heirat mit einer anthalussischen Erbin gewann, zeigt sich deutlich im Gold seines Schwerts und der Sporen und subtiler in den Mais- und Weizenmustern an den Beschlägen seines Sattels. Sein Nommo do'Guerrero, »Schatten auf dem goldenen Sturm«, wird symbolisiert durch das Dunkel, das über den Barbaren fällt, den sein Schwert töten wird – aber Alessos Blick ruht nicht auf seinem Opfer, sondern auf dem Reiter neben ihm, der ihn zu Fall bringen wird. Der bösartige Geist der Kaiserin von Tza'ab Rih, die diesen Krieg verursacht hatte, ist in der nahen umgestürzten Lärche zu erkennen (Arroganz), ebenso unter den Blüten, die Alessos Pferd mit seinen Hufen zerstampft: Es ist Akelei, die für Dummheit steht.

Der Fluß, an dem Alesso seinen größten Triumph errang, wurde in Rio Sanguo umbenannt, wegen des Blutes, das an jenem Tag floß. Sein Sohn Renayo festigte den Sieg, indem er Tira Virtes südliche Grenzen zog; das zeitgenössische Serrano-Gemälde, das Renayos Ernennung zum Herzog und die Gründung von Tira Virte als eigenständige Nation feiert, ist verschollen, aber es existiert noch eine Skizze dazu in den Archiven der Galerria Verrada.

Der Tod des Verro Grijalva
von Cabrallo Grijalva, 892.
Öl auf Holz.
Galerria Verrada.

Im Jahr 823 nahm Herzog Renayo Jesminia, nach dem Tod ihres Bruders am Rio Sanguo einzige Erbin von Shagarra, zur Frau. Nach ihrer Hochzeit im Castello ihres Vaters reisten sie nach Hause, nach Meya Suerta – wo sich aus einer kleinen Caza langsam der Palasso Verrade entwickelte –, aber auf dem Weg brach eine Katastrophe über sie herein. Die Reisenden wurden von einer Bande abtrünniger Tza'ab überfallen, und obwohl der Herzog und die Herzogin unverletzt entkamen, wurden viele Höflinge getötet – darunter Renayos bester Freund und klügster Hauptmann, Verro Grijalva.

Diese Szene wird hier dargestellt, kraß in Farbgebung und Komposition, sprühend vor Leben. Herzog Renayo wiegt den Kopf seines sterbenden Freundes im Arm, während er mit der anderen Hand heftig nach einem Arzt winkt; die Herzogin kniet in der Nähe, die Hände vors Gesicht geschlagen, die Juwelen so verschwommen dargestellt, daß man beinahe das Zittern der weinenden Frau erkennen kann. Im Hintergrund machen sich Soldaten an die Verfolgung der Tza'ab, die Verros Zwillingsschwestern und ein Dutzend anderer Hofdamen entführt haben. Der Wind peitscht Baumzweige, Mäntel und das offene Haar der Herzogin. Nur Verro Grijalva ist reglos; obwohl der nahe Tod ihm bereits den Blick trübt, umklammert die Hand noch das Schwert an seiner Seite, als versuchte er, durch reine Willenskraft wieder stark genug zu werden, um seine Schwestern retten zu können.

Man vergleiche diese Darstellung mit dem kleineren Gemälde *Tod des Verro Grijalva* in der Galerria der Familie, das 732 von Piedro Grijalva gemalt wurde.

Rettung der Entführten
von Miquellan Serrano, 828.
Öl auf Holz.
Sammlung der Familie Serrano.

Der hohe Grad künstlerischer Meisterschaft des begabtesten der Serranos wird in diesem Gemälde sehr deutlich, das technische Brillanz zur Erzielung höchster Wirkung bemüht. Von Herzog Renayo als Ergänzung zu dem oben erwähnten Gemälde in Auftrag gegeben, wurde es wegen seiner beleidigenden Darstellung der unglücklichen, von den Tza'ab entführten Frauen vom Auftraggeber zurückgewiesen.

Alle vierzehn Damen befinden sich in unterschiedlichen Stadien der Nacktheit, und ihre Mienen, als sie aus den Zelten hervortreten, zeigen Emotionen von Verblüffung bis Entsetzen – mit Ausnahme der Grijalva-Damen (erkennbar an dem bläulichen Rosettenmuster der Tücher, die sie um sich geschlungen haben). Larissa und Margatta werden als verärgert und wütend dargestellt, als hätten die Retter sie bei einem Schäferstündchen unterbrochen, zu dem sie sich willig hergaben.

Herzog Renayo und seinen Soldaten sieht man die Erschöpfung nach einer zwanzig Tage währenden Verfolgungsjagd nicht an; alle wirken so frisch und erholt, als kämen sie gerade aus ihrem eigenen Haus. Aber die Tza'ab sind halb bekleidet dargestellt (und darüber hinaus schmutzig), und in ihren Gesichtern steht Angst. Die zwanzig kleinen Kinder, die in die Hügel flüchten, sind nackt, schmutzig und wilden Blickes; bei näherer Betrachtung entdeckt man, daß sie nicht die Züge von Kindern haben, sondern die erwachsener Männer und Frauen, auf Tza'ab-Art finster und geheimnisvoll.

Was die historischen Ereignisse angeht, die hier dargestellt werden: alle vierzehn Damen wurden gerettet, alle Banditen getötet und sämtliche Schätze (aufgehäuft in einem Zelt zur Rechten) nach Meya Suerta zurückgebracht. Herzogin Jesminia befahl, daß der Reichtum unter den Frauen aufgeteilt werden sollte, um deren Versorgung zu gewährleisten, denn alle waren unverheiratete Jungfrauen gewesen, und kein Mann würde sie nunmehr ehelichen wollen – besonders, nachdem jede einem Kind das Leben schenkte, noch ehe das Jahr vorüber war. Diese Chi'patros (»Wer ist der Vater?«) wurden, wie ihre Mütter, gemieden und verachtet – ebenso wie die Halbblut-Kinder, die aus dem Tza'ab-Lager gerettet wurden. Tatsächlich nahmen sich einige der Frauen kurz nach der Geburt ihrer Kinder das Leben.

Es ist zu vermuten, daß schon zuvor Frauen entführt worden waren, um Tza'ab-Bastarde zu gebären, und getötet wurden, sobald die Kinder entwöhnt waren; einer der geretteten Jungen erklärte unschuldig, seine Mama sei weggeschickt worden, weil sein Papa gewollt habe, daß er als Tza'ab aufwüchse. Vielleicht planten die Abtrünnigen, eine Gruppe von Halbblutkindern zu züchten und aufzuziehen, um mit ihnen die Städte von Tira Virte zu infiltrieren.

Aber keines dieser Kinder wuchs als Tza'ab heran. Sie wurden Grijalvas, denn die Familie adoptierte sie alle. Im Jahr 859 war ganz Meya Suerta schockiert, als Herzog Renayo einen Palasso und das umliegende Stadtviertel an die Grijalvas überschrieb, zum Dank für ihre Großzügigkeit. Aber die Chi'patros blieben eine verachtete Erinnerung an die scheußlichen Verbrechen der Tza'ab, und die Grijalvas wurden hinfort im selben Atemzug genannt wie die Halbblut-Kinder.

Allegorie der Mutterliebe
Natan Grijalva zugeschrieben, 834.
Wasserfarbe auf Papier.
Galerria Grijalva

Dieses reizende Portrait zweier Frauen und ihrer zehnjährigen Söhne – eine der Frauen reicht ihrem Sohn einen Korb symbolischer Blüten, die andere lehrt ihr Kind, in einem Gebetbuch zu lesen – stellt angeblich Larissa und Margatta Grijalva und ihre Chi'patro-Söhne dar. Nur wenige Künstler einer Generation verschreiben sich der Miniatur – dieses ovale Gemälde ist nur acht Zentimeter lang –, und von den acht Beispielen in der Grijalva-Sammlung stammen sechs von diesem Künstler, dem jüngsten Bruder von Larissa, Margatta und Verro Grijalva. Also ist auch dieses Werk, das seine Schwestern und seine Neffen zeigt, vermutlich ihm zuzuschreiben.

Bei aller häuslichen Ruhe hat dieses Bild auch einen Hauch von Trotz. Die Tza'ab-Züge und -Farben der Jungen sind bewußt in Kontrast zu den grauen Augen und der helleren Haut der Frauen gesetzt. Die Chi'patros wurden wegen ihres Tza'ab-Blutes verhöhnt, verachtet und jedes erdenklichen Übels bezichtigt; es gab Auseinandersetzungen innerhalb der Ecclesia, ob sie überhaupt Seelen hätten. Indem er zeigt, wie die Mütter ihren Söhnen die Grundzüge der Religion, das Lesen, Offenheit, Ehrlichkeit, Großzügigkeit, Treue und Fleiß beibringen, nimmt der Künstler auch für die Chi'patros jene Tugenden in Anspruch, die nur wenige ihnen zubilligen wollten.

Herzogin Jesminia vor dem Ressolvo
von Liranzo Grijalva, 881.
Öl auf Leinwand, unvollendet.
Galerria Verrada

Dieses Gemälde, die streng dokumentarische Wiedergabe eines Ereignisses, dessen Zeuge der Künstler selbst wurde, zeigt die letzte offizielle Handlung in Herzogin Jesminias Leben. Obwohl bereits an Nerro Lingua erkrankt und nur drei Tage vom Tod entfernt, ist ihrem strahlenden Gesicht, das der Künstler von einem zarten Lichtschimmer aus dem hinter ihr gelegenen Fenster umhüllt zeigt, nichts von der Krankheit anzusehen. Sie sieht mit sanftem Lächeln zu, wie die Chi'patros in die Gemeinschaft der Gläubigen aufgenommen werden. Die Mienen der Premia Sancta und des Premio Sancto sind nicht so wohlwollend, obwohl sie ihren Segen erteilen. Die religiösen Führer von Tira Virte waren, wie der Rest der Stadt, der Ansicht, daß die Grijalvas zwar mehr Tode zu verschmerzen hatten als jede andere Familie, die Chi'patros aber die Schuld an der Nerro Lingua trügen (der »Schwarzen Zunge«, nach dem schlimmsten Symptom der Krankheit), an der ein Viertel der Bevölkerung gestorben war. Es hieß, dies sei die Strafe der Mutter und des Sohnes dafür, daß man die Chi'patros aufgenommen habe.

Am Tag nach dem Tod seiner Mutter erließ Alessio I. ein Edikt, das alle Grijalvas unter ständigen Schutz der Herzöge von Tira Virte stellte. Aber dieses Gesetz half ihnen nicht gegen den hysterischen Mob – der sich eigentlich versammelt hatte, um die von allen geliebte Herzogin zu betrauern –, der den Palasso Grijalva angriff. Viele, unter ihnen Margatta Grijalva, starben, ehe das Shagarra-Regiment die Ordnung wiederherstellen konnte. Es heißt, daß Liranzo in jener Nacht bei der Arbeit an diesem Gemälde unterbrochen wurde, und die Wunden, die er sich im Kampf zuzog, verhinderten, daß er es vollenden konnte.

Der Künstler war der Chi'patro-Sohn Larissa Grijalvas, derselbe, der vermutlich in der obengenannten Miniatur dargestellt ist. Er ist in den Schatten der Imagos Brillantos-Kathedrale zu sehen, erkennbar an dem Pinsel, der halb aus seiner Tasche ragt, und der Chieva do'Orro um seinen Hals.

Selbstporträt von Garza Serrano, Hofmaler,
906
Öl auf Holz.
Galerria Verrada

Die stärker werdende Rivalität zwischen den Serranos und den Grijalvas stellt den Hintergrund dieses arroganten Selbstporträts dar: der Künstler stellt sich mit sämtlichen zeremoniellen Insignien des Obersten Hofmalers dar, aber gekleidet in das Serrano-Braun, bestickt mit dem Federwappen seiner Familie, und mit gestiefelten Füßen fest auf zerbrochenen Fliesen stehend, die die blaue Rosette der Grijalvas zeigen.

Skeptiker behaupten, daß Begabungen sich nicht in aufeinanderfolgenden Generationen immer wieder zeigen können, daß die reine Nähe zu einem Genie in der Folge zu blassen Kopien führt. Beweise des Gegenteils können in der Musik angetroffen werden (die Bacas, denen über zwei Jahrhunderte brillante Musiker geboren wurden), in der Medizin (die do'Maio-Linie) und in der Literatur (die Doumas – Vater, zwei Söhne und fünf Enkelinnen). Die künstlerische Tradition der Serranos dauert nun schon über hundert Jahre an. Dennoch sind die Grijalvas einzigartig, denn kaum einem einzigen der männlichen Familienmitglieder fehlte es an künstlerischem Talent.

Ehen zwischen den Grijalvas und Chi'patros – denn niemand sonst wollte die Mädchen und jungen Männer heiraten – führten zu einem anderen seltsamen Ergebnis: in der zweiten Generation waren etwa die Hälfte der Männer steril. Dies wurde der Inzucht und den Spätfolgen der Nerro Lingua zugeschrieben, aber bis heute ist nichts Genaues bekannt.

Die Hochzeit von Alessio II. und Elseva do'Elleon
von Saabasto Grijalva, 894.
Öl auf Holz.
Galerria Verrada.

Die Verlobung von Joao und Miari do'Varriyuva,
Yberro Grijalva, 921.
Öl auf Holz.
Galerria Verrada.

Tod des Joao
von Yberro Grijalva, 924.
Öl auf Leinwand.
Galerria Grijalva.

Bis ins Jahr 875 war es Tradition, die Braut mit einem Gemälde ihrer Hochzeit zu beschenken. Diese Sitte war die Grundlage für den Ruf und das Vermögen der Familie Serrano. Es war Liranzo Grijalva, der vorschlug, die Gemälde könnten auch als gesetzliche Urkunde dienen. Verbunden mit einer allgemein verständlichen Ikonographie könne, so regte er an, ein Gemälde ein rechtskräftiges Dokument sein.

In diesen drei Gemälden, die nur dreißig Jahre voneinander trennen, kann man die Entwicklung der dokumentarischen Malerei und des vielfältigen Symbolismus, den sie erforderte, erkennen. Obwohl die *Hochzeit* in ihrer Einfachheit erfreut, zeigen nur die Blumen der Braut die traditionellen guten Wünsche (Rosen für Liebe, Efeu für Treue, Disteln für Söhne). Die Bindung Elleons an Tira Virte wird mit der Vereinigung dieser beiden gutaussehenden Menschen besiegelt, aber in dem Gemälde nur durch das Strohmotiv angedeutet, das in Gold auf dem Vorhang hinter dem Paar eingestickt ist.

Man vergleiche diesen Mangel an Ausschmückungen mit der *Verlobung* ihres Sohnes Joao. Das Siegel der Familie der Braut, die weiße Chrysantheme (*Verro*, »Wahrheit«, und Varriyva), steht im Vordergrund der Stickerei ihres Gewandes; sie nähert sich Joao über Gras, das für Unterwerfung steht; goldene Rosen symbolisieren Vollkommenheit, neben Zitronenblüten für die Treue in der Liebe. Joao, auf der Treppe zum Garten des Palasso Verrada, hält ein Sträußchen von beidem und lächelt seiner Verlobten entgegen. Aber dieses Gemälde hält auch einen Handelsvertrag fest – man sieht im Hintergrund Castello Varryva und eine Kaufmannskarawane, die über eine Straße zwischen Kornfeldern zieht, die Reichtum darstellen.

Joao und Miari konnten nur wenige Jahre des Eheglücks genießen. Es heißt, daß Yberro Grijalva, der die *Verlobung* und, nur wenige Jahre später, Joaos *Tod* malte, die Farben mit Tränen mischte: mit Freudentränen beim ersten Ereignis und mit Tränen der Trauer beim zweiten, denn der junge Herzog war sein hochgeschätzter Freund gewesen. Der Überfluß von Blüten- und Kräutersymbolik in den beiden letzten Gemälden zeigt die Reifung der Kunstfertigkeit der Grijalvas und ihrer Fähigkeiten, wenn es darum ging, durch den Gebrauch der Ikonographie ein eindrucksvolles Gemälde noch wirkungsvoller zu machen, sowohl emotional als auch als juristisches Dokument.

So wurden schließlich gemalte Dokumente bindender als schriftlich niedergelegte. Variationen des sprachlichen Ausdrucks können zufällig – oder beabsichtigt – verwirren, aber ein Gemälde eines Ereignisses auf Holz, Papier oder Leinwand überschreitet die Sprache. Nicht nur Verlobungen, Heiraten und Tode werden auf diese Weise festgehalten, sondern auch Verträge, Testamente und Eigentumsverträge. Und nur Tira Virte mit seiner erstaunlichen künstlerischen Tradition kann genügend Maler aufbringen, um Kopien für alle beteiligten Parteien herzustellen. Während der vergangenen fünfzig Jahre wurden die Werke der Serrano- und Grijalva-Meister nicht nur legendär, sondern wesentlich für die Durchführung persönlicher, geschäftlicher und politischer Transaktionen.

Galerria 943

Sario Grijalva sah sofort, was mit ihr geschehen, wohin sie *gegangen war*, obwohl sie doch hier vor ihm saß. Er kannte diesen Blick, dieses blinde Starren, die reglosen Züge, den entrückten Ausdruck. Er wußte sogar, wie es sich anfühlte: auch er war, was einige als anfällig bezeichnen würden. Er selbst sah es als ein Potential. Ein Versprechen. Eine Macht. Und seine Definitionen unterschieden sich von denen der anderen, die Moualimos eingeschlossen, die Lehrer, die im Augenblick seine Tage in den Schülerateliers beherrschten.

Kleingeister, alle miteinander, selbst jene, die die Gabe hatten. Sie sprachen von Dingen wie Potentialen, Versprechen, sie sprachen – leiser – sogar von Macht und wußten doch nichts darüber.

Er wußte. Und er *würde* wissen, es steckte einfach in ihm.

»'Vedra«, sagte er.

Fixiert auf das, was sie vor ihrem inneren Auge sah, antwortete sie ihm weder, noch regte sie sich.

»'Vedra«, wiederholte er, nun deutlicher.

Nichts.

»*Saavedra.*«

Sie zuckte zusammen. Ihre Augen waren sehr schwarz; dann zog sich die Schwärze langsam zusammen und ließ eine andere Farbe zurück. Klares, ungetrübtes Grau, ohne jede Einfärbung, nicht verschmutzt von unreinen Pigmenten. Das war eines der Dinge an ihr, das sie den anderen so unähnlich machte: die grauen Grijalva-Augen, ungewöhnliche Augen, die auf ihre gemeinsame Tza'ab-Abstammung hinwiesen, obwohl seine viel gewöhnlicher waren: braune

Augen, braunes Haar, wüstendunkle Haut. An Sario Grijalva war nichts Ungewöhnliches.

Nicht draußen jedenfalls, wo die Menschen es sehen konnten. Drinnen, wo es niemand außer ihm sah, war das einzig vorhandene Licht das Funkeln des Ehrgeizes, das Naphta seiner Vision.

Er schaute sie an. Sie war älter als er und größer, aber jetzt hockte sie gebeugt auf der Bank in der Säulenhalle wie eine Bittstellerin, eine Dienerin und überließ es ihm, sich wichtig zu machen oder nicht. Sie wandte ihm ihr Gesicht zu, in einem Strahl der Mittagssonne, der ihre Miene in ruhigem Chiaroscuro beleuchtete, ebenso wie das holzfleckige Papier, das an einem Brett befestigt war, und ihre lebhaften, schönen Hände. Mit einer schnellen, unwillkürlichen Bewegung warf sie das zerzauste schwarze Haar aus dem Gesicht; dann sah sie ihn, bemerkte seine Anwesenheit, identifizierte ihn – und antwortete, zog ihr Bewußtsein aus dem weiten Land der anderen Welt zurück.

»Warte –« Knapp, ungeduldig, befehlend, als wäre *er* nun der Diener.

Sie waren alle Diener, die Grijalvas – sie *besaßen* die Gabe und waren dennoch auch von ihr besessen.

»– warte –«, wiederholte sie – leiser nun, flehend, um Verständnis bittend, um Verzeihung, aber alles unterlegt mit einer gewissen Ungeduld – und kritzelte hektisch auf dem Papier herum.

Er verstand. Er fühlte mit ihr, empfand ungetrübtes Verständnis. Aber er war auch ungeduldig und nicht wenig aufgebracht, weil sie von ihm verlangte zu warten; sie hatte die Gabe nicht, konnte sie nicht haben, nicht in dem Maß, wie *er* sie hatte.

Deshalb konnte er antworten: »Wir haben keine Zeit, 'Vedra. Nicht, wenn wir es sehen wollen.«

Schweigen, nur unterbrochen vom Kratzen der Kohle auf dem schlechten Papier.

»'Vedra –«

»Ich muß es festhalten …« Und unausgesprochen: – *solange es lebendig ist, solange es frisch ist, solange ich es sehe* –

Er verstand, aber er konnte sich nicht darauf einlassen. »Wir müssen gehen.«

»Einen Moment noch, nur noch einen einzigen Moment – einen kleinen Augenblick bitte …« Sie arbeitete schnell, mit einer Sparsamkeit der Bewegungen, die er bewunderte. Viele der jungen Mädchen quälten sich über ihren Arbeiten, ebenso wie die Jungen, gruben und wühlten nach kleinen Wahrheiten, die ihre Werke besser machen konnten, aber Saavedra wußte genau, was sie tun wollte. Ihre Wahrheiten, ebenso wie seine, waren ungeheuer, wenn auch keiner von ihnen zugegeben hätte, daß sie mehr als das Übliche darstellten, denn für beide waren solche Wahrheiten genau dies. Sie atmeten sie jede Sekunde ihres Lebens.

Wie er, so sah auch sie diese Wahrheiten, dieses Licht, die Bilder, die von ihrem Geist in aller Komplexität vervollständigt wurden, die sie weniger erforschte als eher mit einem Minimum an Strichen freisetzte, mit dem raschen Einsatz ihres Talents.

Luza do'Orro, das Goldene Licht, die wahre Gabe des Geistes.

Er sah zu. Dieses eine Mal kam er sich selbst wie ein Moualimo gegenüber einem Schüler vor, wie ein Lehrer gegenüber einer Schülerin. Diesmal war es nicht er, der sich unter den gnadenlosen Blicken eines anderen mühte, sondern sie unter *seinen* Blicken, und sie tat nichts für ihn, sondern für sich selbst; sie verstand jene Freiheit, jenen Wunsch, sich auszudrücken, auch abseits der Forderungen von Familie und Moualimos.

»Nein«, sagte er plötzlich und beugte sich zu ihr nieder. Seine eigene Vision, seine Luza do'Orro, ließ sich nicht eindämmen, auch nicht durch die Gebote der Höflichkeit. Selbst *ihr* gegenüber nicht. »Nein, nicht so … hier – siehst du?« Niemand in dieser Familie, der nicht ein Stück Kohle in der Tasche gehabt hätte; er nahm eines aus seinem Hemd und setzte sich neben sie, zog Brett und Papier in seinen eigenen Schoß. »Hier – siehst du?«

Nur ein Augenblick, eine einzige korrigierte Linie: Baltran do'Verrada, Herzog von Tira Virte, den sie erst heute in der Galerria gesehen hatten.

Saavedra lehnte sich zurück und starrte das Bild an.

»Siehst du, was ich meinte?« Er konnte nicht anders, er mußte es erklären, bevor das Licht seiner Vision erstarb. Schnell radierte er, was er von der störenden Linie radieren konnte, pustete die Reste weg. Das Porträt war nun, obwohl immer noch roh und hastig skizziert, genauer geworden. Er hob das Brett ein wenig hoch. »Diese Hinzufügung hier verleiht der linken Gesichtshälfte mehr Leben ... sie ist ein wenig schief, das weißt du. Kein Gesicht ist vollkommen symmetrisch.« Er fügte einen Schatten hinzu. »Und da ist der Wangenknochen – ungefähr *so* ... siehst du?«

Saavedra schwieg.

Es traf ihn wie ein Schlag: er hatte einen Fehler gemacht. Er hatte sie gekränkt. »'Vedra, verzeih mir –« Matra ei Filho, wenn *ihm* jemand so etwas antun würde! »Oh, 'Vedra, es tut mir leid! Ehrlich!« Das stimmte. »Aber ich konnte einfach nicht anders.«

Sie steckte ihre Kohle in die Tasche. »Ich weiß.«

»'Vedra –«

»Ich *weiß,* Sario. Du kannst *nie* anders.« Sie stand von der Bank auf und schüttelte ihr Gewand aus. Kohlestaub wirbelte herab. Ihr Hemd war, wie seines, voller Farbflecke, Binderflecke, Ölflecke, alles, was zu ihrer Welt gehörte. »Du hast es besser gemacht.«

Er war jetzt sehr bemüht, legte das Brett mit dem Papier wieder in ihre Hände und erhob sich ebenfalls hastig. »Ich wollte nur –« Er machte eine hilflose Geste. »Es war einfach, daß ich *gesehen* habe –«

»Ich weiß«, sagte sie wieder, nahm das Brett entgegen, sah sich aber die Skizze nicht mehr an. »Du hast gesehen,

was ich nicht gesehen habe, was ich hätte sehen *müssen.*«
Saavedra zuckte mit den Achseln.

Nun lag es zwischen ihnen. Sie waren sich in mancherlei Hinsicht ähnlich, in anderer unähnlich. Sie konnte die Gabe nicht haben, aber sie hatte sie, und mehr davon als die meisten.

Wieder sah er das Bild vor seinem inneren Auge. Jeder hätte sofort gewußt, daß es Baltran do'Verrada war, auch *bevor* er die Skizze verändert hatte, aber er hatte es trotzdem getan.

Es tat ihm leid, sie gekränkt zu haben. Aber zu seiner Gabe gehörte auch Genauigkeit, ein quälendes Bedürfnis, alles zurechtzurücken: in seiner Welt war kein Platz für etwas, das weniger als vollkommen war.

»Es tut mir leid«, sagte er mit leiser, schmerzvoller Stimme. Und in Gedanken: Sei nicht böse, 'Vedra, aber er konnte es nicht laut sagen, es lag zuviel Flehen darin, zu viel Demütigung. Selbst ihr gegenüber, selbst *für* sie konnte er nicht so viel von sich preisgeben. »Es tut mir leid ...«

Sie war in diesem Augenblick viel älter als er. »Es tut dir immer leid, Sario.«

Es war Strafe, obwohl es für sie nichts als die Wahrheit war, eine andere Ausprägung von Luza do'Orro. Das schätzte er an ihr. Wahrheit war wichtig. Aber Wahrheit konnte auch strafen; seine eigene persönliche Wahrheit hatte diese gute Skizze brillant werden lassen, mit einer einzigen Linie, einem Hauch von Schatten – er verstand es so gut, es brannte in ihm so hell, daß er einfach nicht verstand, wieso ein anderer das nicht auch wissen konnte.

Seine Wahrheit war nicht die ihre. Sie war gut, aber er war besser.

Und deshalb hatte er ihr weh getan.

»'Vedra –«

»Schon gut«, sagte sie und strich sich das Haar hinter die Ohren. Ein blutroter Fleck glitzerte dort: Granate im Ohrläppchen. »Schon gut. Du kannst nichts dafür.«

So war es. Und deshalb haßten sie ihn.

Selbst die Moualimos, die wußten, was er sein konnte.

»Wo gehen wir hin?« fragte sie. »Du sagtest, es sei wichtig.«

Sario nickte. »Sehr wichtig.«

»Und?« Sie rückte das Brett zurecht, gönnte der Skizze aber immer noch keinen Blick.

Er schluckte. »Chieva do'Sangua.«

Sie war so entsetzt, wie er erwartet hatte. »Sario, das *dürfen* wir nicht!«

»Ich kenne eine Stelle«, sagte er. »Sie werden uns nicht sehen.«

»Wir *dürfen* nicht!«

»Niemand wird uns sehen, 'Vedra. Niemand wird es erfahren. Ich bin oft dort gewesen.«

»Du hast eine Chieva do'Sangua gesehen?«

»Nein. Anderes, ja, aber es hat schon länger, als wir leben, keine Chieva do'Sangua mehr gegeben.«

Sie war verblüfft. »Woher weißt du solche Dinge?«

»Ich halte Augen und Ohren offen.« Sario grinste. »Und ich weiß, wie ich den *Folio* lesen muß, 'Vedra. Als Mann darf ich das.«

»*Ansehen* ja, aber es ist noch zu früh, daß du so viel liest. Wissen das die Moualimos?«

Er zuckte mit den Achseln.

»Natürlich nicht! Sario, du hast zuviel gelesen! Du mußt erst bestätigt sein, bevor du die Erlaubnis dazu erhältst –«

Jetzt wurde er ungeduldig. »Sie werden nie erfahren, daß wir dort waren, 'Vedra. Das verspreche ich dir.«

Unter den Kohleflecken war sie blaß geworden. »Es ist verboten – es ist *verboten,* Sario! Wir sind keine Meistermaler, die die Chieva do'Sangua sehen dürfen, und ebensowenig solltest du den *Folio* studieren –«

Wieder konnte er nicht anders. »Ich werde aber. Ich werde.« *Und ich werde Oberster Hofmaler.*

Farbe stieg in ihre bleichen Wangen: Sie als Mädchen

würde nie den *Folio* lesen dürfen oder in den Rang eines Meistermalers aufsteigen, einer der Viehos Fratos werden. Ihre Aufgabe war es, sie zu empfangen und zu gebären, nicht, selbst einer von ihnen zu werden. »Du bist doch noch keiner, oder?«

»Nein, aber –«

»Und bis dahin ist dir nicht gestattet, solche Dinge zu sehen.« Sie starrte ihn wütend an, deutlich getroffen von seiner Bemerkung, daß ihr Geschlecht sie ebensosehr wie ihre Abstammung von einem Aufstieg wie dem, der ihm bevorstand, fernhalten würden. »Und trotzdem stimmt es: Wir dürfen das Ritual nicht sehen, weil wir keine Meister sind. Weißt du denn, was geschehen würde, wenn man uns erwischt?«

Er grinste wieder. »Nichts so Schlimmes wie eine Chieva do'Sanguo.«

Sie ignorierte die Bemerkung und schüttelte entschlossen den Kopf. »Nein.«

Er lächelte. »Doch.«

Jetzt erst sah sie die Zeichnung wieder an. *Ihr* Bild, das er mit einem einzigen raschen Kohlestrich und einem kleinen Schatten soviel lebendiger gemacht hatte.

Neosso Irrado nannten sie ihn; einen zornigen Jungen – und mit Recht. Er plagte sie alle. War eine Prüfung für alle. Aber alle wußten auch, daß die Familie Grijalva nie, seit die Gabe über sie gekommen war, einen solch begabten Sohn hervorgebracht hatte.

Noch war seine Gabe nicht anerkannt, nicht bestätigt, nicht ausgeformt. Aber sie wußten es so sicher wie er selbst. So sicher wie Saavedra, die es ihm einmal selbst gesagt hatte, lange bevor er es in den Augen seines Lehrers gesehen hatte, weil die Moualimos nicht darüber sprachen.

Und dennoch.

Er würde ein Meister werden, einer der Viehos Fratos … wie denn nicht? Die Gabe war in ihm, trotz seiner Jugend, trotz der Tatsache, daß niemand es offen zugeben wollte.

Und Oberster Hofmaler. Stolz reckte er sein Kinn. *Ich weiß, was ich bin. Ich weiß, was ich sein werde.*

Saavedras Mund zuckte. Sie wandte den Blick von dem skizzierten Gesicht wieder dem seinen zu. »Also gut«, sagte sie.

Er hatte gewonnen. Er gewann immer. Er würde immer gewinnen.

Niemand, nicht einmal die Moualimos, wußte, wie er zu schlagen war. Und ob dies je möglich sein würde.

Der Mann griff hastig nach der Hand des Jungen. »Hier entlang, Alejandro ... hier durch, siehst du? Nein, laß den Kerzenständer in Ruhe – hier entlang, komm schon ... Nein, kein Erläuterungsblatt, und nein, wir brauchen keine Führung. Wir beide kommen schon allein zurecht ... hier, Alejandro, hier entlang. Siehst du? Du bist mit jedem Do'Verrada verwandt, der hier an den Wänden hängt. Du wirst sogar das Gefühl haben, daß dich dein eigenes Gesicht aus einigen dieser Rahmen ansieht. Sieh mal – hier ... erkennst du das?«

Er wartete, wurde ignoriert.

»Alejandro!«

War der Junge über Nacht taub geworden?

»Alejandro Baltran Edoard Alessio do'Verrada, würdest du mir bitte zuhören?«

Mit einiger Verspätung kam es dann: »Patro?«

Nein, offenbar nicht taub, sondern nur – *wie immer!* – abgelenkt. Es lag am Alter – oder genauer gesagt, an der Jugend –, und natürlich hatte er die Anlage dazu auch geerbt; schließlich war der Junge sein Sohn.

Sein Sohn, Matre Dolcha, ja! – und mit Pflichten, um die er sich trotz seiner Jugend kümmern sollte; oder vielleicht wäre es besser zu sagen, mit Pflichten, um die er sich eines Tages würde kümmern müssen. Denn im Augenblick war Alejandro eindeutig zu sehr abgelenkt – und ablenk*bar,* im Augenblick ging es nur darum, ihm ein paar Wahrheiten mitzuteilen, wenn auch nur kleine und angeblich unwichtige, es mußten Geschichten erzählt, Schlachten nachgefochten, endlose Genealogien entfaltet werden …

Der Vater, in Erinnerungen versunken, seufzte. Solches Wissen war unerläßlich für die Ausbildung eines Sohnes und Erben, wenn sie auch beinahe unbemerkt stattfand.

»Dies sind die *Eheschließungen* – Alejandro!« Nein, er konnte keine Sekunde stillhalten, dieser Junge, keine *Sekunde* … er war viel zu sehr mit dem beschäftigt, was seinem Alter vermutlich auch näherlag: mit Essen und mit dem überwältigenden Bedürfnis, ununterbrochen aktiv zu sein – und dies ließ wenig Aufmerksamkeit übrig für solch langweilige Dinge wie einen bildenden Spaziergang durch Meya Suertas berühmte Galerria.

Er konnte sich ein selbstironisches Grinsen nicht verkneifen. *Besonders, wenn es sein Vater ist, der ihn belehren will!*

Im Augenblick war die flatterhafte Aufmerksamkeit des Jungen auf eine Gruppe von Kindern seines Alters gerichtet, die sich wie hungrige Welpen im Foyer der Galerria sammelten; natürlich würde man diesem Wurf nicht gestatten einzutreten, solange der Herzog und sein Sohn anwesend waren. Der Herzog sah, wie der ältere, schlanke Mann, an dessen leinengekleidetem Hals es golden schimmerte, seinen Schutzbefohlenen ruhig den Eintritt verbot – aber alle nutzten die unerwartete Unterbrechung, um jene unverhohlen anzustarren, die über sie geboten. Und Alejandro starrte zurück.

Matra Dolcha, dieser Junge hat die Aufmerksamkeitspause einer Steckmücke. Mit müdem Lächeln legte er seine breite, ringgeschmückte Hand auf den Lockenkopf seines Sohnes, zog die schwieligen Finger durch das wirre dunkle Haar und drehte den Kopf auf seinem schlanken Hals, so daß der Junge gezwungen war, in die Richtung zu schauen, die sein Vater ihm vorschrieb. »Alejandro.«

»Patro?«

»Das sind Grijalva-Kinder, sonst nichts. Hast du die Kette gesehen, die der Mann um den Hals trägt, und was daran hängt?«

Alejandro zuckte mit den Schultern; unbekannte Männer und ihr ebenso unbedeutender Halsschmuck langweilten ihn zu Tode.

»Chieva do'Orro, kleine Schnake: der Goldene Schlüssel. Er zeichnet einen Meistermaler aus, und die anderen bei ihm, die noch keine Meister von irgendwas sind, kommen her, um die Bilder zu studieren, die von ihren Vorfahren gemalt wurden ...« Er hielt inne. »Alejandro, kannst du nicht wenigstens jenen dieselbe Ehre erweisen, die hier abgebildet sind und die *deine* Vorfahren waren?«

Der Junge wand sich.»Werden sie auch einmal Maler sein?«

»Das ist recht wahrscheinlich. Es sind Grijalvas.«

Große Augen wandten sich wieder in die Richtung der Eingangshalle, wo der ganze Wurf verharrte. »Malen alle Grijalvas, Patro?«

Der Herzog warf dem Erwachsenen bei den Kindern einen Blick zu – ihr Lehrer vermutlich, ein ruhiger älterer Mann, dem man anvertraut hatte, Weisheit und Kunst an die nächste Generation weiterzugeben. »Sie malen, wie sie es immer getan haben, aber sie sind auch verantwortlich für alles, was damit zusammenhängt. Die Grijalva-Familie stellt auch die Materialien her, die für Gemälde benötigt werden. Es ist ihre Aufgabe, Alejandro. Ihre Gabe, wenn man so will.« Er hob die Hand vom Kopf des Jungen und zeigte auf die Wand. »Und nun sieh dir das an – dieses Gemälde hier vor uns ... *Alejandro!* Was siehst du?«

Wenn man den *Jungen* ansah, erblickte man jedenfalls einen deutlichen Ausdruck der Ungeduld. Und natürlich des Abgelenktseins. Er wand sich, zupfte an seiner Kleidung, warf einen weiteren schnellen Blick über die Schulter auf die Kinder, die in der Halle standen. »Ein Gemälde, Patro.«

Toleranz war der Luxus des Adels. Der Vater lächelte und

sah davon ab, den Sohn zu ermahnen. »Ein Gemälde, jawohl. Spricht es zu dir, dieses Gemälde?«

Das Lächeln des Jungen war flüchtig, ein jugendliches Echo des väterlichen Lächelns, aber es verlieh seinen lebhaften nußbraunen Augen ein dreistes Glitzern. »Das tut es, Patro. Es sagt mir, ich solle zum Palasso zurückkehren und weiter mit dem Schwert üben.«

»Schwertübungen, wie? Statt deine Zeit hier in der Galerria zu verschwenden, zwischen langweiligen Gemälden, die noch langweiligere Eheschließungen dokumentieren?«

Die Antwort kam schnell. »Ich werde kein Maler werden, Patro, ich bin kein Grijalva, sondern ein do'Verrada, und mein Gesicht wird einmal an einer dieser Wände hängen.«

O ja, eine gewitzte Schnake – und viele dieser Gesichter waren tatsächlich von Grijalvas gemalt worden. »Du willst also ein Kämpfer werden, wie, kleiner do'Verrada?«

»Das wäre mir lieber, Patro.«

»Nun ja, mir auch.« Jetzt war das Glitzern der Augen des Vaters ein Echo auf den Blick des Sohnes. »Aber eines Tages wirst du Tira Virte regieren, Alejandro, und ein weiser Regent muß wissen, daß er das Schwert nicht immer braucht.«

»Aber Gemälde, Patro?« Der Junge hatte noch nichts vom höfischen Verhalten übernommen; er war noch ehrlich in seinem Unglauben, in seiner Gleichgültigkeit; noch wußte er nichts von Hohn und Herablassung. »Wie kann ein Mann durch ein Gemälde regieren?«

Die reine Unschuld – der Junge, die Frage –, genau, wie es sein sollte. Aber es erinnerte den Vater plötzlich und unangenehm an die letzte Geschichte, die überall erzählt wurde, zunächst leise, aber inzwischen so deutlich wie ein Messer im Bauch. Im Palasso Verrada gab es Gerüchte von Zauberei, von dunklen Mächten, die sich in der Stadt manifestierten und auf den Hof abzielten, auf die herzogliche Familie selbst.

Das Lächeln des Vaters erstarb. Die Hand, die eben noch

die Locken des Erben seines Herzogtums gestreichelt hatte, erstarrte abrupt, als er ebenfalls zu den Grijalva-Kindern hinsah, die immer noch in der Halle warteten. *Unschuldig, in diesem Alter? Oder nehmen sie es schon mit der Muttermilch zu sich, diese schwarze Magie, von der Zaragosa spricht?*

Im trüben, ockerfarbenen Sonnenlicht – die Beleuchtung der Galerria war darauf abgestimmt, die Gemälde vor direktem Sonnenlicht oder Schaden durch Öllampen und Kerzenflammen zu schützen – glitzerte der herzogliche Ring matt in blutigem Schwarz, und seine goldene Fassung schimmerte zwischen dem dunklen Haar. Nur mit Anstrengung konnte der Herzog diese Zurschaustellung väterlicher Zärtlichkeit wieder aufnehmen, und es kostete ihn noch mehr, ein sanftes Lächeln zu bemühen. »Ein Mann, der regiert, nutzt alle Werkzeuge, die ihm gegeben werden, Alejandro. Ein weiser Mann lernt, nie eines davon abzuweisen – oder zu übersehen –, es sei denn, sie bergen Gefahr. Jetzt oder später.«

»Aber, Patro –«

»Sieh dir dieses Gemälde an, Alejandro. Schau es dir an, Neosso do'Orro, und sag mir, was du siehst.«

Der Junge machte ein großes Drama aus seinem Gehorsam: die schmalen Schultern hoben und senkten sich in einem übertriebenen Seufzer von solcher Dauer, daß der Vater staunte, weil dem Sohn noch Atem zum Sprechen blieb. »Ein Gemälde«, sagte der Junge, »von deiner Hochzeit mit Matra.«

»Ist das alles, Alejandro?«

»Du bist abgebildet, Matra ist abgebildet und die Höflinge.«

»Würdest du sie bitte benennen.«

Das tat der Junge, schnell und ungeduldig, und band die Namen derjenigen, die er kannte, zu einem einzigen zusammen: all diese Menschen, die dem Hof und damit seiner Welt angehörten. Unzählige Verwandte, Würdenträger,

Mitläufer, die sich für so wichtig hielten, daß kein Oberster Hofmaler es wagen konnte, sie nicht auf dem offiziellen Gemälde abzubilden.

»Können wir jetzt gehen, Patro? Ich habe Hunger.«

Immer hungrig, dieser kleine Gierhals – »Gibt es sonst nichts, Alejandro? Sagt dir das Gemälde sonst nichts?«

Der Junge zuckte mit den Schultern. »Es sagt, daß du mit Matra verheiratet bist. Aber das weiß doch jeder.« Das Lächeln schlug so schnell zu wie ein Blitz im Sommer. »Bin ich denn nicht hier? Und wächst nicht noch ein Baby in Matras Bauch? *Selbstverständlich* seid ihr verheiratet!«

Der Vater seufzte. Sein Seufzer hatte weder die Länge noch die demonstrative Ungeduld, die im Seufzer seines Sohnes gelegen hatte. »Da hast du recht, kleine Schnake ... Aber sagt es dir nicht noch etwas?«

Der Junge wand sich. »Sollte es das denn?«

Wieder senkte sich ein gewisses Unbehagen in des Herzogs ansonsten kaum zu trübende Ruhe. *Wenn ein Grijalva es gemalt hätte, könnte es noch viel mehr sagen, als wir uns vorstellen können – das würde Zaragosa zumindest behaupten.*

Aber das Hochzeitsporträt von Baltran Alejandro Rafeyo Riobaro do'Verrada und Lissabetta Teressa Luissa Benecitta do'Najerra war nicht von einem Grijalva gemalt, sondern von einem Serrano, von Zaragosas verstorbenem Vater, dem damaligen Obersten Hofmaler, dem es selbstverständlich zugefallen war, Verträge, Verlobungen, Hochzeiten und Geburten zu dokumentieren. Alles von großer Wichtigkeit für die Edlen von Tira Virte wurde dokumentiert, von Banalitäten wie dem Wurf neuer Welpen einer beliebten Hündin bis zu einer dramatischen herzoglichen Sterbeszene. Aber nun hatte der Sohn Serranos die Stelle seines Vaters eingenommen – wie Alejandro selbst einmal seinem Vater folgen würde – und sprach von Unannehmlichkeiten, von Magie und finsteren Mächten ... und er flüsterte, daß nur die Heilige Mutter selbst wisse, was aus Tira Virte und seinem Herzog geworden wäre, wenn ein Grijalva diese Bilder gemalt hätte.

»Patro?«

Wieder rührte sich die Hand zwischen den dunklen Locken. »Schon gut, Alejandro. Es wird eine Zeit kommen, da wirst du es verstehen.«

Selbstverständlich würde dies so sein. Es mußte so sein. Alejandro war sein Erbe; als künftiger Herzog von Tira Virte würde man ihm die Wahrheiten seiner Position mitteilen.

Und die Wahrheiten, wenn es denn welche wären, über die Magie der Grijalvas?

Der Herzog konnte es einfach nicht glauben. *Nein. Das kann nicht sein. Sie haben uns zu gut gedient, die Grijalvas. Das kann einfach nicht wahr sein.*

Trotzdem nagte es weiter an ihm: Was, wenn es doch wahr war?

Er wandte sich dem Foyer zu, um die Kinder dort direkt anzusehen. Er sah lebhafte, eifrige Mienen, große Augen in allen Farben, dunkles und helles Haar und flinke Hände, die Kohle, Kreide und Papier hielten. Von Grijalvas hergestellte Kreiden und Papiere, von Grijalvas geborene Gesichter und Hände und die Brillanz der Gabe der Grijalvas, die Zaragosa Serrano nicht sehen wollte in seiner Blindheit, seiner Selbstsucht, seiner Angst.

Keines dieser Kinder unterschied sich allzusehr von seinem eigenen Alejandro, dem klugen, flinken, hell leuchtenden Alejandro, seinem goldenen Jungen, seinem Neosso do'Orro.

Mit einer ungeduldigen Geste wandte sich Baltran do'Verrada wieder ab, um noch einen Blick auf das Gemälde seiner Hochzeit mit Herzogin Lissabetta zu werfen. Demütig berührte der Herzog Lippen und Herz mit den Fingerspitzen und murmelte dabei die rituellen Worte: *»Matra ei Filho mögen sie schützen«* – denn die Herzogin lag im Wochenbett.

Das Bild selbst war nur ein Routine-Meisterwerk, wenn

man so etwas von einem Gemälde behaupten durfte, das von einem herzoglichen Obersten Hofmaler geschaffen worden war. Gilbarro Serrano, der Vater des derzeitigen Obersten Hofmalers, hatte es gemalt, aber es war mehr daran als Farben, Formen, Pinselarbeit. In diesem massiven Goldrahmen war eine ganze Welt abgebildet: Geschichte, Symbole, eingehaltene und gebrochene Versprechen, politische Verträge, selbst Prophezeiungen.

Für das ungeübte Auge kaum zu erkennen zwischen den kunstvollen Schnitzereien waren vage Spuren von Gesichtern, die sich in den hohen, edelsteinfarbenen Fenstern der Audienzhalle spiegelten, in der die Hochzeit stattgefunden hatte: vier runde, lächelnde, junge Gesichter, so gut wie transparent; künftige Kinder, die dem Herzog und der Herzogin prophezeit worden waren.

Bisher gab es nur drei junge Gesichter im Palasso Verrada – und zwei von ihnen waren kalte Marmorbilder in der Gruft.

Matra ei Filho, ich flehe euch an, seid so gnädig, mir einen zweiten Sohn zu schenken, einen Bruder für Alejandro; und zwei süße Töchter, die würdige Bräute abgeben ... Prophezeiungen, ja? Bisher hatten zwei der Gesichter im Fenster nichts als Kummer gebracht. *Und Zaragosa würde mich am liebsten glauben machen, daß ein Grijalva daran schuld ist.*

Das war überströmende Phantasie und darüber hinaus schlichte Selbstsucht, sonst nichts; Maler waren ein arrogantes Volk, alle miteinander, und ununterbrochen auf der Hut, eines anderen Gabe könne größer sein als die eigene. Die Welt, in der sie lebten, war ebenso bevölkert von Politik und persönlichem Ehrgeiz wie die des Hofes selbst.

»Narr«, schalt der Herzog. »Und seine Kunst gefällt mir weniger und weniger.«

»Patro?«

Do'Verrada wurde aus seinen Überlegungen gerissen. »Nichts, Alejandro.« Wieder seufzte er. »Dann wollen wir uns mal um deinen Appetit kümmern, kleine Schnake.«

Zur Antwort schoß Alejandro durch die Galerie in die Eingangshalle hinaus, wo all die Grijalva-Kinder sofort zurückgetrieben wurden, um den Erben des Herzogs nicht auch nur mit einem Atemzug zu belästigen.

Dort wartete auch die herzogliche Eskorte, eine Abteilung des Shagarra-Regiments, die sich sofort um den Jungen gruppierte. Alejandro, der dies gar nicht mehr bemerkte, wandte sich ungeduldig um. »Kommst du, Patro?«

»Ich komme, mein Sohn. Ich bin zu alt, um noch so zu eilen wie du.«

»Sehr alt«, erklärte Alejandro ernsthaft, und dann brach er in Gelächter aus, das die Grijalvas aufnahmen, aber sie wurden von ihrem Lehrer sofort zum Schweigen ermahnt.

»Sehr alt«, echote do'Verrada, als er sich zu seinem Sohn gesellte. *Das werden diese Kinder nie erfahren ... viele Grijalvas sterben so jung.* Er begegnete dem Blick des Mannes, der die Chieva do'Orro trug, und sah, daß auch dieser über das zu rasche Verstreichen der Zeit nachdachte; würde er noch lange genug leben, um zu sehen, wie einer seiner Schüler zum Meister wurde? *Keine Gabe, nach der es mich verlangen würde, wenn ich die Macht dazu hätte – ebensowenig wie Zaragosa, wenn er je klug genug wäre, auch nur daran zu denken! Die Nerro Lingua hat ihnen die Widerstandsfähigkeit genommen; kaum einer von ihnen hat genug Zeit, daran zu denken, anderen mit so etwas wie nichtexistierender Magie zu schaden.*

Laut murmelte er: »Er muß verrückt geworden sein« und beschloß, den Obersten Hofmaler zu sich rufen zu lassen, sobald er in den Palasso zurückgekehrt war. Es war an der Zeit, diese Dinge ans Tageslicht zu bringen, ehe sie den gesamten Hof vergifteten.

Chieva do'Sangua
943–950

1

Saavedra folgte aus Gewohnheit; und wenn Sario ihre Einwände nicht mit seiner schlauen, verdrehten Logik, kombiniert mit mitreißender Begeisterung, überwand – und es war nur selten, daß ihm das nicht gelang –, appellierte er an ihr Loyalitätsgefühl und ihr merkwürdiges Bedürfnis, ihn zu schützen. Wenn sie sich nicht um sein Wohlergehen kümmerte, nicht persönlich versuchte, ihn zu leiten, würde er ganz bestimmt wieder einmal für eine andere angebliche Überschreitung der Regeln bestraft werden, wo er doch einfach nur neugierig war. Durch und durch wißbegierig, konnte er es einfach nicht ertragen, im dunkeln gelassen zu werden, und trotz seiner immer wieder ärgerlichen Neigungen zu kleinem und großem Ungehorsam war er doch ihr engster Freund, ihr einzig wahrer Freund.

Er verstand sie. Vollkommen, ohne jede Frage. Sie sprachen dieselbe Sprache, eine lautlose innere Sprache, die der Kunst und dem Herzen der Malerei entsprang; sie erkannten dieselben Wahrheiten an, dieselbe Macht hinter dem Ehrgeiz ihres Talents, der steten Sehnsucht nach mehr, nach Besserem, dem *Besten* bei allem, was sie unternahmen, selbst bei Rohskizzen. Fleischgewordene Luza do'Orro, was nur sie gegenseitig akzeptierten und verstanden.

Niemand sonst weiß, was in mir steckt. Niemand sonst befreit mich, wie ich befreit werden will. Und dennoch …

»Matra ei Filho!« schrie sie auf, als er ihre Hand packte und sie auf eine schmale Wendeltreppe zerrte. »Das dürfen wir nicht, Sario! Das sollten wir wirklich nicht tun!«

»Natürlich sollten wir das nicht! Erbsenhirn! Wenn es erlaubt wäre, gäbe es gar kein Risiko dabei!«

»Risiko! Das *willst* du doch gerade!« Es war eine Anklage, keine Frage. »Und mein Hirn ist größer als eine Erbse.«

Er grinste verschlagen. »Nicht, wenn du so heftig gegen etwas protestierst, das dich genauso interessiert wie mich ...«

Ja, es interessierte sie. O ja! Sario hatte von verborgenen, verbotenen Dingen erzählt, einem Ritual, zu dem Frauen nie zugelassen wurden, sondern nur solche Männer, die man für würdig hielt. Sie zweifelte nicht daran, daß dieser Tag für Sario irgendwann kommen würde – wie konnte das anders sein, mit diesem überwältigenden Talent, das sie als die Gabe erkannte? –, aber noch war er zu jung. Er war elf, nicht dreizehn; die Moualimos ignorierten seine dreisten Versuche, sie zu beeindrucken, sie mit seinen sorgfältig ausgearbeiteten Skizzen und anmutigen Gemälden zu verführen, sein Talent anzuerkennen, und die Viehos Fratos – die wußten vermutlich nicht einmal, daß es ihn gab! Nicht mehr, als sie wußten, daß es *sie* gab!

Ich weiß ... Sie hatte es immer gewußt. Er brannte mit einer konzentrierten Flamme, viel heller als alle, die sie je im Palasso Grijalva gesehen hatte, selbst in den ausgedehnten, labyrinthartigen Ausläufern des Familienbesitzes, und sie kannte inzwischen jeden dort. Es gab nicht mehr so viele von ihnen, wie die Genealogien einmal behauptet hatten. Die Nerro Lingua hatte so viele getötet.

Wir leiden immer noch darunter. Die Nerro Lingua hatte nicht nur fast zwei Drittel der Familie umgebracht, sondern auch viele der überlebenden Männer unfruchtbar werden lassen. Auch jetzt noch, sechzig Jahre später, litt die Familie an dem Schwund in den Lenden ebenso wie an dem der herzoglichen Bevorzugung; viel zu viele Männer starben, ehe sie die Fünfzig erreichten, und sie hatten seit der Nerro Lingua keinen der Ihren mehr an den Hof bringen können. Der letzte Oberste Hofmaler aus der Familie Grijalva war an der Seuche gestorben und ausgerechnet von einem Serrano ersetzt worden.

Die Grijalvas hatten das zunächst als Zwischenlösung

betrachtet – hatten sie nicht seit fünfunddreißig Jahren den Obersten Hofmaler gestellt? –, aber dieses Selbstvertrauen hatte sich als trügerisch erwiesen. Von ihrer weiterhin erfolgreichen Produktion von Materialien für den Malerbedarf abgesehen, bemerkte man sie kaum mehr. Zu viele waren gestorben, zu viele der wichtigen, begabten, etablierten Grijalvas; und während der Nachwehen der Seuche nahmen andere, von der Nerro Lingua weniger heftig getroffene Familien ihre Plätze ein.

Ihre Hauptrivalen, die Serranos, behaupteten selbstverständlich, daß der Schutz, der der Familie seit Alessio I. zuteil wurde, vollkommen genügte, im Gegenteil sogar mehr sei, als die Grijalvas verdient hätten. Im Gegenzug hängte ihnen Sario Begriffe an, die Saavedra nicht einmal auszusprechen wagte, und er wurde angemessen dafür verprügelt; solch dreiste Kritik, von frühreifer Schlauheit zeugend oder nicht, war im Palasso Grijalva nicht gestattet. Aber Saavedra wußte, daß Sario recht hatte: Zaragosa Serrano, Herzog Baltrans Oberster Hofmaler, war nichts als ein passabler Handwerker, ein Mann, dem es sowohl an Herz als auch an Inspiration fehlte.

Ein Kunsthandwerker, mehr nicht … und wieso der Herzog auf die Idee gekommen war, *Zaragosa* den Posten ihres verstorbenen Vorfahren zu geben, verstand Saavedra nicht. Sie alle, alle Grijalvas, wußten, daß er nicht mehr als ein Straßenkünstler war. Entweder Kopist oder Wandermaler, keinesfalls besser, und dennoch war ihm die Aufgabe zuteil geworden, durch seine Gemälde die Angelegenheiten des Herzogtums zu dokumentieren.

»Hier – 'Vedra, *hier*!« Sario packte wieder ihre Hand und zerrte sie in einen winzigen Schrank, kaum groß genug für einen Nachttopf oder vielleicht ein paar Besen; aber es gab einen schweren Leinwandvorhang – selbstverständlich hervorragend bemalt! – statt einer Wand, und noch ehe sie fragen konnte, riß Sario den Stoff zur Seite. »Hier durch – paß auf, dort sind Stufen.«

Er schoß um eine Ecke, noch mehr flache Stufen hinab, ließ ihre Hand lange genug los, um eine schmale Tür aus Lattenwerk und Gips zu entriegeln, dann nickte er ihr zu. »Geh rauf! Schnell, ich verriegle die Tür von innen!«

Zögernd schob sie sich durch die Öffnung. »Sario, hier ist kein Licht!«

»Zweimal vierzehn Stufen; du mußt mitzählen. Oder ich halte dich doch für ein Erbsenhirn.«

Sie zählte. Ihre Knie zitterten, aber sie zählte. Er folgte ihr, wie er versprochen hatte; sie konnte seinen eifrigen Atem in dem engen Treppenhaus hören. »Wo gehen wir hin?«

Er zischte. *»Still!* Sonst hören sie uns!« Weiter und weiter hinauf, zweimal vierzehn Stufen, und dann eine Vorratskammer direkt unter dem Dach. Hastig preßte sich Sario gegen eine Tür. »Hier runter!«

Sie konnte die Wand vor sich spüren. Vorsichtig tastete sie sich an der Mauer entlang, dann kniete sie nieder. »Ich kann nicht sehen –«

Er packte ihre Hand und riß daran. »Hier unten, dumme Kuh! Still jetzt!«

Saavedra legte sich flach auf den Bauch. Das war auf solch engem Raum eine ausgesprochen unwürdige Haltung, und sie spürte den kalten Steinboden durch ihr dünnes Leinenhemd. »Sario«, diesmal sehr leise, »was ist hier –«

»Hier.« Er packte ihre Hand, drückte sie gegen die Wand, in einen Riß zwischen Mauer und Steinboden. Der Riß verlief beinahe über die gesamte Länge der winzigen Kammer. »Komm dichter heran, 'Vedra – dann kannst du in die Crechetta sehen.«

Einen Augenblick war ihr der Raum unter ihr unwichtiger als der, in dem sie steckten. Sie konnte sich nicht vorstellen, wieso man hier eine Vorratskammer brauchte, die so schwer zu erreichen war, eingerollt wie eine Schlange im Bauch des Palasso Grijalva. »Wieso ist dieser Raum hier?«

»Die Fragen kannst du später stellen. Und jetzt«– seine Stimme war angespannt – *»sieh dir die Chieva do'Sangua an.«*

Zaragosa Serrano wartete schweigend, bis er sich der Aufmerksamkeit des Herzogs sicher war. »Ihr wißt, daß es wahr ist, Euer Gnaden. Habe ich nicht gesagt, daß es wahr ist?«

Baltran do'Verrano blieb am Fenster stehen. Das dicke Glas war wellig und verzogen und verzerrte den Ausblick: den sorgfältig gepflegten Hof und Garten vor den herzoglichen Gemächern des Palasso Verrada. Jetzt, im Hochsommer, war das Gras saftig grün, die üppige Vegetation stand in voller Blüte, die Zitrusbäume waren schwer von reicher, wuchernder Beute, die jeden Morgen seinen Frühstückstisch schmückte; aber der Herzog ließ sich durch diesen Anblick nicht von einem ernsteren Problem ablenken.

Matra ei Filho, laßt das Kind gesund zur Welt kommen, und meine Herzogin sich schnell wieder erholen. Fingerspitzen an den Mund, ans Herz. Es war gut, daß er Zaragosa herbestellt hatte, er mußte sich ablenken.

Der Herzog trank Wein aus dem juwelengeschmückten Silberbecher – gekühlt mit Schnee, der von den Montes Astrappas heruntergebracht worden war, der Berggrenze zwischen seinem geliebten Tira Virte und dem hochmütigen Ghillas – und drehte sich ein wenig zur Seite, um dem Maler seine Aufmerksamkeit zuzuwenden. Ein schneller Blick über die Schulter lieferte ihm das vollständige Spektrum: grelle Farben auf jeder erdenklichen Stoffart, und Matra Dolcha! – auf dem Kopf des jungen Serrano saß ein gar seltsames Ding!

Er sah Zaragosa Serrano nicht direkt an – solche Gnade würde er ihm nicht erweisen, nicht so bald, denn es würde den Mann nur noch arroganter machen. »Ist das ein neuer Hut?«

Dergestalt an seinen Fehler erinnert, riß Serrano sofort den federgeschmückten Flecken grellroten Samts vom Kopf. »Nur eine Spielerei, Euer Gnaden, sonst nichts.«

Do'Verrada grunzte. »Zweifellos eine teure Spielerei.« *Und protzig, wie immer.* Er nippte wieder an seinem Wein, einem bleichen, frühlingsfarbenen Vinho bianco, selbstverständlich Lacta do'Matra, sein Lieblingsgetränk und der beliebteste aller Weine, die aus Tira Virte exportiert wurden. *Ich muß mit meinem Meisterwinzer sprechen und mich erkundigen, wie es um die Ernte steht.*

»Euer Gnaden, ich fühle mich durch Eure großzügige Ehrung meiner Begabung geehrt. Und, Euer Gnaden, da wir von Begabungen sprechen –«

Do'Verrada unterbrach die vorsichtige Umschiffung des Themas; er verbrachte schon zu viele Stunden damit, sich so etwas von seinen Höflingen anzuhören. »Ihr glaubt, ich solle der Familie Grijalva den herzoglichen Schutz entziehen.«

Serrano sprach mit einer Leidenschaft, die auf Unsicherheit schließen ließ. »Oh, Euer Gnaden, das halte ich für sehr gerechtfertigt ... wenn man bedenkt, was sie sind.«

»Reine Kopisten? Ihr gesteht ihnen nicht zu, daß sie über wahres künstlerisches Talent verfügen, das weiß ich, aber sie haben Tira Virte und seinen Herzögen viele Jahre treu gedient, Zaragosa, und genau aus diesem Grund hat mein Urgroßvater jenes Schutzedikt erlassen. Und selbst die Serranos sollten dankbar sein; ohne das Papier, die Leinwand und die anderen Materialien der Grijalvas, wo wäret ihr schon? Ihr würdet immer noch Fresken in frische Mauern kratzen, die feucht vom Bauernurin sind.« Er gestattete sich ein Lächeln, während Zaragosa so bleich wie die Heilige Milch der Matra wurde; die Begabung des derzeitigen Obersten Hofmalers war tatsächlich in den Gassen der Armenviertel von Meya Suerta entdeckt worden. »Sie haben der Kunst ebenso wichtige Dinge erwiesen wie dem Herzogtum, Zaragosa. Sie haben – und kennen – ihren Wert.«

»Sie wollen zu hoch aufsteigen, Euer Gnaden – und dabei scheuen sie sich nicht, finstere Kräfte zu bemühen.«

Do'Verrada wandte sich ihm nun direkt zu. »Ich habe mit vielen am Hofe gesprochen – es ist nicht nötig, ihre Namen zu nennen, also ist es sinnlos, mich so fragend anzusehen! –, um mehr über diese Mächte zu erfahren, von denen Ihr sprecht. Und es gibt Stimmen, die statt dessen von Eurem Neid sprechen, Zaragosa, solche, die behaupten, Ihr würdet Euch nur deshalb gegen die Grijalvas stellen, weil Ihr befürchtet, Eure Position zu verlieren.«

Zaragosa Serrano wurde rot. Die Färbung biß sich schrecklich mit seiner roten und lilafarbenen Weste und der vielfarbigen Hose. »Euer Gnaden, die Familie Serrano hat das Vertrauen der do'Verradas seit Jahrzehnten genossen –«

»Ja, selbstverständlich, aber habt Ihr nun Angst, als Oberster Hofmaler ersetzt zu werden? Ihr persönlich, Zaragosa?«

»Euer Gnaden, ich –«

»Fürchtet Ihr, daß Euer Talent von dem der Grijalvas bedroht ist?« *Oder vielleicht Euer Farbempfinden? Vielleicht sollte ich mir Eure neuesten Gemälde daraufhin noch einmal ansehen.*

»Euer Gnaden, diese Grijalvas sind nichts als Mischlinge, beinahe den Tza'ab-Banditen gleichzusetzen – geben sie dies nicht selbst zu, Euer Gnaden, indem sie auf die Chi'patros verweisen?« Es brach regelrecht aus Serrano heraus, wie ein Wasserfall, der von zu vielen Felsblöcken eingezwängt wird. »›Wer ist der Vater?‹ Sie geben es offen zu, Euer Gnaden! Es wimmelt unter ihnen von Tza-ab-Blut! Und sie sind nichts im Vergleich mit den Serranos, die ihr reines Blut bis in die Tage des großen Herzogs Alessio I. zurückverfolgen können. Wir haben keine Banditen und Bastarde unter unseren Vorfahren!«

Ruhig fragte do'Verrada: »Warum fürchtet Ihr sie dann, Zaragosa?«

»Ich habe Euch doch *gesagt*, Euer Gnaden –«

»Daß sie über eine unbekannte und namenlose Macht verfügen.« Do'Verrada seufzte. »Ich war heute in der Galerria, wißt Ihr. Ich habe meinen Sohn mitgenommen, damit er Dinge erfährt, die er wissen muß. Es war eine Gruppe von Grijalva-Kindern dort.« Er hielt einen Augenblick inne. »Sie kamen mir nicht schlimmer vor als andere Kinder, Zaragosa – vielleicht sogar nicht schlimmer als Serrano-Kinder.«

»Das kann nicht sein!«

Do'Verrada zog die Brauen hoch; Serrano hatte die Anrede vergessen. »Nun, wie Ihr schon sagtet, einige von ihnen sind Abkömmlinge der ersten, von Tza'ab-Banditen gezeugten Chi'patros. Aber wenn man sie anschaut, sieht man nichts anderes als in jeder anderen Familie. Kinder, Zaragosa.«

»Euer Gnaden, ich habe Euch gesagt, was sie sind!«

»Ihr habt mir gesagt, wofür Ihr sie *haltet*–und, könnt Ihr Euch das vorstellen, Zaragosa, ich hätte Euch beinahe sogar geglaubt. Einen Augenblick, einen einzigen Augenblick lang, als ich dort vor dem Gemälde meiner Hochzeit stand, glaubte ich ...«

»Euer Gnaden *sollten* auch glauben –«

»... und dann fiel mir ein, wenn dies tatsächlich der Wahrheit entspräche, könnte man es dann nicht auch von den Serranos behaupten?«

»Euer Gnaden!«

Der Herzog lächelte. »Oh, zugegeben, Ihr seid von reinem Blut, bis zurück in die Tage meines Vorfahren, des großen Herzogs Alessio. Aber man könnte auch behaupten, daß dies nichts weiter als höfische Politik sei, Zaragosa, und daß Ihr bei den Grijalvas neues Talent seht, das über die Ausführung von Kopien Eurer Gemälde hinausgeht, und daß Ihr um jeden Preis solche Blasphemie leugnen müßt und nun versucht, Euren Rivalen zu schaden, damit nur ja keine Möglichkeit besteht, daß einer aus dieser Familie in Eure Position erhoben wird.«

»Euer Gnaden! Meine Familie hat diese Position nun schon seit beinahe sechzig Jahren inne!«

»Und davor gehörte sie den Grijalvas.«

»Nur dreien von ihnen.« Dies kam mit ungeheurer Verachtung. »Und nur für kurze Zeit.«

»Drei. Gefangen zwischen einem Serrano und dem anderen.« Do'Verrada lächelte. »Man könnte behaupten, Ihr wolltet jene verleumden, die würdig sein könnten, Eure Stellung einzunehmen. Nun, ich sage, bringt mir einen Beweis.«

»Beweis! Aber Euer Gnaden, wir *wissen*, daß es wahr ist!«

»Wer weiß es, Zaragosa?«

»Die Familie Serrano, Euer Gnaden! Wir wissen es.«

»Dann bringt mir einen Beweis.«

»Die Grijalvas waren nicht immer Maler, Euer Gnaden. Sie waren gewöhnliche Handwerker, nicht mehr, und stellten Material für Maler her.«

»Das ist Euer Beweis? Die Entwicklung künstlerischer Begabung? Aber, Zaragosa, man könnte anführen, daß Ihr selbst – und Euer Vater vor Euch und dessen Vater vor ihm – selbst Anteil an dieser Magie, diesen dunklen Mächten hattet. Drei Grijalvas dienten als Oberste Hofmaler, bevor Euer Großonkel und Euer Vater in diese Position aufstiegen – und dann wurden sie verdrängt. Von einem Serrano.«

»Sie bekamen Angst, Euer Gnaden, und haben sich wieder dem Handwerk zugewandt, um nicht entlarvt zu werden.«

»Und überließen die Position kampflos dem Bruder Eures Großvaters? Wieso sollte eine Familie mit solcher Macht freiwillig den Hof verlassen? Das ist doch unvernünftig!«

»Waren die Grijalvas je mit Vernunft gesegnet, Euer Gnaden?«

Das war eine kleingeistige, boshafte Beleidigung. Aber sie ärgerte den Herzog. »Trotz ihres Mangels an edler Herkunft waren die Grijalvas für mehr als hundert Jahre eng mit Tira Virte und den do'Verradas verbunden, Zaragosa. Habt Ihr Verro Grijalva vergessen? Trotz einer niederen Geburt war er vielleicht der größte Befehlshaber, den die Armeen von Tira Virte je hatten. Ohne Zweifel wäre er zum Marchallo Grando über alle Armeen berufen worden – wäre er nicht bei der Verteidigung meines Großvaters, Herzog Renayo, gefallen.« Und noch deutlicher, damit es Zaragosa nicht entging: »Wäre er nicht in Renayos Armen gestorben.«

Serrano war klug genug zu schweigen.

Do'Verrada seufzte. »Ihr versteht doch sicher, daß ich den Grijalvas meinen Schutz nicht ohne Beweise entziehen kann, Zaragosa. Am Hof gibt es so viel politische Mißstimmung; nur ein Narr würde einem Gerücht ohne Beweise Glauben schenken.«

Serranos Miene war starr, er sprach mit gepreßter Stimme. »Beweise, Euer Gnaden, sind oft schwer zu erhalten.«

»Aber notwendig.« Do'Verrada lächelte, aber es war ein freudloses Lächeln. »Nun gut. Ich werde am Ende dieses Tages vielleicht einen neuen Sohn oder eine Tochter haben, und ich habe genug von diesem Thema. Setzt Euren neuen Hut mit seiner eleganten lila Feder auf – *so* elegant, Zaragosa! – und findet mir Beweise. Nur dann werde ich dieses Thema noch einmal anschneiden.«

»Euer Gnaden.« Bleich drehte sich Zaragosa Serrano um und verließ den Raum. Und klugerweise setzte er seinen neuen Hut mit der eleganten lila Feder erst wieder auf, als er außer Sichtweite des Herzogs war.

»Narr«, murmelte do'Verrada. »Wenn dich tatsächlich ein Grijalva als Oberster Hofmaler ablöst, dann ist es mindestens zur Hälfte deine eigene Schuld.«

Saavedras Magen zog sich zusammen. Es war falsch, einfach *falsch*, sich die Chieva do'Sangua anzusehen.

»Was, wenn sie uns finden?« flüsterte sie. »Mich werden sie schlagen, aber dich? Sario, würden sie dir die Bestätigung verweigern?«

»Das können sie nicht«, flüsterte er. »Die Gabe ist zu wichtig, zu mächtig. Sie brauchen mich.«

Er ist sich seines Talents so sicher ... sie war das nicht. Sie kannte keine Sicherheit, außer jener, die jeder Grijalva-Frau geboten wurde: der Möglichkeit, Kinder zu gebären, ihre Zahl zu erhöhen und zu hoffen, daß jedes männliche Kind so begabt wie Sario sein würde.

Saavedra schauderte. Obwohl sie sich kaum regen konnte, berührte sie ihre Lippen, das Herz. »Matra ei Filho, beschütze uns –«

»Bassda!« flüsterte Sario zornig. »Wenn du so feige bist, dann geh doch. Ich werde mir deinetwegen nichts entgehen lassen!«

Sie konnte gehen ... sie *konnte,* aber sie wußte, sie würde es nicht tun. Er würde es sie büßen lassen, und abgesehen davon fesselte sie eine schreckliche Neugier an den kalten Steinboden.

Sie drückte die Wange auf den Boden. Durch den Riß konnte sie den Mittelteil eines großen Raums erkennen – die Crechetta nannte Sario ihn. Es war ein vollkommen abgeschlossener Raum, eine weiß gekalkte innere Kammer des Palasso Grijalva und weder durch Lichtschächte noch Lampen beleuchtet. Nur eine dicke Kerze auf einem schmiedeeisernen Ständer befand sich dicht an einer Wand und daneben eine Staffelei, darauf ein verhülltes Gemälde, und ein Holzstuhl.

»*Peintraddo Chieva ...*«, flüsterte Sario, seinen Kopf an ihren gedrückt.

»Was? Was ist denn das?«

»Ein Meisterwerk. Ein Selbstporträt. Ich werde ein ebenso gutes malen müssen, um als Meistermaler bestätigt zu werden. Das wird von allen verlangt, die die Gabe haben. Es *muß* ein *Peintraddo Chieva* sein.«

Eine Männerangelegenheit und eine von Jungen; Saavedra kam sich bei diesem Gemurmel verloren vor. Sie fragte sich, ob er so vieles in Geheimnisse und halb ausgesprochene Bemerkungen hüllte, um sie grausam zu necken, sie daran zu erinnern, daß er tun konnte, was ihr nie möglich sein würde. Das hatte er schon mit anderen gemacht. Bisher noch nie mit ihr.

Dann betraten Männer den Raum unter ihnen.

Sie kannte sie alle. Meistermaler – Viehos Fratos, wie sie bei den Grijalvas hießen, die die Chieva do'Orro an Ketten um den Hals trugen oder am Gürtel, wie es Sanctas und Sanctos mit den heiligen Schlössern und Schlüsseln ihrer Orden machten. Bei diesen zeigte es Frömmigkeit und Ergebenheit, bei den Grijalvas stand es für etwas ganz anderes.

Atemlos drückte sie wieder die Fingerspitzen an die Lippen, ans Herz.

Die im Raum unter ihr taten es ihr nach.

Einen Augenblick lang geriet Saavedra in Panik – hatte man sie entdeckt? Verhöhnten die Männer sie? Und dann wurde ihr klar, daß dies selbstverständlich nicht der Fall war, daß sie sich nur auf ein Ritual vorbereiteten, das selbstverständlich im Namen der Mutter und des Sohnes durchgeführt wurde, denn alles in Tira Virte fand in ihren Gesegneten Namen statt.

Selbst Blasphemie?

»Matra Dolcha«, murmelte sie atemlos. *Wie war sie nur auf einen solchen Gedanken gekommen?* »Süße Mutter, schütze mich –«

»Still!«

»Sei doch selbst still!« Jetzt war sie wütend. »Weißt du, was sie vorhaben?«

Sario lächelte. »Ich glaube schon.«

Matra Dolcha – gesegnete Matra ei Filho –

Sario zischte begeistert. »Ja ... *ja!*«

Saavedra schloß die Augen.

»Sie bringen jemanden rein ... *Filho do'Canna* – das ist Tomaz!«

»Tomaz?« Saavedra riß die Augen wieder auf; sie ignorierte das Gossenwort. »Was machen sie mit Tomaz?«

Sarios Stimme war noch leiser geworden, so gebannt war er. »Chieva do'Sangua.«

Der blutige Schlüssel. Das ergab keinen Sinn. Der einzige Schlüssel, den sie kannte, war golden; die Chieva do'Orro der Grijalva und die Schlüssel und Schlösser, getrennt nach Orden, Dienst und Geschlecht, der Sanctos und Sanctas. Sie hatte bisher nur einmal gehört, daß die Chieva do'Sangua erwähnt worden war, in verstohlenem Flüstern der Jungen – Strafe, hatten sie gesagt, mit entzücktem Entsetzen, die Geheiligte Disziplinierung der Verdammten. »Was ist das – Sario? *Was* –«

Drunten trat einer der Meister vor und streifte das Tuch von dem Gemälde, und tatsächlich, wie Sario gesagt hatte, stellte es Tomaz Grijalva dar, und es war wahrlich ein Meisterwerk – das konnte sie selbst aus dieser Position erkennen, auch ohne Einzelheiten sehen zu können – aber es zeigte Tomaz nicht, wie er jetzt aussah: so, wie er vor fünf Jahren gewesen war, mit fünfzehn. Zwei Jahre nach der Bestätigung, nachdem man offiziell erklärt hatte, daß er die Gabe besaß.

Sario hatte gesagt, auch er werde ein Selbstporträt malen müssen. Ein *Peintraddo Chieva.* »Sario –«

»Neosso Irrado«, flüsterte er. »Ein zorniger Junge, genau wie ich.«

»Tomaz war immer schon ein Angeber, Sario, nur leeres Gerede über Dinge, von denen er nichts weiß – niemand gibt etwas darauf.«

»Neosso Irrado.«

»Dann wird er jetzt bestraft?« Die *Geheiligte Disziplinierung der Verdammten,* hatten jene Jungen gesagt. »Warum? Was hat er getan? Was werden sie mit ihm machen?«

»Still, 'Vedra. Warte, und du wirst schon sehen.«

Sie wartete. Und sie sah.

Und übergab sich.

2

Sario, der so schnell zurückwich, daß er sich den Kopf an der schrägen Decke stieß, war noch nie so angewidert gewesen. »Matra Dolcha, 'Vedra –«

Aber sie hörte ihn nicht mehr, bemerkte nicht seinen Ekel, war starr vor Entsetzen. Unbequem hockte sie da, zitternd und keuchend, nachdem ihr Magen rebelliert hatte. Wirres Haar fiel ihr in die Stirn, machte es schwer, ihre Miene zu erkennen.

Sie wagten nicht zu bleiben; er wagte nicht, sie anzuschreien, denn die in der Crechetta hätten sie hören können, finden, bestrafen ... und das, nachdem er gerade Zeuge einer Bestrafung geworden war, die er in seinem ganzen Leben nicht wieder würde vergessen können, selbst wenn er ewig leben sollte.

Also schloß Sario fest den Mund, verkniff sich weitere Kommentare und packte Saavedra statt dessen an ihrem Leinenhemd. »'Vedra, steh auf. Steh *auf!* Wir müssen gehen!«

Und das taten sie; sie kam schließlich ungeschickt auf die Beine, immer noch würgend. Sie drückte sich die Hände auf den Mund, um weiteren Katastrophen vorzubeugen.

Es stank in der winzigen Kammer. Wieder zog Sario an ihrem Hemd und zerrte sie die Treppe hinab; er kannte das Treppenhaus gut, besser als sie. Es war anstrengend, sie hinunterzuschaffen, ohne daß sie stürzte.

»Raus«, zischte er. »Wir müssen nach draußen, aus dem Haus. Wenn sie dich gehört haben –« Das war möglich, wenn auch unwahrscheinlich, aber sie konnten nicht riskieren, entdeckt zu werden. Was sie gesehen hatten ...

Abwärts und abwärts, vierzehn Stufen, zweimal, an deren Fuß er die Tür entriegelte, mißtrauisch den Kopf hinausstreckte, dann zupfte er wieder an ihrem Hemd. »Komm schon, 'Vedra, wir müssen hier raus.«

»Hör auf zu zerren, Sario!« Sie riß ihm das Hemd weg, zog es dann hoch, um sich Mund und Gesicht abzuwischen; sie wollte ihre Erinnerung von dem Gesehenen säubern, das wußte er wohl, ebenso wie ihr Gesicht von dem Beweis ihrer Schwäche.

Das garantierte, daß er auf keinen Fall den Stoff wieder berühren würde. »'Vedra, beeil dich!«

Durch den bemalten Vorhang in den Flur hinaus, durch die labyrinthartigen Gänge und weg von den Haupträumen, in denen sich Menschen versammelten – sie vermieden es, anderen zu begegnen –, und zu einer Tür, die er hastig entriegelte und mit einem erleichterten Seufzen aufstieß.

Sonnenlicht drang hinein; sie stolperten nach draußen, blinzelnd, wie zwei tolpatschige Welpen, in eine Gasse seitlich des Palasso, eine schmale, kopfsteingepflasterte Gasse, die von beiden Seiten schräg zur Mitte hin zulief, wo sie in einem flachen Rinnstein Regen und Müll davontrug. Aber es gab keinen Regen an diesem Tag, nur helles, blendendes Sonnenlicht, das durch die Risse in ihre Seelen drang und gnadenlos enthüllte, sie daran erinnerte, was die Chieva do'Sangua war, was es bedeutete, wie es geschah …

– Glocken –

Meya Suerta bebte vom Klang der Glocken.

Im reinen Licht der Sommersonne war Saavedras Gesicht bleich wie eine Leichenkerze. Selbst ihre Lippen, die sie fest aufeinanderpreßte, waren bleich, als befürchtete sie, sich wieder übergeben zu müssen.

Sarios Ekel war noch nicht verschwunden, aber angesichts ihres offensichtlichen Unbehagens ließ er sich bewegen, eine Lösung vorzuschlagen. »Der Brunnen«, sagte er. »Komm, 'Vedra – du mußt dich waschen.«

Er nahm sie mit zu dem Brunnen, der dem Palasso Grijalva am nächsten lag, zum Hauptbrunnen des Zocalo, des Platzes mitten im Künstlerviertel, in dem sie und alle anderen, die mit der Kunst zu tun hatten, wohnten. In der Mittagshitze blieben die meisten in den Häusern, tranken kühle Fruchtsäfte und hielten ein Schläfchen, obwohl die Glocken sie jetzt wieder vor die Türen lockten.

Saavedra beugte sich über die Steinbrüstung und schöpfte Wasser mit den Händen, wusch sich das Gesicht. Ihr Hemd war vorn schnell durchtränkt, aber Sario war der Ansicht, ein nasses Hemd sei besser als eines, das den Beweis ihres schwachen Magens trug.

Er runzelte die Stirn. *So viele Glocken* – die der Kathedrale, von jeder Ecclesia und Sanctia in der Stadt, aber sie riefen zum Feiern auf, nicht zum Gedenken.

Saavedra blieb über das unterste Becken gebeugt stehen und starrte ins Wasser. Von der Brunnenfigur – der Matra selbst mit ausgestreckten Armen – sprühte Wasser herab und umhüllte ihr lockiges schwarzes Haar mit feinem Nebel.

Er sah, wie starr sie ihre Schultern hielt, wie weiß ihre Fingerknöchel waren, wie sie sich an die Brüstung klammerte, als drohte sie, ins Wasser zu stürzen.

»Matra ei Filho«, murmelte sie, »in Eurem Heiligen Namen, erlöst ihn von seinen Qualen –«

»'Vedra –«

» – laßt ihn nicht erleiden, was sie ihm angetan haben –«

»'Vedra –«

»– Gesegnete Mutter, Heiliger Sohn, schenkt ihm Frieden statt des Schmerzes –«

»'Vedra, sei endlich still! Du klingst wie eine Sancta!«

Sie löste eine Hand und hob die Fingerspitzen zum Mund und zum Herzen. » – erlöst ihn von seinen Qualen –«

»Ich lasse dich hier stehen!«

Saavedra starrte ihn an. Noch nie hatte er einen solchen Ausdruck in ihren Augen gesehen: sie sah entsetzt aus, erschrocken, verwirrt, aber auch wütend. »Dann geh doch«, sagte sie verächtlich. »Geh, Neosso Irrado, und sieh dir in deinem Kopf noch einmal an, was sie mit Tomaz gemacht haben. Kannst du es denn so einfach aus deiner Erinnerung tilgen?«

Das konnte er nicht. Aber er war nicht so weich wie sie, nicht so schwach; er war ein Mann. Er konnte es ertragen. Er hatte nur gesehen, was jeder Mann sehen würde, der die Gabe hatte; wenn die Zeit für die nächste Chieva do'Sangua kam, konnte es gut sein, daß er einer der Viehos Fratos in der Crechetta war und kein Außenseiter mehr, der sich in einem Schrank versteckte.

Ich möchte es nicht aus meiner Erinnerung tilgen. Ich möchte es noch einmal sehen. Das war immerhin die einzige Möglichkeit, es zu verstehen, zu sehen, was geschah, damit er wußte, wie sie es machten. Es war dieser Hunger nach Wissen, der ihn trieb. »Magie«, sagte er. »Das war Magie, 'Vedra.«

Mit einem angewiderten Laut wandte sich Saavedra ab. Sie warf das nasse Haar zurück, zupfte ihr Hemd zurecht und sah sich auf dem Zocalo um. »Glocken«, murmelte sie. »Geburtsglocken ... die Herzogin hat ihr Kind bekommen.«

Das war Sario, der sich um solche Dinge wie Herzogskinder nicht scherte, gleich. Es sei denn – »*Merditto!* Der Herzog wird diesen Filho do'Canna, Zaragosa Serrano, die Geburt malen lassen ... Matra Dolcha, dieser Anstreicher wird ein weiteres mittelmäßiges Bild in die Galerria hängen, und Grijalvas, die viel begabter sind als er, werden die Kopien herstellen müssen!«

Farbe flackerte auf ihren bleichen Wangen. »Nun, wenn *du* erst Oberster Hofmaler bist, kannst du ja dafür sorgen, daß nur deine Meisterwerke in die Galerria kommen.«

Sie hatte das verächtlich gemeint, als Rache für seine Ungeduld, aber er nahm es nicht so auf. »Ich *werde* einmal Oberster Hofmaler sein. Und ich werde Meisterwerke malen. Und dann werden die Serranos meine Arbeiten kopieren müssen.«

»Ach, Sario –«

»Ganz bestimmt.« Seine Worte gingen beinahe in dem Geläute unter. »Zaragosa Serrano sollte schon mal anfangen, seine Tage zu zählen, Saavedra. Sie werden bald meine sein.«

Alejandro Baltran Edoard Alessio do'Verrada war in der vergänglichen und nachlässigen Zeitspanne zwischen Morgendämmerung und Mittag vom einzigen Kind zum älteren Bruder geworden. Diesmal war er alt genug, die Verwandlung zu verstehen; zuvor, zweimal zuvor, war er noch zu jung gewesen, um mehr zu wissen, als daß seine Mutter sich eingeschlossen und geweint hatte und daß sein Vater, der normalerweise viel Zeit mit seinem Sohn verbrachte, sich sowohl vom Sohn als auch von der Frau absonderte, von der gesamten Stadt, und nach Caza Varra ging, seiner privaten Zuflucht.

Selbstverständlich konnte dies noch immer geschehen; kein Neugeborenes war seines Lebens sicher, solange es nicht angemessen von Matra ei Filho gesegnet war. Wenn man der Ansicht war, es mangele ihm an Gnade, wurde der Segen verweigert, und das Kind starb. Es war nicht geeignet, ein Bürger von Tira Virte zu sein, wenn Matra ei Filho diesen Segen verweigerten, also war der Tod ein Geschenk.

Das behaupteten jedenfalls die Sanctos und Sanctas und wiederholten damit die Worte ihrer Oberen. Die Premia Sancta und der Premio Sancto waren nicht immer einer Meinung – so meldete zumindest der Tratsch –, aber darin waren sie sich einig: tot geborene Kinder oder solche, die starben, waren es nicht wert, betrauert zu werden.

Also hatte sich seine Mutter, die Herzogin, eingeschlossen, damit nur ihre Hofdamen erfuhren, daß sie weinte, und sein Vater hatte die Stadt verlassen. Und er hatte im Palasso Verrada allein zurechtkommen müssen.

Heute mußte er das ebenfalls, wenn auch nicht wegen des Todes eines Kindes, sondern wegen dessen Geburt; heute war er einfach überflüssig. Und so beschäftigte er sich damit, über seine Stellung in der Welt nachzudenken und mit Neugier darüber, was denn nun *genau* geschah, wenn ein Baby starb. Zwei jüngere Schwestern waren gestorben, lagen jetzt in der Gruft bei den anderen do'Verradas ... und dennoch war ihnen angeblich der Segen von Matra ei Filho verweigert worden, *weil* sie gestorben waren; hieß das nicht, daß Kinder, die den Segen nicht erhalten hatten, in die Familiengruft kamen, wo Marmorstatuen an ihren kurzen Aufenthalt in der Welt erinnerten?

Das verblüffte Alejandro. Was geschah, wenn Erwachsene starben? Die waren doch sicher während ihres Lebens gesegnet worden, oder sie wären schon als Kinder gestorben; und wenn sie als Erwachsene starben, wurden sie betrauert, manchmal sogar sehr ausführlich. Hatten dann Matra ei Filho aus irgendeinem Grund den Segen zurückgenommen, den sie bei der Geburt erteilt hatten? Starben Erwachsene deshalb?

Niemand im Palasso schien es ihm erklären zu wollen. Die Dienstboten liefen rot an, wurden unruhig und flohen. Solche von höherem Rang, die er ansprach, wo immer er sie fand, selbst wenn sie aus den Waschräumen kamen, waren nicht besser imstande, ihm etwas zu erklären, oder sie wollten es nicht, denn viele sagten ihm – selbstverständlich sehr höflich –, er möge die Frage seiner Kinderfrau unterbreiten.

Seine Kinderfrau jedoch war bei dem neuen Baby, und Alejandro wurde der Eintritt in die Privatgemächer verweigert, in der seine Mutter und seine neue Schwester residierten. Also ging er schließlich in die Küche, wo die Köche ein Ersttagsfest vorbereiteten – *Premia Dia,* da es sich um ein Mädchen handelte – zu Ehren der neuen Herzogstochter. Man gab ihm eine Schüssel und einen Löffel zum Ablecken, dann verbannte man ihn sanft in eine Ecke, wo er Herzog im Herzogtum der Köche spielen durfte – aber nur in gebührendem Abstand.

Und so erfuhr der Junge, der sie eines Tages einmal alle regieren würde, zum ersten Mal, daß er anders war, daß einige in dieser Welt begünstigt waren, daß er und die aus seinem Haus besser waren als alle anderen im gesamten Herzogtum.

Denn so, erklärte man ihm, war die Welt nun einmal.

Die Köche, Unterköche und Küchenjungen diskutierten nur zu gern mit ihm darüber, was der Tod war und was das Leben, und wie Matra ei Filho, gesegnet seien Ihre Heiligen Namen, zwischen den Kindern der do'Verradas und denen einfacher Bauern unterschieden, zwischen dem Adel und den Händlern und ganz sicher zwischen reinblütigen Tira

Virtinern und den Tza'ab–Chi'patros, zwischen den heiligen Sanctas und Sanctos und der Premia Sancta und dem Premio Sancto und selbst den niedersten Initiatas und Initiatos, die gerade erst dem Orden beigetreten waren und die trotzdem, weil sie Matra ei Filho dienten, besser waren als jeder andere.

Natürlich mit Ausnahme der do'Verradas, die gesegneter waren als alle anderen … obwohl dieser Schluß zu einer hitzigen Diskussion zwischen dem Fleischkoch und dem Bäcker darüber führte, wer in den Augen von Matra ei Filho wohl wichtiger sei: Seine Gnaden der Herzog, der das Herzogtum regierte, oder ihre Verehrten Eminenzen, die Premia Sancta und der Premio Sancto, die über die Heilige Ecclesia befahlen, die die Oberherrschaft über all die vielen kleineren Sanctias und Schreine in der Stadt und dem gesamten Herzogtum beanspruchten.

Gelangweilt von diesen philosophischen Spitzfindigkeiten, wie vulgär sie in der Gossensprache auch klingen mochten, kletterte Alejandro von seinem Hocker, stellte die Schüssel mit den Löffeln ordentlich ab und verließ die Küche wieder.

Dieser Tag hatte ihm nicht nur die neue, noch namenlose Schwester gebracht, sondern auch die Erkenntnis, welche Macht seinen Familiennamen begleitete. *Seinen* Namen.

Er war Alejandro Baltran Edoard Alessio do'Verrada. Eines Tages würden alle in Tira Virte, vielleicht sogar die Premia Sancta und der Premio Sancto, tun, was er von ihnen erbat – oder ihnen befahl. Durch die Gnade seiner Geburt und den Segen von Mutter und Sohn würde es in seiner Verantwortung liegen, die Welt zu formen.

Alejandro kicherte. Eines Tages würde er alles ändern können, was er ändern wollte – sogar etwas so Unwichtiges wie die Farbe und den Geschmack seiner Lieblingssüßigkeit.

Die derzeit Schokolade war, so dunkel, daß sie beinahe schwarz schien.

Draußen läuteten die Glocken von Ecclesias und Sanctias zum Willkommen der neuen kleinen do'Verrada. Drinnen rang der zehnjährige Erbe mit seiner neuen Erkenntnis, daß er anders war als alle anderen und auch niemals wie sie sein konnte.

In der Zwischenwelt zwischen Dunkelheit und Dämmerung lag Saavedra wach ... Sie hatte lange wach gelegen, von dem Augenblick an, als sie sich in ihrer winzigen Zelle zu Bett gelegt hatte, verkrampft an Leib und Gliedern, als sie sich zusammenrollte in dem Versuch, sich gegen die Angst zu wehren, gegen das Verstehen, gegen die grellen Farben dessen, was sie wie verschmierte Farbe auf der Palette ihres inneren Auges sah.

Tomaz.

Chieva do'Sangua.

Und Sario, der so begeistert, so fasziniert gewesen war.

Neosso Irrado hatte Sario Tomaz genannt. Und sich selbst. Und es stimmte, sie hatte Tomaz als zornigen jungen Mann gekannt, zu alt, um noch als Junge bezeichnet zu werden, zu jung für einen Meister. Begabt und daher begabter als viele, selbst andere Grijalvas, hatte sich Tomaz häufig Ausbrüchen künstlerischen Temperaments hingegeben und sich ununterbrochen über bestimmte Familientraditionen beschwert. Und so gewaltig war seine Ungeduld gewesen, endlich seine Luza do'Orro mit der Welt innerhalb des Palasso Grijalva zu teilen, damit er eines Tages auch nach außen treten konnte, ins Licht der Anerkennung durch die Bürger von Tira Virte für ein Talent, das das der Serrano-Emporkömmlinge bei weitem übertraf, ebenso wie das anderer, die sich selbst Maler nannten.

Genau wie Sario.

Ihr war übel, und das seit dem Augenblick, da sie Zeuge der Wahrheit jener Geheiligten Disziplinierung der Verdammten geworden und sich noch einmal darüber klargeworden war, daß sie zu dieser Familie gehörte. Unterworfen ihren Bedürfnissen, ihren Wahrheiten, ihren Talenten, ihren Gaben – und den Begabten. Und nun erschüttert von denselben Wahrheiten, den tiefer liegenden, verborgenen Wahrheiten dessen, was die Macht der Begabung bedeutete, und der Gabe.

Keine Frau wußte es. Keiner Frau wurde dieses Wissen gewährt. Keine Frau wurde zu den Zeremonien der Meister zugelassen, der Viehos Fratos. Sie hatte sich immer darüber geärgert, jetzt hielt sie es für einen Segen. Sie waren blind, all diese anderen Grijalva-Frauen, von denen man nur verlangte, Kinder zu gebären. Man verweigerte ihnen die Gabe, und sie hatten keine Macht, die über den Haushalt hinausreichte. Keinen Zugang zur Magie. Kein Wissen über die Wahrheit.

Unschuld, hatte sie bis zu diesem Tag gedacht, war eine vollkommen überschätzte Eigenschaft, die die Frauen der Gleichheit beraubte. Und dennoch, wegen dieses Augenblicks, dieses Tages, würde sie nie wieder unschuldig sein.

Sie war zwölf Jahre alt. In wenigen Jahren würde sie verheiratet sein und Kinder bekommen. Bis dahin würde sie nie wieder schlafen können, ohne vor sich zu sehen, was man Tomaz Grijalva, dem Neosso Irrado, angetan hatte.

»Heilige Mutter und Sohn«, murmelte sie, »laßt Sario nicht so zornig wie Tomaz sein.«

Und nicht so dumm.

Sario zog ein dunkles Hemd und weite Hosen an, dazu weiche Filzschuhe, und trat aus seiner kleinen Zelle in den Flur hinaus. Er nahm seine Kerze, Feuerstein und Zunder mit, aber er zündete die Kerze nicht an; er steckte alles in seine Tasche und ging den ganzen Weg zu dem schmalen Flur, der so nahe an der Crechetta lag. Wieder schlüpfte er hinter den bemalten Vorhang in die Kammer dahinter, stieg Treppen hinauf und hinab, erreichte schließlich die schmale Tür aus Lattenwerk und Gips. Dort hielt er inne, entzündete die Kerze und legte die Hand an den Riegel.

Er mußte wissen, ob sie wußten, daß er und Saavedra diesen seltsamen kleinen Schrank entdeckt hatten. Wenn das Ergebnis ihrer Übelkeit noch dort war, so ekelhaft es sein mochte, waren sie sicher; wenn jemand es weggewischt hatte, hatte man sie entdeckt. Und ohne Zweifel würde das Nachforschungen nach sich ziehen, ganz gleich, wie verborgen, um zu entdecken, wer während der Chieva do'Sangua in dem verborgenen Schrank über der Crechetta gewesen war.

Sario öffnete die Tür. Das Kerzenlicht, selbst von diesem jämmerlichen Stumpf klumpigen, stinkenden Wachses mit einem rußenden Docht, floh wie Ungeziefer die achtundzwanzig Stufen hinauf und hielt erst am Rand der schrägen Decke inne.

Wo sich etwas bewegte. Sario erstarrte. *Sie wissen es – sie haben es herausgefunden –*

Wieder bewegte sich etwas, und dann erklang eine Stimme, heiser vom Schreien, belegt vom Weinen. »Wer ist da? Ist jemand da?« Ein Rascheln. »Ich flehe dich an, hilf mir ... O Gesegnete Mutter, *hilf* mir –«

Sario hielt den Atem an. *Matra Dolcha, hat man uns erwischt?* Nein, das konnte nicht sein – würde sonst jemand um Hilfe bitten? *Es sei denn, es ist eine Falle* – seine Hand zitterte, und beinahe wäre die Kerze ausgegangen.

Jemand kroch in den Lichtkreis oben an der Treppe, tastete sich mühsam an den Rand der Treppe heran.

Sario, zum ersten Mal in seinem Leben so erschrocken, daß ihm die Worte fehlten, starrte den Mann an, den Mund weit aufgerissen.

»Kommst du, um mir zu helfen?« Der Mann stützte sich mit schmerzenden, knochenfiebrigen Händen an die Wand, das Fleisch um die Fingerknochen geschwollen, Buckel und Schwielen verunstalteten, was einmal bewegliche Finger gewesen waren, disziplinierte Finger, nun so weit zerstört, daß es nur noch verrenkte, mißgebildete Klauen waren. Gold blinkte kurz in den üppigen Falten teuren Stoffes auf;

er war ein eitler Mann gewesen, damals, der sich gern geschmückt hatte. »Bist du noch da?«

Die Kerze leuchtete alles bis auf die entferntesten Ecken aus. Und dennoch fragte der Mann, ob Sario dort sei.

Ja ... aber er sagte nichts, konnte nichts sagen, schluckte nur wieder schwer, schmerzlich und starrte in angeekelter Faszination die halbdurchscheinende, milchige Substanz an, die die Augen des Mannes füllte.

Der Körper war noch jung, das Fleisch, die Knochen, das Haar, die Züge. Er war in jeder Hinsicht immer noch Tomaz Grijalva, feinknochig und strahlend begabt. Aber auch ein Neosso Irrado.

Und dementsprechend mit der schlimmsten Strafe bedacht, die man einem begabten Grijalva antun konnte: der Disziplinierung der Verdammten. Denn dieser Mann war wahrhaft verdammt.

Sarios Stimme erklang leise in diesem flackernd beleuchteten Gefängnis. »Du wirst nie wieder malen können.«

Tomaz zuckte zusammen. »Wer ist da? Wer ist das? Was willst du? Bist du gekommen, mich zu verhöhnen? Gehört das auch zu meiner Strafe?« Aus dem Gleichgewicht gebracht, tastete er unsicher mit den schmerzenden Händen. »Wer bist du?«

Sario lachte. Er konnte nicht anders. »Neosso Irrado, Tomaz ... genau wie du.« Und dann verstand er plötzlich. »Aber *klüger* als du ...« Sein Lachen glich einem Schluckauf. »... denn mich werden sie nie erwischen.«

»Filho do'Canna – wer *ist* denn das?«

Die Faszination überwog nun den Schrecken. Sie hatten ihm so viel verweigert, die Moualimos, die immer nur Jugend statt der Begabung sahen; die das Talent erkannten und versuchten, es zu beherrschen, zu verdrehen, ihn dazu zu bringen, ihm zu mißtrauen, im Namen ihrer Traditionen, ihrer Macht. Was da vor ihm hockte und um Hilfe für die geblendeten Augen und geschwollenen Hände bettelte, war der Fehler seiner Lehrer, der Meister, der Viehos Fratos, die ihre Macht ohne Phantasie ausübten, ohne den Geist, seine Talente anzuerkennen.

Sie haben Angst vor mir ... sie werden mir dasselbe antun wie Tomaz. Angst. Was sonst konnte es rechtfertigen, das Talent eines anderen auf diese Weise zu zerstören? Tomaz' Luza do'Orro verblieb in seinem brillanten, wenn auch undisziplinierten Geist, aber seine Mittel, sie mit der Welt zu teilen, waren ihm auf immer verweigert.

Sario hielt den Atem an. Eine grausame, gnadenlose Konzentration ersetzte den Schock mit einer namenlosen Begierde, die sehr viel mächtiger war als die seiner jugendlichen Lenden. »Wie haben sie es gemacht, Tomaz? Ja, ich habe zugesehen – ich habe gesehen, wie sie die Verletzungen in das *Peintraddo Chieva* gemalt haben, und dann hast du sie selbst bekommen! Aber *wie* bewerkstelligen sie das? Wie kommt diese Magie zustande?«

Tomaz brach zusammen. »Filho do'Canna«, schluchzte er. »Sie haben dich geschickt, um mich zu ködern!«

»Nein, nein ...« Sario schloß und verriegelte die Tür hinter sich. »Niemand hat mich geschickt, das schwöre ich dir. Ich bin hergekommen, um etwas zu erfahren, und jetzt weiß ich noch mehr.« Die Kerzenflamme rußte und flackerte, aber Tomaz bemerkte das nicht mehr. »Ich habe die Gabe, Tomaz, wie du sie hast – hattest –, aber ich möchte wissen, wie solche Dinge getan werden. Ich *muß* es wissen – sie werden behaupten, ich sei zu jung, aber ich muß es wissen, damit ich vorbereitet bin.« *Damit mir nicht geschieht, was dir geschehen ist.*

Schweigen, dann schrie Tomaz auf: »Ich kann dir nichts sagen; du darfst vor deiner Bestätigung davon nichts wissen.«

»Es fängt mit dem *Peintraddo Chieva* an«, stellte Sario entschlossen fest. »Oder? Ein Selbstporträt, in jeder Hinsicht vollkommen ... und es waren *ihre* Gaben, die dich so zerstört haben, Tomaz! Was bist du ihnen noch schuldig?«

Schweigen; nur Atem war zu hören. Und dann eine hohle Stimme: »Sie werden mich nicht erlösen. Ich kann nicht, will nicht so weiterleben, aber sie werden mich nicht gehen lassen.«

»Neosso Irrado«, sagte Sario sehr leise, »teile deine Wahrheit mit mir.«

»Gnade. Das ist alles, was ich verlange. Erlöse mich von diesem Schrecken in die süße Gnade der Matra.« Tomaz' Gesicht, im Licht und Schatten von Sarios Kerzenflamme deutlich zu sehen, wurde jetzt von einer Maske gequälten Wissens und hilfloser Trauer überlagert und zu einer grotesken Karikatur des gutaussehenden jungen Mannes, der er noch Stunden zuvor gewesen war. »Ja, ich werde es dir sagen – und dann mußt du mich töten.«

Sarios Bedürfnis, seine eigenen Talente und Begabungen zu verstehen, hatte ihm noch keine Kenntnis verschafft, wie so etwas zu erreichen war. Der Gedanke verblüffte ihn. »Du sagtest – du sagtest *erlösen* – nicht ›töten‹!«

Tomaz' verzweifeltes Lachen brach. »Bist du noch so jung? So jung, daß dir der Tod unbekannt ist?«

Getroffen erwiderte Sario rasch: »Ich kenne den Tod! Vor drei Jahreszeiten sind meine Mutter und mein Vater am Sommerfieber gestorben.«

»Und seitdem bist du in den Händen der Moualimos?« Tomaz seufzte. »Es fängt an, wie es immer für einen Grijalva anfängt, der die Gabe besitzt, selbst für *dich* wird es eines Tages so anfangen: mit dem *Peintraddo Chieva.* Und so endet es auch. Zerstöre es, Neosso Irrado, wie auch ich einmal einer war, und du wirst mich erlösen.«

»Stimmt das?«

Tomaz gab ein kurzes, bitteres Lachen von sich. »Bei meiner Seele.«

Matra Dolcha! Hierin lag also die erste der echten Wahrheiten, die leuchtende Luza do'Orro der Grijalva-Gabe.

Sario trat einen Schritt vor. »Sag mir alles!«

3

»Und«, sagte die Frau, »wirst du mich jetzt verlassen? Mich vergessen?«

Der Mann lächelte. »Niemals.«

»Du hast einen Sohn. Du hast eine Tochter.«

»Legitime Kinder zu haben ist kein Grund, eine Frau zu vergessen, die mich zufriedenstellt, selbst wenn die Ecclesia dieser Beziehung nicht zugestimmt hat.« Neben ihr, in dem massiven Himmelbett – ihrem Bett, seinem Bett; seit zwei Jahren ein und dasselbe –, räkelte er sich gewaltig. »Matra Dolcha! – Aber ich bin ausgesprochen erfreut! Die Kleine ist wohlauf und wird es wohl auch bleiben; *diesmal* haben Matra ei Filho uns gesegnet.«

»Uns?«

Selbst sein Rücken fühlte sich jünger an, obwohl die Wirbel beunruhigend knackten. »Tira Virte. Mich. Die Herzogin. Und dich, meine Liebe – wenn ich gesegnet werde, wirst du auch gesegnet.« Schweigen. Sie lag neben ihm, ihre Beine noch mit seinen verschlungen, aber sie neigte sonst nicht zur Schweigsamkeit. Wenn sie nichts sagte, dann deshalb, weil sie ihm etwas übelnahm.

Er stützte sich auf den Ellbogen. Sie hatte ihm den Rücken zugewandt; er konnte die lange Kurve ihrer zarten Wirbelsäule unter der glatten jungen Haut sehen. *So jung – so viel jünger als ich.* Sanft folgte er mit dem Finger den Wirbeln vom Hals bis zur Taille. »Was ist los? Habe ich deine Ängste nicht beschwichtigen können?«

Sie zuckte elegant mit den perlmuttschimmernden Schultern, die zuvor mit teurem parfümiertem Puder aus Ghillas bedeckt gewesen waren und auf denen nun der Schweiß trocknete. Das Leintuch rutschte ein Stück weiter herunter, sie war gekleidet in einen Vorhang üppigen braunen Haars und Seide über ihren Hüften.

»Was ist denn, meine Liebste? Brauchst du noch weitere

Beweise meiner Zuneigung? Meiner Anbetung?« Er seufzte und nahm die Hand weg. »Habe ich dir nicht schon dieses Herrenhaus überschrieben? Du bist eine reiche Frau, angemessen geehrt … und deine Zukunft ist gesichert. Was mehr könntest du wollen?«

Jetzt wandte sie sich ihm zu. Ihr Haar ringelte sich am Ansatz, noch feucht. »Sicherheit für meine Familie.«

Sein Lachen verklang, als er sah, wie ernst es ihr war. »Dein Bruder ist Oberster Hofmaler. Andere Mitglieder deiner Familie sind ebenfalls am Hof. Du bist öfter in meinem Bett als die Herzogin. Wieviel mehr Sicherheit soll es noch geben, Gitanna?«

Ihr üppiger Mund, noch gerötet, war ausdrucksvoll, obwohl es nicht unbedingt eine Bitte war, die sie aussprach. »Es gibt noch eine Kleinigkeit, Baltran …«

Er konnte nicht widerstehen und mußte sie abermals berühren, sich selbst versichern, daß ihre Brust ihm gehörte, und nur ihm. »Dann nenne sie.«

»Zieh den herzoglichen Schutz von den Grijalvas zurück.«

Er erstarrte.

»Ist das denn soviel verlangt, Baltran? Sie widmen sich Schwarzer Magie … sie schmieden Ränke, um meine Verwandten von allen wichtigen Positionen zu entheben –«

»Gitanna –«

»– und sie würden ohne Zweifel auch *mich* durch eine dieser Chi'patro-Frauen ersetzen wollen –«

»Gitanna.«

»– und wenn du sie nicht aufhältst, werden sie dich zerstören, Baltran, dich und deine Familie, und das Herzogtum an sich reißen.«

Er wich zurück vor ihrer Wärme, ihren Überredungsversuchen, ihrer weiblichen Kriegführung. Ohne Hilfe konnte er sich nicht vollständig ankleiden – und es war den Dienstboten strengstens verboten, das Schlafzimmer zu betreten –, also zog er sich selbst an, so gut es ging: Hose, ein leichtes, sommerliches Hemd, Manschetten und Kragen offen; weiche, dünnsohlige Lederschuhe, an Zehen und Absatz mit poliertem Messing geschmückt. Er unternahm erst gar nicht den Versuch, die Weste mit ihrem formellen und verschlungenen Schmuck anzulegen.

»Baltran!«

Er wandte sich ihr zu, umklammerte einen der massiven, geschnitzten Bettpfosten mit der Hand, als er sich vorbeugte. Am Zeigefinger glitzerte der Herzogsring, blutrot in einem schrägen Strahl der Mittagssonne, die durch die offenen Fensterläden hereinfiel.

»Ich werde es dir nicht übelnehmen, Gitanna – nicht dir allein. Sie versuchen, dich bei diesen Angelegenheiten zu benutzen, wenn ich ansonsten nicht auf ihre Forderungen reagiere. Ich nehme an, auch das kann ich nicht übelnehmen – sie glauben, was sie glauben –, aber ich werde mich im Bett nicht derselben politischen Kleinlichkeit aussetzen, die den Hof erstickt. Denk daran, meine Liebe, daß das, was zwischen uns ist, nichts mit Politik und den Grijalvas zu tun hat.«

Sie war sehr bleich, beinahe durchscheinend. »Aber es war die Politik, die uns zusammenbrachte! Mein Bruder hat mich für dich an den Hof gebracht, Baltran!«

»Oder für jeden anderen reichen, mächtigen Mann, den du hättest verführen können; es war eben zufällig der Herzog.« Die Hand, zum Teil verborgen unter der Spitzenmanschette, schloß sich fester um den Bettpfosten. »Du weißt nicht, was du von mir verlangst, Gitanna. Du hast keine Ahnung von den Grijalvas.«

»Ich weiß, daß es in dieser Familie von Bastarden nur so wimmelt, Baltran! Kannst du denn schwören, daß diese Tza'ab-Abkömmlinge nicht heimlich nach Rache für ihre Niederlage am Rio Sanguo lechzen?«

»Es sind Grijalvas«, sagte er fest, »alle miteinander. Ihre unglücklichen Ahnen – die, wenn ich dich erinnern darf, keine andere Wahl hatten! – wurden von Herzogin Jesminia selbst, mögen Matra ei Filho ihren Namen segnen, offiziell akzeptiert, und niemand in der Familie do'Verrada sollte je ihre Wünsche vernachlässigen.«

»Das ist mehr als hundert Jahre her!« schrie Gitanna. »Sie ist lange tot, Baltran – und sie würde sicher sofort zugeben, daß ihr eigenes Blut wichtiger ist als das von Grijalvas oder Tza'ab-Banditen!«

»Grijalva-Blut, das in Schlachten vergossen wurde, ist einer der Gründe, wieso die do'Verradas heute überhaupt regieren«, sagte er leise. »Du vergißt dich, Gitanna. Du vergißt deine Geschichte.«

»Ich kenne meine Geschichte, Baltran!« Sie saß jetzt aufrecht und hatte das Leintuch züchtig hochgezogen, um zu verbergen, was ihm vor kaum einer Stunde noch solches Vergnügen bereitet hatte. »O ja, der Name der gnädigen Herzogin Jesminia soll gesegnet sein – aber denk doch daran, was ihre Aufnahme der entehrten Grijalva-Frauen und ihrer Bastarde uns eingebracht hat! Wenn die Tza'ab wieder angreifen sollten, werden sie Blutsverwandte und Verbündete in unseren eigenen Mauern haben, Baltran!«

»Die Tza'ab sind seit der Schlacht am Rio Sanguo kein einiger Feind mehr«, sagte er geduldig; es war kein neues Argument, obwohl er es noch nie von *ihren* Lippen vernommen hatte. »Und außerdem, ohne einen heiligen Mann, der sie anführt – oder was von ihnen noch geblieben ist –, werden sie nie wieder versuchen, die Ländereien zurückzuerobern, die nun uns gehören. Verro Grijalva selbst hat den *Kita'ab* zerstört, bevor er starb. Ohne ihren Führer *und* ihr heiliges Buch werden sie sich nie wieder vereinigen. Und selbst wenn jemand die Führung der Horde für sich beansprucht, kann er nie hoffen, die Reiter des Goldenen Sturms ohne den *Kita'ab* zu versammeln.« Er schüttelte den Kopf. »Ihre Kraft ist gebrochen, das verspreche ich dir ... ihr Anführer wurde getötet, die Reiter zerstreut. Sie sind nur noch Banditen – ein gelegentliches Ärgernis, nichts weiter. Keine Bedrohung für Tira Virte.«

»Aber die Grijalvas *wissen* Dinge.«

Er lachte trotz ihrer Verzweiflung wieder gut gelaunt. »Du ebenfalls, meine Liebste. Ganz sicher! Und solange du weißt, wie du diese ›Dinge‹ einsetzen mußt – wirst du mir gefallen.« Er hob seine Weste hoch. »Und jetzt zieh mich so schnell wieder an, wie du mich ausgezogen hast; es ist Zeit, in den Palasso zurückzukehren.«

Saavedra, sehr erschöpft und durcheinander, fand Sario schließlich in der Galerria der Familie. In den zehn Tagen, seit sie Zeuge der Chieva do'Sangua geworden waren, hatten sie einander gemieden, als hätten sie Angst, sich daran zu erinnern, was sie gesehen hatten. Aber nun suchte sie ihn; sie hatten einander zu lange zu nahe gestanden, um getrennt zu bleiben, und ihr Geheimnis war zu groß, um es allein wahren zu können. Sie mußte es mit dem teilen, der dasselbe erblickt hatte.

Die Galerria Grijalva war nicht wie die Galerria Verrada. Sie war viel kleiner, weniger großartig und entschieden privater; niemand betrat sie ohne Erlaubnis, und erlaubt war es nur den Grijalvas.

»Sario!« Er stand schlank, beinahe unauffällig im trüben Licht am anderen Ende der Galerria, wie erstarrt verweilte er vor einem der älteren Gemälde. Der langgezogene, weißgekalkte Raum war leer bis auf Sario und Saavedra – und die zahllosen Gemälde längst verstorbener Menschen –, aber Saavedra senkte trotzdem die Stimme. »Sario, wieso warst du heute früh nicht beim Zeichenunterricht?«

Er wandte sich von dem Bild ab, das er angesehen hatte, und schaute sie an. Entsetzt bemerkte sie, daß er dünner geworden war; sein Gesicht war sehr schmal, und die Schatten der Galerria, die von wenig mehr als dem Weiß ihrer Wände erhellt wurde, riefen hagere Konturen hervor, die sie nie zuvor an ihm bemerkt hatte. Er war in jenem Alter, in dem Jungen über Nacht wachsen, nur ungeschickte Glieder und Stimme und Bewegungen, aber dies hatte nichts mit Wachstum zu tun. Dies war erheblich ernster.

»Sario!« Sie eilte an seine Seite. »Bist du krank?«

Er wandte sich wieder dem Gemälde zu, zuckte mit den schmalen Schultern. »Nein!« Er schwieg lange; der Zug um seinen Mund war bitter, zu bitter für einen Jungen. »Wieso gibt es hier nur Kopien?«

»Kopien?« Sie hatte ihre Aufmerksamkeit auf anderes gerichtet, aber die Antwort fiel ihr leicht. »Natürlich, weil die Originale in der Galerria Verrada sind. Oder in anderen Palassos.«

»Aber wir haben sie gemalt«, sagte Sario. »*Wir*, Grijalvas.« Er sah sie wieder an. »Sie stehlen uns unser Erbe.«

Er läßt mich so oft hinter sich zurück ... »Von wem sprichst du?«

»Den do'Verradas. Serranos. Den Reichen der Stadt.« Die Höhlungen unter seinen Wangenknochen waren wie von Ruß geschwärzt, unterstrichen zerbrechliche Knochen, so spitz wie sein Tonfall. »Sie bestellen die wichtigen Werke bei Anstreichern wie Zaragosa Serrano, entkleiden uns dessen, was wir einmal waren –, und dann lassen sie uns *Kopien* unserer eigenen Werke malen.«

Saavedra folgte seinem Blick und sah sich das Gemälde an. Es war eine gewaltige Leinwand in einem schweren, aufwendig geschnitzten Holzrahmen. *Tod des Verro Grijalva.* Der Sterbende wurde als wunderbar attraktiver und unblutiger Held gezeigt, der in den Armen seines geliebten Herzog Renayo – gesegnet sei sein Andenken! – starb, mit dem er, wie es hieß, seit der Kindheit befreundet gewesen war. Die Starre in Verros hübschem Gesicht zeigte an, daß er tot war, aber es war nicht dieses Gesicht, das den Blick des Betrachters anzog, sondern die offensichtliche Trauer Renayos, ein Ausdruck tiefer Verzweiflung, schrecklicher Wut – und von Angst.

»Eine Kopie«, erklärte Sario verbittert. »Das Original hängt im Palasso Verrada.«

Saavedra betrachtete forschend das Gemälde. Das Spiel von Licht und Schatten bezauberte sie; Chiaroscuro war schwierig zu malen, aber dieser Künstler war ein Meister gewesen. Piedro Grijalva; nur ein Grijalva, der seinen Verwandten ebenso liebte wie Herzog Renayo, hatte die intensiven Gefühle des Augenblicks angemessen einfangen können.

»Tza'ab«, murmelte sie, denn im Hintergrund, in der oberen rechten Ecke, war ein einzelner Mann zu sehen, mit dunklem Gesicht, wie auf ewig von der Wüstensonne verbrannt, aber mit erstaunlich hellen Augen. Er saß auf einem großartigen schwarzen Pferd, war in dramatische Gewänder von schimmerndem Grün gehüllt, die vor Messing und Glas nur so glitzerten, und in einer Hand hielt er das messinggeschmückte hölzerne Rohr, durch das er den vergifteten Pfeil auf Verro geschossen hatte.

»Vielleicht einer unserer Verwandten«, meinte Sario. »Ebenso wie Verro.« Er wandte sich ihr direkt zu. »Tomaz ist tot.«

Dieser Themenwechsel und die Knappheit der Bemerkung erschütterten sie. »Tot? Aber –«

»Sie haben seine Gabe, sein Talent, zerstört, indem sie ihn im *Peintraddo* blind und verkrüppelt gemalt haben ... Chieva do'Sangua, die ›Disziplinierung der Verdammten‹ – aber nun ist er tot.«

»Matra ei Filho! Sario –«

»Tot«, wiederholte er. »Jetzt muß er nicht mehr leiden.«

Was sie gesehen hatten, war grausig gewesen, aber nie wäre ihr der Gedanke gekommen, daß Tomaz daran hätte sterben können. Nur leiden. *Sie wollten, daß er litt.*

»Wenn sie gewollt haben, daß er stirbt, wieso haben sie ihn nicht sofort getötet?« fragte sie.

Schweiß glitzerte an seinen Schläfen, auf der Oberlippe. »Das wollten sie ja nicht.«

»Sario –«

Die letzten Reste von Farbe waren aus seinem Gesicht gewichen. Er war weiß, so weiß, daß er dem Gesicht des Renayo do'Verrada in dem Gemälde glich, der Blässe des Schocks, der Erkenntnis, daß alles für immer verändert sein würde. »'Vedra – *ich* habe es getan.«

Sie verstand nicht – wieder hatte er sie weit zurückgelassen. »Du hast *was* getan?«

Seine Stimme zischte durch die Galerria. »Ihn getötet.«

»*Tomaz?*«

»'Vedra – o 'Vedra –«

»Aber – wie?«

Er zitterte. Sie hatte ihn noch nie so verängstigt gesehen. Selbst in der geheimen Kammer über der Crechetta, wo so schreckliche Dinge geschehen waren. »Du hast doch gesehen, wie sie seine Augen in dem Peintraddo weiß gemalt haben«, sagte er, »und seine Hände waren ganz verrenkt –«

»Knochenfieber«, murmelte sie. »Ja. Sie haben seine Augen ausgemalt und seine Hände zu denen eines alten Mannes gemacht.«

»Es ist *passiert,* Saavedra! Du hast es selbst gesehen! Du hast gesehen, was mit ihm geschehen ist!«

Das hatte sie. O Matra! Und es war so schnell gegangen: in einem Augenblick noch lebhaft, gesund, trotzig und dann ... »Aber sie haben ihn nicht *tot* gemalt.«

»*Ich* habe ihn getötet.« Seine dunklen Augen waren schwarz geworden, so schwarz, daß er, auf seine Weise, so blind war, wie Tomaz gewesen war, wenn auch vor Schrecken und nicht wegen der Milchblindheit, die so viele der älteren befiel.

»Wie?« Das war alles, woran sie denken konnte. Sie kannte ihn, verstand seine schreckliche Begabung, die ihn im Schlaf wie im Wachen antrieb. »Sario – wie hast du das gemacht?«

»Erst wollte ich das Bild verbrennen, aber ich hatte gesehen, wie alles, was man damit machte, auch dem Körper geschah, und ich wollte ihm nicht weh tun –«

»Sario –«

»– also habe ich ein Messer in die Leinwand gesteckt, wo ich das Herz vermutete.« Seine Augen waren schwarz, so schwarz wie ein Feuer, das man mit zuviel Wasser gelöscht hatte. »Aber – ich habe es falsch gemacht. Ich bin zu ihm gegangen, um nachzusehen … und er war noch am Leben. Also mußte ich das Bild doch noch verbrennen …« Er schluckte so schwer, daß sie seinen Hals zucken sah. »Er sagte, das wäre das beste.«

Sie konnte nur immer wieder seinen Namen wiederholen. Keine Frage, keine Aussage, nur seinen Namen, entsetzt, ungläubig.

»Sie wissen es noch nicht. Sie haben ihn noch nicht gefunden. Aber das werden sie.«

Sie schlug die Hände vors Gesicht, rieb, zog, versteckte sich vor der Welt, der Wahrheit, seinem sachlichen Ton, ebenso, wie sie ihre eigene Reaktion vor ihm verbarg. Ihre Angst um ihn. Angst vor ihm.

»'Vedra – was soll ich tun?«

Ein Flehen. Von ihm. Er war wieder jung, ein Junge von elf, frühreif, hochbegabt, aber ein Junge. Der etwas Schreckliches getan hatte.

Und nun flehte er sie an, ihm zu sagen, was er tun solle.

Sie nahm die Hände herunter. »Niemand weiß etwas.«

»Sie haben das Gemälde noch nicht gefunden – oder das, was davon übrig ist.«

»Und Tomaz?«

Selbst seine Lippen waren weiß. »Ich habe noch nicht nachgesehen.«

»Wo nachgesehen?«

»In der geheimen Kammer. Wo wir auch waren.«

»Er war *dort?*«

»Sie haben ihn hingebracht.«

»Bist du sicher, daß er tot ist?«

»Er sagte mir … er sagte, ich sollte das Gemälde zerstören. Und dann würde er – erlöst sein.« Er biß sich tief in die Unterlippe. »Ich habe Angst nachzusehen.«

Ihre Brust zog sich zusammen. Ihr Bauch und ihr Kopf fühlten sich hohl an, geleert von allen kleinen Zufriedenheiten und Beschwerden des Alltagslebens. »Dann – müssen wir es herausfinden. Wir müssen sicher sein.«

»Sie werden es herausfinden – und dann tun sie mir dasselbe an!«

Saavedra starrte ihn an. Sie hatte nie zuvor gesehen, daß sich Sario vor etwas gefürchtet hätte. Sie schluckte. Es gab nur eine Antwort, und sie bezweifelte, daß der kluge Sario sie nicht kannte. Er konnte sie nur nicht laut aussprechen. Das überließ er ihr. »Dann werden wir dafür sorgen müssen, daß sie nur finden, was wir sie finden lassen *wollen*. Wo ist das Bild?«

Er sah aus, als wäre er trunken von Mohnsaft, und er sprach schleppend. »In der Crechetta.«

»Dann müssen wir dorthin.«

»Und was tun?«

Sie sah das Gemälde an, das vor ihnen hing. Eine Kopie eines der größten Werke ihrer Familie. »Wir verbrennen es«, sagte sie. »Wir verbrennen es ganz. In der Crechetta.«

»Aber –«

»Und dann müssen wir gefunden werden, damit sie wissen, wie es passiert ist – nicht warum, aber *wie* –, so daß sie uns bestrafen können, aber nie wissen werden – *nie wissen, Sario* –, warum wir es getan haben.«

»'Vedra –«

»Das ist die einzige Möglichkeit.«

So war es. Sie wußte es. Er wußte es.

Sie waren schon so lange aneinander gebunden, durch so vieles. Und nun durch dies.

»Es geht nicht anders, Sario.«

Er berührte die Lippen mit zitternden Fingern, dann das Herz unter seinem abgetragenen, fleckigen Sommerhemd. »Matra ei Filho, helft uns … O gesegnete Matra, gib uns Kraft …«

Saavedra hätte am liebsten gelacht; jetzt fing er an zu beten, flehte göttlichen Segen herab, erwartete das Einschreiten einer höheren Macht – und das ihre.

Aber sie lachte nicht. Sie konnte nicht. Sie konnte nur blind das Gemälde anstarren und an Tomaz Grijalva denken, seine Gabe zerstört von der Entweihung seines Selbstporträts, sein Leben zerstört von Sarios Tat.

Und wir? fragte sie sich. *Welchen Teil von uns werden wir damit zerstören?*

Die Antwort war eindeutig: die Unschuld.

Sie sah das Gemälde an. Sario hatte es zusammengefaßt, die gewaltige, nackte Wahrheit ihrer Abstammung. Grijalva. Und Tza'ab.

Sie waren direkte Abkömmlinge von Verro Grijalva, wie die Genealogen bewiesen. Und, soviel sie wußten, stammten sie in ebenso direkter Linie von diesem *Kita'ab*-zitierenden Reiter des Goldenen Sturms auf dem Gemälde ab, der der Diener eines Toten war.

Wie sie nun Tomaz dienen würden.

4

Diese Frauen sahen ihn alle nicht. Sie waren zu beschäftigt mit seiner Mutter, der Herzogin; hatten zu viel damit zu tun, die zeremoniellen Gewänder angemessen anzupassen, die Schnüre des lockeren Unterkleides zu knüpfen, den teuren Überwurf zurechtzuzupfen, das Haar zu arrangieren, ihr Gesicht zu schminken.

Sie war schön. Jedenfalls nahm ihr Sohn das an. Alle sagten es.

Aber dieses, dieses *Ding,* das da in der spitzenbedeckten herzoglichen Wiege lag – alle behaupteten, es sei eine »*Sie*«, aber er konnte nicht einmal etwas Menschliches daran entdecken, geschweige denn ein Geschlecht –, war kaum mehr als ein Klumpen Seide und Goldbrokat, überzogen mit Süßwasserperlen und Edelsteinen auf Bändern, die wie die Springbrunnenfontänen vor der Kathedrale Imagos Brillantos aus der Wiege hingen.

Normalerweise beschwerte sie sich unaufhörlich, aber jetzt, das mußte er zugeben, war sie still; sie schlief, und in diesem Zustand war sie zweifellos erträglicher als wach.

Er hatte sich hinter dem ausladenden Himmel der Wiege versteckt. Niemand entdeckte ihn. Niemand scheuchte ihn weg.

So viele Frauen drängten sich um seine Mutter. »Euer Gnaden, nur noch einen Augenblick«, sagte eine von ihnen, eine langjährige Vertraute, die einen leicht tadelnden Tonfall anschlagen durfte.

»Noch einen Augenblick länger, und das reine *Gewicht* von diesem Zeug wird mich erdrücken. Alizia, paß doch auf! Wenn du noch eine Nadel auf diese Weise hineinstichst, brichst du mir den Schädel auf!«

Alizia murmelte entschuldigend und versuchte, mit dem Haar und dem Schädel darunter vorsichtiger zu sein.

»Schon besser – oh, am liebsten würde ich dem allem aus dem Weg gehen ... ich würde lieber meine kleine Cossimia stillen, statt zuzusehen, wie man sie wie die Innereien eines frischerlegten Tiers ausstellt – Teressita, was habe ich dir wegen dieser Schnüre gesagt? Ich bin nicht mehr so jung wie früher, und meine Taille wird nicht wieder so schmal ...« Und dann änderte sich ihr Ton von nervöser Gereiztheit zu grimmiger Klage. »Was würde er wohl von ihr halten, wenn *sie* vier Kinder geboren hätte? Würde er sie immer noch attraktiv finden, wenn sie kurz davor ist, von der Frucht seines Samens zu platzen? Würde er ihre schmale Taille noch preisen, nachdem sie vier Kinder geboren hätte?« Wieder änderte sich ihr Ton. »Ach, was hat das schon zu bedeuten? Männer sind Männer. Laßt ihm doch seine Serrano-Köstlichkeit – soll er sich an ihr erfreuen, bis ihm die Zähne ausfallen! Ich bin es, die ihm einen Sohn geschenkt hat, und *ich* werde als die Frau an seiner Seite gemalt werden, obwohl ich darauf bestehen sollte, daß es ein anderer als dieser Zaragosa Serrano tut! Matra Dolcha, wie blind Männer sein können! Sieht er denn nicht, daß Serrano mich nur häßlich malen wird?«

Alizia war die erste, die sprach. »Ihr seid nicht häßlich, Euer Gnaden!«

»Und ich bin auch nicht die Schwester des Obersten Hofmalers«, fauchte die Herzogin. »Er sollte seine mageren Talente lieber auf ein Bild seiner Schwester konzentrieren als auf das meine.«

Teressita war sachlicher. »Er wird sie verstoßen, Euer Gnaden. Euch wird er nie verlassen.«

»Nicht, solange ich ihm Kinder gebären kann – *Alejandro!* Matra ei Filho!«

Sie hatte ihn entdeckt. Sie hatte sich umgedreht, um zur Wiege hinzusehen, zu der Tochter, die innerhalb der nächsten Stunde ihren Namen erhalten sollte, und sie hatte ihn entdeckt.

»Alejandro!« Mit einem Rascheln von Stoff war sie bei ihm, Bänder und aufgelöste Haarsträhnen wehten. »O Alejandro ...« Sie roch nach Puder und Parfum. Er wußte nicht, was Schönheit war, aber er konnte sich nicht vorstellen, daß irgendeine Frau schöner sein konnte als seine Mutter. Sie war – seine *Mutter.* »Tut mir leid, daß du das hören mußtest. Aber du wirst es ohnehin eines Tages wissen, wenn du Herzog bist.« Ihre Augen, so groß und dunkel, waren traurig. »Soll ich dir die Wahrheit sagen? Solltest du es schon so früh erfahren?«

Alizia warf ein: »Euer Gnaden, wir haben nur noch wenig Zeit.«

Seine Mutter gönnte ihnen nicht einmal einen Blick. »Für meinen Sohn habe ich immer Zeit. Und was diese Angelegenheit angeht – er wird es eines Tages wissen müssen.« Sie seufzte und rang sich ein Lächeln für ihn ab, als sie sich inmitten der phantastischen Gewänder, feinen Leinenstoffe, juwelenbestickten Brokate und goldenen Bänder niederließ. »Es hat mit deinem Stand zu tun, weißt du. Ein Mann heiratet eine Frau nicht aus Liebe, sondern wegen Verträgen, die die Familien schließen, wegen der Politik ...« Sie hatte ihm die Hände auf die Schultern gelegt und drückte fest zu. »Aber was auch immer geschehen mag – was auch immer! –, er wird immer dein Vater sein und ich deine Mutter.«

Mit angespannter, leiser Stimme fragte er: »Immer?«

»Immer«, erklärte sie. »Marria do'Fantome, die ›Schattenehe‹, ist etwas anderes, Alejandro, und kommt häufig vor, wenn nicht Liebe, sondern Notwendigkeit und Politik zur Heirat führen.«

Es war das erste Mal, daß sie mit ihm wie mit einem Erwachsenen sprach. Es machte ihn stolz. Es bewirkte, daß er sich ein wenig höher aufrichtete. »Warum?« fragte er. »Warum ist das so?«

»Weil Matra ei Filho uns schon im Mutterleib segnen, Alejandro, und bestimmt haben, daß wir die Höchstgeborenen sind. Dein Patro regiert, und eines Tages wirst du regieren. Wir haben nicht die Freiheit der Wahl.«

»Aber wenn wir doch regieren –?«

Ihr Lächeln paßte zu ihrem Blick: es war unendlich traurig. »Man muß Opfer bringen für die Familie, für das Land. Auch du wirst das eines Tages tun müssen.«

»Liebst du Patro denn nicht?«

Die Herzogin seufzte. Einen Augenblick lang befürchtete er, sie werde weinen, aber statt dessen biß sie sich auf die Lippen. »So sehr«, sagte sie, »wie mir gestattet wird.«

Das verstand er nicht. Er war wieder Kind, ungeschult in der Sprache und den Gefühlen der Erwachsenen. »Und Patro liebt dich nicht?«

Ihre Hände auf seinen Schultern wurden ruhiger. »So sehr, wie er sich selbst gestattet.« Sie strich ihm sanft über die ungezähmten Locken, strich sie mit den Fingern glatt. »Aber nie, niemals sollst du dich fragen müssen, ob wir *dich* lieben. Denn das tun wir selbstverständlich. Das schwöre ich dir bei Matra ei Filho.« Sie küßte ihre Fingerspitzen und drückte sie dann ans Herz.

Er sah zu dem Seiden-und-Spitze-Bündel in der Wiege hin. »Und – sie? Obwohl sie so klein ist und stinkt?«

Seine Mutter lachte. Er freute sich, dies zu sehen und zu hören, obwohl er es nicht erklären konnte; er hatte diese Frage nicht gestellt, um sie zu amüsieren! »So warst du selbst auch einmal. Und ja, wir lieben sie auch.«

Alejandro wandte sich von seiner Schwester ab und sah wieder die Frau an, die sie beide zur Welt gebracht hatte. »Wenn ich mal heirate, heirate ich, wen ich will.«

Das Lächeln und die Wärme ihres Blicks schwanden. »Das denkst du jetzt vielleicht.«

»Ganz bestimmt!«

Sie nahm sein Gesicht in ihre kühlen Hände. Sie beugte sich vor, drückte ihm die Lippen auf die Stirn. »Ich hoffe es für dich.«

Wie denn nicht? Er würde Herzog sein. Der Herzog von Tira Virte.

»Bete darum«, murmelte seine Mutter, dann erhob sie sich mit raschelnden Gewändern und wandte sich wieder ihren Frauen zu, die Hand auf den Bauch gepreßt. »Zieht die Schnüre fester«, sagte sie. »Er soll mich so sehen, wie ich war, nicht, wie ich bin … ebenso wie der gesamte Hof. Und der Oberste Hofmaler. Ich werde nicht zulassen, daß man das *Peintraddo Natalia* meines reizenden kleinen Mädchens hier damit verdirbt, daß seine Mutter darauf fett aussieht.«

Sario sah zu, wie Saavedra die Welt wieder in Ordnung brachte; so gut es möglich war für solche, die Zeuge entsetzlicher Grausamkeit geworden waren.

Die Crechetta war ein fensterloser Raum mit ockerfarbenen Wänden, und so schimmerte der Raum nun in dem Licht der kleinen Kerze bernsteinfarben, mit einem Hauch von mattem Gold. Flackernde Schatten ließen den Raum kahl wirken, bis auf ein paar Gegenstände: den eisernen Kerzenständer, den einfachen Holzstuhl, die Staffelei.

Und das Selbstporträt, das *Peintraddo Chieva* von Tomaz Grijalva.

Es stand immer noch dort. Saavedra holte hörbar Luft und zog das Tuch herunter.

Sario hatte das Gemälde tatsächlich nur schlecht verbrannt: ein verkohltes Loch verunzierte die Mitte der Leinwand, umgab Tomaz' Brust, aber nicht mehr. Er hatte nicht das gesamte Bild zerstört.

»Ich konnte nicht«, sagte er. »Ich hatte Angst, jemand würde es riechen und hereinkommen. Ich habe Angst bekommen und das Feuer gelöscht.«

Sie trat zurück, ließ das Tuch los. Jetzt stand sie vor der Staffelei und sah das Bild an. Er bemerkte, wie straff sich ihre Haut über die Knochen spannte, wie bleich, wie starr ihre Züge waren, wie blutleer ihre zusammengepreßten Lippen. Schwarze Locken fielen ihr auf den Rücken, und einige entwichen immer wieder nach vorn, um ihr in die Schläfen und die Stirn zu fallen. Das ruhige Licht schmeichelte ihr; er sah in diesem Augenblick, daß sie versprach, eine Schönheit zu werden, die Männer malen würden.

Ich werde sie malen – Ich ... selbstverständlich würde er das tun. Wer sonst?

Dann wandte er sich wieder dem Gemälde zu: das Meisterwerk eines Künstlers, der die Gabe hatte, die subtile Pinselarbeit, die fachmännische Abmischung der Farben, die Position des Abgebildeten, die Schöpfung des Gesichts aus nichts als reinem Talent, aus dem Auge, der Luza do'Orro – und der Fähigkeit, das, was er im Spiegel gesehen hatte, auf die Leinwand zu bannen.

Tomaz Grijalva. Ein vollkommenes Bild.

Und an der Stelle, wo sich das Herz des Mannes befunden hatte, klaffte nun ein verkohltes Loch.

»Sario ...« Saavedra wandte ihm ihre großen, glitzernden Augen zu. »Stimmt es wirklich, was du gesagt hast?«

Er holte Luft. »Glaubst du, ich würde dich *belügen?*«

»Du lügst oft.«

»Aber dich lüge ich nie an!«

Nein. Das hatte er noch nie getan. Sie schloß die Augen einen Augenblick und murmelte wieder etwas, als würde sie um Kraft bitten.

»Du hast ihn gesehen«, sagte er. »Du hast gesehen, was aus ihm geworden ist. Er hat dort gesessen, gleich dort auf diesem Stuhl, und sie haben ihn verkrüppelt gemalt! Sie haben ihn blind gemalt! Du hast es doch gesehen, 'Vedra – wie kannst du noch zweifeln?«

»Ich muß.« Das kam gedämpft heraus, weil sie die Hände wieder vors Gesicht geschlagen hatte. »Ich muß, Sario ... denn das, was wir sahen, war –«

»– war Zauberei«, schloß er.

»Und was *du* getan hast, als du das Loch in sein Herz branntest –«

»– war ebenfalls Zauberei.«

»Dann hast du ... dann hast *du* – o Matra ei Filho, dann hast du die Gabe ebenso wie Tomaz und die Viehos Fratos.«

Jetzt konnte er sogar lächeln, obwohl das mehr ein unangenehmes Verziehen der Lippen war. »Hast du je daran gezweifelt?«

»Aber das bedeutet auch, daß jeder, der die Gabe hat ...« Sie wandte sich wieder dem zerstörten Porträt zu, flüsterte Gebete vor sich hin, küßte die Fingerspitzen und drückte sie ans Herz.

Dann sah sie ihn an. »Geh und hol sie.«

»Holen?« Das ließ ihm einen Schauder über den Rücken laufen. »Wen?«

»Die Viehos Fratos.«

»*'Vedra* –«

»Sie müssen es wissen. Sie müssen kommen und es sehen.« Sie stellte die Kerze ab, dann hob sie das Bild von der Staffelei und hielt es so über die Kerze, daß der verkohlte Rand des Loches wieder Feuer fing. »Geh«, sagte sie.

Er starrte sie an. Mit weit aufgerissenem Mund sah er zu, wie sie die Staffelei umstieß, so daß sie über das brennende Bild fiel. Jetzt brannte auch das Tuch.

Sie warf ihm einen wilden, einzigartig entschlossenen Blick zu. Dann schrie sie: »Sario! Es *brennt* – lauf und hol Hilfe!«

Er starrte sie an. Sie schrie abermals, flehte um Hilfe und Verzeihung, und er erkannte, was sie vorhatte.

Sich selbst die Schuld geben. Für ein Stolpern. Das Umstoßen der Staffelei. Für diesen schrecklichen Unfall.

Tomaz Grijalva war tot. Und nun starb auch sein Bildnis.

5

Man ließ Saavedra keine Zeit sich umzuziehen, Atem zu holen, nicht einmal, sich zu erleichtern. Man führte sie nur ohne Zögern in die Privatgemächer von Raimon Grijalva, einem der Viehos Fratos. Und ließ sie dort. Allein. Um einem Mann gegenüberzustehen, mit dem sie nie gesprochen und der sie bisher nicht einmal zur Kenntnis genommen hatte, denn seine Aufgabe war es, die wichtigen Familienangelegenheiten zu regeln, und sie war vollkommen unwichtig.

Oder war es doch zumindest gewesen.

Saavedra hatte in ihrer vorgeblichen Bemühung, die Flammen in der Crechetta zu löschen, im Angesicht aller, die Sario herbeigerufen hatte, einen großen Teil ihres Hemds und ihrer Hose verbrannt und fast auch ihr Haar. Sie hatte ihr Leben aufs Spiel gesetzt bei dem Versuch, diese Flammen zu löschen – das hatten die Viehos Fratos doch sicher gesehen, und auch Aguo Raimon würde es wissen.

Der allerdings war noch nicht anwesend. Sie mußte warten, und das fand sie unendlich schwierig. Seine Worte vorwegzunehmen, seinen Tadel, die Bestrafung, zog ihr den

Magen zusammen, so fest, daß sie fürchtete, nie wieder etwas essen zu können.

Das würde Sario gefallen, dann könnte ich mich wenigstens auch nicht mehr übergeben.

Es war ein kleines Zimmer, in einen Erker gebaut, so daß das Licht von mehreren Seiten einfiel. Die Ziegel der Wand waren handgeformt, handgeglättet, mit Mörtel verbunden und dann wieder geglättet, so daß man sie nicht voneinander unterscheiden konnte. Und darüber lag eine dünne Lehmschicht, jener warme, sonnenhelle Lehm, der ihren Geist aufsteigen ließ, ihn freisetzte zum Fliegen. Farben und Strukturen wirkten so auf sie, befreiten ihren Geist, so daß sie sich alles mögliche vorstellen konnte, und diese Phantasien konnte sie dann in die Hände, auf Papier, auf Leinwand übertragen, manchmal sogar auf eine frisch geweißte Wand, ein Fresko der Landschaft in ihrem Kopf.

Aber trotz der sonnenhellen Farben wollte ihr Geist diesmal nicht zum Höhenflug ansetzen, war nur damit beschäftigt, sich die schrecklichsten Strafen vorzustellen.

Das Zimmer war zur Entspannung gedacht, erfüllt von beruhigenden Farben und Mustern: ein hochlehniger Holzstuhl, bezogen mit dickem sienabraunem Samt, ein Hocker für Aguo Raimons Füße, ein Tisch mit Büchern darauf, ein Krug mit Sommerblumen, feingemusterte Teppiche am Boden und Gobelins an den Wänden, die von Eisenstangen und verzierten Haltern hingen.

Ein Zimmer, das einen beruhigen und nicht an Strafe denken lassen sollte – und dennoch konnte sie an nichts anderes denken. Schönheit konnte beruhigen, aber sie konnte auch töten, wie man bei der Zerstörung von Tomaz' Selbstporträt gesehen hatte.

Als Aguo Raimon schließlich eintrat, ließ nichts darauf schließen, daß er Zeuge dessen geworden war, was Saavedra riskiert hatte.

Sie schauderte. *Ich wünschte, Sario wäre hier.* Dann hätte sie nur daran gedacht, ihn zu schützen, und es war viel einfacher, in Verteidigung eines anderen zu antworten als zur eigenen. Aber er war nicht hier. Sie hatten ihn weggebracht, und nun war es ihre Aufgabe, ohne Zögern – oder nur mit angemessenem Zögern – zu erklären, wie sie dazu gekommen war, ein Gemälde zu verbrennen, das sie nicht einmal kennen durfte. Frauen waren in der Crechetta nicht einmal erlaubt.

Zeig deine Angst. Er soll nichts vermuten als das Offensichtlichste: du bist an einem Ort gewesen, an dem du nicht sein solltest, und hast einen Unfall verursacht. Entsprechend hob sie den Kopf und ließ sich ansehen, ebenso wie sie den Mann vor sich betrachtete.

Aguo Raimon war in schwarzen Samt gekleidet, vollkommen ohne Schmuck, bis auf die Goldkette um seinen Hals. Ein kleiner Schlüssel daran, sorgfältig gearbeitet, der für sie zu groß gewesen wäre, aber Raimon Grijalva war kein kleiner Mann. Die Mähne schwarzen Haars fiel ihm wirr bis über die Schultern; er war ein junger, lebhafter, aktiver Mann, bekannt für seinen Gerechtigkeitssinn wie für seine Begabung.

Und plötzlich wußte sie, daß sie diesem Mann Ehrlichkeit schuldete, jedenfalls, soweit sie es sich leisten konnte. »Verzeiht mir!« rief sie und fiel auf die Knie. »Im Namen der Gesegneten erbitte ich Eure Verzeihung!« Sie faltete die Hände vor der Brust und senkte den Kopf. »Matra ei Filho, das habe ich nicht gewollt ... ich bin nur hingegangen – ich bin nur hingegangen, weil – weil –« Sie holte schluchzend Luft. »– weil es verboten ist. Das gebe ich zu.« Sie erlaubte sich nicht, den Blick zu heben, um zu sehen, wie der Mann reagierte. »Aguo, ich bitte Euch – ich *schwöre* – ich habe es nicht gewollt!«

»Du hast großes Unrecht getan, Saavedra«, sagte er leise.

»Ja – *ja,* ich weiß – oh, Aguo, ich schwöre, ich wollte nicht, daß dem Bild etwas passiert!«

»Viel mehr als das Bild war in Gefahr, Saavedra. Und viel mehr als das Bild wurde zerstört.«

Sie hörte auf zu flehen. Wußte er, was sie wußten, sie und Sario? Wußte er, was sie wirklich vorgehabt hatten?

»Disziplin«, sagte er.

In ihrem Geist wirbelten die Gedanken nur so. Spielte er auf die Chieva do'Sangua an? Das konnte nicht sein. Das würde er ihr gegenüber nicht zugeben. Er würde nie zugeben, daß ihr unvorsichtiges Handeln einen Menschen ebenso vernichtet hatte wie sein Peintraddo Chieva.

»Disziplin«, wiederholte er. »Der Verlust der Disziplin könnte unsere Familie ebenso zerstören, wie es die Nerro Lingua beinahe getan hat.« Sein Ton wurde weicher. »Steh auf, Saavedra. Ich bin nicht der Primo Sancto, der deine Beichte hört und dich von deinen Sünden freispricht. Ich bin nur ein Grijalva.«

»Und der Aguo«, murmelte sie.

»Diese Ehre habe ich, ja ... Steh auf, Saavedra. Ich möchte, daß du mich ansiehst.«

Zitternd erhob sie sich. Sie begegnete seinem Blick – er hatte graue Augen wie sie selbst – und erzitterte. Er hatte für einen so jungen Mann sehr strenge Züge, aber sein Blick entsprach dieser Strenge nicht. In seinem Blick lag so etwas wie Mitgefühl.

»Ich war auch einmal so alt wie du«, sagte er. »Und auch ich habe mich heimlich an verbotene Orte geschlichen. Niemand hat es je erfahren, also bin ich nicht bestraft worden; aber ich habe auch nicht aus reiner Ungeschicklichkeit ein Gemälde zerstört.«

»Ich hab' ja versucht, es zu verhindern«, murmelte sie. »Es war ... es ging alles so schnell.«

»Gemälde brennen schnell, wenn sie erst einmal Feuer gefangen haben«, sagte er. »Das ist einer der Gründe, warum wir so gut auf unsere Werke aufpassen, Saavedra. Du hattest Glück, daß du nicht mit verbrannt bist.«

»Das wäre gleich«, sagte sie und platzte dann mit einer bewußten Lüge heraus: »Tomaz kann doch vielleicht ein anderes malen, oder? Ich meine – ich weiß, es wird nicht dasselbe sein, nicht genau dasselbe, aber er ist doch ein sehr begabter Maler – könnte er nicht noch eins malen?«

Strenge und Humor, die eben noch miteinander gerungen hatten, verschwanden aus seinen Zügen. Sie sah in seinen Augen etwas, was er ihr gegenüber nie würde zugeben können: Es war erheblich mehr als ein Gemälde zerstört worden, und das konnte nie wieder ersetzt werden.

»In der Tat«, sagte er mit einer gewissen Trockenheit. »Es würde nicht dasselbe sein.«

»Weiß er es schon?« fragte sie schnell. »Weiß Tomaz es schon? Oh, er wird mich dafür hassen …« Saavedra strengte sich an, den angemessenen Ton zu finden, das zu heucheln, was sie unter anderen Umständen geglaubt hätte. »Und er hätte recht! Es war ein wunderschönes Gemälde!«

»Ein Meisterwerk«, bestätigte Raimon Grijalva. »Von allen jungen Männern, denen wir den Besitz der Gabe bestätigen, wird ein solches Porträt verlangt.«

»Weiß er es schon?« fragte sie wieder.

Die Miene des Aguo war kühl. »Es ist Tomaz unmöglich verborgen geblieben«, antwortete er zutreffend. »Aber du brauchst keine Angst zu haben, daß *er* dich bestrafen wird.«

»Aber er hätte ja recht!«

»Ja. Aber –« Er machte eine knappe Geste. »Saavedra, das ist unwichtig.«

»Unwichtig!« Sie war entsetzt – sie mußte doch, oder? Sie kannte die Wahrheit hinter dem *Peintraddo Chieva,* aber das wußte er nicht. *Ich muß so tun, als dächte ich nur an Tomaz und was er von mir denken würde, weil ich sein Bild zerstört habe …* »Natürlich ist es wichtig! Ich weiß doch, was ich getan habe!«

»Du weißt, was du getan hast«, sagte der Aguo. »Das glaube ich auch.«

Es war anstrengend, nicht mit dem Falschen herauszuplatzen, sich ganz fest darauf zu konzentrieren, was sie wissen *sollte,* nicht, was sie wirklich wußte. »Ihr werdet mich bestrafen«, sagte sie verzweifelt.

»Selbstverständlich«, antwortete er. »Du hast gegen die Regeln verstoßen« – die Regeln, die die Viehos Fratos für die gesamte Familie festlegten.

Ihr Mund war trocken. »Was soll ich tun?«

»Nicht, was du tun sollst, Saavedra ... was du *nicht* tun sollst.«

»Nicht –?«

»Du wirst ein Jahr lang nicht mit Sario zusammenkommen.«

Das entsetzte sie. »Ein *Jahr*?«

»Ein ganzes Jahr.«

»Aber –« Das war vollkommen unerwartet und ebenso schmerzlich. »Aguo«, sagte sie leise und gab damit vor ihm zu, was sie nie einem anderen gegenüber zugegeben hatte, nicht einmal Sario, der es vermutlich wußte, »er ist mein einziger Freund.«

»Das weiß ich. Genau, wie das Gemälde Tomaz' einziges bedeutendes Selbstporträt war.«

Selbst mitten in ihrer Qual versuchte sie, die Täuschung weiterzuführen. »Er kann doch ein anderes malen, Aguo!«

»Nein«, sagte dieser. »Das kann er nicht.«

Selbstverständlich nicht. Tote malten keine Bilder. Aber sie klammerte sich daran. »Vielleicht nicht mehr dasselbe, aber ein anderes, um dieses zu ersetzen.«

»Nein, Saavedra. Solche Bilder werden nur einmal gemalt. Das ist es, was ihnen ihre Wirkung verleiht.«

Das und die Magie. Saavedra biß sich auf die Lippe. »Dann werde ich in meinem eigenen Heim im Exil sein?«

»Dir ist nur verboten, mit Sario zu sprechen. Du wirst ihm selbstverständlich begegnen – das läßt sich innerhalb des Palasso Grijalva kaum vermeiden –, aber ihr dürft nicht miteinander reden oder Zeit miteinander verbringen, es sei denn in den Kursen, die ihr zusammen besucht. Und was das angeht«, er lächelte kurz, »ich habe erfahren, daß du für eine junge Frau deines Alters sehr kunstfertig bist, Saavedra. Und du bist in einem Alter, bei dem wir darüber nachdenken, welche jungen Frauen und Männer entsprechend ihren Begabungen zusammengeführt werden sollen.«

Eine Woge von Hitze überlief sie.

»Er hat dich verleitet, unser kleiner Neosso Irrado ... glaubst du denn, daß wir blind sind? Du bist ein gutes Mädchen, Saavedra, aber du vertraust Sario zu sehr. Du läßt dich von ihm zum Ungehorsam verleiten, wo er doch lieber *deinem* Beispiel folgen sollte.«

Sie dachte nun nicht mehr an sich selbst, daran, was sie getan hatte, nur noch daran, was Sario passieren könnte. »Aber – er ist nicht wirklich schlecht, Aguo! Er hat die Gabe, das weiß ich!«

»Deine Loyalität ehrt dich, Saavedra.«

»Es ist mehr als das, Aguo.« Sie überraschte sich selbst mit ihrer Gewißheit, aber diese war so übermächtig, daß sie sie nicht unterdrücken konnte. »Er ist anders, Aguo Raimon. Er ist *mehr* als alle anderen.«

Seine Miene war nun verblüffend leer. »Woher weißt du das?«

»Ich spüre es«, antwortete sie. »Ich weiß es einfach, Aguo. Es ist hier, in meinem Herzen.« Saavedra legte die Hand an die Brust. »Das ist doch der Grund dafür, warum sie ihn so schlecht behandeln, Aguo, ihn verhöhnen und erniedrigen ... weil sie es ebenfalls spüren. Er wird alles sein, was sie sein wollen, aber sie spüren, daß sie es nicht schaffen.« Sie suchte in seinem ruhigen Blick nach Verständnis. »Wir alle träumen, einmal die Besten zu sein, aber es gibt einige, für die es kein Traum ist, sondern etwas, was sie ganz sicher erreichen. Etwas, was einfach sein *muß*.« Saavedra seufzte. »Sie sind neidisch, Aguo. Selbst die Moualimos. Wißt Ihr ...«

Er bedeutete ihr zu schweigen. »Wir wissen tatsächlich, wer mit einiger Sicherheit über die Talente verfügt, die wir so schätzen. Aber Disziplin ist wichtig, ebenso wie angemessenes Benehmen ... Eine Gabe kann nur wirkungsvoll zum Besten der Familie eingesetzt werden, wenn man auch versteht, daß ihr Mißbrauch schlimme Konsequenzen hervorrufen kann.«

Sie nickte; Tomaz hatte zweifellos diese Konsequenzen gespürt.

»Wir sind nur noch so wenige – wir müssen jene schützen, die geblieben sind. Wir können nicht riskieren, daß ein zorniger junger Mann der Familie Schaden zufügt.«

Jetzt schüttelte sie den Kopf.

»Du wirst ohne ihn besser dran sein, Saavedra. Bring dein eigenes Talent zum Blühen, verlaß dich nicht sosehr auf seine Luza do'Orro, wenn du über deine eigene verfügst.«

Sie war erschrocken – woher wußte er das?

Raimon Grijalva lächelte. »Die Moualimos sind streng und manchmal schwer zufriedenzustellen, aber sie können Begabungen einschätzen, Saavedra. Und du hast mehr als den üblichen Anteil davon.«

»Nicht soviel wie *er.*«

»Sario? Nun – vielleicht nicht, aber ohne Disziplin ist Talent gar nichts. Wenn es nicht beherrscht werden kann, wozu soll es dann gut sein?«

Sie waren jetzt weit entfernt von gefährlichen Themen und hatten sich der Philosophie der Kunst selbst zugewandt. Saavedra wurde ein wenig lebhafter. »Aber in der Wildheit liegt auch Ehrlichkeit, Aguo – ein Maler muß sich frei ausdrücken können, damit er erfährt, wohin seine Begabung ihn bringen wird.«

Er lächelte. »Versuch nicht, mich abzulenken, Saavedra ... Du glaubst also wirklich, daß Sario Talent hat?«

»Ich glaube, er kann *alles* malen. Und alles *werden!*«

Er nickte, und sein Blick war undurchdringlich. »Nun, das könnte sein.« Eine Hand griff nach dem goldenen Schlüssel an der Kette. »Das könnte tatsächlich sein. Nun, wir sind fertig, wir beide – du hast deine Strafe erhalten. Nun geh und wasch dich und zieh dich um – ich hoffe, du hast dich selbst nicht verbrannt, Saavedra, und vergiß nicht, daß dieses ›Exil‹, wie du es genannt hast, ein Jahr dauern wird. Es wird keine Milderungen dieser Entscheidung geben.«

»Nein, Aguo.«

Er küßte seine Fingerspitzen, in denen er noch den Schlüssel hielt, dann drückte er die Hand ans Herz. »Im Namen von Matra ei Filho bist du entlassen.«

Saavedra trug zwar keinen Schlüssel, aber sie ahmte seine Bewegung nach. Schweigend verließ sie das Erkerzimmer. *Ich muß Sario unbedingt sagen* – und dann erst erkannte sie das volle Ausmaß und die Angemessenheit ihrer Bestrafung.

»Matra Dolcha!« murmelte sie unter Tränen, »wenn du die Zeit schneller machen kannst, dann flehe ich dich an, tu es!«

6

Gitanna Serrano, die zufrieden in der Mittagshitze auf dem zentralen Zocalo saß, wo Sprühwasser vom nahen Springbrunnen ihr das Gesicht kühlte, wurde plötzlich aus ihren Gedanken gerissen, als jemand sie fest am Ellbogen packte. Sie holte Luft, um ihre Empörung kundzutun – wie konnte jemand es wagen, sich an der Mätresse des Herzogs zu vergreifen? –, hielt aber inne, als sie ihren Bruder erkannte. »Zaragosa! Was ist denn los?«

Mit großer Eile und erheblich geringerer Sanftheit riß er sie vom Brunnen weg. »Wir müssen reden.«

»Mußt du mich so herumzerren?« Sie rang darum, auf dem Kopfsteinpflaster das Gleichgewicht zu bewahren. »Matra Dolcha, 'Gosa, die Leute starren uns schon an!«

»Laß sie doch.« Er schob sie schnell über den gepflasterten Platz in eine der unzähligen kleinen Kapellen von Meya Suerta. »Was wir besprechen müssen, darf nicht von anderen belauscht werden.«

Sie zischte wütend, als ihr die geschnitzte Holztür mit ihren schweren Beschlägen an die Schulter stieß; er hatte das Gewicht unterschätzt. »Immerhin hast du gut dafür gesorgt, daß sie es zumindest versuchen werden – Zaragosa! Was ist denn so wichtig, daß du so grob wirst?«

Er schob sie um die Ecke in eine der Nischen mit Heiligenbildern. Goldfarbe glitzerte im gedämpften Sonnenlicht, das durch die halbgeschlossenen Fensterläden hereinfiel, und im trüben Licht dicker, duftender Kerzen, die in Tonbechern auf hölzernen und schmiedeeisernen Haltern brannten. Er sah sich schnell noch einmal um. Niemand war in Hörweite. »Hör mir zu, Gitanna!«

Sie konnte kaum etwas anderes tun, also hörte sie zu. Zuerst mußte sie sich anstrengen, ihm die Aufmerksamkeit zu schenken, die er so vehement forderte – sie war wütend, weil er sie so grob behandelt hatte –, aber dann vergaß sie ihre Vorbehalte.

Als er schließlich fertig war, seufzte sie tief. »Ich habe es ja versucht«, sagte sie und lehnte sich an die Wand. »Ich habe es versucht, 'Gosa, aber der Herzog kann sehr störrisch sein. Das weißt du doch.«

»Er schickt mich einfach weg«, fuhr Zaragosa auf. »Er wirft mir vor, daß ich mich in Dinge einmische, die mich nichts angehen, und schickt mich weg, um noch ein Familienbild zu malen.«

Sie zupfte das perlenbestickte Tuch zurück, das sie über die Schultern drapiert hatte. »Wenigstens schickt er dich zum Malen! Mich schickt er ins Bett und sagt, ich solle mir über solche Dinge wie Politik nicht meinen hübschen Kopf zerbrechen.« Wütend starrte sie das Bild in der Nische an; die heitere Miene der gemalten Matra schien eine offensichtliche Geringschätzung ihrer eigenen sehr realen Sorgen darzustellen. »Ich habe versucht, ihn zu überzeugen, ihn zu reizen, ihn mitten im Liebesspiel zu Schwüren zu überreden, aber er weigert sich. Er behauptet, das herzogliche Edikt sei nicht zurückzunehmen.«

»Das stimmt nicht«, erwiderte Zaragosa. »Aber wir brauchen *Beweise,* damit er versteht, womit wir es zu tun haben.«

Gitanna ging ein paar Schritte zu dem kleinen Tisch, auf dem das Gemälde stand. Getrocknete Blumen lagen auf dem bestickten Tuch, verblaßte Blüten, hinterlassen von jemandem, der um die Hilfe der Mutter bat; dies hier war ihre Kapelle, nicht die ihres Sohnes. »Woher sollen wir Beweise bekommen?« wollte Gitanna wissen. »Wir sind keine Grijalvas und können nicht einfach in ihren Palasso spazieren. Sie leben zurückgezogen, unternehmen große Anstrengungen, sich von anderen abzusondern, damit niemand das Ausmaß ihrer Absichten erfährt.«

»Verrat«, sagte er. »Sie werden die do'Verradas stürzen, damit sie sich selbst an die Spitze des Herzogtums setzen können.«

»Nun«, meinte sie grimmig, »solange wir Serranos unsere Stellung bei Hof bewahren können, werden sie dort nichts erreichen können. Du mußt malen, was der Herzog von dir verlangt, 'Gosa ... du mußt auf jeden Fall in seiner Gunst bleiben.«

Das paßte ihm überhaupt nicht. »Ebenso wie du, Gitanna.«

»Ja«, stimmte sie ihm ruhig zu, »ebenso wie ich. Aber du als Oberster Hofmaler hast mehr Sicherheit als die Mätresse des Herzogs; mich kann er jederzeit verstoßen, aber solange du nicht krank wirst oder stirbst, kann er deinen Posten keinem anderen geben. Nur Alejandro wird vielleicht eines Tages einen andern Obersten Hofmaler einsetzen, wenn er nach dem Tod seines Vaters Herzog wird.«

»Ein merkwürdiger Junge«, sagte Zaragosa und knabberte an einem Daumennagel, während er sich mit einer dick gepolsterten Schulter an die Wand lehnte.

»Merkwürdig oder nicht, du solltest dich mit ihm anfreunden«, schlug Gitanna vor. »Zeig ihm, daß wir Serranos seine Freunde sind. Schmeichle ihm. Erwirb dir sein Vertrauen, seine Zuneigung. Sieh zu, daß du für ihn unersetzlich wirst.«

»Wie sollte ich das bei einem Zehnjährigen erreichen?«

»'Gosa«, sagte sie, ohne ihre Verachtung zu verbergen, »für einen Mann, der angeblich Künstler ist, zeigst du einen erstaunlichen Mangel an Phantasie.«

Das traf ihn, wie sie es beabsichtigt hatte. »Matra Dolcha, Gitanna –«

»Denk doch mal nach«, sagte sie. »Denk darüber nach. Mach dir ein Bild davon, 'Gosa. Das kannst du doch sicher.«

Wütend starrte er sie an. »Wenn du so mit dem Herzog sprichst, ist es kein Wunder, wenn er glaubt, daß du nur fürs Bett zu gebrauchen bist!«

»Sei doch still«, meinte sie gereizt. »Geh lieber zurück in den Palasso und denk noch einmal darüber nach, was ich dir gesagt habe. Wir haben Baltran das Problem ganz offen vorgelegt, und wir haben versagt. Jetzt ist es an der Zeit, es auf andere Weise zu versuchen.«

»Er will *Beweise!*«

»Dann werden wir welche finden müssen«, sagte Gitanna ruhig. »Oder sie herstellen.«

Saavedra blieb im Flur vor ihrer kleinen Zelle stehen. Vor ihr lag ihre eigene Welt, in der sie ein Bett besaß, eine Truhe mit Kleidung, einen Tisch und einen Stuhl vor dem Fenster. Darüber hinaus gab es nur das Allernötigste: Eine Schüssel und einen Krug, einen Nachttopf hinter einem Wandschirm. Und Phantasie.

Die Familie ging davon aus, daß Einschränkungen die Inspiration förderten, daß absolute Abgeschlossenheit notwendig war, damit die Einsamkeit ermutigte, die eigenen zur Verfügung stehenden Mittel zu nutzen, zum Beispiel Perspektive anhand der Art und Weise zu studieren, wie sich ein Handgelenk bog, wie ein Flur am nahen Ende breit erschien, aber schmal am abgelegenen. Es gab Kurse, in denen solche Dinge unterrichtet wurden, aber Einsamkeit gab Gelegenheit, das Gelernte zu vertiefen, zu verfeinern; ein Mensch, der allein gelassen wird, erschuf oft eine eigene Welt in seinem Kopf, und der Künstler brachte diese zu Papier, auf die Leinwand, brachte das Unwirkliche mit Hilfe von Farbe und Kreide zum Leben.

Und nun würde sie inmitten dieser Abgeschlossenheit, dieser Einsamkeit, bestraft werden für eine Regelüberschreitung, von deren Ausmaß nicht einmal die Viehos Fratos etwas ahnten. Ja, sie hatte das Gemälde verbrannt; schon das war die Strafe wert. Aber sie hatte auch Sario geholfen, der einen Mord begangen hatte.

Der Riegel rasselte, als sie die Hand darauf legte. Sie hatte die nächste Stunde Zeit, den gesamten Rest des Tages. Sie würde in eine der Galerrias der Familie gehen und die dortigen Werke studieren können, sie konnte sich in einen der Innenhöfe setzen oder gar auf den kopfsteingepflasterten Zolaco, der alle Gildenhäuser verband, aber das wollte sie nicht. Sie wollte lieber in ihrem winzigen Zimmer sein und darüber nachdenken, was geschehen war und was das für die Zukunft zu bedeuten hatte.

Und so ging sie hinein, sich schmerzlicher Einsamkeit bewußt, und fand sich Sario gegenüber.

»Matra Dolcha!« Sie warf die Tür zu und lehnte sich sofort dagegen, als wollte sie jeden draußen halten, der sie zusammen entdecken könnte. »Was machst du denn hier?«

Er stand in der Ecke, so daß die Tür ihn verborgen hätte, wenn jemand anderes im Flur gestanden hätte. Aber nun war die Tür zu und Sario sicher; er trat weiter in den Raum hinein, nervös Fäden vom Saum seines Hemdes zupfend. »Was haben sie gesagt?« fragte er.

Sie war erschrocken, ihn zu sehen, aber der Schreck ließ nach und wich der Erleichterung; jetzt konnte sie ihm sagen, was man von ihr verlangt hatte. »Wir dürfen uns ein Jahr lang nicht treffen.«

Er erbleichte. »Das *können* sie nicht!«

»O Sario, selbstverständlich können sie.« Bedrückt setzte sich Saavedra auf ihr schmales Bett. »Sie haben die Macht über unser Leben, von der Geburt bis zum Tod – sie können tun, was sie wollen. Und das *werden* sie auch, wenn sie dich hier finden.« Sie bemerkte, wie unruhig er war; es paßte gar nicht zu ihm, so zu zögern. »Haben sie mit dir geredet?«

»Noch nicht.« Eine Locke fiel ihm in die Stirn; er warf sie ungeduldig zurück. »Sie werden, aber noch wissen sie nicht, wo ich bin. Sie können mich nicht holen, wenn sie mich nicht finden.«

»Aber das wird nicht lange dauern«, meinte sie; er sah nie mehr als das, was er unbedingt sehen wollte. »Wenn sie dich nirgendwo anders finden können, werden sie auch hier suchen.«

Er fluchte leise. »Dann will ich schnell sagen, was ich dir sagen wollte.« Er griff in die Tasche und holte ein Stück Papier heraus. »Ich habe es aufgeschrieben. Hier.«

Sie griff nach dem Blatt, starrte es an. »Was ist das?«

»Ein Rezept«, erklärte er spöttisch.

»Ein *Rezept?*« War er vollkommen verrückt geworden?

»Tomaz hat es mir gegeben.«

Sie runzelte die Stirn. »Aber – wofür denn? Diese Zutaten ergeben keinen Sinn. Sie sind weder zum Kochen noch zur Farbenherstellung geeignet.«

»Sie ergeben schon einen Sinn«, sagte er, »wenn man im *Folio* weit genug gelesen hat.«

Sie hätte das Blatt beinahe zerknüllt. »Sario, ich darf den *Folio* nicht lesen.«

»Aber ich. Einen Teil davon.« Er setzte sich neben sie auf die Bettkante und beugte sich vor, um auf die Worte zu zeigen, die er hastig auf das Papier geschrieben hatte. »Das hier ist nur Unsinn, um Leute in die Irre zu führen, die es zufällig finden. Aber ich kenne ihr Geheimnis. Tomaz hat mir gesagt, wie es gemacht wird, und das hier ist das Rezept.«

Sie war immer noch verwirrt. »Ich verstehe das nicht, Sario. Wieso zeigst du mir das?«

Er holte schnell und tief Luft, dann sprudelten die Worte hastig aus ihm heraus. »Weil – weil ich will, daß jemand es weiß. Du *mußt* es wissen, 'Vedra, bevor ich anfange.«

»Anfange?« fragte sie mißtrauisch. »Sario, was hast du denn jetzt schon wieder vor?«

Seine Miene war konzentriert, angespannt. Obwohl er die Hände fest verschränkt hatte, sah sie, daß sie zitterten. »Ich muß etwas unternehmen, 'Vedra. Ich muß einfach. Tomaz war das geborene Opfer, weil er nie verstanden hat, was das *Peintraddo Chieva* bedeutete – bis es zu spät war.«

Sie verstand es auch nicht. »Aber du verstehst.«

»Ja. Jetzt. Und daher muß ich etwas unternehmen –«

»Sario –«

»– damit sie mich nicht umbringen.«

»Dich *umbringen!* Sario – bist du verrückt? Wer sollte dich umbringen wollen? Und warum?«

»Neosso Irrado«, flüsterte er.

»O nein … das ist wahnsinnig, Sario –«

»So nennen sie mich. Neosso Irrado.«

Es gelang Saavedra zu lachen, aber es war eine schlechte Täuschung. »Weil du sie enttäuschst, Sario. Du verstößt gegen Regeln, gibst Widerworte, hinterfragst alles, weigerst dich zu tun, um was du gebeten wirst –«

»Genau wie Tomaz.«

Das brachte sie zum Schweigen. Sie starrte das Papier an, diese Liste unsinniger Begriffe, und versuchte zu verstehen, wieso Sario solche Angst hatte. Und es war eindeutig Angst, aber es kam auch eine erstaunliche Entschlossenheit hinzu. Er würde es tun. Was immer es sein mochte, er würde es tun. Sie kannte niemanden sonst, der sosehr bereit war, Gefahren einzugehen.

»Worum geht es da?« fragte sie scharf. »Was ist ein *Peintraddo Chieva* mehr als ein Selbstporträt?«

Sarios Lippen zuckten. »Ein Werkzeug zur Machtausübung«, antwortete er. »Ein geheimes Werkzeug. Das haben wir beide in der Crechetta gesehen.«

Saavedra konnte sich nur allzu lebhaft daran erinnern.

»Strafe«, sagte er verbittert, »dafür, daß man ihnen Probleme bereitet. Für unangemessenes Verhalten. Dafür, ein Neosso Irrado zu sein.«

»O nein –«

»Tomaz war ein Neosso Irrado.«

Es gab nur eine offensichtliche Antwort. »Dann sei *du* eben keiner!« rief sie.

Er verzog gequält das Gesicht. »Ich kann nicht einfach damit aufhören, 'Vedra. Ich kann nicht anders.«

»Doch! Hör einfach *auf.* Gib keine Widerworte, stell nicht alles in Frage, brich keine Regeln mehr ...«

»Verstehst du denn nicht? Wenn sie vollkommen Unsinniges von uns verlangen oder wenn ich einen anderen, einen *besseren* Weg sehe, dann muß ich es ihnen doch sagen! Ich kann doch nicht ignorieren, was für mich so offensichtlich ist, selbst wenn alle anderen es nicht sehen ... das wäre unehrlich. Ich würde meine Begabung entehren. Das weißt du doch! Du *weißt* es!«

Sie wußte es. Sie hatte es selbst gespürt.

»Sie werden mich blenden«, sagte er, »wie sie Tomaz geblendet haben. Sie werden mein Talent verkrüppeln, wie sie seine Hände verkrüppelten.«

Sie hatte es gesehen. »Sario –«

»Ich muß es tun, verstehst du das denn nicht? Damit ich es verhindern kann. Tomaz hat mir gesagt, wie es geht, obwohl er es selbst nicht begriffen hat.« Er zuckte mit den mageren Schultern. »Er hat mir gesagt, wie er sein Selbstporträt gemalt hat, die Zutaten, die er benutzte ... aber er hat es nicht verstanden. Mir wird es anders gehen.«

Ihr Mund war trocken. »Was willst du tun, Sario? Wie kannst du die Viehos Fratos daran hindern zu tun, was sie tun wollen?«

»Ich werde ihnen ihr Bild malen«, sagte er. »Ich werde

das tun, was sie mir gesagt haben. Ich gebe ihnen ein *Peintraddo Chieva* – aber es wird nicht das erste sein. Nicht das einzige. Es wird nicht das *echte* sein. Das werde ich selbst behalten. Das werde ich wegschließen. Und nur du und ich, wir werden die Wahrheit wissen.«

7

Meya Suerta war eine Stadt mit vielen Gesichtern, vielen Herzen. Welches Gesicht man sah, welches Herz man rührte, war bestimmt von solch berechenbaren Dingen wie Geburt, Handwerk, Begabung, Schönheit – und selbstverständlich vom Geld. Aber die wahre Seele der Stadt lag in ihrer Unberechenbarkeit und in dem raschen Fluß des Lebensbluts in seinen Menschen, selbst in jenen, die anderswo geboren waren, Fremden in Tira Virte – vorausgesetzt, sie lebten nur hier, starben und wurden in ihrer Erde begraben, gesegnet von Matra ei Filho.

Der alte Mann hatte nicht den Wunsch, in Tira Virte zu sterben, er wollte nicht in der Erde dieser Stadt begraben werden und nicht von der Mutter oder Ihrem Sohn gesegnet werden. Sein eigener Gott war männlich, mit fruchtbarem Samen und zahlreichen Söhnen. Und es war die Gnade dieses Gottes, die der alte Mann sich erbat. Sein Gott war nicht so kleinlich, Ungeborenen oder Neugeborenen seinen Segen zu verweigern oder den Kindern, die starben, bevor sie das Erwachsenenalter erreichten. Der alte Mann verstand viel von Tira Virte und wenig. Obwohl er in diesem Land, in seinen Städten – und nun in der Hauptstadt – die Hälfte seines langen Lebens verbracht hatte, war Meya Suerta in allem, was wirklich zählte, immer noch fremd für ihn.

Was nicht unbedingt mit grausam gleichzusetzen war; die Stadt verstand nur nicht, was er war. Sie war nicht zornig, nicht, daß sie ihn bestraft hätte. Und sie war auch nicht gleichgültig; er verdiente gutes Geld. Aber sie war eben nicht Tza'ab Rih.

Nur, was war das schon? Tza'ab Rih, wie er es gekannt hatte, war gefallen, gestürzt von einer Reihe verhängnisvoller Ereignisse, die eingeleitet wurden durch etwas, was viele zweifellos als den Wahnsinn eines religiösen Fanatikers betrachteten; aber für diesen Mann hier, diesen alten Mann, waren solche Ansichten selbst Wahnsinn und so gut wie Blasphemie.

Wie konnten sie das nur übersehen? Dieses Land hatte einmal Tza'ab Rih gehört. Niemand, der noch Verstand hatte, konnte es einem Reich übelnehmen, wenn es versuchte, zu halten, was es einmal besessen hatte, wiederzuerobern, was es vor langer Zeit verlor, wenn das Eindringen von anderen – von jenen, die begonnen hatten, sich Tira Virtiner zu nennen wegen ihres grünen Landes – zunächst fast unmerklich verlief, wenn es um nicht mehr ging als die eine oder andere Familie, die hier leben wollte.

Aber es waren zu viele gekommen. Zu viele hatten sich niedergelassen. Zu viele Leben waren nicht mehr Tza'ab Rih. Sie sprachen von Mutter und Sohn statt von Acuyib, und so hatte der Verkünder, der Heiligste, der Herr des Goldenen Sturms, Weisheit im *Kita'ab* gesucht, auf dessen Seiten die Worte des Gottes Acuyib – des einzigen Gottes, der zählte – niedergeschrieben waren.

Der alte Mann hatte es gesehen. Den *Kita'ab* – oder doch seine Überreste. Gesegnet waren seine Augen, zu erblicken, was in seinem Land verehrt wurde: die Seiten sorgfältig geschriebenen Textes, geschmückt und illustriert mit der hohen Kunstfertigkeit jener, die dem Verkünder dienten, der wiederum ein Diener Acuyibs war.

Und Acuyib hatte auf diesen heiligen Seiten gesagt, daß Tza'ab Rih das gesegnetste aller Länder sei und seine Erwählten deshalb seine Reichtümer schützen sollten, seine Menschen, die gewaltigen Massen von Gläubigen, die sich innerhalb seiner Grenzen befanden.

Seiner *Grenzen.*

So hatte der Verkünder des Goldenen Sturms die Erwählten versammelt, sie ausgebildet, sie in Acuyibs Heiligem Namen gesegnet und sie Reiter des Goldenen Sturms genannt, und dann hatte er sie ausgesandt, die alten Grenzen wiederzuerrichten, die andere verletzt hatten.

So hatte der Krieg begonnen.

So hatte das *Ende* begonnen.

Der alte Mann seufzte. So viele Jahre waren seitdem vergangen. So viele Gebete gesprochen worden. So viele gestorben. Und Tza'ab Rih war gefallen, und nun lebte er in der Hauptstadt des Nachfolgers des Siegers: Baltran do'Verrada, dessen Ahnen die Reiter des Verkünders besiegt hatten, seine Stadt, sein Herz, und die mit Hilfe solch ergebener Krieger wie Verro Grijalva auch den *Kita'ab* zerstört hatten.

Er weigerte sich, so zu leben wie die Tira Virtiner. Ja, damals hatte er das getan; in Tza'ab Rih hatten viele Häuser aus Ziegeln erbaut und in ihnen gewohnt, aber als die Reiter versammelt wurden, wurde solcher Luxus verboten, bis das verlorene Land zurückerobert sei. Und so hatten die Krieger sich Zelte machen lassen und gelernt, ohne eigene Wurzeln zu leben, wie sie andere kannten: Es war weiser, hatte der Verkünder gesagt, mit dem Goldenen Sturm zu reiten, als sich mit anderen auf einem kleinen Flecken Land zu verankern, solange andere, denen es an Land fehlte, ihr Heim verlassen und in den Städten leben mußten.

Und so hatten sie den Goldenen Sturm geritten. Zu Pferd, immer in Bewegung, hatten sie im Sattel geschlafen oder in Zelten, die im Wind wehten.

Jetzt hatte er kein Pferd mehr, keinen Sattel. Aber er besaß ein Zelt. Und er hatte aus einem kleinen Stück Land, das nun Tira Virte hieß, sein eigenes Tza'ab Rih gemacht.

In seinem Zelt, einem kleinen Zelt, saß ein alter Krieger und lächelte. Dann verneigte er sich langsam, mit knackenden Knochen, und begann zu beten.

Obwohl andere nach der Katastrophe – weil sie eine Erklärung für das Unerklärliche wollten – Acuyib für einen schwachen Gott hielten, weil er so viel Tod zugelassen hatte, und den Verkünder für einen Verrückten, war der alte Tza'ab zuversichtlich. Es gab für alles einen Grund; man konnte nicht gleichzeitig Acuyib in Frage stellen und fromm bleiben. Man glaubte einfach und diente.

Er glaubte. Eines Tages würden seine Gebete erhört werden. Eines Tages würde ein anderer kommen. Eines Tages würde Tza'ab Rih im Herzen eines Mannes wiedergeboren werden, selbst wenn es ein Fremder sein sollte. Selbst wenn er in jenem Land geboren wurde, das nun Tira Virte hieß und das einmal Tza'ab Rih gewesen war. Aus dem Herzen der Feinde würde Acuyibs Retter kommen, ein zweiter Verkünder. So hatte er es in der Magie gesehen, und daher war er gekommen, um unter den Feinden zu leben, wenn schon nicht *von* ihnen.

Der Tod mochte reiner sein als ein solches Leben, aber Acuyib hatte dies nicht befohlen. Und so lebte der alte Mann, wie er schon seit Jahrzehnten gelebt hatte, in der Gewißheit seines Glaubens.

Alejandro verzog mürrisch das Gesicht. Hinter ihm stand der Hintergrund: ein gewaltiger Vorhang aus purpurrotem Samt, gesäumt mit geflochtener Goldschnur, an den Ecken riesige Quasten. Und *dahinter*, wenn auch gedämpft, erklang die Kakophonie eines Sommertages: das Summen der Bienen, die die scharlachroten Blüten vor dem offenen Fenster umschwärmten; das Stakkato-Schwirren der Kolibris, die mit den Bienen um den Nektar wetteiferten; die Duellgeräusche der Spottdrosseln und das gelegentliche Lachen der Gärtner, die sich um den Innenhof kümmerten.

Aber da, wo er sich befand, waren die Geräusche erheblich prosaischer und daher ausgesprochen lästig: das unmusikalische Summen von Zaragosa Serrano, gemischt mit selbstzufriedenen Kommentaren des Malers; das Kratzen von Kreide auf rauhem, holzigem Papier; das unangenehme Pfeifgeräusch des Atems, der zwischen geschürzten Lippen eingesogen und wieder ausgestoßen wurde.

Hinter ihm, weit hinter ihm, lockte die Welt. Alejandro zupfte nervös an seiner Kleidung herum. Er wurde immer wütender. Er spürte den Druck der Ungeduld, der drohte, schmerzhaft zu werden, wenn er ihm nicht nachgeben konnte. Er konnte nicht länger ruhig bleiben.

Er verzog noch unwilliger das Gesicht.

Diesmal blickte Serrano von seiner Skizze auf und erhob, wenn auch höflich, Einspruch. »Nein ... bitte nicht, Don Alejandro ... könntet Ihr bitte das Kinn wieder heben? – nur noch einen Augenblick, ich verspreche es ...«

Alejandro hob das Kinn nicht wieder. Er schaute weiterhin mürrisch drein.

»Bitte, Don Alejandro!«

Aber Don Alejandro wies die Bitte ab. »Es genügt«, erklärte er und nahm eine entspanntere Haltung ein. »Ihr seid zu langsam.«

»Wahre Kunst braucht Zeit, Don Alejandro.«

»Andere Maler brauchen nicht so lange.« Der Junge trat an die Staffelei und inspizierte die Skizze. Sein Blick wurde noch unwilliger. »Das bin ich nicht.«

Zaragosas Lachen klang ein wenig gezwungen. »Die meisten erkennen sich zunächst nicht ... aber selbstverständlich seid Ihr es, Don Alejandro. Das hier ist erst eine Rohskizze, erst der Anfang.«

»Es sieht *überhaupt* nicht nach mir aus.«

»Vielleicht nicht genau, noch nicht, aber es wird, Don Alejandro – wenn ich erst mit dem Malen beginne –«

Mit der Entschiedenheit der Jugend schüttelte Alejandro den Kopf. »Ich habe Straßenmaler gesehen, die so was besser konnten.«

Das hatte gesessen. Zaragosa Serranos Gesicht nahm einen dunklen und höchst unschmeichelhaften Rotton an, der sich heftig mit dem Karminrot seiner Sommerweste biß.

Alejandro nahm dies zur Kenntnis. »Es ist *mein* Gesicht«, sagte er ganz ruhig. »Ich möchte, daß es stimmt.«

»Selbstverständlich, aber ein großes Kunstwerk braucht *Zeit* –«

Alejandro starrte die Skizze noch einen Augenblick lang durchdringend an, dann wandte er seinen klaren Blick dem Künstler zu. »Selbst die Hofleute sagen, Ihr wäret langsam.«

Zaragosa Serrano, schon dunkelrot vor kaum beherrschter Frustration, wurde nun leichenblaß. Alejandro fand es faszinierend, daß man mit Worten einen solchen Einfluß auf die Farbe eines Menschen ausüben konnte.

»Das behaupten sie?« Die Kreide in Serranos Hand brach. »Das sagen sie, ja?« Er warf die Kreidestücke zu Boden. »Sie behaupten also, ich sei langsam, ja?« Nun griff er nach einem Tuch und warf es unentschlossen über die Skizze. »Langsam, ja?«

Alejandro nickte ernst.

»Filho do'canna!« Der Oberste Hofmaler vergaß völlig, daß er vor dem Sohn seines Herzogs nicht fluchen sollte – der die Worte selbstverständlich kannte, nachdem er soviel Zeit in der Küche, den Ställen und selbst in den Räumen der Wache verbracht hatte, wo offenbar jeder über ein ausuferndes Vokabular an wundervoll dramatischen Schimpfworten verfügte. »Ha! All diese Schweine und Säue ... sie haben doch keine Ahnung von wahrer Größe – verbringen ihre Zeit damit, sich ihre pockengezeichneten Gesichter anzumalen, obwohl sie mich lieber malen ließen, wie sie gerne aussehen *würden* – und dann suhlen sie sich im Dreck für ein winziges bißchen Tratsch, Intrige, politische Berechnung, während *ich* mich jede Stunde des Tages anstrenge, dem Herzog zu dienen!« Er zertrat die Kreide am Boden, zermahlte sie zu Staub. »Immerhin bin ich der Oberste Hofmaler – der *Oberste Hofmaler*, berufen vom Herzog persönlich, um das Leben der do'Verradas zu dokumentieren, die Geschäfte der Stadt, des Herzogtums – selbst solche Chiros, wie sie den Hof bevölkern ...« Jetzt hatte sein Gesicht einen satten Purpurton angenommen. »Ich sollte sie so malen, wie sie wirklich sind, und das Bild dann *Il Chiros do'Tira Virte* nennen ... es wäre ein Meisterwerk, das die ganze Wahrheit dieses Hofes zeigt!«

Alejandro blinzelte. »Ich würde Euch gern malen, wie Ihr jetzt ausseht, und es dann *Il Borrazca* nennen.«

Aber der Sturm, der Alejandros Bildtitel inspiriert hatte, hatte sich bereits ausgetobt. Nun, in den Nachwehen, raffte ein zitternder und verängstigter Oberster Hofmaler zusammen, was ihm von seiner Würde geblieben war, und verließ das Zimmer.

Die Schlacht war damit gewonnen, und zwar ohne große Anstrengung. Alejandro grinste und machte sich auf, den Tag zu genießen.

Sario hatte sich krank gestellt und zwei Tage gefastet. Er hatte nur Wasser getrunken. Am Morgen des dritten Tages erhob er sich, sammelte seinen Urin in einem sauberen Gefäß, füllte eine Glasphiole damit, versiegelte sie und stellte sie beiseite.

Am Abend zuvor hatte er, obwohl es Sommer war, das Feuer im Kamin entzündet. In einem Eisentopf hatte er kleine Harzstücke erhitzt, nun waren sie geschmolzen und bereit, benutzt zu werden.

Er wusch sein Haar in klarem Regenwasser, und während es noch feucht war, nahm er ein Messer und schnitt eine Strähne im Nacken ab. Mit unendlicher Sorgfalt schnitt er das Haar zurecht, so daß es in Form, Dichte und Struktur einem Pinsel glich; dann befestigte er es an einem Stab aus unpoliertem Holz, band es mit Draht, versiegelte es mit Harz.

Als nächstes trank er ein Gebräu, das innerhalb von fünf Minuten seine Körpertemperatur gewaltig erhöhte. Fiebernd, von Schaudern und Tränen geschüttelt, klammerte er sich störrisch an zwei Phiolen und murmelte Gebete, er möge sich nicht verrechnet haben; als er innerhalb von Augenblicken in Schweiß ausbrach, dankte er der Mutter und ihrem Gesegneten Sohn und sammelte sowohl Tränen als auch Schweiß in kleinen Fläschchen, die er ebenfalls versiegelte.

Er spuckte ausgiebig in eine vierte Phiole, versiegelte auch diese, stellte sie zu den anderen.

Er schnitt sich mit einem erhitzten Messer in den Finger, sammelte Blut, versiegelte auch diese Flasche.

Urin. Tränen. Schweiß. Speichel. Blut.

Noch eine Flüssigkeit fehlte, dann konnte er sich an die Arbeit machen.

Sein Atem wurde schneller. Leise erhob er sich und zog sein Schlafgewand aus. Er sah an seinem Körper hinab: immer noch jungenhaft schlank; es fehlte ihm an den Muskeln, der Kraft eines erwachsenen Mannes. Aber er war ein Mann, obwohl noch jung, und er wußte es. Er hatte an so manchem Morgen den Beweis gefunden.

Er starrte in die glitzernden Staubkörner, die vom Morgenlicht beleuchtet wurden, das schräg durch die Läden fiel. »Ich bin Sario Grijalva. Ich werde Oberster Hofmaler werden – denn nun weiß ich, wie ich es erreichen kann.«

Nur noch eine weitere Flüssigkeit brauchte er. Er war jung, aber er wußte, wie. Sein Körper hatte es ihn gelehrt.

Er brauchte nur an *sie* zu denken.

8

Nichts in der Crechetta der Grijalvas wies noch darauf hin, daß hier vor fünf Jahren die Neugier und Ungeschicklichkeit einer jungen Frau den Tod eines Mannes verursacht hatte. Viel Zeit war vergangen, und solche Dinge waren gegenüber dem Alltag der Familie in den Hintergrund getreten. Was die Viehos Fratos heute hier zusammengeführt hatte, betraf ebenfalls die Familie und ihre Zukunft, aber sie waren sich uneinig.

Sario Grijalva, nun, da seine Gabe offiziell bestätigt war, einer der Ihren, hatte sich unerwartet und unerklärbar als derjenige unter ihnen erwiesen, der am ehesten versprach, ihren Plänen zu genügen. Und das gefiel ihnen nicht.

Die Viehos Fratos hatten sich bereits vor diesem Treffen in der Crechetta in zwei Gruppen gespalten. In den beiden Jahren seit seiner Bestätigung hatten sie Sario als wahrhaft begabten und bemerkenswerten Maler kennengelernt, daran bestand kein Zweifel. Aber vom Talent einmal abgesehen, stand da noch die Frage des angemessenen Verhaltens an: er war nicht zu kontrollieren, war es nie gewesen.

Einige waren der Ansicht, man könne damit fertig werden. Andere waren überzeugt, daß Sarios Verhalten zuviel Widerspenstigkeit zeigte, Ansätze zu einer Rebellion, die sich katastrophal auswirken konnte.

Sie hatten – in Abwesenheit Sarios – nun schon Stunden gestritten, versammelt um einen leinengedeckten Tisch mit Früchten, Zuckerwerk, Wein, Wasser, Schalen mit Blüten, die die abgestandene Luft erfrischten, zusammen mit honigduftenden Bienenwachskerzen. Und immer noch waren sie zu keinem Schluß gekommen.

Frato Otavio, von ebenso säuerlicher Miene wie Stimmung, schüttelte heftig den grauen Kopf. »Wir können es nicht wagen«, sagte er wieder einmal. »Es gibt auch noch andere.«

»Schüler«, wandte Aguo Raimon ruhig ein. »Sario ist bestätigt …«

»Dann laß es einen von *uns* sein«, beharrte Otavio. »Ich gestehe ein, daß ich zu alt bin, aber es sind andere unter uns, die jünger sind, selbst du, Raimon.«

Raimon, der dem älteren Mann gegenübersaß, lächelte bescheiden. »Dafür danke ich dir, Frato Otavio – aber ich glaube, wir haben keine andere Wahl.«

»Wie das?« fragte der schwarzhaarige Frato Ferico, der zu Otavios Linken saß. »Hier sind einundzwanzig von uns –«

»Und es sollte auch der *zweiundzwanzigste* anwesend

sein!« unterbrach Frato Davo, der neben Raimon saß, und schlug mit der schlanken, flachen Hand auf den Tisch. »Sario wurde vor zwei Jahren bestätigt und als einer der Unsrigen akzeptiert. Er sollte hier sein. Ist es angemessen, über sein Schicksal zu entscheiden, während er abwesend ist?«

Otavio murmelte leise vor sich hin, dann richtete er sich in seinem geschnitzten, samtgepolsterten Stuhl auf. »Wir entscheiden nicht über sein Schicksal, Davo. Wir *sprechen* darüber –«

Ferico unterbrach ihn abermals. »Das ändert nichts an der Tatsache, daß wir immer noch einundzwanzig sind. Wir können doch sicher unter uns einen anderen auswählen.«

»Sario ist unser jüngster«, erklärte Otavio, und das klang wie eine Beleidigung.

Raimon nickte. »Der jüngste, ja – und vielleicht derjenige, dessen Gabe am größten ist.«

Lähmendes Schweigen. Dann brach der Streit aufs neue aus.

Raimon seufzte. Sein Blick traf den des Premio Frato, und er lächelte müde; Arturro erwiderte das Lächeln nicht, aber ein Glitzern in seinen Augen legte nahe, daß er Raimon durchaus verstanden hatte. Und dann klopfte er einmal auf den Tisch.

Die anderen schwiegen sofort. Selbst die erregtesten.

»Wer unter uns hat die Viehos Fratos noch nie in Frage gestellt?« wollte er wissen. »Wer hat noch nicht gestöhnt über die Forderungen solch rigider Regeln wie jener, denen wir entsprechen müssen? Wer hat noch nie Alternativen zum Bestehenden vorgeschlagen?« Er nickte. »Wir wissen, was wir sind, und wir wissen, was wir tun müssen. Aber bei Meistermalern ist diese Aufgabe erschwert durch unser größtes Problem: eine verkürzte Lebensspanne.«

Niemand regte sich auch nur.

Arturro nickte. »Daher sollte Jugend nicht als Nachteil verhöhnt werden.« Das ging gegen Otavio, dessen mißmutiges Gesicht zur Antwort rot anlief. »Unsere Herzöge, die do'Verradas, leiden nicht unter demselben Handicap wie wir Maler ... in Friedenszeiten leben sie lange, in Jahren ohne Seuchen jedenfalls, und daher haben sie keine Vorstellung davon, daß die begabtesten, diejenigen, deren Talente am hellsten lodern, sich verzehren könnten – *und es im Dienst des Herzogtums willig auch wieder tun werden.*«

Jetzt hatte er sie auf seiner Seite, selbst Otavio, Ferico und Davo, die Streitsüchtigsten. »Baltran do'Verrada ist bei bester Gesundheit. Für uns ist ein Mann mit dreiundvierzig dem Tode nah, aber für solche, die keine Maler sind, ist dies noch kein hohes Alter. Wir können nicht erwarten, daß Don Alejandro seinem Vater schon bald folgen wird, es wird vielleicht noch mehr als zwei Jahrzehnte dauern, und daher muß derjenige von uns, den wir als Kandidaten wählen, unbedingt jung sein.« Er lächelte. »Ich werde dann selbstverständlich tot sein. Und einige von euch ebenfalls, ganz sicher Otavio, der fast so alt ist wie ich, und vermutlich auch Ferico und Davo. Und sicher wird die Hälfte von uns, vielleicht beinahe alle ... vielleicht sogar Raimon, obwohl das unwahrscheinlich ist, da er neben Sario der jüngste unter uns ist; dennoch, selbst wenn er dann noch am Leben ist, wird Raimon ein Alter erreicht haben – für einen Maler jedenfalls –, das es unwahrscheinlich macht, daß ihn der neue Herzog erwählen wird. Alle in dieser Stadt wissen von dem Fluch, der auf uns liegt.« In der Tat, das gesamte Herzogtum wußte darüber Bescheid; es lieferte den Argumenten ihrer Feinde, vor allem denen der Serranos, viel Nachdruck: schwacher Samen, schwaches Blut, ohne Wert. »Daher müssen wir einen jüngeren Mann finden, dessen Talent, dessen Gabe, ihn zum idealen Nachfolger von Zaragosa Serrano als Oberstem Hofmaler macht.«

»Er ist erst *sechzehn*«, wandte Otavio ein.

»Das wird er in zehn Jahren nicht mehr sein«, erwiderte Davo schnell.

Arturro lächelte. »Genau. Und wer von uns wünscht sich nicht dieses Alter zurück, diese *Jugend* – um noch einmal zu wissen, daß wir zwanzig Jahre vor uns haben und nicht eines oder drei oder fünf?« Er sah einen nach dem anderen an, sah die Zustimmung in ihren Blicken; außer Raimon und Sario war keiner unter ihnen, der noch ein Jahrzehnt zu leben hatte, und für die meisten war es bestenfalls noch die Hälfte. »Wir müssen nicht nur das Hier und Jetzt im Auge haben, sondern auch die Zukunft, damit wir sie formen können.«

Ferico schüttelte den Kopf. »Sario ist nicht unsere Zukunft.«

»Er ist nicht zu beherrschen«, murmelte Otavio.

»Jeder der Viehos Fratos ist zu beherrschen«, sagte Raimon laut und deutlich. »Oder habt ihr Tomaz vergessen?«

Keiner von ihnen hatte Tomaz vergessen.

»Ich glaube auch nicht, daß Sario das vergessen hat. Und es wäre nicht unmöglich, ihn daran zu erinnern.« Arturro lächelte leise und wechselte entschlossen das Thema. »Ich möchte gern Aguo Raimon für den Aufstieg zum Seminno vorschlagen. Er hat mir in diesen vergangenen sechs Jahren gut gedient, wie er uns allen diente, und wenn wir uns um die Zukunft unserer Familie kümmern wollen, dann müssen wir auch die Gegenwart im Auge behalten. Viele von uns werden nicht mehr am Leben sein, wenn Don Alejandro seinem Vater folgt, und wenn wir Sario für die Position des Obersten Hofmalers vorbereiten, brauchen wir dazu einen Mann, der unser Vertrauen genießt. Er wird eines Tages Sanguo sein, daran habe ich keine Zweifel, aber nun sollte er als erstes mehr als Aguo sein dürfen.«

»Danke, Premio«, sagte Raimon heiser. »Aber ich fürchte, daß ich nicht würdig bin.«

»Das bist du.« Arturro hob die Hand und schnitt weitere Einsprüche ab. »Gibt es einen unter uns, der anderer Meinung ist?«

Davo erklärte trocken: »Wenigstens in dieser Sache sollte Sario eine Stimme haben.«

Ferico schnaubte. »Welcher Mann würde nicht für seinen Hüter stimmen?«

»Sind wir denn nicht alle seine Hüter?« fragte Arturro. »So, wie wir gegenseitig die Hüter der anderen und daher der gesamten Familie sind?«

»Solange wir das *Peintradda Chieva* eines jeden besitzen, besteht keine Gefahr«, erklärte Davo. »Und es war schließlich Sario, der bei dem Mädchen gefunden wurde, das Tomaz' Selbstporträt zerstört hat; glaubt ihr wirklich, ausgerechnet *er* wüßte nicht, was bei einer Disziplinierung aus ihm würde?«

»Sario ist kein Narr«, sagte Raimon. »Nur derjenige, dessen Talent am ehesten dafür sorgen wird, daß wieder ein Grijalva am Hof malt. Und das, wenn ich daran erinnern darf, war der eigentliche Grund dieser Besprechung.«

»In der Tat«, stimmte Arturro ihm zu. »Es ist wichtig, daß wir die kleinlichen Grabenkämpfe und unseren persönlichen Ehrgeiz zur Seite stellen und unseren Willen dem unterwerfen, was das Beste für die Familie ist.«

Otavio grunzte. »Wird Sario das auch tun?«

»Er muß«, murmelte Raimon.

»Und wenn er sich weigert?« Ferico warf wütend eine Handvoll Obstkerne auf das Tischtuch, als wolle er damit neuen Streit säen. »Er ist ein schwankendes Fundament, aber du schlägst vor, eine gesamte Stadt auf ihn zu bauen.«

»Wir haben Zeit«, sagte Arturro, »Zeit, ihn vorzubereiten. Aber das können wir nur angemessen tun, wenn wir zugestimmt haben.« Er sah Otavio an. »Ich verstehe deine Sorgen, alter Freund, und ich werde sie nicht so glatt vom Tisch fegen, wie du vielleicht befürchtest. Sario *muß* einer von uns sein, und dessen müssen wir sicher sein können. Wir können es uns nicht leisten, unsere Entscheidung noch einmal in Frage zu stellen, und wir können dem Grijalva nicht mißtrauen, der uns wieder einen Platz am Hof verschaffen soll.«

Raimon sah ihn erschrocken an. »Premio –«

Arturro ignorierte ihn. »Die Chieva do'Sangua wurde entwickelt, um jeden, der die Gabe hat, zu bestrafen, falls er sein Talent eher für sich selbst als für die Familie nutzt … und obwohl Sario bisher kaum mehr getan hat, als eine Anzahl der Unsrigen zu verärgern, sollte er vielleicht einen Denkzettel bekommen.« Er nickte Otavio zu. »Wenn du willst, Otavio – und wenn die anderen zustimmen –, können wir die Kleine Disziplinierung anwenden.«

»Er hat nichts getan«, protestierte Raimon.

»Noch nicht«, fauchte Ferico.

»Er stellt uns in Frage«, sagte Otavio streng.

»Man lernt durch Fragen«, erwiderte Raimon.

»Solange es innerhalb gewisser Grenzen bleibt«, erklärte Ferico.

Raimon sah den Premio Frato um Unterstützung heischend an, aber der alte Mann schwieg. »Ich sage noch einmal: Er hat nichts getan. Wir können keinen Mann bestrafen, der nichts getan hat.«

Otavio zitierte Arturro. »Es soll nur ein Denkzettel sein.«

»Hätten wir dasselbe mit Tomaz getan, dann hätte es vielleicht die Chieva do'Sangua nicht gebraucht«, führte Ferico aus. »Haben wir denn nichts daraus gelernt?«

Otavio nickte zustimmend, dann sah er Raimon direkt an. »Wir schlagen ja nicht vor, daß er erdrosselt werden soll. Aber wenn du Angst um den Jungen hast, dann wende die Kleine Disziplinierung selbst an.«

Raimon entgegnete entrüstet: »Als Aguo ist mir das nicht gestattet.«

»Aber du bist jetzt Seminno«, sagte Otavio lächelnd, »dem stimmen wir alle zu.« Er nahm die Chieva do'Orro in die Hand, küßte den Schlüssel und drückte ihn dann an sein Herz. Goldene Kettenglieder glitzerten im Kerzenlicht, glitten durch Fingerspitzen. »Im Namen von Matra ei Filho, laß dies deine erste Amtshandlung sein, Raimon … und sei es, um uns zu beweisen, daß du des Amtes würdig bist.«

Saavedra saß aufrecht auf der Steinbank im zentralen Innenhof des Palasso Grijalva, wo der Duft von Zitrusfrüchten in der Luft hing: Zitronen, Orangen, Pampelmusen und andere, ihre smaragdgrünen Blätter in subtiler Harmonie mit dem gedämpften Silbriggrün der Olivenbäume, die mit dicken Bündeln von Früchten beladen waren. Eine bleiche, farbfleckige Hand hielt das Zeichenbrett, auf dem Papier befestigt war, gegen den Oberschenkel gestützt, und die andere bewegte sich flüssig und leicht, skizzierte mit gespitzter Kohle die Einzelheiten eines Gesichts.

Die Skizze beanspruchte ihre ganze Aufmerksamkeit. Der lächelnde Mund – sie hatte nie einen anderen Ausdruck auf seinem Gesicht gesehen, die nach oben gezogenen Augenwinkel, die ausdrucksvollen Brauen leicht hochgezogen, eine rebellische dunkle Locke, die sich der Gesellschaft der anderen verweigerte, die unter einem goldgeränderten Hut aus blauem Samt zur Ordnung gezwungen wurden, geschmückt mit einer gebogenen, gesprenkelten Feder, die über eine Schulter fiel.

Noch mehr Schattierung hier und da; das Kinn, das auf künftigen Starrsinn schließen ließ – sie lächelte über dieses Wissen –, und darunter der hohe, kunstvoll bestickte und gefältelte Kragen seines feingesponnenen Leinenhemds, verschnürt mit golddurchwirkter blauer Seidenschnur; nur die Andeutung einer sommerlichen Brokatweste mit ein paar hastigen Strichen hier und dort, das Muster der Webart des Stoffes ebenfalls nur angerissen ... schnell jetzt, bevor das Bild verschwunden war; später war Zeit für die Einzelheiten, die Geduld.

Ein Schatten fiel über sie. Stirnrunzelnd bewegte sich Saavedra gerade genug, um das Brett wieder ins Sonnenlicht halten zu können.

»Er hat einen schiefen Zahn«, erklärte Sario mit fester Stimme.

Saavedra biß ihre eigenen zusammen. »Ich zeichne keine Zähne. Sein Mund ist geschlossen.«

»Du solltest seine Zähne aber zeichnen. Ein Makel sollte nicht verborgen werden.«

»Nein?« Sie hob den Kopf und zog die Brauen fragend hoch. »Ich dachte, es sei die Aufgabe eines Malers, das Modell vorteilhaft darzustellen, da er sonst den Auftrag verliert.«

Er verzog angewidert den Mund. »Du bist verliebt in ihn, wie mindestens die Hälfte aller Mädchen von Meya Suerta.«

Saavedra grinste. »Eifersüchtig auf Don Alejandro? Sario – wenn du hoffst, Oberster Hofmaler zu werden, solltest du dich lieber mit dem Mann anfreunden, der dich berufen soll.«

Er zuckte mit demonstrativer Gleichgültigkeit mit den Achseln. »Ich glaube nicht, daß er sich von mir abwenden wird, weil ich offen zugebe, daß er einen schiefen Zahn hat.«

»Er ist nur ein kleines bißchen schief«, bemerkte sie, »und woher weißt du das so genau? Du bist ihm nie begegnet. Es könnte sehr wichtig für uns sein, welche herzoglichen ›Mängel‹ du wiedergibst.«

»Zähne sind schwierig«, sagte Sario. »Geschlossene Münder sind einfacher. Ich wollte nur, daß du dich fortbildest; du solltest dich den Herausforderungen stellen.«

Ihr Lachen hatte nichts Subtiles, ebenso wie ihr Spott. »Nein, wolltest du nicht! Du wolltest mich daran erinnern, daß Don Alejandro nicht vollkommen ist. Daß er einen schiefen Zahn hat. Und daß *deine* Zähne unendlich vollkommen und gerade sind.«

Sario bleckte sie zu einem Wolfsgrinsen. »Sind sie ja auch.«

Saavedra zuckte nonchalant mit der Schulter. »Zähne sind wichtig«, gab sie zu, »aber sie sind doch nicht alles, worauf ein Künstler achtet.«

Seine Stimme, gerade erst gebrochen, krächzte noch. »Oder eine Frau?«

Sie seufzte und murmelte lautlos bittere Kommentare. Sie hatte keine Lust, sie laut zu äußern, da er ihr bei solchen Streitereien ohnehin immer voraus war, und sei es durch reine Frechheit; und sie war nicht in der entsprechenden Laune. Aber es sah nicht so aus, als wollte er sie an ihre Arbeit zurückkehren lassen. »Glaube ich, daß er gut aussieht? Ja. Bin ich verliebt in ihn? Vielleicht ... obwohl ich nicht sicher bin, ob ein *Mann* überhaupt weiß, was das bedeutet, denn sein Stolz würde ihm nie erlauben, eine solch mädchenhafte Narretei zuzugeben.« Sie lächelte schelmisch. »Und sicher würdest *du* dir nie zugestehen, derart die Kontrolle über deine Gefühle zu verlieren.«

Getroffen runzelte er die Stirn. »Woher weißt du das?«

Vergnügt antwortete sie: »Eine Frau würde deinem Ehrgeiz im Weg stehen, Sario. Das würdest du nie erlauben.«

Scine Wangen nahmen eine rötliche Färbung an, wie ein schwacher Sonnenbrand, obwohl seine Haut zu dunkel war, um zu verbrennen; im Sommer nahm seine wüstenbraune Haut nur eine noch dunklere Färbung an. »Woher weißt du das so genau?«

Sie grinste. »Ich kenne dich eben.«

Er hob eine Hand, zog sie dann wieder an die Seite zurück. Spöttisch sagte er: »Aber nicht alles, 'Vedra.«

Plötzlich beunruhigt, wandte sie sich schnell von seinem intensiven und sprechenden Blick ab. »Nein«, gestand sie, »nicht alles. Du bist ein Mann und hast die Gabe – und du bist einer der Viehos Fratos. Nie könnte ich alles über dich wissen.«

Er klang merkwürdig, als er fragte: »Würdest du das denn wollen?«

Sie sah ihn wieder an, forschend. In diesem Augenblick lag er offen vor ihr, ohne den Schild der Arroganz, der so viele verärgerte, ohne den ungeduldigen Ehrgeiz und Zynismus, der sogar *sie* erzürnte. Er war wieder der Junge von vor fünf Jahren, unfähig zu bewerkstelligen, was ihn vor der Entdeckung bewahren würde, daß er einen Menschen getötet hatte, daß er lange vor der Zeit gewußt hatte, was die Chieva do'Sangua war, und ihre Magie.

In seiner Stimme klang nur noch bittere Ehrlichkeit mit,

und darin lag in diesem Augenblick eine Verwundbarkeit, die er vor allen anderen verbarg. »Ich würde dir alles sagen, was du wissen willst.«

Und in diesem Augenblick verstand sie, was sie sich bis zu diesem Augenblick nicht einmal hätte vorstellen können. Sie waren keine Kinder mehr, zweifellos nicht mehr innerhalb dieser von Seuchen heimgesuchten und künstlich isolierten Gesellschaft, deren Überleben nur von der Fähigkeit, weitere Grijalvas zu produzieren, abhing. Sechzehn war jung, aber nicht zu jung; es gab Väter, die ihre Jugendzeit noch kaum hinter sich gelassen hatten. Er war in keiner Weise mehr ein Kind, und er war zwar steril, aber nicht impotent, und sie war, seit ihre Periode eingesetzt hatte, kein Mädchen mehr, das zu jung zur Mutterschaft gewesen wäre.

Wieder schaute sie auf ihr Zeichenbrett, starrte blind das Abbild des Alejandro do'Verrada an. Und ihr fiel auf – ganz im Gegensatz zu ihren wirren Gedanken –, daß ihre Nägel schwarze Kohleränder hatten.

Warum fällt mir so etwas in diesem Augenblick auf?

Um Sarios Heftigkeit auszuweichen, diesem Geständnis.

Matra Dolcha, steh mir bei. Zögernd sagte sie: »Du hast die Gabe, Sario.«

Die schönen, geraden Zähne blitzten auf. »Und daher bin ich steril«, sagte er, »aber nicht unfähig.«

Mit glühenden Wangen starrte sie noch gebannter die Skizze von Tira Virtes strahlendem jungem Erben an. »Ich bin dafür bestimmt, Kinder zu bekommen.«

Für die meisten Männer, Männer, die keine Maler waren, wäre dies eine Beleidigung gewesen, eine Andeutung, daß er nicht tun konnte, was die Potenz eines Mannes bewies. Aber hier war es die ehrlichste aller Ehren: ein Grijalva, der Kinder zeugen konnte, hatte die Gabe nicht.

»Verschwendung«, sagte er angewidert; und dann, als sie entsetzt nach Luft schnappte, »nein, 'Vedra, es ist keine Verschwendung, sie zu gebären, aber darauf *beschränkt* zu sein, wo du so viel mehr geben könntest!« Die Verwundbarkeit war der gewohnten Ungeduld gewichen; er duldete niemanden, der seine Vision nicht teilte. »Glaubst du denn, ich wäre blind? Du hast deine eigene Gabe, 'Vedra –«

»Nein!« Sie sprang so schnell auf, daß ihr das Zeichenbrett beinahe aus der Hand gefallen wäre. Kohle brach; sie warf die Bruchstücke auf die Bank. »Matra Dolcha, Sario – siehst du es denn nicht? Ich habe keine Gabe. Das kann gar nicht sein. Ganz gleich, wie sehr du es vielleicht wünschst. Ganz gleich«, sie machte eine hilflose Geste, »ganz gleich, wie sehr du meine Aufmerksamkeit von einem anderen ablenken willst.«

»Du glaubst ...« Alles an ihm sträubte sich. Selbst seine Lippen wurden bleich. »Darum geht es nicht, 'Vedra.«

»Doch.« Sie lächelte traurig. »Wir sind keine Kinder mehr. Du bist einer der Viehos Fratos, und ich werde Kinder bekommen, sobald beschlossen ist, zu wem ich am besten passe. Und so lassen wir unsere Kindheit hinter uns ...« Sie sprach sehr leise. »Und du willst sie nicht verlieren.«

Er schüttelte den Kopf. »Ich bedaure nichts. Ein Kind hat keine Macht.«

»Nein. Ebensowenig wie eine Frau.« Saavedra seufzte. Dies war ein Gespräch – ein hilfloses und verwirrendes Gespräch –, das sie sich nie hätte ausmalen können. »Du – du *willst* mich vielleicht, weil du in einem Alter bist, in dem du dich auf die Frau fixierst, die dir am nächsten ist.« Sie wandte sich schnell von seiner angespannten Miene ab und schloß eilig: »Aber mehr ist das nicht. Das verspreche ich dir.«

»Ach ja?« Seine Augen glitzerten unter ungeschnittenem, ungezähmtem Haar, das die glatte Stirn verbarg. »Wie kannst du etwas versprechen? Du sagst, du kennst mich, aber –« Er hielt einen Augenblick inne, zuckte zusammen und hob eine Hand ans linke Schlüsselbein. »Du *glaubst* vielleicht, mich zu kennen, aber –« Er drückte die Finger auf die Haut. Überrascht fragte er: »Hat mich etwas *gestochen?*«

Und so fand dieses unangenehme Thema sein Ende. Erleichtert legte Saavedra das Zeichenbrett ab und begann, ihm den Kragen aufzuschnüren; wenn man einer der Viehos Fratos wurde, legte man das Hemd und die Hosen der Kinderzeit ab und kleidete sich wie ein Mann, aber Sario hatte, wie viele, die Weste weggelassen und trug nur eine Hose mit hohem Bund und ein Leinenhemd. »Laß mich mal sehen – nein, nimm die Finger weg.«

Ein verärgerter Protest: »Es *beißt!*«

»Laß mich doch nachsehen, Sario.« Sie schob den Kragen weg, so daß ein Teil der haarlosen, dunkelhäutigen Brust freilag und die goldene Kette tiefer in die Falten des Hemds rutschte. »Da – siehst du?« Sie zog das verknitterte Hemd weg. »Was ist denn das? So einen Stich habe ich noch nie gesehen. Nicht drei in einer Reihe, im selben Abstand.«

»Laß mich –« Mit den Fingerspitzen tastete er, glitt unter die Kette. »Wie eine Verbrennung –« Und dann erstarrte er. Die Farbe wich ihm aus den Wangen, und die Intensität der Wut, die plötzlich in seinen dunklen Augen stand, verblüffte sie. »'Vedra – du hast das Bild. Das Selbstporträt.«

»Selbstverständlich, aber –«

»In Sicherheit?«

»Wo wir es eingeschlossen haben, in meiner Zelle.« Sie runzelte die Stirn. »Was ist denn?«

»Filho do'canna«, zischte er. »Wie können sie es wagen?«

»Sario –«

»Siehst du denn nicht?« Er packte einen ihrer Arme und riß ihn nach unten. »Sie fürchten mich. Und deshalb versuchen sie, mich zu kontrollieren, mich an mein *Peintraddo Chieva* zu erinnern.«

»Aber das können sie nicht«, sagte sie. »Ich habe es doch.«

»Das echte, ja. Aber das, was ich ihnen gegeben habe, das, was ich ihnen als mein Meisterwerk präsentierte …« Die Muskeln an seinem Kinn waren angespannt; er würde nicht die geraden, klaren Züge eines Alejandro do'Verrada haben, aber in diesem Augenblick war nichts Jungenhaftes mehr an ihm. »Es ist kein echtes *Peintraddo Chieva,* aber es ist genug von mir darin enthalten – ich mußte es tun! –, daß ich merken würde, wenn sie versuchten, es gegen mich zu benutzen.« Seine Pupillen waren groß geworden, trotz des hellen Tageslichts. »'Vedra – komm mit. Du mußt etwas für mich tun.«

»Sario –«

»Komm mit ... wir müssen auf dein Zimmer gehen.«

»Aber –«

Er griff ihre Hand und zog sie mit. »Sofort! Sie werden erwarten, daß ich zu ihnen komme und frage – ich muß ihnen vorführen, was sie erwarten.«

Sie ging mit ihm, weil sie keine andere Wahl hatte, und mußte wieder an den kleinen Raum über der Crechetta denken und an die Chieva do'Sangua. Auch damals hatte er sie mitgezogen, drängend und entschlossen, und jetzt hatte sie ebensowenig die Wahl.

Und damals war er kleiner als ich und schlank. Er war jetzt größer, obwohl er nicht den Körperbau hatte, der Fett ansetzte, oder die Muskeln eines Kriegers. Seine Knochen und Muskeln waren langgezogen, seine ausdrucksvollen Hände groß; wenn er erst ausgewachsen war, würde er eine Eleganz haben, die den meisten kleineren, untersetzten Tira Virtinern fehlte. *Das Tza'ab-Blut* – und dann, nervöser: *Was wird es aus mir machen?*

Er öffnete die verriegelte Tür zu ihrer kleinen Zelle, schob sie hinein. »Eine Kerze«, sagte er knapp und schloß die Tür wieder.

»Ja, ich habe eine. Sario –«

»Angezündet?«

»Ja, aber –«

»Bring sie her.« Ohne zu fragen, warf er sich auf ihr schmales Bett und streckte sich flach aus. Mit einer Hand riß er den Kragen zur Seite, enthüllte die sanft gebogene Linie des Knochens unter straff gespannter Haut und das Glitzern der Goldkette. »Die Wunden sind nicht schlimm genug. Du mußt sie größer machen.«

Saavedra brachte die brennende Kerze ans Bett. »Was soll ich tun, Sario?«

»Heißes Wachs«, sagte er. »Drei Tropfen: Hier – hier – und hier.« Mit den Fingerspitzen zeigte er auf die bereits vorhandenen blaßroten Stellen. »Sofort, 'Vedra.«

»Dich *verbrennen?* Sario, um der Liebe der Mutter ...«

»Ja«, zischte er. »Und für mein Überleben. Wenn sie erfahren, daß ich unverletzt bin, werden sie die Wahrheit über mein *Peintraddo* ahnen. Schnell, 'Vedra – eile dich.«

9

Mit nicht geringem Zorn riß Sario die Tür auf, die zur Crechetta führte. Wie erwartet, fand er sein *Peintraddo Chieva* auf einer Staffelei vor, ohne das bestickte Tuch, das zurückgeschlagen worden war wie ein Umhang, der halb von einer Schulter hängt. Aber dann sah er überhaupt nichts mehr, außer dem Mann, der neben der Staffelei wartete.

»Du!« rief er verblüfft.

Der schlanke, dunkel gekleidete Mann wartete schweigend. Mattes Kerzenlicht glitzerte träge auf der kunstfertig gearbeiteten Kette um seinen Hals und auf der sommerlichen Seide seiner schwarzen Weste. An der Kette hing das Symbol seiner Gabe: die Chieva do'Orro.

Mit ihm kann ich umgehen – Sario zögerte einen Augenblick, dann stieß er einen Seufzer aus. Ein wenig von der Spannung, die seine Schultern versteift hatte, ließ nach; dieser Mann hatte nie gegen sein heftiges Temperament oder seine Ungeduld protestiert. Dennoch war der Ausdruck auf seinem gut geschnittenen Gesicht ungewöhnlich streng. »Aguo Raimon –«

Eine leise, knappe Unterbrechung. »Seminno.«

Sario erstarrte. Die Spannung entstand aufs Neue. *Ein Wort, eine Verbesserung* ... das hatte vieles zu bedeuten. Wieder erfaßte ihn der Zorn, wenn auch diesmal Eis an die Stelle des Glühens trat. »Aha. Meinen Glückwunsch, *Seminno* Raimon ... aber das erklärt überhaupt nichts.«

»Sollte es denn?«

Um sich Zeit zu lassen, sich an die Situation zu gewöhnen – das war nicht der Mann, den er erwartet hatte, und daher war sein Schwung gebrochen –, wandte sich Sario der Tür zu und schloß sie sorgfältig, bemüht, kein Geräusch zu verursachen. Er beschwor ungeheure, wenn auch ungewohnte Geduld herauf; als er sich wieder umdrehte, fand er sich derselben unergründlichen Miene gegenüber.

Das ermutigte vor allem zur Vorsicht. Von ihm selbst abgesehen, war Raimon der jüngste, wenn er auch mehr als ein Jahrzehnt älter war als Sario – und bei weitem der erträglichste.

Jedenfalls war er das gewesen. Sario versuchte, gleichmäßig zu atmen, dann zog er übertrieben langsam den Kragen seines Hemds beiseite, um die verbrannten Stellen in stummer Frage und Herausforderung vorzuführen.

Raimon sagte nichts, regte sich nicht; wenn er die Wunden bemerkt hatte, zeigte er es nicht. *Aber wieso hat er sie mir dann zugefügt?*

Mit zusammengebissenen Zähnen ließ Sario den Stoff los und sah das *Peintraddo* an. Er fand, was er erwartet hatte: drei kleine, regelmäßige Löcher, die durch die Farbe gebrannt waren und die fleckige Leinwand darunter erkennen ließen.

»Ich habe nichts getan«, sagte er mit leiser Stimme, die dennoch von seinem mühsam unterdrückten Zorn kündete. »Nichts außer dem, was mir aufgetragen wurde.«

Raimons Blick war ruhig und unendlich klar. »Du machst ihnen angst.«

Das hatte Sario absolut nicht erwartet. Er starrte Raimon an.

Raimon seufzte und lächelte müde; das vertraute, schiefe Lächeln. »Wir wurden alle auf diese Weise geprüft, Sario. Ich nicht weniger als du.«

Die Ironie war deutlich, aber Sario war noch zu aufgeregt, um ihr Tribut zu zollen – oder auf das Angebot des einzigen unter den Viehos Fratos einzugehen, den er als Freund betrachtete. »Aber – das?« Eine scharfe Geste zum Gemälde hin. »Mir wurde zu verstehen gegeben, daß die Chieva do'-Sangua nur angewandt wird, wenn einer, der die Gabe hat, die Grenzen so weit überschreitet, daß es die Familie gefährden würde. Habe ich das getan? Jemals?«

»Das hier war keine Chieva do'Sangua«, erklärte Raimon einfach. »Das war nur eine Warnung. Und man erwartet von dir, sie zu beachten.«

Das war unglaublich und gleichzeitig ungeheuer ungerecht. »Ich soll beachten, daß ich wegen ihrer Angst bestraft wurde?« Sario schüttelte den Kopf; Haar, das einen Schnitt nötig gehabt hätte, fiel über den gelockerten Kragen. »Ich bin den Riten entsprechend bestätigt worden, habe pflichtschuldigst mein Meisterwerk abgeliefert und wurde vor zwei Jahren in die Reihen der Viehos Fratos aufgenommen. Es war alles wie gewünscht, sonst hätte man mir die Bestätigung doch verweigert. Wenn sie mich derart fürchten, wieso hat man mir diese Ehre erwiesen?«

»Betrachtest du es denn als eine Ehre, Sario? Oder als Mittel zum Zweck?«

Er zögerte, seine Empörung erstickte im Keim; Respekt vor Raimons Klugheit erinnerte ihn daran, daß er lieber vorsichtig sein sollte. »Aber wir wollen doch alle, daß einer von uns Oberster Hofmaler wird, damit wir die Herzöge beim Führen des Landes leiten können –«

»Und einige fürchten das zutiefst«, meinte Raimon. »Die Serranos zum Beispiel. Und andere.«

Die Selbstkontrolle wich der Leidenschaft. »Aber doch nicht unter uns! Sollten wir nicht den Mann ehren, der zurückbringt, was verloren war?«

»Und du hast vor, dieser Mann zu sein?«

»Sollte ich nicht?« Sario breitete die Arme aus. »Hast du dir nie gewünscht, du könntest es sein?«

Die klaren Züge wurden ein wenig weicher. »Ich habe es *erwartet.*«

Erleichtertes Lachen brach sich Bahn in Sarios Brust. *Vielleicht versteht er mich ja.* »Siehst du? Wir sind einander doch nicht so unähnlich.«

»Aber es wird nicht meine Aufgabe sein«, wandte Raimon ein und verbannte die Ironie ein zweites Mal. »Sollte Baltran do'Verrada morgen sterben, wäre es anders ... aber das wird nicht geschehen, es sei denn, jemand bringt ihn um, und dafür ist er zu beliebt. Also wird erst sein Sohn einen neuen Obersten Hofmaler ernennen, und dann werde ich zu alt sein.«

Saavedra behauptete, er verlöre zu oft die Nerven, und andere hörten dann nur noch den Zorn, nicht die Worte. Mit einiger Anstrengung bezähmte sich Sario, schob die Ungeduld beiseite, versuchte, vernünftig zu sein. »Man erzieht uns in der Überzeugung, daß wir für diese Position geeigneter sind als jede andere Familie in Tira Virte«, argumentierte er, »aber wenn einer von uns sie offen anstrebt, wird er bestraft.«

»Nicht für den Ehrgeiz«, wandte Raimon ein. »Für Eigensinn. Für Unhöflichkeit. Dafür, daß du zu grundsätzlich – und zu *störend* – die Oberen der Familie hinterfragst. Für unangemessenes Verhalten. Dafür, daß du deine Gabe in deine eigenen Hände nimmst.«

»Aber es ist *meine* Gabe!«

»*Unsere* Gabe, Sario.« Raimons Stimme war plötzlich kalt geworden; er war wieder ganz einer der Viehos Fratos. »Und genau für diese Haltung hast du Strafe verdient. Es ist nicht *deine* Gabe, *dein* Ziel, *deine* Position, sondern *unsere!* Grijalva. Wir tun es für die Familie, nicht für den Ehrgeiz eines einzelnen Mannes. Gabe oder nicht, Sario, es ist deine Verantwortung, mit der Familie darauf hinzuarbeiten, das wiederzuerlangen, was uns einmal gehörte.«

»Und das werde ich auch erreichen!« rief Sario. »Laßt es mich doch tun, Raimon! Laßt mich tun, was ich tun muß, und ich werde der erste Grijalva zur Rechten eines do'Verrada-Herzogs seit der Nerro Lingua sein!«

»Frei, um dem Herzog die Herrschaft zu entreißen?«

Sario beruhigte sich. Raimon war ein gerechter Mann, ein angenehmer Mensch, der einzige unter den Viehos Fratos, mit dem er offen sprechen konnte, aber nun, in diesem verblüffenden Augenblick, hatte er einen anderen vor sich. Einen Mann, der imstande war, einen anderen zu verletzen, indem er sein Gemälde beschädigte. *Er ist genau wie die anderen, durch seine Schwäche an überalterte Ansichten und Rituale gebunden; er hat keine Ahnung, was Macht wirklich bedeutet …*

Ruhig fragte er: »Ist es das, was du fürchtest? Daß ich das Herzogtum will?«

Raimon begegnete seinem Blick ganz offen. »Es gab eine Zeit, da hätte es unser sein können«, sagte er leise. »Als andere einen Grijalva als Retter priesen. Aber Verro Grijalva starb, Sario. Er wurde von einem Tza'ab-Geschoß getroffen, das eigentlich für Renayo do'Verrada bestimmt war, und starb in den Armen seines Herzogs.«

»Und hat damit unsere Dienerrolle für alle Ewigkeit besiegelt.«

Raimon schüttelte den Kopf. »Du bist von allen Grijalvas, die ich kenne, der mit dem größten Talent und der größten Gabe. Und der gefährlichste.«

Das saß. Tiefer und schmerzlicher als erwartet. »Du fürchtest mich ebenfalls?«

»Dasselbe, was deinen Ehrgeiz bei der Arbeit antreibt, deine ganz persönliche Luza do'Orro, könnte dich überwältigen und verändern, Sario. Damit Ehrgeiz wirkungsvoll, damit er *nützlich* sein kann, muß er gelenkt und gebändigt werden. Oder er ist nichts anderes als niedere, selbstsüchtige Lust.«

»Macht«, antwortete Sario ohne Umschweife, vergaß alle Floskeln und sprach direkt aus, was er dachte.

Raimon nahm die Herausforderung ohne Zögern an. »Ja. Nackte, uneingeschränkte Macht. Aber jener Tag auf dem Schlachtfeld hat die Rolle bestimmt, die die Grijalvas einnehmen werden – *und es ist keine Herrscherrolle.*«

Sario stieß ein freudloses Lachen aus. »Hätte Verro Renayo do'Verrada sterben lassen, wären wir jetzt Herzöge statt Maler.«

»Vielleicht. Vielleicht auch nicht. Aber er hat seine Wahl getroffen.«

»Nicht für mich.«

»Aber er *hat* die Wahl für uns alle getroffen – und dann haben die Tza'ab das Ihre dazu getan.«

Das wuße Sario; das wußten sie alle. »Indem sie Grijalva-Frauen entführten und ihnen Bastarde machten.«

»Chi'patros«, sagte Raimon leise. »Unsere Ahnen.«

»Von anderen verachtet und gehaßt, besonders von der Ecclesia.«

»Es war schändlich, was die Tza'ab diesen Frauen angetan haben, aber es wurde auch unsere Schande. Die Tza'ab waren der Feind, Ungläubige – und sie haben unsere Familie entehrt, unser Blut befleckt ... und uns der Verachtung jener, die von reinem Blute sind, ausgesetzt.« Geschickt verhängte Raimon das Gemälde wieder, verbarg das beschädigte Bild eines jungen Mannes, dessen Talent deutlich zu erkennen war, wenn auch nicht der lodernde Ehrgeiz. »Die Ecclesia hat deutlich gemacht, daß sie uns für unrein hält, wegen dieser Befleckung durch Ungläubige. Das ist einer der Gründe, wieso sie uns hassen. Aber es gibt noch mehr. Wir sind tatsächlich anders als sie, und Anderssein wird gefürchtet.«

»Heuchler und Dummköpfe.«

»Einige von ihnen, ja. Andere glauben es tatsächlich. Aber solange die Ecclesia uns für befleckt hält, werden die Menschen es glauben.« Er hielt einen Augenblick inne, als ringe er um Beherrschung, dann fuhr er fort. »Aber es gibt noch etwas anderes, Sario. Die Stärke einer regierenden Familie liegt in ihrer Potenz, ihrer Lebenserwartung. Wir sind in beidem schwach.«

»Es gab Zeiten, da waren wir in beidem stark.«

»Und Matra ei Filho haben uns diese Stärke genommen.« Raimon schüttelte den Kopf. »Die Nerro Lingua war eine Strafe, Sario ... wir haben eine Grenze überschritten. Haben zuviel verlangt. Und daher wurden wir gedemütigt.«

»Ach«, bemerkte Sario boshaft, unfähig, sich zu bremsen. »Haben Mutter und Sohn dir das persönlich anvertraut?«

Raimon reagierte nicht mit Zorn oder ähnlicher Feindseligkeit, sondern mit einer Ruhe, die Sario viel wütender machte. »Ein wahrer Künstler versteht und akzeptiert göttliche Metaphern, selbst wenn sie sich gegen ihn richten.«

»Aber –«

»Genug!« Raimon trat vor, bis er direkt vor Sario stand. »Hältst du mich für einen Narren? Das kann ich dir natürlich nicht verbieten – ich will dir nicht das Recht auf eigene Gedanken nehmen ... aber glaub doch nicht, daß du in deinem Ehrgeiz allein bist, in dieser Luza do'Orro, die nach Befreiung verlangt.«

»Und warum –«

Abrupt riß Raimon den Westenärmel und die Hemdmanschette am linken Arm hoch. »Ich war auch einmal an deiner Stelle, Sario! Ich trug sogar denselben Namen: Neosso Irrado.«

Auf der Innenseite von Raimons Handgelenk konnte Sario eine alte Narbe erkennen, tief eingekerbt.

»Die Kleinere Disziplinierung«, erklärte Raimon. »Die Männer, die dies anordneten, sind längst tot. Ich kann dir nur sagen, was sie mir gesagt haben: daß Zank und Streit der Familie nicht dienen und nicht geduldet werden.«

Sario leckte sich die trockenen Lippen. »Und damit haben sie das Feuer in dir erstickt?«

»Haben sie? Hast du meine letzten Bilder gesehen?« Raimons Züge waren so klar wie gebleichte Leinwand. »Nicht ›erstickt‹, Sario – umgeleitet. Und mir ist klar geworden, daß es mir in jeder Hinsicht genügt, wenn ich meiner Familie – meiner armen, gedemütigten Familie – meine bescheidenen Dienste erweisen kann.«

»Ich will nicht das, was genügt«, erklärte Sario. »Ich will *mehr.*«

Raimons Lächeln war bittersüß. »Dann fürchte ich dich nicht, Sario ... ich fürchte *um* dich.« Mit einem Nicken schnitt er eine Antwort ab. »Entschuldige – ich habe noch andere Pflichten.« Abrupt verließ er die Crechetta.

Starr wie eine fauchende Katze stand Sario da und wartete, zitternd, bis die Spannung und die Wut von ihm gewichen waren. Und dann ging er zu der verhüllten Staffelei und warf das Tuch zurück, entblößte das Selbstporträt, das Spuren seiner Essenz trug, aber nicht alles, was von einem Grijalva, der die Gabe hatte, für die Mitgliedschaft in der Elite verlangt wurde.

Macht. Aber nicht genug.

Sario nickte dem Selbstporträt zu. Er war in Sicherheit. Er würde immer sicher sein. Ganz gleich, was sie von ihm verlangten. Ganz gleich, wie sehr sie ihn fürchteten.

Er lächelte seinem Abbild zu. »Verro Grijalva war ein Narr.«

Gitanna Serrano starrte in den unbezahlbaren Spiegel, ein Geschenk des Herzogs nach ihrem ersten Astraventa, der Feier des Monats, den man in Tira Virte »Sternenwind« nannte, wenn die Sterne vom Himmel fielen und von den Feiernden in großen Spiegeln aufgefangen wurden. Dies war nicht der Spiegel, der tatsächlich beim Ritual benutzt worden war – er war zu groß, zu kunstfertig und viel zu teuer –, aber ein Souvenir, eine Erinnerung an die erste Nacht, die der Herzog in ihrem Bett verbracht hatte.

Aber das lag schon so viele Nächte zurück, so viele Astraventas. Gitanna inspizierte ihr Gesicht mit demselben gnadenlosen Blick, mit dem ein Mann seinen Feind abschätzt. Und es *war* in so mancher Hinsicht tatsächlich ihr Feind, der aus dem Spiegel zurückstarrte, denn es spiegelte die Zeit wider.

Die hinreißend frische, lebhafte, junge Frau, die damals an den Hof gekommen und an Astraventa verführt worden war, war unwiderruflich verschwunden, besiegt in Schlachten, die nicht ungefährlicher waren, nur weil ihre Waffen aus Worten, die Angriffe aus politischen Intrigen bestanden. Winter, Sommer; es gab keinen Nachschub, keine Ernte, kein sicheres Gelände. Nur das heranrückende Alter und die Schönheit, die sich auf dem Rückzug befand.

Die Schlacht, befürchtete sie, war verloren, der Krieg beinahe beendet. Sieben Jahre war er zu ihr gekommen, sieben Jahre seit jener ersten Nacht, sieben Jahre, in denen er sie geehrt hatte, indem er sie als Mätresse behielt, aber sieben Jahre zehrten an der Jugend einer Frau, machten sie alt.

Gitanna schnitt eine Grimasse. Ein Mann wurde einfach älter. Eine Frau wurde alt.

Noch war kein Grau in ihrem Haar. Pomaden und Lotionen hielten ihre Haut weich, verweigerten Tira Virtes Sommersonne die Macht, sie zu verwüsten. Sie hatte dafür gesorgt, keine Kinder zu bekommen, also war ihre Taille schlank und biegsam geblieben, ihre Hüften schmal, ihre Brüste fest. Aber es war nicht zu leugnen, daß sie nicht mehr war wie früher.

Einen Augenblick lang schloß sie die Augen. Ruhe senkte sich über sie; sie hörte das ferne Summen der Bienen nahe den Fensterläden, ein Hund bellte, und aus dem Hof drang das Lachen einer Frau herauf. Gitanna saß vollkommen still, regte sich nur, um zu atmen – und spürte das Flattern ihrer Augenlider, die ihren Bemühungen trotzten.

Der Riegel klapperte.

Gitanna lächelte erleichtert. *Noch hat er mich nicht verlassen.*

Die Tür ging auf, und wieder klapperte der Riegel, als er

vorgeschoben wurde, das Zimmer gegen Eindringlinge sicherte. Mit geschlossenen Augen überließ sie sich dem Geruch, dem Geräusch: dem Rascheln teurer Stoffe, als er sich bewegte, ein wenig Schweiß, gemischt mit dem Geruch nach Pferden. Und dann ein Laut ehrfürchtiger Begeisterung, als er ihre nackten Brüste im Spiegel sah.

»Matra Dolcha«, flüsterte er, wie in Anbetung versunken.

Sie riß die Augen auf. Es kostete sie all ihre Kraft, nicht herumzufahren, sich nicht umzuwenden, nicht in bitterem Staunen zu starren.

Nun war es also geschehen.

Alejandro lächelte. Es war das Lächeln seines Vaters, obwohl in dem unleugbaren Charme noch keine Berechnung lag, keine Absicht. Er hatte beides noch nicht gelernt und war einfach noch er selbst.

Und nervös. Kein Junge mehr, aber auch noch kein Mann. Groß und täglich weiter wachsend; breit in den Schultern, obwohl ihnen noch die Masse des reifen Mannes fehlte; mit breiten Händen, die an Schwerter gewöhnt waren, an Messer, an Zügel – aber nicht an dies.

Unsicher holte er Luft. »Er sagte – es sei Eure Aufgabe.«

Sie wartete noch einen Augenblick, dann stand sie auf. Kostbare Spitze fiel von gepuderten, parfümierten Schultern. Sie schob sie mit einer kaum wahrnehmbaren Bewegung weg, ließ sie lautlos wie Schnee auf den Boden fallen, wo auch bald seine Kleider liegen würden.

»Ja«, sagte sie.

Der Vater hatte sie zur Frau gemacht. Jetzt würde sie den Sohn zum Mann machen.

10

Saavedra fragte vier Leute, bevor sie eine Antwort auf ihre Frage bekam: in der *Galerria.* Also ging sie hin und fand ihn, völlig entrückt, während er eine Gruppe von Bildern betrachtete, die in einer schattigen Ecke hingen.

Er war in Gedanken versunken, die Arme fest vor der Brust verschränkt, als wolle er sein Herz umklammern oder sich gegen etwas schützen. Die Konturen seines Gesichts zeichneten sich scharf ab, seine finstere Miene wurde durch die Spannung um seinen Mund noch betont.

»Aha«, sagte sie. »Ich wollte dich eigentlich fragen, ob du mit mir zum Fest gehen willst. Aber wenn du in *dieser* Stimmung bist …«

Sie wartete. Nichts. Er ging nicht darauf ein.

»Sario.« Sie sah sich die Bilder an: keines war sonderlich groß, keines älter als einen Monat oder zwei. Sie konnte das Harz riechen, die Binder, den stechenden Geruch der Bestandteile der Farbe. »Das sind nicht deine«, sagte sie.

»Raimon hat sie gemalt.«

»Raimon?« Saavedra sah sich die Bilder genauer an. »Aber – warum?«

»Er hat mich dazu aufgefordert«, erwiderte er eisig. »Er wollte mir etwas demonstrieren.« – »Und?«

Er warf ihr einen kurzen Blick zu, verärgert, immer noch finster. »Das würdest du nicht verstehen.«

Sein Ton verletzte sie. Dann flackerte ihr Zorn auf; schwerer zu entzünden, aber allemal so leidenschaftlich wie seiner. »Ah, ich sehe schon, wir sind heute zu großartig, um uns mit Frauen abzugeben. Einer der Viehos Fratos, talentiert, bestätigt in seiner Gabe und so viel besser als ich! Verzeih, daß ich dich gestört habe … ich werde dich sofort von meiner Gegenwart befreien.«

»Warte!« Er packte sie am Arm, als sie sich umdrehte. »Saavedra – warte! Es tut mir leid. Sei nicht böse, 'Vedra.«

»Ich *bin* aber böse«, antwortete sie, »wann und wo ich will; du bist nicht der einzige, der ein Recht auf Gefühle hat.« Sie starrte ihn wütend an und riß ihren Arm los. »Matra Dolcha, Sario, so lasse ich mich nicht behandeln. Das kannst du vielleicht mit den anderen machen, aber nicht mit mir. Wir wissen zuviel voneinander, haben zu viele Geheimnisse geteilt. Laß deine Enttäuschung und deine Ungeduld an anderen aus!«

»Aber du warst eben da«, meinte er. »Und – du hast gefragt.«

»Genau, ich habe gefragt. Das war ja wohl ganz natürlich!« Wieder warf sie einen Blick auf die Bilder. »Was ist so wichtig an Aguo Raimons neuesten Bildern?«

»Seminno; er ist aufgestiegen. Und ich habe ihm vorgeworfen, er habe seine Luza do'Orro verloren«, sagte Sario. »Ich war wütend –«

»Du bist immer wütend, Sario.«

»– und ich habe ein paar Dinge gesagt, die ich nicht hätte sagen sollen.«

»Wenn du behauptet hast, er habe sein Licht verloren, ja!« Sie zeigte auf die Bilder. »Man muß sich diese Gemälde nur ansehen, dann weiß man, daß das nicht stimmt.«

»Du kannst es erkennen. Sein Feuer. Sein – Licht.«

»Selbstverständlich kann ich das.« Sie konnte jedermanns Licht sehen.

»Und was siehst du genau?«

»In *seinen* Bildern?« Sie betrachtete sie. »Ich bräuchte mehr Zeit.«

»Nein, nein …« Er drängte sie: »'Vedra, was siehst du, wenn du sie einfach nur so anschaust? Talent? Die Gabe?«

»Eine Gabe«, erklärte sie prompt und selbstsicher. »Er ist nicht so gut wie du.«

Sario wurde dunkelrot. »*Raimon!*«

»Sario, das habe ich dir doch gesagt: Du bist der beste. Von allen.«

»Von allen«, wiederholte er dümmlich.

»Allen«, wiederholte sie abermals. »Du verdienst, was du dir am meisten wünschst: Oberster Hofmaler im Palasso Verrada zu werden.«

Jetzt wurde er bleich, kreidebleich, seine Augen sahen riesig und schwarz aus. »Warum glaubst du so sehr an mich? Was habe ich getan, um solche Loyalität zu verdienen?«

»Du hast nichts *getan*. Du bist einfach – du.« Saavedra zuckte mit den Achseln. »Ich weiß es nicht, Sario. Aber in dir brennt ein Feuer. Oder vielleicht ist deine Luza do'Orro zu hell, als daß man sie übersehen könnte.« Sie lächelte befangen. »Du bist alles, was sie dir vorwerfen, weißt du, Neosso Irrado … aber das ist mir gleich. Ich sehe noch etwas anderes. Das, was darunter ist.«

»Darunter?«

»Unter der Farbe«, führte sie aus. »Unter den Schichten sorgfältig verarbeiteter Farbe, dick und schwer und ungeduldig mit dem Spachtel aufgetragen, so daß alle Zartheit, alle Einzelheiten verlorengehen und nur das Trübe bleibt.« Sie zuckte mit den Achseln. »Eine Maske, hinter der du dich versteckst.«

Er war auf perverse Art fasziniert von dem, was sie sagte. »Aber wenn ich mich dahinter verstecke, wenn ich die Farbe dick wie Frescounterlage aufgetragen habe, wie kannst du sehen, was darunter liegt?«

Sie antwortete, ohne zu zögern. »Eine Motte spürt die Hitze sicher auch, aber sie fliegt dennoch in die Flamme.«

Sario flüsterte jetzt. »Und verbrennt.«

»Manchmal«, stimmte sie zu. »Aber als kenne sie das Licht.«

Er blinzelte. Wieder versank er in Gedanken, war weit von ihr entfernt. Und dann kam er zurück. »Würdest du es tun?«

»Würde ich was?«

»In der Flamme verbrennen?«

»Nie«, antwortete sie schnell und fest und selbstsicher,

und sie sah das Flackern des Wiedererkennens, des Verstehens in seinem Blick.

Sie wandte sich ab und sah sich noch einmal Raimons Bilder an, schätzte automatisch Farbe, Technik, Komposition ein; die Meisterschaft war nicht zu leugnen. »Wir geben uns selbst in unsere Arbeit, Sario, jedesmal ein Stück von uns. Du kannst Raimon hier sehen, wenn du danach suchst.« Sie wies mit einer ausholenden Geste auf die gesamte Sammlung. »Aber ich frage mich manchmal, ob genug da ist. Geben wir zuviel von uns selbst –« Saavedra hielt inne. Sie hatte es bildlich gemeint, nicht wörtlich, so wie ein Künstler Bilder benutzt, aber nun war eine Tür aufgegangen und schwang weit offen in die Dunkelheit. »Könnte es sein, daß wir *deshalb* sterben?«

Sario verstand sie sofort. Er öffnete den Mund, bewegte die Lippen, formte Worte, aber er konnte keinen Laut von sich geben.

»Niemand weiß es.« Saavedra folgte nun konzentriert dem zuvor so einfach Dahingesagten; wagte sich weiter in die Spekulation. »Sie schreiben es der Nerro Lingua zu … aber was, wenn es mehr ist? Was, wenn es etwas anderes ist?« Wieder sah sie sich Raimons Werke an, fühlte sich innen ganz hohl und leer – und plötzlich dicht, viel zu dicht an einer Flamme, deren Hitze sie nicht spüren konnte. »Sario, was, wenn jemand *zu viel* malt … und sich damit selbst verbraucht?«

»Dann – dann –« Seine Stimme war rauh. Er sah dasselbe wie sie, akzeptierte den schrecklichen Verdacht, ganz gleich, wie übertrieben es klingen mochte. »Wenn das zutrifft und wir *nicht* malen würden …«

»Würden wir ein normales Leben führen?« Kälte lief ihr über den Rücken, langsam und entschlossen, und sträubte ihr die Haare. »Wir malen alle, Sario – jeder Grijalva. Aber nur diejenigen, die die Gabe haben, sterben so jung.«

Er hatte Angst. *Sie* hatte ihm angst gemacht. »Alle Grijalvas sterben jung!«

»Nicht alle. Nicht die Frauen. Nicht die Männer, die keine Gabe haben.« Sie starrte ihn an, den goldenen Schlüssel, den er um den Hals trug. »Niemand stirbt so früh wie die Viehos Fratos, die ihre Bilder mit – sich selbst binden.«

Mit Speichel, das wußte sie, und mit Schweiß. Sie erinnerte sich daran, wie sich der Schaden, der seinem *Peintraddo* zugefügt worden war, auf seiner Haut zeigte, aber nur geringfügig, als hätte das, was beschädigt war, keine vollständige Macht. Er hatte das bereits angedeutet. Also mußte es noch andere Dinge geben, Bestandteile, von denen er ihr nichts erzählt hatte. Sie wußte bereits mehr als die meisten.

Aber er wußte alles darüber. »Matra –«, flüsterte er. »Im Namen von Matra ei Filho ...«

Jetzt war sie es, die Angst hatte. »Wenn du aufhören würdest –«

»Das *kann* ich nicht!«

»Wenn du nie wieder malen würdest –«

»Ich würde lieber sterben, als nie wieder zu malen!«

Saavedra schauderte. Er wußte mehr als sie, aber er stritt nicht ab, daß ihre Befürchtungen wahr sein konnten.

»Ich werde aufhören«, sagte sie mit hohler Stimme. »Wie alle Frauen. Wir lernen, wir malen, und wir hören auf. Wir bekommen Kinder. Ich werde aufhören, und ich werde länger leben –«

»'Vedra, sei *still!*«

Das war nicht möglich. Sie mußte es aussprechen, mußte es ans Licht bringen, wo sie es beide sehen konnten. »Aber du wirst weitermalen, und deine Luza do'Orro wird heller scheinen als die der meisten, und du wirst sterben.« Blind starrte sie die Bilder an. »Auch Raimon wird zu früh sterben. Ihr sterbt alle zu früh, alle Grijalvas, die die Gabe haben.«

Ein Schauder durchlief seinen ganzen Körper. »Ich werde nicht aufhören. Ich kann nicht. Aufhören zu malen? Ich würde *sterben* –«

Es entfuhr ihr, ehe sie sich bremsen konnte. »Das wirst du. Sterben.«

Er schob sich an ihr vorbei, rempelte ihre Schulter. Es war keine Unhöflichkeit, keine Beleidigung; sie hatte ihn so erschüttert, daß er kaum gehen konnte. Sie sah ihm nach, sah seine gebeugten Schultern, die unsicheren Schritte. Dann wandte sie sich wieder Seminno Raimons Bildern zu.

»Wenn«, sagte sie zitternd, »wenn ich sie alle zerstörte, wie ich Tomaz' *Peintraddo* zerstört habe – würde er dann länger leben? Würde Raimon nicht sterben?«

Und Sario, den sie überleben würde, weil Grijalva-Frauen, die nicht malten, erheblich länger lebten als die Männer.

Sie konnte sich eine Welt ohne Sario nicht vorstellen. Und er, das wußte sie, konnte das ebensowenig.

Fuega Vesperra. Ein heidnischer Monat, ein heidnisches Fest, heidnische Riten ... der alte Mann tröstete sich mit seinen eigenen Zeremonien, die er für den wahren Gott, Acuyib, den Himmelsvater, Herrn des Goldenen Sturms, abhielt, dem die Abtrünnigkeit der Menschen hier ein Greuel sein mußte. Daher tat er, was er konnte, indem er seine eigenen Gebete so oft wie möglich sprach, um die Sünde gegen Acuyib zu mildern.

In seinem Tza'ab-Zelt, umgeben von den steinernen Palassos, Gips-Sanctias und Ziegel-Zolacos von Meya Suerta – alles war hier hart und widerstand der Sonne, dem Boden und dem Wind –, öffnete der alte Mann den Riegel einer Truhe aus gewachstem und poliertem Dornenholz, beschlagen mit Messing. Seine Finger waren nicht mehr so geschickt wie einst – verflucht sei die Feuchtigkeit hier, so anders als in seiner geliebten Wüste! –, und daher brauchte er länger als erwartet, aber schließlich hatte er das Schloß geöffnet und klappte den Deckel auf.

Grüne Seide schimmerte ihm entgegen, die Kanten mit Glasperlen und Gold gesäumt, unter einer schützenden Schicht von Kräutern: Dies war die Magie der Tza'ab: getrocknete Zweige von Wüstenginster für Reinheit und Schutz; ein zerbrechliches Netz aus Kresse für Stabilität und Macht; Blätter von Limone, Stechpalme und Palmherzen für Treue und Gesundheit, Voraussicht und Sieg. Sanft schob er die Seide beiseite, sorgfältig bemüht, die Pflanzen nicht zu zerbrechen, und holte darunter eine Röhre aus feinstem, elfenbeinfarbenem Leder hervor.

Es gab noch andere, ähnliche Röhren dort, aber die ließ er, wo sie waren, nahm nur diese, löste den Golddraht, der den Deckel verschloß, und nahm ihn ab, dann holte er vorsichtig mit den Fingerspitzen das gerollte Pergament aus der schützenden Röhre. Ein schwacher Duft nach Nelken, Zeder und Geißblatt begleitete diese Bewegung – auch diese Düfte symbolisch mit Acuyib verbunden: magische Energie, Kraft und Spiritualität, Anbetung.

In Tza'ab Rih hatte man Heilige Schriften nicht so aufbewahrt. Aber das war in den Tagen des Verkünders gewesen, als die Welt noch in Frieden war und solche Dinge wie eine Sammlung illustrierter Seiten sicher in einem Buch gebunden aufbewahrt werden konnten ... aber die Zeiten änderten sich, und der Krieg diktierte die Regeln; nun befand sich der Kita'ab, oder was von ihm geblieben war, in seiner Obhut und der alte Mann selbst mitten im Feindesland. Kein rechtes Buch war geblieben, keine in Leder und Edelstein gebundenen Seiten, nur ein paar Blätter, einige zerrissen, einige halb verbrannt, einige befleckt – gesegnet! – mit Tza'ab-Blut, sorgfältig zusammengerollt und aufbewahrt in mit Bannsprüchen belegten Lederröhren in einer Dornholztruhe, zusammengehalten von Messing und wahrem Glauben.

So viele Seiten waren verloren, so viel Schrift, so viel von Acuyib. So viel von der Magie. Aber die Kraft bestand weiter, ebenso wie ein Mitglied des Ordens, dem es erlaubt war, die Worte zu lesen: *Al-Fansihirro.*

Der alte Mann lächelte, erfüllt von Erleichterung und Dankbarkeit. Einer lebte noch, nur einer – aber einer war genug, denn er konnte einen anderen lehren. Nun war es gleich, daß er von seinem besiegten Volk verstoßen worden war, das ihn verfluchte, weil er weiter einen machtlosen Gott anbetete, einem heiligen Mann gedient hatte, der schwach genug gewesen war zu sterben. Daß er im Exil war, ein Ausgestoßener, ein Fremder im eigenen Land. Er hatte immer noch seine Aufgabe, und die würde er ausführen.

Er hob das Pergament an die Lippen, kaum der Hauch einer Berührung – er roch alten Rauch und Tod –, dann wiegte er die Seite sanft in verkrüppelten Händen vor der knochigen Brust, eingehüllt in Tza'ab-Gewänder.

Selbstverständlich in Grün. Intensives, schillerndes Grün. Die Farbe von Al-Fansihirro.

Manchmal war es leicht zu vergessen, wieso er hier war, wieso er blieb. Sein Herz sehnte sich nach der trockenen Hitze der Wüste, nach ihrer kargen Schönheit, die einen Mann formte und erst zum Mann werden ließ. Aber seine Pflicht lag hier, hier, wo er die Feinde verachtete, selbst wenn er sie in ihrer eigenen Sprache Freunde nannte. Denn unter ihnen waren auch solche von seiner Art, wenn auch befleckt von den heidnischen Riten des Feindes, von Feindesblut und daher blind.

Jene von seinem Volk, *seinem* Blut, wurden hier geboren, lebten hier, starben hier. Und in all der Zeit wußten sie nichts von ihrem Gott, ihrem Herzen, ihrem Erbe.

Und nichts von ihrer Macht.

Sie hatte ihn geritten, ihm gut zugeredet, ihn erregt, ihn *benutzt,* um dem jungen Hengst zu beweisen, daß er mehr konnte, als er geglaubt hatte, obwohl er nur ein ungeduldiges und wildes junges Geschöpf war, vollkommen ungeschult. Er witterte die Stute, wollte sie haben; er wußte, was er tun sollte, aber nicht, wie. Daher war es an ihr gewesen, ihm die erste Lektion zu erteilen, und also hatte sie es ihn gelehrt.

Nun schlief er, ausgestreckt über zwei Drittel ihres Bettes, ließ ihr fast keinen Platz mehr. Aber ihr war ohnehin nicht nach Schlaf zumute, und so saß sie aufrecht da, lehnte sich in die seidenen Kissen. Der Tag ging zur Neige; sie hatten Stunden im Bett verbracht.

Sie fragte sich, welche Herrenhäuser auf dem Land der Herzog ihr vermachen würde, zusätzlich zu dem Stadthaus, das er ihr bereits geschenkt hatte. Sie fragte sich, wie hoch ihr Unterhalt sein würde. Sie fragte sich, von welcher Qualität – und Menge – die Edelsteine sein würden.

Sie fragte sich, wer nun sein Bett teilte, während sein Sohn in dem ihren lag.

Tränen traten ihr in die Augen. Verbittert wischte sie sie weg; nein, sie würde sich nicht beschweren.

»Ich hab' es ihm gesagt«, murmelte sie nervös. »Ich habe 'Gosa gesagt, daß es so sein würde ... den Obersten Hofmaler wird er behalten, aber seine Mätresse nicht.«

Alejandro regte sich. Gitanna verbiß sich weitere Worte; sie durfte sie nur im Kopf aussprechen, solange sein Erbe sie hören konnte.

Noch während sie diese Entscheidung traf, öffnete er die Augen. Helles Braun, gefleckt mit Grün, die, zusammen mit dem braunen Haar, einen guten Kontrapunkt zu der olivfarbenen Haut bildeten.

Lächelnd erwachte er, zeigte kurz die Zähne in einem jungenhaften Lächeln. Einer der Zähne war ein wenig schief, und sie fragte sich, ob eines der offiziellen Porträts diesen Makel zeigte oder ob ihr Bruder vermieden hatte, so etwas darzustellen. Sie hatte Alejandro zuvor nie Beachtung geschenkt, nicht mehr, als die Höflichkeit es erforderte; Baltran war ihre Welt gewesen.

Zaragosa sei verdammt; er würde seine Stellung behalten, während sie die ihre verlor.

Alejandro räkelte sich genußvoll und stieß ein kehliges Lachen aus. Seine Stimme war vor zwei Jahren zu einem angenehmen Bariton gebrochen, dank der Mutter ganz anders als der Baß des Vaters, oder dies wäre noch schwieriger geworden, als es ohnehin schon war.

»Was nun?« fragte er träge.

»Nun? Was Ihr wünscht.«

»Und wenn ich Euch wünschte?«

»Dann bin ich hier.«

»Solange ich will?«

Fragte er das, weil er es wirklich wissen wollte, oder wußte er es bereits? »Ich nehme an, Ihr werdet tun, was Ihr tun wollt. Ich – gehöre Euch.« Zumindest für diesen Tag und vermutlich auch für die Nacht, bevor sie weggeschickt wurde. Matra, es tat weh, daran zu denken. *Ich gehöre deinem Vater nicht mehr.*

Wieder reckte er sich, um Verspannungen in der Schulter zu lösen. »Und was wird aus Euch?«

Die Bitterkeit wurde deutlich. »Ihr stellt zu viele Fragen.«

In die verblüffte Stille, die folgte, hörte sie, wie er den Atem ausstieß, dann wieder einatmete. Sie murmelte ein lautloses Gebet – wie hatte sie so dumm sein können, so mit ihm zu sprechen? – und bereitete sich auf den Zorn vor, die Flüche, den Hohn.

»Nun«, sagte er schließlich, »das ist die beste Möglichkeit, wenn man etwas wissen will.«

Sie starrte ihn an, sprachlos, und erkannte, daß er es ernst meinte.

»Oder nicht?« Wieder das Grinsen, wieder sah sie den schiefen Zahn. »Aber das war schon wieder eine Frage, und ich habe Euch schon wieder verärgert.«

Erst sechzehn. Sechzehn und keine Jungfrau mehr und offener und vergnügter, als man es von einem herzoglichen Erben erwartet hätte, dessen Benehmen sooft von unbeugsamen Traditionen bestimmt und eingeschränkt wurde.

War Baltran auch so, als er noch ein Junge war?

Er setzte sich auf, sich seiner Nacktheit sehr bewußt, zog sich das Laken über den Schoß und lehnte sich ans Betthaupt. Sein Knie stieß gegen ihren Unterschenkel, und er zog es schnell zurück; er war noch nicht an diese Intimität gewöhnt. »Allerdings sagte man mir, daß alle ihre Antworten so zurechtschneidern, wie sie glauben, daß ich es gern hören würde.«

»Und, denkt Ihr das auch von mir?«

Er hatte keine nervösen Angewohnheiten. Er war nun ruhig, ausgeglichen und konzentrierte sich auf das, was er sagte; ungewöhnlich für jemanden, der sein ganzes Leben am Hof verbracht hatte und daran gewöhnt war, die Wahrheit in dem zu suchen, was *nicht* gesagt wurde. »Nein, von Euch erhielt ich Ehrlichkeit, kein höfisches Gerede.«

Gitanna schüttelte den Kopf. »Nicht im Bett.« *Dein Vater hat das auch nie gewollt.*

»Dann sollte ich vielleicht mehr Zeit im Bett verbringen.«

»Ich habe meine Zweifel daran«, meinte sie trocken, »daß Ihr genau das tun werdet.«

»Die Potenz der do'Verradas?«

»Ausdauer«, erwiderte sie.

Alejandro sah sie nachdenklich an. »Man hat mir gesagt, Ihr wäret geistlos.«

»Geistlos! Wer sagt das?«

»Meine Mutter.«

Gitanna saß reglos da, legte sich schweigend ihre Antwort zurecht.

»Ich nehme an«, meinte Alcjandro, »daß sie gelogen hat.«

»Herzoginnen lügen nie.«

»Mütter schon«, sagte er. »*Meine* Mutter jedenfalls. Sie sagt, sie haßt meinen Vater.« Er lehnte den Hinterkopf an das geschnitzte Betthaupt. »Und das, wißt Ihr, ist eindeutig eine Lüge.«

Sie hätte nie erwartet, jemals über die Herzogin diskutieren zu müssen, am wenigsten mit ihrem Sohn, am wenigsten, nachdem sie mit diesem Sohn das Bett geteilt hatte. »An ihrer Stelle«, sagte Gitanna, »und meinem Sohn gegenüber würde ich ebenfalls lügen.«

»Weil Ihr die Mätresse meines Vaters seid.«

»Weil sie ihn liebt.«

»So, wie er Euch liebt.«

Sie antwortete sofort. »Baltran liebt mich nicht! Glaubt mir, Alejandro – es mag Bindungen zwischen uns geben, wie es sie zwischen Männern und Frauen gibt, aber mit Liebe hat das nichts zu tun. Wahrhaftig nicht.«

»Weil er Euch nicht heiraten kann?«

Er war wahrhaftig noch jung, wenn er solche Dinge fragte, ohne verletzen zu wollen, nur aus Wißbegierde. »Adlige heiraten ihre Mätressen nicht.«

»Selbst dann nicht, wenn sie sie lieben?«

»Politik«, sagte sie kühl. »Das kann Euch an diesem Hof doch nicht entgangen sein.«

»Merditto!« fauchte er. »Das wäre allerdings unmöglich.«

»Ja, wie könntet Ihr nicht?« Gitanna seufzte und ließ sich ein wenig nach unten rutschen, verzog die Stoffbespannung. »Es gibt wohl einen im Palasso Verrada, der dem entgehen kann.«

»Wird er Euch wiederhaben wollen?« fragte er offen.

Tränen traten ihr in die Augen. »Nein.«

»Gitanna –«

Er kannte also ihren Namen. »Nein«, sagte sie und wandte sich ab.

»Warum nicht?«

Weil das seine Art ist, mir zu sagen, daß es zu Ende ist. »Weil – weil ... kein Mann nur bei einer einzigen Frau bleibt.«

»Keiner?«

Leidenschaftlich sagte sie: »Jedenfalls keiner, von dem ich je gehört hätte!«

»Wenn dieser Mann es aber will?«

Gitanna Serrano lachte. Es war ein brüchiges, verzweifeltes Geräusch, und es bewirkte, daß er sie erstaunt ansah, mit weit aufgerissenen Augen. »Was denn – werdet *Ihr*

Euch auf mich beschränken, weil wir das Bett geteilt haben?« Sie sah die Verblüffung in seinem Blick. »Da«, sagte sie. »Hatte ich recht?«

Nach all seinen Fragen, seinem Lächeln, seinem Lachen hatte der Erbe des Herzogtums darauf keine Antwort.

11

Sario stand vollkommen reglos, als wäre er mit dem Kopfsteinpflaster verwachsen wie ein uralter Olivenbaum. Er hatte sich plötzlich mitten auf dem Zolaco Grando wiedergefunden, dem Platz im Stadtzentrum – oder was einmal das Stadtzentrum gewesen war, bevor der Wildwuchs überhandgenommen hatte. Im Schatten des mehrstufigen Springbrunnens und der gewaltigen zweitürmigen Kathedrale Imagos Brillantos wurde er hin und her geschoben von der feiernden Menge – es war Fuega Vesparra, das Fest der Empfängnis (und zweifellos vieler neuer Empfängnisse) – taub gegenüber dem Lärm, blind gegenüber dem Licht, ganz allein inmitten der dichtgedrängten Massen, die umherwirbelten wie eine Schafherde ohne Hütehund.

Er nahm an, daß er hierhergegangen war. Vielleicht war er auch gerannt. Aber nun stand er still, fröstelnd trotz der Hitze, und merkte, daß er den Schlüssel an seinem Hals so fest umklammert hielt, daß sich dieser schmerzhaft in die Handfläche gedrückt hatte.

Chieva do'Orro. Danach sehnten sich alle Grijalva-Männer: nicht nur begabt zu sein. Sondern die Gabe zu besitzen und gesegnet und geehrt zu werden innerhalb dieser Familie, um zu ungeahnter Größe von Talent, Technik und Ausbildung aufzusteigen und zum strahlenden Licht des reinen Genies.

»Wozu das alles?« murmelte er verbittert. »Heller zu brennen als andere, nur um nach ein paar Stunden zu verlöschen?«

Wenn es tatsächlich zutraf – *wenn* Saavedra mit ihrer Spekulation recht haben sollte. Über die sie ahnungslos gestolpert war, eine schreckliche Möglichkeit, von der nicht einmal er je einen der Viehos Fratos hatte flüstern hören, und nie wäre ihm der Gedanke gekommen zu fragen.

Er packte den Schlüssel noch fester. »Was, wenn sie es nicht wissen? Was, wenn *keiner* von ihnen es weiß?«

Sie erzählten immer von der Nerro Lingua, der mörderischen Seuche, die die Stadt und das gesamte Herzogtum entvölkert hatte, aber die Grijalvas so schlimm heimgesucht hatte, daß sie selbst heute, mehr als sechzig Jahre danach, noch ums Überleben kämpften. Sario konnte dieses Argument nicht von der Hand weisen, denn die Chroniken berichteten, wenn auch unvollständig, daß vor der Seuche die Grijalva-Männer durchaus länger gelebt hatten. Man mußte nur in die Galerria der Familie gehen, um das zu erkennen: die Familie war zahlreich gewesen, vital und unter den höchstrangigen, den stärksten, den am meisten bevorzugten Familien des Herzogtums.

»Und nun sterben wir«, murmelte er. »Welcher Herzog würde schon einen Grijalva in eine Lebensstellung berufen, wenn dieses Erwachsenenleben höchstens dreißig Jahre dauerte und wenn innerhalb von zwanzig davon der Körper und die Fertigkeiten schon sichtbar verfallen?«

Jemand rempelte ihn von hinten, stieß gegen seine Schulter: ein untersetzter Bürger Meya Suertas, der ein öltriefendes Päckchen mit Festessen umklammerte. Sario roch Knoblauch, Oliven, Zwiebeln, die über Nacht in Rosmarin und Oregano eingelegt worden waren, hinuntergespült mit jungem Wein, und er hörte das unwirsche Murmeln – sein starres Herumstehen bildete ein Hindernis für jene, die sich lieber bewegten –, aber er reagierte nicht. Erst als eine zweite Stimme einen deutlicheren Kommentar abgab, brandete Zorn in ihm auf.

Chi'patro hatte dieser Mann ihn genannt.

Sario konnte nichts dagegen einwenden, sich nicht auflehnen. Es entsprach der Wahrheit: seine Eltern waren nicht verheiratet gewesen. Aber das war es nicht, worauf der Mann sich bezog.

Chi'patro war ein vollkommen abwertender Begriff, der nur auf die Grijalvas angewandt wurde, deren einstmals ehrenhafte Abstammung für immer befleckt war, wie die Sanctas und Sanctos nicht ruhten, jedermann zu erinnern.

Die Rache der Tza'ab. »Wer ist der Vater?«

Sario verbiß sich eine Entgegnung. Es gab keinen Grund, nicht jetzt, nicht nach dem, was er selbst akzeptiert hatte: hatte er nicht mit Saavedra vor Piedros *Tod des Verro Grijalva* gestanden und beide Hälften des Ganzen betrachtet? Grijalva und Tza'ab. Verro, der in den Armen eines do'Verrada starb – und auf dem Hügel hinter ihnen ein grüngekleideter Tza'ab-Krieger, ein Ungläubiger, der den vielleicht größten Helden getötet hatte, den Tira Virte je haben würde.

»Er hätte Herzog sein können«, murmelte Sario. »Er hätte Herzog sein können – und ich ebenso.«

Aber er war es nicht. Er war ein Grijalva und ein *Chi'patro.* Er war Tza'ab und damit der Feind.

Und hatte, wenn er sehr viel Glück hatte, noch dreißig Jahre zu leben.

Sario Grijalva hob die brennenden Augen zu den Türmen der Kathedrale. Immer noch hatte er die Faust um die Chieva do'Orro geschlossen. »Ich danke dir, Matra«, begann er mit entschiedener Ironie, »ich danke dir aus tiefstem Herzen für die Segnungen, die du einem unreinen Chi'patro-Narren zuteil werden läßt.«

Seminno Raimon, starr an den Türrahmen gedrückt, packte Sanguo Otavio an der Schulter, als der ältere Mann hereinkam. »Schnell – er wird rasch schwächer ...« Und zu Davo, der hinter Otavio hereinkam: »Es wird bald geschehen. Wir haben keine Zeit mehr ...«

»Sind alle hier?« fragte Davo und hielt inne, bevor er die Tür schloß.

»Nein – nein …« Raimon warf einen raschen abschätzenden Blick auf die anderen, die sich wie Krähen zusammengeschart hatten – und das waren sie auch, wurde ihm plötzlich klar, Krähen, die auf Aas warteten. »Es fehlen noch Sario – und Ferico –«

»Nein.« Ferico trat hinter Davo und bat mit einer Geste um Einlaß. »*Ich* bin hier, aber Sario – wann wäre der jemals dort gewesen, wo man ihn erwartet?«

»… keine Zeit …«, murmelte Raimon zerstreut.

Davo trat zur Seite, aber Ferico trat noch nicht ein. »Hast du Sancta und Sancto rufen lassen?«

Raimon zögerte. »Ich habe nach den Premias geschickt, aber –«

»Premias! Bist du wahnsinnig?« explodierte Ferico. »Die werden sich nicht mit dem Dahingehen eines Grijalva abgeben!«

Otavio gesellte sich zu ihnen mit ernster Miene. »Und sollten wir uns das denn wünschen? Dies ist eine Familienangelegenheit –«

»Hört auf!« zischte Raimon. »Sollen wir uns auch noch an Arturros Sterbebett streiten?«

»Warum denn nicht?« murmelte Ferico trocken. »Er würde wollen, daß wir so sind wie immer.«

Die Spannung ließ nach; Raimon konnte ein kurzes Lächeln nicht unterdrücken – und dann fiel ihm auf, daß sowohl die Ironie als auch das Lächeln in Arturros Sinne wären.

Verzweiflung überfiel ihn; was würde die neue Ordnung bringen? »Matra Dolcha«, brach es aus ihm heraus, »ich wünschte, das würde nicht geschehen!«

»Es wird uns allen passieren«, entgegnete Otavio.

Raimon blieb noch an der Tür, selbst als sich die anderen der Schlafkammer zuwandten, die neben dem Erkerzimmer lag. »Sario –«

»Er ist nicht hier!« fauchte Ferico. »Möchtest du Arturro bitten, seinen Tod höflicherweise noch hinauszuschieben, bis wir Sario gefunden haben? Es reicht! – Soll er doch sein, wo er will, Raimon. Er war nie einer von uns; wieso sollte er es nun plötzlich werden?«

»Er *ist* einer von uns –«

»Sei still«, erwiderte Ferico. »Wir haben keine Zeit mehr.«

Otavio lächelte mit hinterhältiger Bosheit. »Wenn du den Jungen so hoch schätzt, wieso läßt du ihn nicht Arturros *Peintraddo Memorrio* malen?«

»Wenn du ihn finden kannst.« Davo legte Raimon die Hand auf die angespannte Schulter. »Komm. Wir können uns später streiten. Amaniaja.«

Amaniaja. Morgen. Das hatte man sooft gehört: amaniaja.

Aber für Arturro würde es kein Morgen mehr geben.

Saavedra übernahm den Auftrag fraglos, kommentarlos. Sie hätte alles für Seminno Raimon getan, der immer freundlich zu ihr gewesen war – und der in diesem Augenblick angespannt und verzweifelt wirkte –, also ging sie gehorsam in die Stadt, um Sario zu suchen. Es war unwahrscheinlich, daß sie ihn finden würde, und wieso Raimon dies ausgerechnet von *ihr* erwartete, nachdem schon zwei andere ausgeschickt worden waren … aber vielleicht kannte Seminno Raimon sie ja besser als andere. So, wie sie Sario besser als andere kannte.

Wenn es nur nicht so heiß gewesen wäre und so voll in den Straßen! Schon hatte sich ihr Haar, das sie vor Stunden aufgesteckt hatte, aus den Kupfernadeln gelöst, feuchte Strähnen hingen ihr im Nacken. Sie schirmte die Augen vor der Sonne ab und sah als Silhouette, hoch über den Dächern der Stadt aufragend, die gewaltigen Glockentürme und das Dach der Kathedrale Imagos Brillantos.

Wenn ich auf einen der Türme steigen könnte … Sicher würde sie Sario von dort oben erkennen können, selbst in dem Gedränge auf dem Zolaco Grando – aber das würde man ihr nicht erlauben. Sie war keine Sancta, nicht einmal eine Noviciata; schlimmer noch, sie war *Chi'patro.* Es gab keine Sancta und keinen Sancto in der gesamten Stadt, die sie auf einen Turm steigen lassen würden, um nach einem anderen Chi'patro Ausschau zu halten. Und obwohl man sie bei schlechtem Licht für eine reinblütige Tira Vertinerin hätte halten können, würden sie es besser wissen: sie würden die Farbflecken auf ihrer Kleidung sehen, den Kreidestaub unter ihren Nägeln, den anhaftenden Geruch der Lösungsmittel riechen. Mitglieder der Ecclesia suchten gierig nach solchen Zeichen.

»Heiß!« Sie hob das Haar aus dem Nacken – und dann wußte sie, was sie tun würde. »Der Brunnen!« Er war hoch genug und kühl genug, und niemand würde Einspruch erheben, ganz gleich, von wem sie abstammte; wenn überhaupt, würde es schwer werden, eine Brunnenschale zu finden, die noch nicht überfüllt war.

Eine Straße entfernt nur, nicht mehr als ein Steinwurf, aber es brauchte Zeit und Anstrengung, sich durch die Menge zu drängen. Schließlich verschloß sie die Ohren vor den Flüchen, den boshaften Kommentaren und schob sich einfach durch, ignorierte, wenn ihr jemand auf die Zehen trat, an den Kleidern oder am Haar riß. Als sie den Zolaco Grando erreichte, war sie in Schweiß gebadet und zerschlagen von achtlosen Füßen und Ellbogen. Ihre Schuhe, nur Sandalen, hatten wenig Schutz geboten; sie schwor sich, sofort ein kühles Bad zu nehmen, sobald sie Sario gefunden hatte und sie in den Palasso Grijalva zurückgekehrt waren.

Wenn sie Sario denn finden würde.

»Verflucht soll er sein«, murmelte sie. »So ein begabter Mann, gesegnet und seiner so sicher ... er läuft durch die Stadt, als wäre er der Herzog selbst!«

Oder der Oberste Hofmaler.

»Genug ...« Wieder drängte sie sich durch die Menge, auf den Brunnen zu. Wie erwartet, hockten Unmengen von Kindern in den übereinandergebauten Becken, vergnügten sich im Sprühwasser oder standen sogar in den Becken selbst, das Wasser bis zu den Knien. »Seminno Raimon hat dir eine Aufgabe gestellt, 'Vedra.« Sie zog die zerknitterten Leinenröcke hoch. »Und diese Aufgabe wirst du erfüllen – *Matra,* schiebt doch nicht so!« Sie warf dem Jungen, der mit ihr um den Platz auf der Marmorstufe rang, einen wütenden Blick zu. »Hier ist Platz für uns beide!« Das kalte Wasser, das über die Stufen rann, durchtränkte ihre Sandalen und die Rocksäume. »Ich mag vielleicht aussehen wie eine Närrin, aber das ist die einzige Möglichkeit – und außerdem ist mir so kühler ... *Nommo do'Matra!*«

Sie geriet ins Wanken, als eine Hand ihren Fuß berührte.

»Verzeiht«, sagte ein Mann, »aber Ihr habt mich über dem Geräusch des Wassers nicht gehört.«

Und nicht wegen ihres eigenen Gemurmels. Saavedra sah den Mann verblüfft an. Er war nicht, was man mitten in Meya Suerta erwarten würde, schon gar nicht an einem Festtag und mitten im Gedränge; er war alt, sehr alt, weit über fünfzig, vielleicht sogar älter als *sechzig.* »Nommo Matra ei Filho«, murmelte sie wieder. »Wieso seid Ihr noch nicht tot?«

»Weil«, antwortete er einfach, »ich kein Grijalva bin.«

Er wußte es. Er hatte es ihr angesehen. *Aber ich trage keinen Schlüssel ...* Und er war kein Sancto, der sie an ihrer Farbe und der Kreide erkannt hätte. Sie war einfach nur eine Frau, nicht anders als die anderen hier. Aus Tira Virte, aus Pracanza, aus Ghillas – es war gleich. Niemand hier hätte ihr ansehen können, was sie war.

»Chi'patro«, sagte er leise, und ihre Überzeugung zerbrach. »Nein, nein«, sagte er, als sie wieder wankte und auf dem nassen Marmor auszurutschen drohte, »bitte ... nehmt meine Hand. Kommt Ihr herunter?«

Es war eine alte Hand, dürr, altersfleckig, mit drahtigen Sehnen, die unter der Pergamenthaut vorstanden, aber er hatte sie, ohne zu zögern, ausgestreckt, um Saavedra zu stützen. Sie dachte über diese Hand nach, darüber, hinunterzusteigen, und darüber, wieso er sie erkannt und was ihn zu ihr geführt hatte.

Unter den präzisen Windungen eines Turbans aus gebleichtem Leinen sah sie ein Gesicht, das nicht jünger war als die Hand. Aber es lächelte, verzog unendlich viele Falten zu einem Ausdruck der Wärme und Freundlichkeit, und klare graue Augen versprachen ebensolchen Trost.

»Gebt einem alten Mann die Ehre«, schlug er vor, »und teilt einen Krug Saft mit ihm. Ihr braucht Euch nicht zu fürchten, *al-adib zev'reina,* wir werden nicht allein sein. Ihr werdet vertraute Gesellschaft haben.«

Der Begriff, den er benutzt hatte, war ausländisch, und es schwang ein Rhythmus mit, wie sie ihn noch nie gehört hatte. »Was meint Ihr mit vertrauter Gesellschaft?«

»Noch einen Grijalva«, antwortete er. »Einen anderen Chi'patro.«

»Aber wer –?« Und dann wußte sie es. »Sario.«

»Ja, Sario ...« Welke Lippen zitterten in einem Lächeln. »Wenn Ihr wüßtet, wie ich gebetet habe, *al-adib zev'reina!*«

»Was heißt denn das?« fragte sie und hielt sich immer noch am Marmor fest. »Wie nennt Ihr mich da? Und in welcher Sprache?«

»Oh, vergebt einem alten Mann ... ich weiß, Ihr kennt die Lingua Oscurra nicht. Ebensowenig wie Sario.«

»Die dunkle Sprache?« Saavedra runzelte die Stirn. »*Nerro* Lingua war eine Seuche.«

»O nein, vergebt mir.« Er drückte die Hand aufs Herz. »Ich bin ein Fremder in Eurem Land. Ich spreche Eure Sprache – ich wohne hier schon viele Jahre –, aber es gibt Augenblicke, in denen meine Sprache einfacher ist, Augenblicke, in denen sie ein passenderes Lied singt.« Wieder streckte er die altersfleckige, knochige Hand aus. »Es bedeutet ›Verborgene Sprache‹.«

»Lingua Oscurra.« Sie dachte darüber nach. »Und wieso sollte ich einen Mann begleiten, der seine Sprache verbergen muß?«

»Chi'patro«, sagte er noch einmal, weder beleidigt noch beleidigend. »Wie könnt Ihr mich so etwas fragen?«

Das brachte sie zum Schweigen. Das Wasser, das auf sie sprühte, war jetzt kalt, ließ sie frösteln. »Er ist bei Euch? Sario?«

»Er hat mir aufgetragen, Euch, falls Ihr zweifeln solltet, zu sagen: ›Nommo Chieva do'Orro‹.«

Im Namen des Goldenen Schlüssels. Das kam einem Befehl gleich. Aber von Sario kam so etwas nicht ganz unerwartet. Und der Beweis, daß er den Alten tatsächlich geschickt haben mußte: nur ein Grijalva, der die Gabe hatte, kannte diesen Satz, bis auf sie, mit der er so vieles teilte.

Und nun das. Ein Fremder, der eine verborgene Sprache spricht. »Also gut«, sagte sie. »Ich werde kommen.« Und dann überließ sie ihre Hand seinem erstaunlich festen Griff.

12

Die Krähen verließen die Kammer mit dem Toten wieder. Kerzen wurden gelöscht, bis nur noch eine Flamme brannte, nur noch einer der Männer geblieben war, aber er konnte es noch nicht ertragen, den Raum zu verlassen. Er wollte diese einsame Flamme noch ein wenig brennen lassen und noch ein letztes Mal dem Mann Gesellschaft leisten, der in beinahe jeglicher Hinsicht sein Vater gewesen war.

Es tat weh – wie weh es tat! »O Matra«, murmelte Raimon und vergrub die verkrampften Finger in seinem dunklen Haar, als er den Kopf senkte. »O Matra Dolcha – ist seine Seele schon bei Dir?«

In solcher Trauer war es unangemessen, auf einem Stuhl zu sitzen. Raimon rutschte ungeschickt nach unten, anmutslos in seinem Schmerz, und kniete nieder. Er spürte die rauhen, unebenen Fliesen unter dem dünnen Teppich. »Nommo Matra ei Filho ...« Das Gebet kam leicht, mit äußerster Ehrlichkeit; von allen Männern hatte dieser sich sein Willkommen verdient. »Ich bitte Dich, nimm die Seele dieses Mannes auf, und ich will gern die meine dafür geben –«

»Seid Ihr denn so sicher, daß Ihr überhaupt eine habt?«

Erschrocken wandte Raimon sich um; er hatte nicht gehört, daß jemand hereingekommen war. Sie war einfach da.

Und er kannte sie. *Gesegnete Mutter* – er mußte sich am Bettpfosten abstützen, als er schnell auf die Beine kam. Er schluckte, erst dann konnte er sprechen. »Premia ... Premia Sancta –«

»Ich habe Euch eine Frage gestellt, Grijalva. Seid Ihr so sicher, daß Ihr eine Seele habt?«

Entgegen seiner Absicht wurde er wütend. Er mußte sich anstrengen, nicht unhöflich, sondern demütig zu sein. *Ich werde ihr keinen Grund geben, schlecht von mir zu sprechen – den wird sie sich schon erfinden müssen.* »Premia.« Er verbeugte sich elegant, unterwürfig, eine Hand aufs Herz gedrückt.

Die Tür hinter ihr stand offen. Sie war ein Aufblitzen von Weiß in den trüben Schatten, weißes Gewand, weiße Haube; ein Glitzern von Silber an der Taille. Ihr Gesichtsschnitt war streng, aber nicht so streng wie ihr Blick. Böswilligkeit stand in ihren Augen.

Er warf einen Blick auf die offene Tür und verstand. *Es ist ihr gleich, ob jemand sie sieht oder etwas mithört.*

Wieder begann er, vollkommen höflich: »Premia Sancta, ich bedaure ... verzeiht mir meine Anmaßung.«

»Ihr Grijalvas seid alle anmaßend.« Eine dünne, knappe Stimme, die Aussprache präzise, so daß er nichts mißverstehen würde. »Ihr maßt Euch an zu erwarten, daß Euer geringfügiges Talent anerkannt wird, Ihr maßt Euch an, daß Eure Maler hohe Positionen erreichen. Ihr glaubt, Eure Seelen seien denen anderer gleich. Ihr glaubt, einen Platz wiedererreichen zu können, der Euch durch die göttliche Strafe von Mutter und Sohn genommen wurde.«

Raimons Mund wurde trocken, und seine Haut begann, vor Schweiß zu glänzen. Nun war die Böswilligkeit aus ihrem Blick verschwunden. Sie war jedoch um so furchterregender, weil jegliche Leidenschaft fehlte. Sie erklärte diese Dinge einfach zu Tatsachen.

Er schluckte. »Premia, ich danke Euch – ich habe nach Euch geschickt –«

»Das habt Ihr.« Leidenschaftslos. Die dunklen Augen waren flach und hart, eingerahmt von einer weißen Leinenhaube, die sich fest um Kopf und Kinn legte. »Ihr habt Euch angemaßt, nach mir zu schicken.«

Die Demut war abrupt verschwunden. Trauer beraubte ihn der Selbstbeherrschung. »Was haben wir denn getan?« schrie er. »Welche Sünde haben wir begangen? Wir dienen der Gesegneten Mutter, wir beten Ihren Heiligen Sohn an, wir geben der Kirche den Zehnten, wir rühmen sie mit unserer Kunst –«

Eine erhobene Hand ließ ihn schweigen. »Ihr besudelt uns«, erwiderte sie. Und wieder war es eine Erklärung.

Das war verblüffend, selbst von ihr. »*Besudeln!*«

Die Hand verschwand wieder in den Falten einer makellosen Robe. »Ich habe oft mit dem Herzog darüber gesprochen, ebenso wie der Premio Sancto. Wir sind der Ansicht, die Segnungen der Ecclesia sollten Euch Grijalvas verweigert werden.«

»*Aber warum?*«

Plötzlich verschwand die Leidenschaftslosigkeit, die Bosheit kehrte zurück. Ihr schmales, abgehärmtes Gesicht verfärbte sich zu einem äußerst unschmeichelhaften Rot. »Weil Ihr eine Abscheulichkeit seid!« zischte sie. »Weil Ihr uns an die Entehrung erinnert.«

Raimon legte beide Hände aufs Herz. »Das war vor mehr als hundert Jahren!« rief er. »O Matra, wie viele Jahrhunderte müssen wir dies noch erleiden? Wir haben doch nichts getan! Glaubt Ihr, wir hätten diese Schande *gewollt?*«

»Eure Frauen waren dort«, sagte sie, »wie auch die anderen. Sie waren dort, und sie wurden weggebracht – ohne viel Gegenwehr, wenn man Miquellan Serranos brillantem Historiengemälde Glauben schenkt! –, und die Tza'ab haben ihnen Halbblutkinder gemacht. Und was schlimmer ist, sie sind *am Leben geblieben und haben diese Kinder ausgetragen.*«

Miquellan Serranos sogenanntes Historiengemälde, die *Rettung der Entführten,* war ein Meisterwerk der Bigotterie und grausamer Phantasie, sonst nichts. »Die Herzogin war ebenfalls dort«, erinnerte Raimon sie.

»Das genügt!« Weiß wie das Leinen ihres Gewands küßte die Premia Sancta ihre Fingerspitzen, dann drückte sie sie an ihr Herz in vorgeblichem Tribut an die gesegnete Herzogin Jesminia. Zwischen ihren Fingern glitzerte eine Kette, die der Raimons nicht unähnlich war. Alle Sanctas trugen das Symbol ihres Amtes: winzige Schlösser. Die Sanctos trugen die Schlüssel. Jeder Orden, unterschieden nach Geschlecht, aber nicht durch Entschlossenheit und Genauigkeit, bildete die Hälfte eines Ganzen im Dienst der Ecclesia. »Ihr besudelt diese Stadt«, sagte sie. »Ihr besudelt die Ecclesia. Ihr besudelt die Luft, die wir atmen.«

»Euer Eminenz –«

»Genug!« Wieder brachte sie ihn zum Schweigen, nur durch das Gift in ihrer Stimme. »Der Premio Sancto hat sich geweigert herzukommen, wie es ihm anstand. Er empfahl mir, mich ebenfalls zu weigern, aber ich wollte die Gelegenheit nutzen, den Mann zu sehen, diesen sterbenden Grijalva-Chi'patro, um ihm zu sagen, daß er seine Straßenköter in seinem eigenen Zwinger angekettet lassen soll. Maßt Euch nicht noch einmal an, eine Sancta zu rufen, Grijalva. Unsere Türen sind Euch verschlossen.«

Er konnte kaum den Atem in seine angespannte Brust zwingen. »Er ist tot«, gelang es ihm schließlich zu sagen. »Es ist ohnehin gleich, ob Ihr gekommen seid oder nicht.«

Die Frau war anderer Ansicht. »Immerhin habe ich gesagt, was zu sagen war. Und Ihr müßt gehorchen.«

Diese Feindseligkeit für etwas ertragen zu müssen, was so lange zurücklag, solche Ungerechtigkeit für eine uralte Schande ... er mußte sich zusammenreißen, sie nicht zu verfluchen. »Wir haben nichts Unrechtes getan. *Nicht* die Grijalvas. Ihr wart es, die die Herzen der Menschen, vielleicht sogar die von Matra ei Filho, mit Eurem selbstsüchtigen, fehlgeleiteten Fanatismus vergiftet habt –«

»Das genügt!«

»– aber eines Tages *werden* wir Grijalvas wiedererobern, was einmal unser war, die Segnungen von Mutter und Sohn eingeschlossen, und sie sollen erfahren, welcher Art Eure Dienste waren, Eure und die des Premio Sancto!« Er zitterte vor Wut. »Nommo Chieva do'Orro!«

Ihr Gesicht war nun verkniffen und blaß, alterslos in seiner asketischen Strenge. »O ja«, sagte sie scharf. »Euer geheiligter Goldener Schlüssel. Man könnte glauben, Ihr betet *ihn* an statt Matra ei Filho.«

»Wir setzen nichts über die Mutter und Ihren Gesegneten Sohn. Nur über die Ecclesia und ihre unheilige Politik.«

»Die Ecclesia *ist* –« Dann brach sie ab.

»Ach ja?« Nun war es an ihm, Gift zu verspritzen. »Wolltet Ihr sagen, die Ecclesia *ist* Mutter und Sohn? Nun, das wäre die niedrigste Blasphemie; Häresie, nicht wahr – und was hieltet Ihr für die angemessene Strafe? Eine Seuche? Eine neue Nerro Lingua?«

»Nommo Matra ei Filho«, murmelte sie, beinahe flehend. »Gebt mir die Kraft –«

»Um eine Familie zu verdammen, die Ihr für besudelt haltet, obwohl wir nur die Opfer waren?«

»Huren«, sagte sie eisig. »Jede einzelne von ihnen. Die *Rettung der Entführten* ist der Beweis.«

Nun wurde ihm langsam einiges klar. »Wie ist Euer Familienname?«

»Meine Familie ist die Ecclesia. Mein Name ist Premia Sancta.«

»Zuvor«, forderte er. Und dann lachte er bitter auf. »Aber

nein, Ihr braucht Euch nicht einmal die Mühe zu geben, ich glaube, ich kenne die Antwort bereits.« Raimon hielt inne. »Und ist der Premio Sancto ebenfalls ein Serrano, so wie derjenige, der die *Rettung* malte?« Wieder schwieg er kurz, um der besseren Wirkung willen. »Wie auch die Premia Sancta?«

Die dunklen Augen blitzten. »Genug!« zischte sie. »Das werde ich mir nicht länger anhören!«

Raimon streckte die Hand aus. »Dort ist die Tür«, sagte er einfach. »Ich schlage vor, Ihr benutzt sie. Jetzt.«

Als die Frau gegangen, das Zimmer leer von Verleumdung und bitterer Rivalität war, wandte sich Raimon Grijalva wieder dem Mann im Bett zu. Vorsichtig kniete er abermals auf dem dünnen Teppich nieder, senkte den Kopf und begann mit dem einfachen Gebet, das die Ecclesia nicht bieten würde. »Matra ei Filho ... nehmt die Seele dieses Mannes auf, der so lange und hart gearbeitet hat, um Euch, seinem Herzog und seiner Familie zu dienen.«

Tatsächlich hatte er lange gelebt, für einen Maler jedenfalls. Arturro Grijalva war einundfünfzig Jahre alt geworden.

Das Zelt war kaum mehr als ein Rahmen aus Weidenzweigen, zu komplizierten Gittermustern verflochten, überzogen mit einer doppelten Stoffschicht, ein Flattern von Wimpeln, bestickt in Grün. Die innere Lage war ein dünnes, lockeres Leinengewebe; die äußere – im Augenblick aufgerollt und säuberlich oben festgeschnürt – war schwerer, dicht gewebter Segeltuchstoff, mit Öl gegen die Regenfälle von Herbst und Winter versiegelt. Das Zelt war weder rund noch quadratisch, sondern eine merkwürdige Vereinigung von beidem, eine Serie flexibler, leicht gebogener Paneele, gebunden zu einem Ganzen, das saumlos und offensichtlich dem Wetter gegenüber vollkommen unempfindlich zu sein schien. Und dennoch war es ein *Zelt*.

Mitten in Meya Suerta.

Er war nie zuvor in dieser Straße gewesen, weil sich die

Grijalvas selten von ihrem Palasso und dem Künstlerviertel entfernten. Heute, an Fuega Vesparra, war er absichtlich hierhergegangen, hatte gegen die Gewohnheiten der Familie verstoßen, gegen die Feigheit, die sie bewog, sich von anderen abzusondern. Und er hatte das Zelt entdeckt. Ein Zelt, das in dieser Stadt vollkommen fremd wirkte und dennoch ignoriert wurde, als sähe es überhaupt niemand.

Sario konnte sich nicht vorstellen, wie es jemand übersehen konnte. Es war ihm sofort aufgefallen, als er um die Ecke gebogen war. Es hatte ihn angezogen mit seinen Farben, den Mustern, dem Geflecht. Er wollte wissen, wie es mit dem Boden verbunden, wie es in dem festgestampften Boden und dem Kopfsteinpflaster verwurzelt war. Sicher war es irgendwo festgebunden; manchmal heulte der Wind regelrecht durch diese Straßen und riß Markisen ab, Marktbuden, Wagenplanen. Ein Zelt würde dem nicht widerstehen können.

Noch, so dachte er, sollte es einen solchen Festtag überdauern können oder die Stadt überhaupt; und dennoch war durch den dünnen Stoff kaum etwas vom Lärm da draußen zu hören. Sario fühlte sich, als hätte man ihm Wachs in die Ohren gestopft, das alles vom Gesang der Welt fernhielt bis auf ein leises Summen wie von weit entfernten Bienen.

Er kniete. Unter seinen Knien lag ein kompliziert gemusterter Teppich, der merkwürdige Ornamente und stilisierte Pflanzenmuster zeigte, die nicht zum Geschmack der Tira Virtiner passen wollten. Und die Farben – oh, die Farben! Er hatte gewußt, daß es so etwas gab, aber nie hatte er sie in seiner eigenen Arbeit benutzt, die mehr zu lebhaften Tönen neigte. Unter sich sah er nun trotz des gewebten Tuchs die Farben eines anderen Landes: das dichte Rostbraun von Eisenoxid, die mehr ins Rosa gehenden Töne von Sandstein; sparsame, aber intensive Purpurfarben; Säume von Blau und Grün, aber blaß und kaum sichtbar. Bei näherem Hinsehen verschwanden sie fast und konnten nur noch *gespürt* werden.

Wie Kunst ... wie Leidenschaft ... Gewöhnt an die warmen, matten Töne von Meya Suertas Ziegeln, seinem Lehm, dem Kopfsteinpflaster und Stuck in sonnengebleichtem Ocker, Austernweiß und Elfenbein, wurde Sarios Blick wieder und wieder von dem Teppich angezogen, wo er die Farben, die Muster, das Thema erforschte, aber das letztere nicht identifizieren konnte. Daß es eines gab, wußte er; die Wiederholung bestimmter Muster ließ das offensichtlich werden, die gebogenen, ineinander verwobenen Reihen von Pflanzenstielen, Blättern, Blüten, die sorgfältig klar ausgeführten und seltsam vertrauten Bordüren. Er hätte das Thema eigentlich erkennen sollen; er hatte seinen Blick seit Jahren geschult, um das Ganze selbst in einem umfangreichen System unendlich kunstvoller Einzelteile erkennen zu können.

Die Reaktion war instinktiv, abrupt, charakteristisch. »Ich sollte das verwenden ...« Plötzlich die Erleuchtung: auch diese Zartheit hatte Kraft, ebensoviel wie lebhafte Farben. Schon war er im Geist dabei, Skizzen für ein neues Werk anzufertigen, eine Landschaft von matter Farbe, von brüchigen, aber bindenden Tönen, ganz anders als jene, die er jetzt benutzte. Selbst die Fleischfarbe für Porträts könnte eine andere sein. »Süße Mutter ...« Er folgte dem Stiel einer gewebten Pflanze, die unter seinem Knie »hervorwuchs«. »Was ich damit alles tun könnte!«

Ein Geräusch. Er warf einen raschen Blick auf die Klappe, die als Tür diente. Er sah durch die Gaze auf die Außenwelt: der alte Mann und Saavedra.

Die Gedanken an Bilder zerfielen. Wieder spürte er die Unruhe, das Unbehagen, diese vage Angst, obwohl sie mit einer immer mehr wachsenden Faszination verbunden war. *Was er gesagt hat ... was er mir erzählte ...* Aber Fragen, die er nicht gestellt hatte, weil er verstummt war, zu verblüfft durch plötzliche, vollkommen neue Gedanken, seltsame Gedanken, und immer noch fragmentarisch und zögernd. *Was der Moualimo mir gesagt hat –*

Moualimo? Nein – ein Fremder, ein alter, fremder Mann, der seinen Gedanken freien Lauf ließ.

Moualimo. Ja – aber was war es, das der alte Mann ihn lehren konnte? Farben? Muster? Sario warf einen raschen Blick auf den Teppich unter seinen Knien. *Damit zum Beispiel kann er mich belehren.*

Das Zelt selbst hatte genügt, ihn herzubringen; die Einladung, die der alte Mann ausgesprochen hatte – der zunächst verblüfft gewesen war, als Sario ihn entdeckte, dann aber entzückt und dankbar reagierte –, hatte ihn bewogen hierzubleiben. Und dann hatte er Saavedra in der Menge entdeckt, hatte von ihr gesprochen, und der Fremde war gegangen, sie zu holen.

Nun war Saavedra hier, und er fühlte sich sicher. *Sie wird es verstehen.*

Sie zögerte, als der alte Mann die Klappe beiseite zog und sie einlassen wollte. Sario erhob sich, blinzelte in das helle Sonnenlicht, das jetzt ungehindert ins Zelt fiel, und wartete.

'Vedra versteht immer alles.

Das durch die Gaze fallende, diffuse Licht war sanft und ausgesprochen schmeichelhaft. Er sah die Zartheit ihres Gesichts: die klaren grauen Augen, die hohen Wangenknochen, die reinen Linien. Ihre ausdrucksvollen dunklen Brauen zeigten, wie besorgt sie war, und die Linie ihres Mundes war gerade, zu unvertrauter Strenge gepreßt. Er hätte gern diese Sorgen verringert, diesen Mund weicher gesehen … »Luza do'Orro«, murmelte er leise. »Das hatte ich vollkommen vergessen.« Und er war zu beschäftigt gewesen, zu ehrgeizig, zu sehr auf seine Gabe bedacht, um sie mit dem Auge des Mannes statt mit dem des Künstlers zu betrachten.

Er hatte es gewußt. Sein Körper hatte es gewußt. Er war kein Kind, kein unschuldiger Junge mehr. Er war schon vor Jahren nach den Bräuchen der Familie bestätigt worden: vier Frauen in seinem Bett, vier fruchtbare Frauen für mehrere Nächte, und keine von ihnen war schwanger geworden. Ebensowenig, wie ihn – nach der ersten – eine unbefriedigt verlassen hatte.

Er war unfruchtbar, nicht unfähig. Wie er ihr einmal gesagt hatte. Wie immer wieder bestätigt wurde, wenn es ihn danach gelüstete, obwohl sich das Feuer seiner Lenden meist in der Kunst sublimierte.

Nur sie allein verstand ihn. Hatte ihn immer verstanden.

Sario setzte dazu an, etwas zu sagen, wollte erklären, was geschehen war, was der Fremde ihm erzählt hatte, wollte wie immer mit ihr teilen, was in seinem Herzen war, aber Saavedra kam ihm zuvor. Sie warf einen schnellen, wachsamen Blick zur Seite, als der alte Mann neben ihr hereintrat, dann schaute sie nur noch Sario an. Er konnte sehen, daß sie Angst hatte. Und daß etwas Bestimmtes sie hergeführt hatte. »Man will dich sehen.« Sie sprach knapp, beherrscht. »Seminno Raimon.«

Er konnte nicht anders. »Er kann warten.«

Das schockierte sie. »Sario –«

»Er kann *warten,* 'Vedra.« Er hatte nicht vorgehabt, in diesem entschlossenen, peitschenden Tonfall zu sprechen. Aber nun trieb ihn die Not, er spürte eine Vollkommenheit, ein Ziel. Als habe sich ein Muster, von dem er nie gewußt hatte, daß es zerstört war, plötzlich zusammengefügt. Und die Miene des alten Mannes wirkte erstaunlich zufrieden und heiter. »Was er mir gesagt hat –«

»Was denn? In seiner ›verborgenen Sprache‹? In seinem versteckten Zelt?«

»Das Zelt ist nicht versteckt, 'Vedra –«

»Ich habe nichts davon gesehen, ehe er mich hereingebracht hat!«

»*Ich* schon. Ich habe es schon vom Ende der Straße aus bemerkt.«

»Das hast du«, sagte der alte Mann. »Acuyib hat dich mit dem inneren Blick gesegnet.«

Saavedra fehlte es nicht an Entschlossenheit. »Man will

dich sehen«, wiederholte sie. »Matra Dolcha, Sario, hast du vergessen, wer du bist?« Sie wies mit einer knappen Bewegung auf den Schlüssel an seinem Hals, der in Falten zerknitterten Leinens lag. »Wir dürfen die Pflichten gegenüber unserer Familie nicht versäumen.«

»Was will Raimon denn?«

Ein zweiter, rascher Blick zu dem alten Mann. »Das *weiß* ich nicht«, sagte sie angespannt. Und dann: »Sario! Dieser Mann ist ein Fremder.«

»Nicht hier.« Der Verweis des alten Mannes war sanft, aber entschieden. »Nicht in meinem Heim. Und nicht fremder als ihr beide, die ihr mein Blut teilt.«

»Euer Blut!« Schockiert. Zornig. Nur noch ihrer eigenen Verwirrung sicher. »Ich bin eine Grijalva –«

»Und Chi'patro«, erinnerte sie der alte Mann. »Ihr beide seid es. Ich selbst nicht. Ich kann sämtliche Generationen zurückverfolgen bis zu Acuyibs Großem Zelt selbst, aber ihr seid mehr, als ihr glaubt.«

»Tza'ab«, hauchte Saavedra. »*Das* ist es, was Ihr seid. Ich erkenne den Turban von dem Gemälde ... von Piedros *Tod des Verro Grijalva.* Er hat eine andere Farbe, aber es ist derselbe.«

»Nun bin ich entlarvt.« Unerwarteterweise verfügte der alte Mann noch über fast alle Zähne, obwohl sie gelb gefleckt waren; jetzt ließ er sie kurz aufblitzen. »*Zev'reina,* ich bitte dich – gib mir Zeit –«

»Ich habe keine!« Sie war, wie Sario mit dem ungerührten Blick eines Künstlers erkannte, gleichzeitig schwarz und weiß: weiß war das Gesicht, die Lippen; schwarz die vergrößerten Pupillen. »Und er hat auch keine Zeit.« Sie wandte sich wieder Sario zu. »Du bist zu Seminno Raimon gerufen worden.«

»Er soll warten.« Der Tza'ab wiederholte leise Sarios Worte. »Ihr werdet schon sehen, daß es Sinn ergibt. Das verspreche ich dir.«

»Und was ist es wert, Euer Versprechen?« Sario hatte Saavedra nie so unhöflich, nie so verängstigt erlebt. »Was bedeutet Ihr uns schon? Ein Fremder, ein Feind –«

»Nicht euer Feind. In diesem Zelt, unter meinem Dach, wenn man die Luft atmet, die Acuyib geatmet hat, ist man nicht fremd oder ein Feind.« Das uralte Gesicht zeigte keine Spur von Kränkung darüber, daß sie an einem Ort, an dem man sie willkommen geheißen hatte, so unhöflich war. »Ihr seid nach Hause gekommen, Kinder des Goldenen Sturms. Und zumindest eines von euch wird nie wieder verlorengehen.«

13

Dreiundvierzig Jahre hatten Herzog Baltran nicht seiner Kraft und Gewandtheit beraubt. Schwungvoll sprang er vom Pferd und landete leichtfüßig wie ein Fechter. Es gab ihm das Gefühl, wieder jung zu sein, obwohl er das Aufzucken eines Schmerzes in den Knien nicht leugnen konnte. Und es war gut – und politisch vernünftig –, andere sehen zu lassen, daß er noch nicht vom Knochenfieber befallen war, einer in der so nahe am Marschland liegenden Stadt häufig auftretenden Krankheit. Die Grijalvas litten besonders darunter.

Erheblich besser, einer Familie zu entstammen, deren Blutlinie nicht so tragisch geschwächt wurde! Ein silberbeschlagener Zügel hing noch über dem kräftigen Hals des Hengstes, den anderen warf der Herzog dem Stallburschen zu, der angerannt kam, um sich um das Reittier seines Herrn zu kümmern.

Baltran wartete nicht, als sein Begleiter ebenfalls absaß, ebenso schnell, wenn auch mit erheblich geringerer Anmut, weil sich seine Sporen kurz im Steigbügel verfingen, sondern er ging gleich weiter über den gepflasterten Hof und streifte sich dabei die Handschuhe ab. Er wartete auch nicht, als dieser Begleiter rasch die Zügel einem anderen Stallburschen zuwarf und sich beeilte, ihn einzuholen; beide Männer waren hochgewachsen, aber der Herzog war schon viel länger an seine langen, raschen Schritte gewöhnt.

»Patro –«

»Ich habe es dir doch gesagt, oder?« Baltran übergab die staubigen Handschuhe den wartenden Händen eines Dieners, der ihm auf dem Weg zum Palasso entgegenkam. »So geht es einfach nicht.«

»Aber –«

»Und es gibt *Gründe* dafür, Alejandro. Kannst du dir vorstellen, was deine Mutter sagen wird?«

Alejandro hatte seinen Gang jetzt dem seines Vaters angepaßt, bewegte sich mit jener schlaksigen Eleganz, die darauf schließen ließ, daß er einmal dieselbe Gewandtheit wie sein Vater entwickeln würde, wenn er erst aufgehört hatte zu wachsen. »Würde sie es denn erfahren müssen?«

»Mit Sicherheit. Frauen erfahren alles. Die Dienstboten, die sich um dich und deine Geliebte kümmern, würden es wissen, und sie würden mit ihren Freunden flüstern, die es dann ebenfalls wissen würden, und die Freunde würden es *ihren* Freunden erzählen, und schon bald wüßten es auch die Dienstboten der Herzogin. Und die Herzogin hätte einiges dazu zu sagen.«

»Ich könnte sie anderswo unterbringen.«

»Deine Mutter?« Baltran grinste, als er die entsetzte Miene seines Sohnes sah. »Nein, nein – hast du denn gar keinen Sinn für Humor?« Immer noch im Gehen begann er, die Schnüre seiner ledernen Jagdweste aufzuknüpfen. »Aber nein, an dieser Sache ist wirklich nichts Komisches – das sollte ich selbst wissen. Es ist nie amüsant, wenn ein junger Mann seine erste Mätresse nehmen will.« Mehr Verschnürungen wurden geöffnet, das Kleidungsstück abgelegt und den Händen des Kammerdieners überlassen. »Ich habe nichts dagegen, wenn du dir eine Mätresse halten willst,

Alejandro, aber ich würde vorschlagen, daß du eine andere wählst.«

»Ich will aber *sie*, Patro –«

»Warum? Weil sie dich an einen Ort geführt hat, den du zuvor nicht kanntest? Weil sie dich Dinge hat empfinden lassen, die du nicht erwartet hättest zu empfinden?« Baltran bekam Mitleid – das Gesicht seines Sohnes war bleich und angespannt –, blieb stehen und sah seinen Erben an. »Matra, ich weiß – ich weiß es wirklich, Alejandro ... aber es kann nicht sein. Es *soll* nicht sein.«

»Aber ich bin der Erbe ... und wenn ich es wünsche –«

»Alejandro.« Baltran rang um Geduld. »Alejandro, du bist tatsächlich der Erbe, und du wirst vieles in deinem Leben genauso machen können, wie du es möchtest. Aber du solltest erst handeln, nachdem du ausführlich nachgedacht hast.«

»Ich *habe* nachgedacht, Patro.«

Der Herzog winkte den Kammerdiener weg, obwohl ihm das schweißgetränkte Hemd am Körper klebte; er hatte nicht vor, sich hier im Hof auszuziehen, und er legte auch keinen Wert darauf, daß sein Sohn ihm wie ein unterwürfiges, um Aufmerksamkeit heischendes Hündchen in den Palasso folgte. »Du hast nachgedacht, Alejandro, ja. Daran habe ich keinen Zweifel. Aber es gibt Einzelheiten, die du vielleicht nicht bedacht hast.«

»Einzelheiten?« Alejandros Mut war wieder gewachsen, er wirkte jetzt weniger gehetzt und erheblich beharrlicher. »Ich will sie. Du nicht. Was soll darüber hinaus noch wichtig sein?«

»Es gibt politische Gründe.«

»Sie ist eine Mätresse, keine Prinzessin ... welchen politischen Wert sollte sie haben?«

Baltran knöpfte die Manschetten auf und begann, die Ärmel aufzurollen, was kräftige, braungebrannte Unterarme enthüllte. »Sie war *meine* Mätresse, Alejandro – und sie ist eine Serrano. Sie mag wohl eine Verbindung – vielleicht sogar eine Heirat – mit einem reichen Adligen suchen, aber es würde ihr nicht dienlich sein, mein Bett mit dem deinen zu vertauschen.«

Der Sohn war verärgert. »Du hast schon eine andere Frau, Patro.«

Der Vater grinste. »Genau. Und dabei könnte es sich sogar um deine Mutter handeln ... aber das geht dich nichts an. Denk noch einmal nach, Alejandro, und bedenke dabei auch die Zukunft. Gitanna Serrano, vom Herzog verlassen und seinem Erben übergeben ... von der Reaktion deiner Mutter einmal abgesehen, ist da immer noch der Hof zu berücksichtigen.«

»Was macht es denn, mit *welcher* Frau ich mein Bett teile?«

»Das ist nicht unwichtig. Nie. Es sei denn, es geht um eine hübsche Dienstmagd, die entsprechend dankbar für deine Aufmerksamkeit ist – so etwas wäre nicht von Bedeutung. Wenn du so etwas tun willst, hast du meinen Segen. Aber wenn es um eine Mätresse geht, mußt du vorsichtiger sein.«

»Patro –«

»Genug, Alejandro ... Ich habe genug von diesem Thema. Ich gebe dir mein Wort: Gitanna Serrano wird nicht deine Mätresse werden. Sie hat dabei geholfen, dich zum Mann zu machen, aber du wärest besser bedient, dich anderswo umzusehen. Vielleicht eine do'Bredizia oder eine do'Casteya – die Serranos sind hoch genug aufgestiegen mit Zaragosa als Oberstem Hofmaler, Caterin als Premia Sancta und Gitanna in meinem Bett!« Er zuckte die Schultern. »Es war unklug von mir, aber ich war bezaubert von dem Mädchen. Und es hat länger angehalten, als ich erwartet habe ... nun ja, es ist eben passiert, was soll ich sagen? Und da ich weder Zaragosa noch die Premia Sancta entlassen kann –«

»– schickst du Gitanna weg.«

Der Herzog lachte amüsiert auf. »Es ist ein wenig einfacher, eine Mätresse zu ersetzen als einen Obersten Hofmaler oder eine Premia Sancta, ja. Im ersten Fall müßte ich sterben und im zweiten *sie.*«

»Deshalb hast du es getan? Du hast sie aus *politischen* Gründen weggeschickt?«

Baltrans Grinsen verschwand. »Ich habe sie weggeschickt, weil ich ihrer ständigen Einflußnahme gegen die Grijalvas müde war, ihrer wiederholten Forderungen, ich solle das herzogliche Schutzedikt zurücknehmen – Matra Dolcha, das höre ich von der Premia Sancta wahrhaftig oft genug! –, und weil ich eine andere bevorzuge.« Wieder zuckte er mit den Achseln. »Du wirst sehen, Alejandro, wenn ein Mann die freie Wahl zwischen unzähligen Weinen hat, zieht er es oft vor, einige auszuprobieren, bevor er sich entscheidet, was er nach dem Essen trinken möchte.« Dann schränkte er seine Ironie wieder ein; er erinnerte sich an seine eigene ungestüme Jugend und wie solch herablassendes Verhalten ihn erzürnt hatte. »Alejandro, ich versichere dir, du liebst sie nicht. Sie ist deine erste Frau, und du bist verständlicherweise von ihr bezaubert. Geht es uns nicht allen so?« Er konnte sich noch gut erinnern; Trinia war hinreißend anzuschauen gewesen und äußerst großzügig. »Aber es wird eine andere kommen und eine Zeit, in der du den Unterschied erkennst.«

»*Eine* Frau, Patro?«

»Eine«, antwortete Baltran nüchtern. »Ich wußte es, damals. Ich wußte es sofort.«

»Aber es war nicht Mutter?«

»Nein ... ich habe deine Mutter sehr gern, Alejandro – ich achte und bewundere sie, und ich empfinde große Zuneigung für sie – aber nein, sie war nicht diese Eine. Die ist gestorben.«

Das erschütterte den Erben. »Gestorben?«

»Bei der Geburt des Sohnes, der dein Halbbruder geworden wäre.« Der Herzog wandte den Blick ab und starrte kurz in die Sonne. Diese Zeit war vorüber und inzwischen mehr als vorüber. »Entschuldige, mein Sohn – ich muß hineingehen und mich erfrischen. Ich erwarte später Botschafter aus Pracanza, und darauf muß ich mich vorbereiten.«

»Pracanza? Glaubst du, sie bitten um Verhandlungen?«

»Sie verlangen danach«, antwortete Baltran gereizt. »Sie bitten nicht, sie stellen Forderungen.«

»Welche Forderungen, Patro?«

Baltran hielt inne, dann schlug er seinem Sohn auf die Schulter. »Darüber solltest du dir im Augenblick keine Sorgen machen. Genieß deine erwachte Männlichkeit, Alejandro, und wenn die Zeit kommt, werde ich dich in die Kunst der Diplomatie einweihen – *und* der Pracanzanischen Forderungen.«

In dem sonnigen Erkerzimmer, in dem er so manches angenehme und inspirierende Gespräch mit Arturro geführt hatte, lehnte sich Raimon mit gespielter Lässigkeit an eine Säule und betrachtete den Mann, der auf dem Stuhl saß, einen Kelch Wein in der Hand, die andere Hand an dem Schlüssel an seinem Hals, den er zerstreut drehte und wendete, als prüfe er das Gewicht einer Münze.

Raimon verschränkte die Arme und drückte die Schulterblätter fest gegen das Mauerwerk. Er war alles andere als ruhig, aber diese Stellung erlaubte es ihm, so zu wirken. »Es wird Otavio sein.«

Der andere verzog nachdenklich den Mund, dann seufzte er und nickte. »Ich sehe keine andere Möglichkeit.«

»Er ist kein Arturro.«

»Keiner ist wie Arturro.« Der andere schüttelte den Kopf. »Ich bin damit nicht mehr einverstanden als du, Raimon, aber ich glaube nicht, daß 'Tavi ein so schrecklicher Premio Frato sein wird. Er ist nicht dumm.«

»Nur kurzsichtig. Arrogant. Unwillig, sich Veränderungen zu stellen – der Tatsache, daß Dinge sich verändern *müssen*.«

»Nun ja, das ist schwer für einen älteren Mann, Raimon«, grinste Davo. »Dir wird es vielleicht ähnlich gehen, wenn du in seinem Alter bist.« Raimon fand das nicht witzig. »Das bezweifle ich.«

Davos Lächeln verschwand. »Was schlägst du also vor?«

Raimon überlegte noch einen Augenblick, dann trat er von der Säule weg und zum hohen Bogenfenster. Der Duft der Blüten draußen war so schwer wie das billige Parfum, das an Feiertagen den Bauersfrauen verkauft wurde, und darunter lag der dicke, feuchte Geruch frisch geschnittenen Grases. Im Sommer wuchs alles hier rasch, erwärmt von der Hitze, genährt von feuchter Luft ... andere verließen die Stadt in dieser Jahreszeit, aber die Grijalvas taten das nie. Es gab Arbeit im Palasso. Immer gab es Arbeit.

Raimon seufzte leise, drehte sich aber nicht um. Er sprach zu der Luft, die von der handpolierten Brüstung eingerahmt wurde. »Ich denke, wir sollten versuchen, uns um unsere eigenen Ziele zu kümmern.«

»Raimon! Matra Dolcha, es ist gut, daß du so etwas nur zu *mir* sagst. Weißt du, was passieren würde, wenn einer der anderen dich hörte?«

»Wahrscheinlich eine Chieva do'Sangua.«

Davo war erschrocken. »Und das macht dir nichts aus? Quält es dich nicht?«

Raimon fuhr herum. »Was mich quält, ist, daß wir unsere erste Gelegenheit seit langem haben, einen Grijalva an den Hof zu bringen, und sie wird ausgeschlagen von diesem Narren, der einen Jungen nicht ausstehen kann, der über eine größere Gabe verfügt als er selbst.«

Davo machte eine hilflose Geste. »'Tavi ist immer schwierig gewesen –«

»Otavio ist unmöglich, und das weißt du auch!« Raimon holte tief Luft, versuchte, sich wieder unter Kontrolle zu bekommen. »Ich weiß es. Ich weiß es ja. Und vielleicht ist es nur meine Angst, die aus mir spricht, Davo – aber ich habe Angst. Du weißt ebensogut wie ich, daß Sario unsere größte Hoffnung darstellt.«

»Nur, wenn er kontrollierbar ist«, erinnerte ihn Davo.

»Nommo Matra ei Filho, Raimon – ich habe noch nie einen so schwierigen Grijalva gekannt.«

Raimon lächelte schwach. »Nicht einmal mich?«

Davo lachte. »Ach, du hattest deine Momente ... aber dann bist du schließlich vernünftig geworden.«

Unter seiner Manschette erinnerte ihn die Narbe an den Schmerz der Kleineren Disziplinierung. »Das bin ich«, meinte er. »Aber hast du einen anderen Vorschlag?«

Davo zögerte. »Es gibt keinen anderen.«

»Was sollen wir dann –«

»Wir können es nicht in eigene Hände nehmen! So verhalten sich Grijalvas nicht.« Davo schüttelte den Kopf ... »Es gibt Regeln, Raimon – und wir müssen *immer* angemessenes Verhalten zeigen.«

»Selbst wenn es falsch wäre?«

»Du weißt, wieso«, sagte Davo schnell. »Ohne diese Regeln und Kontrollen, ohne die Drohung solcher Strafen wie der Chieva do'Sangua könnten wir zu Ungeheuern werden.«

»Otavio könnte behaupten, daß Sario bereits ein Ungeheuer ist.«

»Das wäre möglich. Aber nur, wenn man dem Jungen Gelegenheit gibt, sich danebenzubenehmen. Und ohne die Führung der Viehos Fratos, ohne die angemessenen Vorbereitungen wird er genau das tun. Sario ist – eben Sario.«

»Und wenn wir es nicht schaffen, Sario zum Obersten Hofmaler ernennen zu lassen?«

Davo zuckte mit den Achseln. »Dann warten wir weiter.«

»Wie lange? Fünfzig Jahre? Fünfhundert?« Raimon schüttelte den Kopf. »Wir hatten erstaunliches Glück, daß die do'Verradas bisher immer kluge Herzöge hervorgebracht haben, aber das könnte sich ändern. Pracanza und andere Länder könnten uns sehr wohl unsere Kraft nehmen und es viel wahrscheinlicher machen, daß ein Krieg ausbricht. Ein Krieg, der uns zerstören könnte.«

Davos Miene erstarrte, als hätte er unter dieser Mitteilung eine verborgene Bedeutung erkannt. Bedächtig sagte er: »Du sprichst von den Tza'ab. Es ist nicht Pracanza oder Ghillas oder eines der anderen Länder, die dir Sorgen machen, es sind die *Tza'ab.*«

14

Alejandro stellte fest, daß er sich vermutlich als entlassen betrachten konnte. Und als vergessen. Sein Vater hatte gesprochen; daher blieb das Leben, wie es war. Gitanna war weg, oder sie würde es zumindest bald sein. Aber Alejandros Welt war trotzdem nicht mehr dieselbe. Die Sehnsucht, die er empfunden hatte, war nun beantwortet worden, und er war mehr als zufrieden bei dem Gedanken, die Frage sooft wie möglich zu stellen, solange die Antwort immer dieselbe war.

Nur die Frauen würden andere sein. *Zumindest behauptet Patro das.*

Nachdenklich sah Alejandro seinem Vater nach, wie er über den Hof ging, auf den Palasso und seine herzoglichen Pflichten zu. Es lag kein Zögern in seinem Schritt, keine Weichheit. Alejandro hatte noch nicht erlebt, daß etwas das Feuer seines Vaters verringern konnte.

Habe ich auch etwas davon? Er betrachtete seine Hände, drehte sie hin und her. *Habe ich auch etwas von diesem Feuer, oder bin ich nur ein Funke?* Und einer, der sooft in der beeindruckenden Gegenwart seines Vaters verlosch.

»Merditto«, murmelte er und strich sich das dichte Haar zurück. Er runzelte die Stirn, als der Herzog die Treppe hinaufging und im Schatten hinter der niedrigen Tür verschwand; er hatte einen Seiteneingang benutzt, nicht das Hauptportal. »Nein, das überläßt er den Pracanzern.«

Alejandro seufzte. Er wußte einen Augenblick lang nicht, was er tun sollte, nachdem man ihm Gitannas Bett ebenso verweigert hatte wie die Teilnahme an der höfischen Politik. Nicht, daß er besonders versessen auf Politik gewesen wäre – im Palasso Verrada konnte ohnehin niemand verhindern, Teil davon zu sein –, aber es gefiel ihm nicht, so einfach weggeschickt zu werden, als spielte er keine Rolle für das Wohl von Tira Virte.

Die Hände auf die Hüften gestützt, schob Alejandro die Spitze seines Stiefels unter einen losen Pflasterstein und hob ihn hoch. Ein fester Tritt ließ den Stein quer über den Hof fliegen. Und dann wandte Alejandro sich um und ging zum Tor, wehrte höflich den Stallburschen ab, der anbot, ihm ein frisches Pferd zu bringen. »Nein, danke – ein Spaziergang wird mir guttun.«

Und wenn sein Vater ihm Gitanna verweigerte, aber gleichzeitig seinen Segen gab, wenn sein Sohn andere Frauen suchen wollte, dann würde er eben genau dies tun. Es war immerhin Fuega Vesperra, und der größte Teil der weiblichen Bevölkerung würde draußen sein.

Der alte Tza'ab legte die Hand auf Sarios Arm, als dieser hinter Saavedra das Zelt verlassen wollte. »Nein – laßt sie gehen. Diese Wahrheit ist ihr noch zu neu. Laßt ihr Zeit.«

Sario brauchte wenig Anstrengung, um sich aus dem Griff des Alten zu befreien. »Für mich ist es ebenso neu.«

»Aber Ihr seid neugieriger als sie. Und Ihr habt die innere Vision.« Der alte Mann lächelte, vollführte mit seinen knochigen, verkrümmten Händen eine seltsam jugendliche Geste der Unschuld. »Ist es eine Sünde, neugierig zu sein? Nein, selbst ich kann Eurer so geliebten Mutter und dem Sohn nicht vorwerfen, Neugier zu verbieten ... aus ihr kommt Euer Talent, Eure Technik, Euer Hunger nach Verbesserungen, verbunden mit der Vision, all das, damit Ihr Ihre Gesegneten Namen preisen könnt.«

Sario betrachtete ihn nicht ohne Mißtrauen. Saavedra war nun verschwunden, hatte sich in der Menge verloren, und es stimmte, was der alte Mann sagte: er *war* neugierig. »Ihr betet die Mutter und den Sohn nicht an.« Das war eine Anklage, eine Herausforderung.

Der Alte zog die Hände in die Ärmel seines lockeren, safrangefärbten Obergewands zurück. »Nein?«

Sario betrachtete seine heitere Miene. »Nein«, sagte er schließlich. »Dafür seid Ihr zu sehr Tza'ab.«

»Ich *bin* Tza'ab ... wie könnte ich mehr sein? Oder weniger? Oder etwas anderes?«

Das war eindeutig. »Ein Feind.«

»Nicht Euer Feind.«

»Wieso nicht? Ich bin Tira Vertiner und ein Grijalva – es waren beide Hälften von mir, die zum Fall von Tza'ab Rih führten.« Sario lächelte hochmütig. »Er hieß Verro Grijalva.«

»Die Hälfte einer Hälfte«, korrigierte ihn der alte Mann, gleichgültig gegenüber der Herablassung. »Die andere Hälfte ist ganz und gar Tza'ab und gesegnet mit Tza'ab-Talent.«

Sario schüttelte den Kopf. »Aber das könnt Ihr nicht wissen. Niemand weiß es. Niemand *kann* es wissen. Wir haben so oft durcheinander geheiratet, wir Grijalvas, und Kinder innerhalb der Familie gezeugt, daß es sein könnte, daß ich nur einen Tropfen Tza'ab-Blut in mir habe.«

»Seht mich an«, sagte der alte Mann. »Ihr kamt zu meinem Zelt. Ihr habt mein Zelt *gesehen.* Ihr konntet die Muster nicht lesen, aber Ihr wußtet, daß sie für Euch gedacht waren.«

»Die Muster lesen?«

»Ich erkannte Euch sofort, als Ihr vor meinem Zelt standet, und woher glaubt Ihr, daß ich Euch kenne? Ihr saht mein Zelt – und mein Gesicht ist Euer Gesicht.«

Entsetzt stritt Sario alles ab. »Euer Gesicht ist *alt.*«

»Mein Gesicht ist uralt«, gab der Tza'ab ruhig zu, »aber die Knochen unter meiner Haut haben sich nicht verändert.« Er tippte sich mit einem krummen Finger an die Nase. »Seht noch einmal her, Kind des Goldenen Sturms, und schaut mit dem Auge des Künstlers.«

Sario nahm die Herausforderung an. Es brauchte kaum

Zeit und noch weniger Phantasie. Kein Wunder, daß der alte Mann ihn selbst inmitten der Feiernden erkannt hatte.

Frustriert fluchte Sario vor sich hin, dann stellte er sich wieder dem Blick des Alten. »Also bin ich mehr Tza'ab als andere – meine Haut ist dunkel genug dafür! –, aber was bedeutet das für mich? Ich bin nicht weniger befleckt, nicht weniger verflucht von der Ecclesia. Es macht keinen Unterschied.«

»Es ist alles, was zählt. Es gibt Euch Eure Vision.«

»*Welche* Vision? Was ist diese ›Vision‹?«

Der Alte lächelte. »Das Auge des Künstlers. Das Auge von Al-Fansihirro.« Er fuhr fort, bevor Sario ihn unterbrechen konnte. »Was die Ecclesia angeht, die Euch für befleckt hält – das sind Narren. Aber sie sind nicht dumm.«

Das verblüffte Sario. »Selbstverständlich sind sie dumm! Sie behaupten, wir benutzen Schwarze Magie, um das Leben so zu gestalten, wie wir es wünschen ... wenn das stimmen würde – Matra! Wenn das stimmen würde! – glaubt Ihr, wir würden ihnen dann erlauben, uns zu verhöhnen? Glaubt Ihr, wir würden so unwichtig bleiben? Glaubt Ihr, wir würden die Magie nicht nutzen, um unsere Position zu verbessern?«

»Ihr würdet es tun«, sagte der Tza'ab leise, dann veränderte er die Betonung. »*Ihr* würdet es tun.«

»Ich ? Ach ja?« Sario lachte. »Mir traut keiner von ihnen, keiner der Grijalvas.«

»Weil hinter den Gerüchten Wahrheit liegt.«

»Welche Wahrheit? Wir haben keine Macht.«

»Ihr habt *einige* Macht.« Der Tza'ab wandte sich ab, ging zu einem dicken Kissen und setzte sich dann vorsichtig nieder. »Oder Ihr wäret blind an meinem Zelt vorübergegangen.« Eine Geste lud Sario ein, sich wieder auf dem Teppich niederzulassen. »Aber Ihr müßt lernen. Also fangen wir an.«

»Fremder Mann«, fauchte Sario, »wieso sollte ich Euch anhören?«

»Weil Ihr wie ich seid«, sagte der Alte unumwunden. »Traut nur dem, was hier ist – und hier.« Er berührte sein Herz, seine Stirn, dann lächelte er.

»Vielleicht *seid* Ihr ich – obwohl ich noch am Leben bin, und man könnte behaupten, dies sei unmöglich, wenn wir beide noch leben.«

Nach einem starren Augenblick verblüfften Staunens schüttelte Sario den Kopf. »Ihr seid verrückt. Ein Narr, der glaubt, er kann den Mond berühren und vom Himmel holen.«

Der alte Mann lachte lautlos. »Das möchtet Ihr, nur das? Nur den Mond, wenn Ihr auch die Wüste haben könntet?«

»Was meint Ihr?«

»Mit Al-Fansihirro ist alles möglich.«

»Mit was? Was ist das? *Al-Fan* – was habt Ihr gesagt?«

»Al Fansihirro. In der Lingua Oscurra bedeutet das ›Kunst und Magie‹ – und dies ist die erste Lektion.« Die grauen Augen des alten Mannes glitzerten amüsiert. »Es ist ein Tza'ab-Orden, eine heilige Kaste, ähnlich wie Eure Sanctas und Sanctos.«

»Wenn es denen ähnlich ist, will ich nichts damit zu tun haben!«

»Die Ähnlichkeit besteht in der Treue, der Hingabe, dem lebenslangen Dienst. Was Gottheit, Mittel und Methoden angeht, haben sie nichts miteinander gemeinsam.« Der Tza'ab drehte sich zu einer Truhe hinter seinem Kissen um und öffnete den Riegel. »Sario, es gibt vieles, was ein Mann auf dieser Welt sein kann, ganz gleich, wie sein Alter oder seine Herkunft ist. Ich bin alt, ja – für einen Maler muß ich wirken wie eine Leiche, die man wieder ausgegraben hat! –, aber ich bin alles andere als nutzlos. Was ich weiß, kann ich lehren ...« Er hob den Deckel der Truhe. Sario bemerkte einen Hauch von alten Düften, sah leuchtendes Grün aufblitzen. »Und Ihr werdet lernen zu verstehen.«

Er holte eine dünne Lederröhre aus der Truhe und zog daraus ein gerolltes Pergament hervor. Sario, der immer noch am Eingang stand, als wollte er fliehen wie zuvor Saavedra, sah fasziniert zu, als der alte Mann das Blatt entrollte. Er legte es sehr sorgfältig auf den Teppich, stellte goldene Gewichte auf jede Ecke, dann machte er eine einladende Geste.

Sario sah hin. Und er war verblüfft. »Matra ... *Matra ei Filho!*« Unwillkürlich ließ er sich auf die Knie nieder. »Wie habt Ihr – wie *könnt* Ihr ... Matra Dolcha, wie ist so etwas möglich?«

»Mit Al-Fansihirro ist alles möglich.«

»Aber dies ... dies ...« Und endlich erkannte er das Thema, das er zuvor nicht begriffen hatte. Das Muster fügte sich nun zusammen. »– Nommo Matra ei Filho ...«

»O nein«, widersprach der alte Mann. »Im Namen Acuyibs.«

Sario hatte keine Geduld für weitere fremde Namen und Gottheiten. Kälte erfaßte ihn bis in die Knochen, in die Seele. Ein Schauder überlief ihn und wollte nicht mehr nachlassen, während er das Pergament anstarrte. »Wißt Ihr, was das ist?«

»Eine Seite des *Kita'ab*«, antwortete der Tza'ab leise. »Euer Vorfahr, Verro Grijalva, hat ihn nicht vollständig zerstören können.«

Sario starrte gierig, studierte den Text, die Art, in der die Buchstaben geformt waren, die vertraute, lesbare Schrift, die er schon zuvor gesehen und gelesen hatte, obwohl diese Seite ihm unbekannt war. *Nein – nicht alles ist zerstört worden ... einiges hat er mit zurückgebracht ...*

Einiges hatte Verro mitgenommen und seiner Familie übergeben. Denn was der alte Mann hier mit solchem Stolz entfaltet hatte, war nichts anderes als eine Seite des *Folio*, den nur Meistermaler je zu sehen bekamen.

Der *Kita'ab* der Tza'ab, ihr heiligster Text!

Was die Tza'ab als Schlüssel zu ihrem Gott anbeteten, wurde von den Grijalvas als Schlüssel zu ihrer Gabe studiert.

Wahnwitziges, unerklärliches Gelächter stieg in Sarios

Brust auf und versuchte loszubrechen. *Und wieder lese ich weiter, als mir erlaubt ist!*

Saavedra drängte sich wieder durch die feiernden Massen bis zum Zolaco Grando, dann zu dem Brunnen vor der Kathedrale. Immer noch klammerten sich Kinder an die Marmorfiguren und -becken, aber sie schob sie beiseite und beugte sich vor, um die Hände tief ins kalte Wasser zu tauchen. Sie achtete nicht auf Sprühwasser, ignorierte, daß ihre Kleider durchtränkt wurden, sondern schöpfte das Wasser und wusch sich das Gesicht.

Erleichterung von der Hitze, der Feuchtigkeit; eine Abkühlung, aber die Hitze des Zorns blieb. Und sie wußte nicht, wieso. Er war ein alter Mann, Tza'ab oder nicht, was konnte er schon ausrichten? Machte es etwas aus, daß er wußte, was für ein Blut in ihren Adern floß? Das wußten alle, sobald sie ihren Nachnamen hörten. Selbst falls ein einziger Grijalva frei von Tza'ab-Blut sein sollte, blieb die Schande dennoch an ihm hängen. Und das alles, weil eine Gruppe von Frauen, die der Herzogin Jesminia dienten, von Tza'ab-Kriegern entführt worden waren.

Nein. Das stimmte nicht. Es war nicht die Entführung selbst, die den Frauen Schande bereitet hatte, sondern die darauffolgenden Vergewaltigungen und die Geburt von Bastarden, gezeugt vom Feind. Und daß von *allen* Frauen, denen dies geschehen war, nur die beiden Grijalvas sich nicht umgebracht hatten. Die Grijalva-Frauen hatten ihre Halbblut-Kinder zur Welt gebracht, sie behalten und dann die Kinder der anderen Frauen adoptiert. Und im Palasso Grijalva waren diese Kinder der Vergewaltigung aufgewachsen und hatten selbst Kinder gezeugt und bekommen.

Der Ecclesia wäre es lieber gewesen, wenn alle Frauen sich umgebracht oder zumindest die Kinder getötet hätten. Tropfen liefen ihr übers Gesicht. Saavedra klammerte sich an das Becken, das Haar jetzt vollkommen aufgelöst. Ihre Knöchel waren bleich. *Dann hätte es keine Chi'patros ge-*

geben und vielleicht keine Nerro Lingua, und die Ecclesia müßte sich nicht mit uns abgeben.

Und es gäbe keine Saavedra Grijalva. Und keinen Sario.

Saavedra schloß die Augen. Feuchte Wimpern trafen feuchte Wangen. *Was hat dieser alte Mann vor?*

»Belissima«, sagte eine Stimme. »Seid Ihr ganz allein?«

Sie zuckte zusammen, hielt sich wieder am Becken fest, als sie die Augen öffnete, um den Sprecher anzusehen. Die Sonne blendete sie ein wenig, aber sie sah die Silhouette: hochgewachsen, männlich, lässig in Hemdsärmeln und Reithosen.

»Wieso wollt Ihr das wissen?« fragte sie mißtrauisch. »Wollt Ihr etwas von mir?«

Lachen lag in seiner Stimme. »Was sollte ein Mann schon von einer Frau wollen?«

Sie warf die nassen Locken zurück und freute sich, daß er vor dem Wasser zurückschreckte. Hastig wischte sie sich die Tropfen von der Stirn, trocknete ihr tropfendes Kinn. »Es gibt vieles, das ein Mann wünschen *könnte*«, sagte sie, »aber nur eines, was ein Mann wie Ihr im Kopf haben kann, wenn er eine Frau fragt, ob sie alleine ist.«

Er lachte leise. »Fuega Vesparra«, sagte er. »Habe ich denn unrecht, wenn ich dabei an Empfängnis denke?«

»Es ist nicht gerade *Empfängnis,* worauf Ihr aus seid«, konterte sie. »Nur das, was ihr vorausgeht, den Tanz vor der Tatsache.«

»Und … werdet Ihr mit mir das Fest auf die einzig angemessene Weise feiern?«

»Die einzige Weise, in der *ich* feiern will, ist allein«, erklärte sie. »Und auf angemessene Art – zu Hause.«

»Eure Unfreundlichkeit läßt mich verzweifeln!«

»Warum kühlt Ihr Euch nicht ein wenig ab?« fragte sie mit breitem Grinsen. Sie schöpfte eine Handvoll Wasser und spritzte es ihm ins Gesicht.

»Canna!« schrie er wütend und packte sie am Handgelenk. »Dafür sollte ich Euch ersäufen.«

»Nein«, wandte eine andere Stimme ein. »Das glaube ich nicht. Nommo do'Verrada.«

»Do'Verrad–« Der erste Mann hielt hastig inne und ließ Saavedras Handgelenk los. »Schon gut ... seht nur – ich tue ihr nichts!«

»Gut«, meinte der andere ernst, »und nun könnt Ihr gehen. Sofort, wenn ich bitten darf.«

»Sofort«, stammelte der andere und verschwand augenblicklich.

Saavedra lächelte den Neuankömmling an. »Ihr seid gut, wenn es darum geht, Befehle auszuteilen.«

»Ja?« Er zuckte mit den Achseln. »Es war nur der Name, sonst nichts. Er hat einiges Gewicht.«

»Der Name des Herzogs? Das sollte ich meinen!«

»Nicht der des Herzogs. Meiner. Er kannte mich, dieser Chiros.«

»Eurer – aber wartet ...« Saavedra trat einen Schritt zur Seite, so daß ihr die Sonne nicht mehr in die Augen schien. Sie konnte ihn jetzt deutlich sehen, wie schon zuvor, wenn auch aus größerer Entfernung, und sie erkannte ihn nach der Skizze, über die Sario so gelästert hatte. Und es war Sarios Fluch, der ihr auf die Lippen kam. »Merditto!«

»Ich oder er?« Don Alejandro lächelte schief. »Ich hoffe, Ihr meint ihn; er ist wirklich ein unhöfliches Schwein.«

»Oh«, sagte sie bedrückt und starrte ihn an. »Ich habe es nicht richtig gemacht. Eure Nase!«

»Meine – Nase?« Er faßte mit zwei Fingern daran. »Was – was stimmt denn mit meiner Nase nicht?«

»Nein, nein – ich rede nicht von Eurer Nase, sondern von meiner!« Verlegen seufzte sie und murmelte in sich hinein. »Der Schatten ist falsch ... die Linie dort – seht Ihr?« Sie berührte ihre eigene Nasenwurzel. »Ich habe sie unsymmetrischer gemacht, als sie ist.«

»Unsymmetrisch?« Er verstand immer noch nicht. »Es tut mir leid – ich habe keine Ahnung, wovon Ihr sprecht.«

»Nein – nein, das könnt Ihr ja auch nicht.« Sie verzog finster das Gesicht. »Ich werde noch einmal von vorn anfangen müssen.«

»Womit?«

»Mit Euch.«

»Mir?« Er blinzelte. »Aber – wovon redet Ihr? Daß Ihr mit mir von vorn beginnen wollt?«

»Mit Kreide«, erklärte sie sachlich. »Oder Stiften. Vielleicht Wasserfarben, eines Tages ... ich bin noch nicht zur Ölmalerei fortgeschritten.«

Endlich verstand er. »Eine Künstlerin!«

»Eine Künstlerin«, stimmte sie zu. »Wenngleich keine sonderlich fähige – das sagen zumindest die Lehrer, weil ich eine Frau bin und mein Talent ohnehin nutzlos ist, es sei denn zum Kinderkriegen.« Sie wußte nicht, wieso sie so mit ihm sprach – einfach herausplatzte –, aber sie konnte nicht aufhören. Es war einfacher, weiterzuschwatzen und ihm keine Zeit zu lassen, etwas einzuwenden, dann würde sie wieder daran denken müssen, wer er war. »Ich tue, was ich kann, ich lerne, und ich hoffe, wenn ich meine Kinder geboren habe, zur Kunst zurückkehren zu können.«

»Warum nicht?« Er zuckte mit den Schultern. »Ich muß zugeben, ich habe noch nie eine Malerin kennengelernt – immer nur Maler –, aber ich sehe keinen Grund, wieso Ihr das nicht können solltet.«

Man mußte wohl wirklich der Sohn eines Herzogs sein, um so wenig darüber zu wissen, wie die Welt vor den Toren des Palasso Verrada aussah. »Ich würde ja gerne«, sagte sie, »aber ich werde wenig Zeit haben ... man erwartet von mir, daß ich Kinder bekomme, und Kinder verlangen viel Aufmerksamkeit. Obwohl, wenn es ein Sohn ist und sich herausstellt, daß er die Gabe hat, werde ich nicht viel mit ihm zu tun haben.« Saavedra zuckte mit den Schultern und wandte sich wieder dem Brunnen zu. »Ich danke Euch, Don Alejandro. Ich glaube nicht, daß er mir mehr angetan hätte, als mich ins Wasser zu stoßen – und ich bin ohnehin schon klatschnaß! –, aber Ihr wart sehr freundlich. Ich werde Euch heute abend in meine Gebete einschließen.«

»Einen Augenblick –« Er streckte die Hand aus. »Wollt Ihr nicht ein Stück mit mir gehen? Hier in dieser Menge kann man nicht reden … ich weiß! Ich lade Euch zu einer Limonade ein, und wir suchen uns einen Platz im Schatten.« Sein Lächeln war überwältigend. »Und ich verspreche Euch, ich werde Euch nicht in den Brunnen werfen oder um etwas Unangemessenes bitten, nicht einmal im Namen der Fuega Vesparra.«

Als er grinste, sah Saavedra den ein wenig schief stehenden Zahn, den Sario erwähnt hatte. Blut schoß ihr in die Wangen. »Matra Dolcha, nein! Das könnte ich nicht – das *sollte* ich nicht … Don Alejandro …« Ein wilder Blick gab die Erklärung: Die Kathedrale Imagos Brillantos. »Die Ecclesia würde das nie erlauben!«

Das Grinsen verschwand. »Die Ecclesia? Warum? Was sollte es denen bedeuten, wenn ich Euch zu einer Limonade einlade?«

Zum ersten Mal in ihrem Leben wagte sie es, ihren Nachnamen zu nennen. »Ich bin – eine Grijalva.«

»Ja?« Er war weder abgeschreckt noch beleidigt. »Dann ist es kein Wunder, wenn Ihr von Kunst sprecht – Ihr stammt aus einer Malerfamilie!«

Das war nicht, was sie erwartet hatte. Nur geübte Höflichkeit gestattete ihr, eine Antwort hervorzubringen. »Ich danke Euch, Don Alejandro – Ihr seid zu freundlich.«

»Das bin ich nicht«, erklärte er sofort. »Ich bin ehrlich. Ich bin sooft in der Galerria Verrada gewesen, und es gibt auch Meisterwerke der Grijalvas im Palasso. Ich sehe sie jeden Tag.«

Eingeschlossen Piedros Originalgemälde *Tod des Verro Grijalva.* Saavedra lächelte. »Selbstverständlich.«

»Also, Ihr seid eine Grijalva und ich ein do'Verrada. Und? Sollen wir jetzt die Limonade kaufen und uns einen schattigen Platz suchen?«

»Einverstanden«, sagte sie, und wieder bedachte er sie mit diesem strahlenden Lächeln. Aber diesmal war es weder das Lächeln noch der Zahn, den sie bemerkte. *Nein,* dachte sie zerstreut, *ich habe die Nase überhaupt nicht richtig hinbekommen.*

15

Der Junge war weg, entlassen, um sich wieder dem Fest zu widmen, obwohl der alte Tza'ab sicher war, daß er sofort zum Palasso Grijalva gehen würde, um nachzudenken und hitzig alles von sich zu weisen, was man ihm gesagt hatte. Wahrheiten wie diese brauchten Zeit.

Der Anfang war immerhin gemacht und auch ein Ende erreicht. Kein Warten mehr, kein Klammern an die Hoffnung, daß einer aus dem Leib der Feinde geboren würde, wenn auch gezeugt von einem Tza'ab; er *war* gekommen, und nun konnte Il-Adib sich der Gegenwart und der Zukunft widmen statt der Vergangenheit.

Der alte Mann lächelte. Sein Name war wieder von einem Tza'ab ausgesprochen worden, und im Einklang mit dem Acuyibs. Obwohl die Aussprache mit Akzent behaftet war, der Ton voll jugendlichem Skeptizismus, aber der Name war wieder laut geworden, ausgesprochen von einem, der vom selben Blut war ... er war kein Fremder mehr, kein Tza'ab Filho do'Canna, wie die Bürger von Meya Suerta ihn nannten, sondern Il-Adib von den Al-Fansihirro, Sohn der Wüste, Sohn von Tza'ab Rih, im Dienst des Acuyib.

Einer von vielen; nun einer von zweien. Der Junge würde lernen. Er war neugierig, hatte Ehrgeiz, eine rasche Auffassungsgabe und einen Geist, der immer nach Herausforderungen suchte, versuchte, selbst herauszufordern, obwohl er alles, was ihm entgegengehalten wurde, zunächst einmal mit einer Ironie zurückwies, die seinem Alter nicht angemessen war. Es würde nicht einfach sein, keine bequeme Reise, aber das Ergebnis würde alles rechtfertigen.

Und er hat die Vision.

Er hatte viele Grijalva-Kinder beobachtet, selbst jene, die diese Straße entlanggekommen waren, aber keiner von ihnen hatte sein Zelt auch nur sehen können. Es stimmte, daß die Grijalvas Tza'ab-Blut hatten, aber keiner von ihnen war mit dieser inneren Vision gesegnet. Keiner, bis auf diesen Jungen.

Acuyib hat mir versprochen, daß ein anderer kommen würde.

Il-Adib legte eine faltige Hand auf die polierte Truhe aus Dornholz. Faltige, dunkle Lippen verzogen sich zu einem Lächeln. »Wir werden noch einmal beginnen«, murmelte er. »Ich werde einen neuen Verkünder schaffen, und wir aus Acuyibs Großem Zelt werden zurückerhalten, was uns gestohlen wurde.«

Raimon zählte die Jahre, wie er die Stufen zählte. Vierzehn davon, zweimal, und dann stand er unter der niedrigen, schrägen Decke und erinnerte sich daran, wie er zum letzten Mal in dieser kleinen Kammer über der Crechetta gewesen war.

Nicht wegen des unglücklichen Tomaz. Das war Aufgabe eines anderen gewesen, als man den bestraften Maler tot entdeckt hatte. Vor Tomaz, lange vor Tomaz, als es an ihm gewesen war, mit achtundzwanzig – wie es auch achtundzwanzig Stufen waren – der Disziplinierung unterzogen und tief im Herzen des Palasso Grijalva eingeschlossen zu werden.

Sein Handgelenk pochte. Raimon beugte sich nieder und setzte die Lampe ab, dann legte er die andere Hand auf die schmerzende Narbe, die unter den feinen Leinenmanschetten wieder zu brennen begonnen hatte.

»Einbildung«, murmelte er. »Die Magie ist längst tot ... es ist zu lange her, und ich habe meine Lektion gelernt.«

Das hatte er. Er hatte die Fragen, die ihm diese Bestrafung eingebracht hatten, zur Seite gelegt oder gelernt, sie anders zu formulieren. Und sein Wohlverhalten hatte ihm gut gedient. Die anderen zweifelten nicht mehr an ihm, es gab keine Strafen mehr, keine Unterbrechung seines Aufstiegs unter den Viehos Fratos. Er war nun Il Seminno, eine der lautesten Stimmen, und er bot ihnen keinen Trotz mehr, nur hin und wieder eine andere Ansicht.

Und nun hatte er die Ansicht eines zweiten eingeholt, die von Davo, und das gab ihm ebenfalls keinen Frieden.

Sie hören meine Worte und hören sie dennoch nicht. Aber deshalb war er nicht hier, nicht einmal, um sich an seine damalige Bestrafung zu erinnern. Er war gekommen, um zu warten, um jemanden zu treffen, um etwas zu besprechen – und einen Vorschlag zu machen, an den kein anderer in der Familie je auch nur denken würde.

Schweiß hatte sich auf seiner Stirn gebildet. Raimon wischte ihn ungeduldig weg, dann schloß er kurz die Augen, um sich zu sammeln. Als Sario die Treppe hinaufkam, war er ruhiger geworden. Er war vorbereitet. Und übergab sich der Verdammnis.

Alejandro war schockiert, als er sich selbst dabei ertappte, wie er diesem Grijalva-Mädchen alles von Gitanna erzählte, von seinem Vater, seiner Absicht, sich eine Frau zu suchen. Würde sie glauben, daß er von ihr sprach? Würde sie zornig reagieren wie zuvor auf diesen Chiros?

Sie saßen im Schatten, wie er vorgeschlagen hatte, an eine kühle Wand gelehnt, die von einem hoch aufragenden Olivenbaum überschattet wurde, auf dem harten Boden, den sie flüchtig von gefallenen Früchten gereinigt hatten. Und nun redete er von Frauen; würde sie ihm als nächstes den Inhalt ihres Bechers ins Gesicht schütten, da kein Brunnenwasser zur Verfügung stand?

Er hoffte nicht. Limonade war klebrig, und sie brannte in den Augen.

Und nun wappnete er sich gegen ihre Abweisung, gegen Kälte, gegen ihren Zorn. Aber nichts davon kam.

»Nun ja«, meinte sie ruhig. »Das kann man Euch nicht übelnehmen.«

»Daß – daß ich eine Frau will? Eine andere Frau? Selbst nachdem ich behauptet habe, ich wollte Gitanna?«

Sie hatte ihm ihr Profil zugewandt, dessen klare Linien nicht von ihren wilden Locken gestört wurden. Er konnte sehen, wie sich einer ihrer Mundwinkel nach unten verzog. »Ich glaube nicht, daß es unbedingt um die Frauen geht, sondern darum, Eurem Vater zu beweisen, daß Ihr ein Mann seid, der tut, was er will.«

Er dachte darüber nach. Das war möglich. »Woher könnt Ihr das wissen?«

Sie zuckte mit den Schultern. »Ich habe andere Männer gekannt, die es ähnlich machten.«

Sie sprach von Männern, nicht von Jungen. Das tröstete ihn. Aber es forderte auch seine Neugier heraus. »Kanntet Ihr viele?«

»Männer? Aber ja – aber nicht so, wie Ihr das meint.« Sie lachte leise. »Ich lebe mit Männern zusammen, Don Alejandro, und ich bin Künstlerin. Wir werden dazu angehalten, das Verhalten von anderen zu beobachten.«

»Auf Einhaltung der Regeln.«

Er sah, wie ihre Augen aufblitzten. »Um den wahren Geist einer Person zu erfassen, um in einem Porträt einen Teil dieses Feuers festzuhalten, muß man gut beobachten können. Man muß das Auge üben. Man muß das Verhalten anderer verstehen.«

»Alles davon?«

Ihr Lächeln war strahlend und zeigte weiße Zähne. Ihre waren regelmäßig. Besser als seine, mit diesem schiefen Zahn, den Zaragosa Serrano bei seinen Porträts immer beschönigte. »*Einiges* davon«, antwortete sie. »Ich kann keine Gedanken lesen, nur Gesichter.«

»Meines auch?«

Sie zog eine Grimasse. »Genug, daß mir auffällt, daß ich die Nase falsch gezeichnet habe.«

Er lachte. Sie war so voller trockener Ironie, die sie selbst ihm gegenüber nicht zögerte einzusetzen. So sprachen andere nicht mit ihm, vor allem die Frauen nicht.

Er wurde ernster. »Mein Vater hat mir erklärt, daß ich sie nicht liebe, nicht wirklich – sondern nur von ihr bezaubert bin.«

»Sehr wahrscheinlich«, stimmte sie gleichmütig zu. »Sario hat sich auch eingebildet, in seine erste Frau verliebt zu sein, aber das war er nicht. Er dachte es nur, weil ihm alles neu gewesen war. Weil es ihn zum Mann gemacht und bewiesen hatte, daß er die Gabe hatte.«

Er zögerte einen Augenblick. »Er hat mit einer Frau geschlafen, um sein Talent als Künstler zu beweisen?«

Jetzt zog sie sich ein wenig zurück, obwohl sie sich immer noch an die Wand lehnte. Es war eine beinahe unmerkliche Bewegung, aber er spürte sie. Besonders, als sie dann das Thema wechselte. »Wird er sie wegschicken? Gitanna?«

»Sehr wahrscheinlich ... er wird ihr einen Landsitz schenken, ein bißchen Geld, ein paar Juwelen.« Alejandro seufzte. »Nach so vielen Jahren kommt einem das wenig vor.«

»Eine Mätresse kann vermutlich nicht mehr verlangen.«

»Wahrscheinlich nicht. Und sie wird sich damit trösten, daß zumindest ihr Bruder am Hof bleibt. Ihre Familie wird weiter Einfluß haben, solange Zaragosa dort ist.«

»Zaragosa – Zaragosa *Serrano!*«

»Selbstverständlich. Er ist der Oberste Hofmaler.«

»Ich weiß, wer er ist.« Sie saß jetzt sehr aufrecht und umklammerte ihren Becher fest. »Sie ist seine Schwester? Gitanna Serrano?«

»Ja. Warum?«

Ihr Lachen hatte jetzt einen angespannten, häßlichen Unterton. »Dann könnt Ihr froh sein, sie loszuwerden.«

Das schockierte ihn. »Warum? Was bedeutet sie Euch? Woher nehmt Ihr das Recht, so von ihr zu sprechen?«

Ihr Gesicht war sehr bleich geworden. »Ja – Ihr habt recht. Ich muß meine Manieren verbessern.« Sie erhob sich steif, alle scherzhafte Schwatzhaftigkeit, alle Freundlichkeit waren von ihr gewichen. »Ich danke Euch, Don Alejandro, für die Rettung, für die Limonade – aber jetzt muß ich gehen.«

Matra Dolcha. Wieso hatte er das Gefühl, daß er sich danebenbenommen hatte, wenn *sie* diejenige war, die die Grenze überschritt? Stirnrunzelnd kam er auf die Beine. »Wartet. Ihr dürft nicht gehen, ehe ich es Euch erlaube.«

Sie wurde rot. Die grauen Augen glitzerten. »Ihr schickt das Schwein weg, aber die Hündin bittet Ihr zu bleiben. Ihr kennt Euch mit Tieren aus, wie?«

Sie war *wütend* ... auf ihn? Aber *sie* war es schließlich gewesen, die Gitanna beleidigt hatte. Und dennoch, die Worte, die er sagen wollte, veränderten sich, als er sie aussprach, waren nicht herrisch und fordernd. »Vorhin sagtet Ihr, ich sei gut, wenn es darum ginge, Befehle zu erteilen.«

Der Zorn verpuffte. Verblüfft starrte sie ihn an, dann begann sie zu lachen.

Sie ist ganz anders als Gitanna. Und es gab auch keine andere Frau in seinem Leben, mit der er sie vergleichen konnte.

Er nahm ihr den Becher aus der Hand. »Mehr Limonade«, sagte er. »Einen Augenblick bitte.« Wenn er ihr nicht befehlen konnte zu bleiben, würde er sich zumindest auf ihre Höflichkeit verlassen können.

Ich sollte ihn so malen, dachte Sario, als er sich Raimons bleichem, angespanntem Gesicht gegenüberfand, dem vom flackernden Lampenlicht ein erstaunliches Muster von Licht und Schatten verliehen wurde. Aber er sprach den Gedanken nicht aus. Es gab in diesem Augenblick Wichtigeres. »Seminno«, sagte er respektvoll und mit echtem Bedauern. »Man hat mir schon von Arturros Tod erzählt.«

»Ich habe nach dir geschickt, Sario.«

Der Tonfall ließ ihn erstarren. *So hat er noch nie mit mir gesprochen – so kalt, so distanziert.* »Jawohl, Seminno.«

»Ich habe zwei Männer ausgeschickt und Saavedra. Haben sie alle versagt?«

Das konnte nicht der Grund für dieses Gespräch sein, aber Sario wagte nicht auszuweichen. Er war seiner in dieser Umgebung sehr unsicher, in Gegenwart eines Mannes, den er kannte und doch nicht kannte. »Saavedra hat mich gefunden. Aber ich – ich habe mich verspätet.« Hastig fügte er hinzu: »Sie hat mir nicht gesagt, daß der Premio Frato gestorben war, sonst wäre ich sofort gekommen.«

»Saavedra wußte nichts davon. Das ist eine Angelegenheit der Viehos Fratos.«

»Aber die anderen werden es doch auch erfahren?«

»Ich nehme an, inzwischen wissen sie es. Aber es gibt ein Ritual, das am Totenbett durchgeführt werden muß, und du warst nicht hier, Sario, und wir konnten dich nicht finden. Deine Kerze wurde nicht entzündet. Arturros Paraddio Illuminaddio war nicht, wie es hätte sein sollen.«

Dahingehen im Licht. Sario hatte nichts davon gewußt. Aber es war auch seit seiner Bestätigung keiner der Viehos Fratos gestorben, und es gab sicher noch andere Rituale und Traditionen, die ihm nicht vertraut waren. »Kann ich nichts mehr tun?«

»Für Arturro? Nein. Er ist tot, er ist gegangen, im Licht, obwohl die Kerze des Jüngsten fehlte.« Raimons Stimme klang jetzt merkwürdig bedrückt. »Aber es gibt vieles, was du für die Familie tun kannst ... vorausgesetzt, du willst dich gegen alles stellen, was bisher zu befolgen war. Gegen alle Regeln.«

Wieder vervollständigte sich ein Muster. Zorn flackerte auf. »Du stellst mich auf die Probe!«

»Nein.«

Das konnte er nicht akzeptieren. »Du stellst mich wieder einmal auf die Probe, Raimon. Hat es dir nicht genügt, mein *Peintraddo* zu beschädigen?« Sario legte die Hand an die

Stelle, an der ihn Saavedra mit dem Wachs verbrannt hatte. »Was soll ich noch tun, um dich zu überzeugen? Habe ich die Probe nicht bestanden? Bin ich nicht ordnungsgemäß bestätigt worden?«

»Das bist du.«

»Warum also?«

»Es ist keine Probe, Sario. Es ist ein Mittel zum Zweck.«

Sario schüttelte den Kopf. »Ich traue dir nicht.«

Raimons Gesicht war wie gebleichtes Leinen, das straff über ein Rahmenwerk aus Knochen gespannt war, zum Zerreißen gespannt. »Das kann ich dir nicht übelnehmen. Laß mich dir etwas zeigen ...« Er zog sich die Kette über den Kopf und hielt sie dann in der ausgestreckten Hand; der Schlüssel baumelte daran. »Komm, Sario. Nimm sie.«

Das verstörte ihn. »Deine Chieva?«

Drängender jetzt. »Nimm sie, Sario. Du mußt wissen, daß dies keine Probe ist, keine Strafe. Es ist Verzweiflung, meine Verzweiflung, und die einzige Möglichkeit, daß Otavio nicht verderben kann, was für uns bestimmt ist.«

Immer noch mißtrauisch – es *mußte* eine Art Probe sein – hielt er in der Bewegung inne. »Wenn es uns bestimmt ist, wie kann Otavio –«

»Nommo do'Chieva, Sario! Tu, was ich dir sage!«

Sario schloß den Mund, streckte die Hand aus. Raimon legte die Kette und den Schlüssel hinein. Das Metall war warm vom Kontakt mit der Haut; Sario schluckte und legte seine Finger um den Schlüssel, der, soweit er wußte, nie den Hals dieses Mannes verlassen hatte, seit man ihn zum Meister erklärt hatte.

Raimons Miene war leer, entbehrte jeder Farbe, jeden Ausdrucks. Er war Sario in diesem Augenblick vollkommen fremd. »Arturro ist tot. Es wird einen neuen Premio Frato geben, und ich fürchte, das wird Otavio sein. Ich bin sicher.«

»Du erwartest doch nicht, daß *ich* –«

»Ich erwarte, daß du den Mund hältst und mich ausreden läßt.«

Sario schwieg. Die Kette und der Schlüssel in seiner Hand schienen schwerer zu werden.

»Du mußt verstehen«, fuhr Raimon fort, »wenn ich es für möglich hielte, würde ich es selbst tun. Aber es geht nicht. Nur du kannst es.«

Sario behielt seine Fragen für sich.

»Ich brauche dich. Ich brauche, was du hast, was du bist. *Wir* brauchen dich, obwohl keiner der anderen es zugeben wird. Ganz bestimmt nicht Otavio. Ich bin damit ganz allein ... von dir einmal abgesehen.«

Sario wartete. Er hätte jetzt nicht gehen können, und wenn die Welt um ihn herum untergegangen wäre.

»Neosso Irrado«, sagte Raimon. »Deshalb und wegen deines Feuers. Wegen deiner Luza do'Orro. Wegen deiner Waghalsigkeit, deines unersättlichen Ehrgeizes – und deiner Rücksichtslosigkeit.« Er war so angespannt, daß er am ganzen Körper zitterte. »Ich bin einmal wie du gewesen. Ich hätte es selbst tun können. Aber sie – haben mein Feuer erstickt, wie du einmal feststelltest.«

»Nein«, widersprach Sario. »Ich habe deine Bilder gesehen.«

Ein beinahe unmerkliches Glitzern des Verstehens, der Dankbarkeit blitzte in Raimons Augen auf und verschwand dann wieder. »Brich sie«, sagte er. »Brich alle unsere Regeln ... aber werde Oberster Hofmaler.«

»Ich hoffe tatsächlich –«

Raimons Stimme war scharf. »Hoffen genügt nicht, Sario. Es muß sein.«

Sario suchte nach dem neuen Muster, versuchte, die Einzelstücke zusammenzusetzen. »Wenn es möglich ist –«

»Nicht ›möglich‹, Sario. Ein einziges Mal sprich aus, was du denkst. Deine Wahrheit. Verlaß dich nicht auf die Regeln.« Das Lächeln wurde zur Grimasse. »Ich werde es auch nicht tun. Und daher sage ich dir als Mann, als Grijalva, als Meistermaler: du mußt alles ausnutzen, was du hast, um Oberster Hofmaler zu werden. Alles.« Im flackernden Licht der Lampe waren die dunklen Augen hinter dem Feuer verborgen. »Du hältst meinen Schlüssel. In diesem Augenblick bin ich keiner der Viehos Fratos. Und was du nun tust, wie du es tust, ist mir gleich.«

Er atmete angestrengt. »Matra ei Filho«, sagte Sario, »du hast wirklich Angst vor mir.«

»Nur ein Mann, der nahe genug am Feuer war, um zu spüren, wie sein Fleisch brennt, weiß, was er fürchten muß und warum.« Raimon trat einen Schritt auf ihn zu. Er schloß seine Hand um die Faust, die seinen goldenen Schlüssel hielt. »Wenn sie es herausfinden, bedeutet das die Chieva do'Sangua.«

Sario mußte an den alten Tza'ab in seinem Zelt denken und an die Seite des *Kita'ab,* der auch der *Folio* war, und an die Macht, die darin versprochen wurde. Tza'ab-Magie. Grijalva-Magie. Geboren aus derselben Quelle, verborgen im Blut, von Feuer, von altem Haß und uralter Rivalität.

Oberster Hofmaler.

Wieder ein Scheideweg. All die Einzelteile der Macht.

Er war nun älter, aber nicht immun gegen Angst. Nicht immun dagegen zu begreifen, daß jeder Schritt ihn näher an etwas brachte, was er zuvor nicht gewesen war.

Aber woher weiß ich, daß dies nicht schon bestimmt war, als mein Vater sich zu meiner Mutter legte und sie mich neun Monate später zur Welt brachte? Vielleicht war mir all dies vorbestimmt, sogar die Begegnung mit dem alten Mann.

Und so setzten sich die Einzelstücke zu einem Ganzen zusammen.

Sario legte seine freie Hand auf Raimons. »Nommo Chieva do'Orro, Nommo Matra ei Filho, Nommo Familia Grijalva – ich schwöre, ich werde nicht versagen.«

16

Die Tür war angelehnt und lud zum Eintreten ein. Es war ein privates Atelier innerhalb des Palasso Grijalva, in einem abgelegeneren Flügel des Hauptgebäudes, aber Saavedra war hier nie der Eintritt verwehrt worden. Dafür hatten sie und Sario zu viel miteinander geteilt.

Sie schlüpfte hinein. Sonnenlicht durchflutete den Raum: mit seinen hohen Nordfenstern war das Atelier für einen Maler ideal. Ihr war solcher Luxus nicht erlaubt – sie war kein Mann, hatte die Gabe nicht, war keiner der Viehos Fratos – und daher sonnte sie sich begierig in dieser Atmosphäre. Es war ein friedlicher Ort, ein Ort, an dem man sich ganz dem Schöpfen widmen konnte.

Eine schmale Tür in der Nordwand führte zu einem schmalen gekachelten Balkon, der auf den Hauptinnenhof mit dem Brunnen hinausging. Oft fand sie ihn hier, wie er wild zeichnete, bevor das letzte Licht verblaßte; oder im Atelier selbst, völlig versunken in seine Arbeit, ohne einen Gedanken an Essen, an die Zeit, an die Glocken der Sanctia, die die Gebetsstunden verkündeten, zu verschwenden, wenn er Farbe auf die Leinwand brachte.

Saavedra lächelte. Er war unendlich geduldig, wenn es um seine eigene Arbeit ging, und vollkommen ungeduldig mit der ihren. Es fiel ihm leicht, sie zu finden, zu beanspruchen, sie zu Besorgungen auszuschicken – und dabei häufig ihre angefangenen Arbeiten zu kritisieren –, und es war gänzlich unmöglich, ihn zu überzeugen, ihr auch nur noch einen Augenblick zu lassen, um einen Arbeitsschritt zu vollenden.

Aber so ist er eben. Und sie verzieh ihm, da es sonst niemand tun würde. *Ich könnte mich ja weigern ... Ich könnte darauf bestehen, daß er mich ein einziges Mal in Ruhe arbeiten läßt.* Aber sie wußte, daß sie das nicht tun würde. Sie verstand dieses unersättliche Drängen, das ihn schier zerriß: das Feuer seiner inneren Vision freizusetzen, bevor es ihn verbrannte.

Ohne seine Gegenwart, seine Intensität, war der Raum merkwürdig leer, trotz all der Unordnung: rohe, vorbereitete und mit Stoff verhängte Leinwände, geölte Holzpaneele, die an den Wänden lehnten; Regale und Tische voller angeschlagener, wachsversiegelter Gefäße mit Lösungsmitteln und Ölen; Schalen mit getrocknetem Bienenwachs und Harz, das geschmolzen werden konnte; versiegelte Flaschen mit Pigmentstaub; Stapel von vergilbtem Papier und Pergament, hastig beschrieben; trübe Phiolen mit unidentifizierbaren Substanzen; Pinsel, Griffel und Spachtel, überall verteilt, und Lappen, die den Raum wie die Blutblumen-Kränze der Mirraflores-Feiern schmückten.

Saavedra überlegte, ob sie lieber später wiederkommen sollte, aber ein unvollendetes Gemälde erregte ihre Aufmerksamkeit. Auf einer Staffelei in der Nähe der Balkontür glitzerte es feucht, roch noch nach Harz und Öl, einem schwachen Kupfergeruch, der dem von Blut nicht unähnlich war; selbst – und das war noch seltsamer – nach dem süßsauren, beißenden Gestank alten Urins – oder vielleicht hatte Sario auch nur, versunken in seiner Inspiration, vergessen, den Nachttopf zu leeren, und ihn einfach hinter einen Wandschirm geschoben.

Neugierig ging sie zu der Staffelei; sie hatte dieses Gemälde zuvor noch nie gesehen, aber er zeigte ihr alles. Das Werk war alles andere als vollendet. Ein Teil der sorgfältig vorbereiteten Leinwand war noch vollkommen frei von Farbe und zeigte nur ausführliche Skizzen dessen, was noch zu tun war, die ersten dünnen Lagen von Grundierung. Aber der größere Teil der Fläche war schon ausgefüllt, und sie sah, was es werden sollte – und einen sehr merkwürdigen Rand, beinahe wie ein Rahmen, der auf die Leinwand gemalt war.

»Matra«, murmelte sie und runzelte die Stirn. »Was machst du da, Sario?«

»Was ich mache, geht dich überhaupt nichts an.«

Saavedra zuckte zusammen und drehte sich ungeschickt um, so erschrocken, daß sie beinahe die Staffelei umgeworfen hätte. Sie packte sie hastig, rückte das Bild zurecht, dann wandte sie sich Sario zu. »Das ist so anders ... überhaupt nicht dein Stil, Sario.«

»Was ich tue, wird zu meinem Stil.« Er trug ein altes Hemd, das viele Spuren von Farbe aufwies und von etwas, das wie Blut aussah, und hatte die Ärmel aufgerollt. Sein dunkles, wie immer zu langes Haar hatte er mit einem Lederband zurückgebunden, aus dem sich eine Locke befreit hatte und bis zum Schlüsselbein fiel. Ein Farbfleck ließ seine Nase weniger gerade wirken, als sie war, Spuren von Kohle machten die Höhlung seiner Wange auf einer Seite noch dunkler.

Er sieht diesem alten Mann ähnlich, diesem alten Tza'ab – es liegt an den Knochen, der Struktur.

Unter dem schmutzigen Kragen – das Hemd war offen, fast bis zum hohen Bund seiner engen, farbfleckigen Hose – glitzerte Sarios Kette mit dem Schlüssel vor einer glatten, dunklen Brust. »Ich lasse mich nicht in eine Schublade schließen, Saavedra. Ich muß frei sein, so zu malen, wie ich will.« Er trat an einen der Tische, holte ein paar Phiolen aus einer Tasche, steckte sie in eine Schachtel.

»Selbstverständlich«, erwiderte sie mechanisch; darüber hatten sie schon oft gesprochen. »Aber dieser Rand ist etwas vollkommen Neues und ...«

»Seltsam?« Er lächelte reichlich selbstzufrieden. Innerhalb von zwei Jahren war er körperlich vollkommen ausgereift, wie es mit Grijalvas geschah, die die Gabe hatten; sie verbrachten nicht viel Zeit als ungelenke Halbwüchsige. Er war jetzt achtzehn, nicht groß, aber gut gebaut, schlank, aber elegant, und sein gut geschnittenes Gesicht, dem man die Wüstenherkunft deutlich ansah, hätte so manchen Maler gereizt. In jeder Hinsicht ein Mann, dieser Sario Grijalva, und noch mehr als die meisten: über die Maßen begabt und so selbstzufrieden, wie er es als Junge nie gewesen war. »Ja, seltsam«, stimmte er ihr mit seiner hohen Baritonstimme zu. »Das ist eine Tza'ab-Sitte, dieser Rand. Die Al-Fansihirro haben sie bei ihren Werken immer benutzt.«

Sein herablassender Tonfall gefiel Saavedra überhaupt nicht. »Du hast so etwas bisher nie verwendet.«

»Nein. Aber nun tue ich es. Hier – willst du es sehen? Du bist doch sicher gekommen, um es dir anzusehen.«

Unsicher beobachtete sie, wie er im Raum umherging und die Tücher von den Leinwänden nahm. Er war oft grob zu anderen, aber bisher nie zu ihr ... und dennoch, nun behandelte er sie wie eine von *ihnen.*

»Schau sie dir an.« Er streifte ein weiteres Tuch ab. »Überall Ränder, ja?«

Sie ging von Leinwand zu Leinwand, und ihr geübtes Auge nahm wie selbstverständlich die Komposition wahr, das Gleichgewicht, die Verteilung der Farben – aber was ihr am meisten auffiel, waren die Ränder. Jeder war anders. Einige waren breit, einige schmal, einige ausgeschmückt, andere einfach. Er hatte gewundene Bänder gemalt, verflochtene Baumzweige, Ranken; seltsame, stilisierte Muster, die sich endlos wiederholten. Früchte, Zweige, Blüten, Kräuter und Blätter spielten eine große Rolle.

Sie betrachtete die Bilder. »Das ändert alles ...«

»Ja«, sagte er. »Das sollte es auch.«

»So etwas ist noch nie gemalt worden!«

»Nicht hier, nein. Aber in Tza'ab Rih ist es eine Tradition.«

Jetzt warf sie *ihm* einen forschenden Blick zu. »Es liegt an diesem alten Tza'ab ... du verbringst so viel Zeit mit ihm – zu viel Zeit! –, und jetzt dringt er sogar in deine Arbeit ein.«

»Eindringen?« fragte er lächelnd. »Wie die Tira Virtiner in Tza'ab Rih eingedrungen sind? Oh – aber ich vergaß, damals gab es noch gar kein Tira Virte. Nur die do'Verradas und ihre Helfer, sogar ein paar Grijalvas darunter.« Er zuckte mit den Achseln. »Aber was bedeuten schon Namen? – das Ergebnis bleibt dasselbe: Tza'ab Rih zerstört, der Verkünder tot, der *Kita'ab* verloren und Länder gestohlen von jenen, die dann zu Herzögen wurden.«

»Sario!«

Er drückte die Hand an die Brust. »Wie, Saavedra – habe ich dich schockiert? Warum denn? Es ist die Wahrheit. *Unsere* Wahrheit. Es gibt keinen Grijalva, der kein Tza'ab-Blut in sich hat.«

»Wir mögen Tza'ab-Blut in uns haben, aber wir sind keine Tza'ab! Wir sind Tira Virtiner!«

»Und sie hassen uns dafür.«

Das brachte sie zum Schweigen. Zum ersten Mal seit Monaten sah sie ihn an, um sich ein Urteil zu bilden, ihn abzuschätzen, nachzudenken, wer er war über das hinaus, was sie kannte – und bemerkte, daß er zum Fremden geworden war.

»Das war dieser Mann«, erklärte sie erbost. »*Er* hat dir das angetan. Er hat dich verdreht, vergiftet, dir Lügen erzählt. Demnächst wirst du noch einen Turban tragen!«

»Nein, keinen Turban«, lachte Sario, «und es waren auch keine Lügen. Il-Adib hat mir Wahrheiten gegeben, wie du sie dir kaum vorstellen kannst, einmal, weil dir die Vision von Al-Fansihirro fehlt, aber auch, weil du dir nie die Freiheit der Gedanken zugestehen würdest, die dafür notwendig ist. Du bist eine brave kleine Grijalva.«

Sie wollte sich nicht provozieren lassen, also schüttelte sie nur entschlossen den Kopf. »Sario, das ist Wahnsinn. Er versucht, dich gegen dein eigenes Volk aufzuhetzen.«

»Die Tza'ab *sind* mein Volk.«

»Aber doch nicht allein!« gab sie zurück. »Matra Dolcha, Sario, bist du verrückt geworden? Sieh dich doch um! Du bist ein Grijalva, in Tira Virte geboren und aufgewachsen.«

»*Und* Tza'ab Rih.«

»Das waren Banditen, die diese Frauen entführt und sie *vergewaltigt* haben, Sario! Darin liegt kein Ruhm.«

»Und deshalb sind sie voll und ganz zu verurteilen? Gibt es nichts von ihnen zu lernen?« Er streckte eine Hand aus.

»Sieh dir die Bilder doch an, Saavedra! Anders, ja ... anders, als alle anderen sie malen, ja – aber schlecht? Nein. Ungelenk? Nein. Wertlos? Nein.« Seine Augen strahlten. »*Anders*, 'Vedra. Genau wie ich.«

»Merditto! Du bist nicht anders als ich, Sario.«

Weiße Zähne blitzten kurz vor sonnengebräunter Haut auf. »Dann solltest du vielleicht auch zu Il-Adib kommen. Er hat viel zu lehren.«

Er konnte einen in den Wahnsinn treiben! »Du bist tatsächlich verrückt! Glaubst du wirklich, ich will meine Zeit mit diesem alten Narren verschwenden? Nommo do'-Matra, Sario –«

»Oder Acuyib.«

Das ließ sie nur kurz innehalten. »Acuyib! Acuyib? Hast du dich auch von der Ecclesia abgewandt? Hast du der Mutter und dem Sohn den Rücken zugekehrt?«

Sario lachte ungerührt. »Ich wollte nur sagen, daß es auch noch andere Namen gibt, die sich zum Fluchen verwenden lassen. Und vielleicht sollten wir uns wirklich von der Ecclesia abwenden; die Sanctas und die Sanctos haben sich jedenfalls schon lange von uns abgewandt.«

»Nicht ›abgewandt‹ –«

»Wie würdest du es denn sonst bezeichnen, wenn man uns anweist, in unseren eigenen vier Wänden zu beten?« Er machte eine ausholende Geste. »Die Premia Sancta selbst hat uns angewiesen, nicht die Kapellen und Sanctias zu verunreinigen, Saavedra. Das sagt doch genug über ihre Gnade aus!«

»Sie hat unrecht«, sagte Saavedra angespannt, »aber das hat nichts mit der Ecclesia zu tun. Die Premia ist eine Serrano.«

»Ebenso wie der Oberste Hofmaler. Und daher liegt es nicht in unserer Macht, irgend etwas zu ändern.«

Saavedra wollte widersprechen, dann schloß sie den Mund so schnell, daß ihre Zähne aufeinanderschlugen. *Oberster Hofmaler* – Sie wandte sich wieder dem ersten

Bild zu, das sie sich angesehen hatte. Zuvor hatte sie das unvollendete Gesicht nicht erkannt, der Rand hatte ihre Aufmerksamkeit abgelenkt. Jetzt erst fiel es ihr auf. »Heilige Mutter, Sario! Wieso malst du *Zaragosa Serrano?*«

Etwas glitzerte in seinen Augen, verschwand aber wieder, als er in die Schachtel sah, in die er die Phiolen gelegt hatte. »Ein Scherz«, erklärte er. »Ich dachte, ich könnte sein Porträt malen und es ihm schicken – selbstverständlich anonym –, damit er erfährt, was wirkliche Begabung ist, selbst wenn er sie in seinem eigenen Gesicht sehen muß.«

Das verstand sie nicht. »Aber wieso verschwendest du deine Zeit mit so etwas? Er bedeutet uns nichts, Sario.«

»Er zerstört, was einmal ein ehrenvolles Amt war. Wir Grijalvas hatten diese Stellung einmal inne.«

»Ja, aber ich dachte, du hättest dem Grijalva in dir abgeschworen und wärest nur noch Tza'ab!« Saavedra lächelte höhnisch. »Jeweils, wie es dir dient, oder?«

»Du bist doch nicht besser als ich!« antwortete er.

Das verblüffte sie. »Ich? Ich habe keinen Anteil daran.«

»Aber selbstverständlich, Saavedra. Du warst einmal Malerin. Jetzt bist du nur noch eine Frau, jemand, der Kinder bekommt. Weil es der Familie dient. Warum malst du nicht weiter? Du könntest dich auch an diesen Rändern versuchen, Saavedra. Sie passen sehr gut in eine Komposition.«

Sie biß die Zähne zusammen. »Angeberei.«

»Schau doch noch einmal hin. Siehst du, wie sich das Muster immer wieder fortsetzt?« Er trat an die Staffelei und zeigte auf den skizzierten Teil des Randes, der noch nicht gemalt war. »Siehst du? Ein Mandelzweig, hier; Lavendel dort; ein Büschel Mädesüß, hier. Und Rosen, siehst du? Sie sollten gelb sein, glaube ich.« Er lächelte in sich hinein, als er den Finger weiterbewegte. »Und alles wiederholt sich *hier,* siehst du, innerhalb des Porträts selbst ... siehst du, was er in der Hand halten wird?«

Einen Mandelzweig, Lavendel, Mädesüß und eine einzelne Rose. Zweifellos gelb.

Saavedra zuckte mit den Achseln. »Du kannst diese Elemente auch ohne den Rand einschließen.«

»Aber der Rand führt alles zusammen. Er wird ein Teil des Gemäldes, ein Rahmen innerhalb des Rahmens.«

Wieder zuckte sie demonstrativ mit den Achseln. »Kann schon sein ...«

Er lachte leise. »Stilistische Neuerungen stoßen zunächst immer auf Widerspruch.«

Das traf sie. Sie runzelte die Stirn. »Das hat dir der alte Mann beigebracht?«

»Die Al-Fansihirro haben immer solche Ränder gemalt. Selbst im *Kita-ab.* Das ist eine Tradition der Tza'ab.«

»Und du bist jetzt einer von ihnen, ja? Von diesen Al-Fansihirro, was immer sie sein mögen?«

»Der Orden der Kunst und der Magie.« Er grinste. »Und warum nicht? Einer der Viehos Fratos, einer der Al-Fansihirro. Nur ein Narr ignoriert, was ihm zu dem verhelfen könnte, was er will.«

Und das, dachte Saavedra, klang wieder ganz nach dem alten Sario. Vielleicht hatte der alte Mann ihn doch nicht so sehr verändert.

Beschwichtigt nickte sie. »Aber ich verstehe immer noch nicht, wieso du Zaragosa Serrano malst.«

Sario lächelte. »Wie ich schon sagte, es ist ein Scherz – auch wenn er ihn nie verstehen wird.«

»Warum tust du es dann?«

»Weil es mir so paßt.«

Ja, er war immer noch derselbe, und dennoch ... Was bei einem Kind und einem Jugendlichen akzeptabel gewesen war, war bei einem Mann erheblich weniger attraktiv. Saavedra wandte sich zur Tür. »Ich hätte nicht herkommen sollen.«

»Wieso *bist* du denn gekommen?«

Sie blieb stehen. Dachte nach. Drehte sich wieder zu ihm um. »Um dich nach deiner Ansicht über meine Arbeit zu fragen.«

Er zog die Brauen hoch. »Du kennst meine Ansicht. Ich habe sie dir oft genug dargelegt. Deine Arbeit ist erheblich besser als die jeder anderen Frau und selbst als die vieler Männer. Aber wieso ist das wichtig? Du wirst dein Talent verschwenden, dich verschwenden –«

»Ich habe keine Wahl, Sario! Es sind nur noch wenige von uns! Schlägst du vor, daß ich mich weigere, Kinder zu bekommen, nur, weil ich begabt bin?«

Er zuckte mit den Achseln, wandte sich ab, um wieder Tücher über diverse Leinwände zu decken. »Begabung ist ebensoviel wert wie ein Kind, 'Vedra ... aber du willst die deine aufgeben um dieses Kindes willen.«

Starr vor Zorn stand sie vor ihm und sah ihn an. »Du hast keine Ahnung, was es bedeutet, eine Frau zu sein.«

»Nein«, stimmte er ihr kühl zu, »nur, was es heißt, zum Malen getrieben zu werden, ebenso wie *du* es kennst, dieses Drängen, diese Wildheit, aber du streitest es ab.« Jetzt sah er sie wieder an, hatte die Tücher vergessen. »Du hast die Gabe, Saavedra. Ich kann nicht erklären, wie das möglich ist, aber es ist so. Man kann das Feuer bei anderen erkennen, wenn es in einem selbst brennt.« Er kam auf sie zu, beinahe eifrig. »Du weißt, wie es geht – ich habe dir alles erklärt ... und wenn du mir zugestehen würdest, dich anzuleiten –«

»Nein!«

Er breitete die Arme aus. »Keine Bestätigung, 'Vedra, es geht nur um das Bild!«

»Damit du es beschädigen kannst und sehen, ob es mich verletzt?« Sie schüttelte heftig den Kopf. »Selbst wenn ich die Gabe hätte, hätte ich keine Zukunft. Meine einzige Zukunft liegt darin, Kinder zu bekommen.«

Sein Gesicht war jetzt verzerrt, die Maske gefallen. Aber er machte eine heftige Geste, bevor sie noch etwas sagen konnte. »Genug! Dann geh eben ... Ich habe zu arbeiten.« Er wandte sich wieder den Leinwänden zu.

Saavedra wich nicht von der Stelle. »Es ging mir nicht um

mein Gesamtwerk, über das ich mit dir reden wollte, sondern um eines, an dem ich gerade arbeite. Du hattest in der Vergangenheit immer so deutliche Ansichten über diese Dinge.«

Er fuhr herum. Er wußte, was sie meinte. Sie sah, daß er es wußte. Seine Wangen verfärbten sich, dann wurde er bleich. »Wieder einmal *er?*«

»Warum nicht?« fragte sie leichthin. »Du warst nie der Ansicht, daß ich ihn richtig getroffen hätte.«

»Du malst doch Alejandro do'Verrada nicht für *mich*, Saavedra!«

»Woher willst du das wissen?«

»Weil du immer schon in ihn verliebt warst und es immer noch bist! Merditto, 'Vedra, glaubst du, ich wäre blind?«

Sie hatte Erfolg gehabt: Er war wütend, aus seiner üblichen Arroganz in eine ehrliche Gefühlsäußerung getrieben. »Ich spreche als Künstlerin«, sagte sie ruhig, »als eine, die ihre Arbeit verbessern will, sonst nichts. Was soll schon mehr daran sein?« Sie zeigte auf das Bild auf der Staffelei. »Du malst Zaragosa Serrano zum Scherz ... ich male Alejandro do'Verrada, weil ich den Auftrag dazu habe.«

»Weil das die einzige Möglichkeit für ihn ist, sich mit dir zu treffen, 'Vedra! Es gibt keine vulgären, haßerfüllten Bemerkungen über einen do'Verrada, der sich mit einer Grijalva abgibt, wenn diese Grijalva ihn malt ... 'Vedra, er benutzt dieses Porträt als Ausrede, sich mit dir zu treffen, sonst nichts!«

Hinterhältig fragte sie: »Dann bin ich also nicht begabt genug, ihn zu malen?«

Er starrte sie wütend an. »Du willst mich nur necken.«

Sie grinste. »Ja. Und nein. Ich male tatsächlich sein Porträt. Und ich bin gern in seiner Gesellschaft. Es würde Gerede geben – es gibt vermutlich schon Gerede, aber das ist mir gleich, Sario.«

Er war verblüfft. »Es ist dir gleich?«

Sie lächelte. »Während ich male, erzählt er mir von den Frauen, mit denen er schläft ... welcher Mann, der eine Frau begehrt, erzählt ihr von solchen Dingen? Würdest du das tun?«

»Dann ist er ein Narr«, erklärte Sario unumwunden. »Matra, was für ein Narr.«

»Ein Freund«, sagte sie. »Nicht mehr. Wie es sein sollte.«

Aber sie war sehr froh zu bemerken, daß selbst Sario, der sie so gut kannte, nicht hinter *ihre* Maske schauen konnte.

17

Die jungen Männer bei ihm gaben sich gefährlich. Sie trugen Schwerter und jeweils zwei Messer: ein Fleischmesser und dazu noch die längere Klinge, die das Schwert ausbalancierte und ihnen eine elegante Symmetrie verlieh. Aber sie waren nicht sonderlich gefährlich, bestenfalls in ihrem Umgang mit dem Geld; er selbst war erheblich vorsichtiger, obwohl er es viel weniger nötig gehabt hätte als die anderen, aber er fand es uninteressant, das Gold zum Fenster hinauszuwerfen, damit es nur ja alle in der Taverne merkten. Das war selbstverständlich genau das, was sie wollten, die Möchtegern-Draufgänger, aber er verzieh ihnen. Es gehörte alles zu ihrer Rolle, aus ihrem eigentlichen Leben in eine amüsante Phantasie überzugehen und sich die Freiheiten zu nehmen, nach denen sie sich sehnten.

Seine eigene Freiheit war zwiespältig. Erheblich wohlhabender als sie, mit einer erheblich vielversprechenderen Zukunft und dennoch beengt von genau diesen Dingen.

Man stieß schnell an die Grenzen solcher Freiheit, wenn man sich nach etwas anderem sehnte, obwohl er sie andererseits auch wegen ihres unermeßlichen Reichtums schätzte. Ironischerweise war Freiheit nicht umsonst, sondern unendlich teuer.

Sie hockten zu fünft an einem breiten, mit schweren Krügen zugestellten Tisch in einer der besten Tavernen der Stadt. Vier von ihnen waren Söhne der wichtigsten Familien von Meya Suerta und daher des Herzogtums selbst: ein do'Brendizia, ein do'Alva, ein Do'Esquita und ein Serrano, einer von Zaragosas zahllosen Vettern.

Alejandro griff nach einem Zinnkrug mit Bier, aber der Versuch, den Krug zum Mund zu heben, wurde dramatisch unterbrochen von einer üppigen Frau, die mit eindeutiger Absicht auf seinem Schoß landete. Er fing sie rasch auf, obwohl gewisser Schaden entstand: der Krug flog davon und prallte mit metallischem Geräusch auf den Holzfußboden. Das Tischtuch, das er zusammen mit ihren Röcken gefaßt hatte, verrutschte und brachte noch weitere Krüge in Gefahr. Seine Begleiter bemerkten das und brachen in Flüche aus, während sie hastig nach den Krügen griffen, und Bier schwappte über und auf die Tischdecke.

Alejandro hatte nicht genug Atem, um all ihre vulgären Bemerkungen zurückzugeben. Das Gewicht der Frau war nicht zu unterschätzen, und es kostete ihn einige Anstrengung, dafür zu sorgen, daß sie nicht beide umkippten und zu dem Krug auf den Boden fielen. Er faßte sie grober an als beabsichtigt, aber das war vermutlich genau das, was sie beabsichtigt hatte. Sie schrie vor Lachen, schlang fest die Arme um ihn und schmiegte sich eindeutig gegen seine Lenden.

Er zuckte zusammen. Seine Lenden, das hatte er vor ein paar Jahren entdeckt, reagierten nicht immer so, wie er wollte. Wie vorherzusehen war, waren sie durchaus mit dieser Frau einverstanden. Der Rest von ihm war es nicht. »Einen Augenblick, meine Liebe –«

Sie schmiegte sich fester an ihn, lehnte ihren Kopf gegen seinen, so daß ihr warmer, nach Wein riechender Atem in sein Ohr drang. »Ich könnte tatsächlich deine Liebe sein, mein Schatz –«

Das hatte sie zweifellos geplant. Alejandro zog eine Grimasse, dann gelang ihm eine schwache Version jenes Lächelns, von dem seine Freunde immer behaupteten, das allein würde eine Frau dazu bringen, die Beine breit zu machen. »Daran habe ich keine Zweifel«, sagte er. »Aber ich habe im Augenblick andere Dinge im Kopf –« Was seine Freunde zu grölendem Lachen veranlaßte; die Frau legte sofort ihre kundige Hand dorthin, wo ihn sein Körper verriet. » – *Warte* –« Er wand sich unbehaglich. »Matra Dolcha, Weib, hast du denn überhaupt keine Scham? Das hier ist keine billige Taverne, in der alle Frauen Schlampen sind «– jedenfalls war es das bisher nicht gewesen »– und ich werde selbst entscheiden, wie ich meine Zeit verschwende ...«

»Und deinen herzoglichen Samen?« fragte Ermado do'Brendizia, der vulgärste von allen. »Bei der Mutter, Alejandro, du hast doch sicher genug für die Dame ... oder hat der Herzog dir ein Gerät angepaßt, das es dir unmöglich macht, die fruchtbaren Felder zu bestellen?«

Ysidro do'Alva lachte. »Oder hast du Angst, daß er sich mit unserem Samen vermischt und es zweifelhaft bleibt, wer der Vater des Kindes ist?« Er warf der Frau einen Seitenblick zu. »Ihr wäre das sicherlich recht! Dann könnte sie von uns *allen* Unterstützung fordern.«

Tazio do'Esquita grinste. »Würdest du denn zahlen, 'Sidro? Du bist doch für deinen Geiz bekannt.«

Die Frau lachte. »Ha! Was interessiert mich, was in Euren Geldbörsen ist? Es sind andere Teile, die mich mehr reizen –« Und ihre Hand wurde drängender.

»Filho do'Marta!« Alejandro verlagerte abrupt das Gewicht auf die Oberschenkel. Mit einiger Anstrengung erhob er sich und stellte die Frau damit ebenfalls auf die Beine. In dieser Bewegung war keine Sanftheit mehr, keine Höflichkeit; er wollte sie loswerden, die anderen loswerden, diese Taverne verlassen. Er wollte plötzlich alles hinter sich lassen, das Trinken, die Hurerei, die Bauch- und Kopfschmerzen, die ihn am Morgen nach solchen Abenden befielen. Er kam sich alt und verbraucht vor und war angewidert von sich selbst, weil er all dies einmal amüsant gefunden hatte.

Er griff in seinen Geldbeutel und fand eine Münze. Warf sie auf den Tisch, wo sie auf dem biernassen Tuch landete. »Das ist für euren Abend«, sagte er. »Trinkt auf mich, so viel ihr wollt – aber entschuldigt mich.«

Die anderen protestierten, luden ihn ein, sich wieder hinzusetzen. Aber Alejandro schüttelte den Kopf.

Allein Lionello Serrano unternahm keine Anstrengung, ihn zum Bleiben zu bewegen, sondern warf ihm statt dessen einen finsteren, seltsam boshaften Blick zu. »Dieses Mädchen«, sagte er verächtlich. »Diese Grijalva.«

Alejandro erstarrte. Seine Stimme klang heiser. »Die Malerin? Aber sie *malt* mich nur – dafür bezahle ich sie.«

»Du weißt, was sie ist«, sagte Lionello. »Mehr als nur Chi'patro. Sie beschäftigt sich mit Schwarzer Magie.«

»Filho do'Canna«, sagte Alejandro aufgebracht. »Wenn ich *das* glaubte, hätte ich kein Bild bei ihr bestellt –«

»Oder mehr als ein Bild?« Lionello schüttelte den Kopf. »Wir wissen, wer sie sind, Alejandro. Wir kennen die Wahrheit über sie.«

»Ach ja? Ich glaube, was diese Sache angeht, bist du einfach nur ein Serrano, Lio, und hast Angst um deine Stellung. Oder Angst, die Segnungen der Ecclesia zu verlieren. Ich weiß nicht, was für deine Familie wichtiger ist.« Alejandro warf den anderen einen harten Blick zu; sie waren verblüfft, konnten sich nicht erklären, wovon die Rede war. »Du solltest dir zumindest einmal die Arbeiten deines Vetters ansehen, Lio … sie werden immer schlechter, und er wird sicher nicht *mein* Oberster Hofmaler sein.« Das war grausam und boshaft, aber Lionello hatte einen Nerv berührt, von dem Alejandro zuvor nicht einmal gewußt hatte. »Trink«, sagte er. »Ersäufe dich in der bitteren Neige sauren Weins, Lio, solange du willst – aber sag nichts mehr über Chi'patros und Schwarze Magie.«

»Oder Malerinnen?« Do'Brendizia grinste in dem Versuch, die Atmosphäre zu entspannen. »Dann geh. Besuch sie, wenn du willst, Alejandro ... laß dein *Portrait* malen. Wir sind unendlich neugierig, mehr über die Talente dieser Dame zu erfahren.« Da sie von ihm kam, floß diese Bemerkung nur so über vor Zweideutigkeit, aber sie genügte, um Lionellos Anklagen vom Tisch zu wischen. Ermado do'Brendizia war, bei all seiner Derbheit, kein dummer Mann.

Alejandro warf einen Blick auf die Frau, mit der alles angefangen hatte. Auch sie war nicht dumm, auch wenn sie die Situation falsch eingeschätzt hatte. Sie hatte sich sofort abgewandt, als sei es ihr peinlich, solche Mißstimmung herbeigeführt zu haben.

Er schüttelte den Kopf. *Was für ein Narr ich war, mich mit so etwas abzugeben.* »Gute Nacht«, sagte er und verließ die Taverne.

Der schlanke Zweig eines Apfelbaums, die Blätter noch rund und frisch, für Versuchung, Träume und Ruhm.

Lorbeer für Glorie und Prophetentum.

Zeder für Kraft und Spiritualität.

Myrrhe, auf daß er mit den Toten sprechen konnte.

Palme für Sieg; Kiefer für Schutz und Reinheit; Pflaume für Treue.

Und schließlich Walnuß für Intellekt und Strategie.

All diese Dinge nahm Il-Adib aus dem Korb und legte sie sorgfältig auf ein Tuch aus grüner Seide, mit unendlicher Präzision, wie es sich gehörte: die Magie forderte so etwas, denn sonst konnte alles in einer Tragödie enden.

Blätter und Zweige lagen in Schichten aufeinander, sorgfältig miteinander verwoben, berührten einander, damit ihre Kräfte sich mischten und das Ganze bereichern konnten. Das Muster war vollständig. Vollkommen.

Der alte Mann spürte tief drinnen so etwas wie ein Flattern. Erwartung. Freude. Das warme Gefühl, das man empfindet, wenn man das Richtige tut.

Es hat lange gedauert, aber was bedeutet schon Zeit in Acuyibs Zeit? Und Geduld wird schließlich belohnt.

Keiner, den er kannte, war so geduldig gewesen. Und keiner vom Wüstenblut war so alt geworden.

Nun gab es neues Blut. Nicht rein, vermischt mit dem des Feindes, aber das war besser als überhaupt nichts. Und als Al-Fansihirro wußte er, daß ein Pigment, das man mit einem anderen mischte, oft eine andere und schönere Farbe ergab. Und eine vollkommen neue Magie.

Das brauchen wir jetzt in dieser neuen Welt. Das Alte ist besiegt worden. Das Neue soll uns Kraft bringen. Neues Blut, neue Magie, einen neuen Verkünder.

Der Duft von frisch zerdrückten Geranienblüten mischte sich mit Rosmarin und Salbei, drang aus einer Kupferschale neben dem grünen Seidentuch, ließ die Luft im Zelt schwerer werden. Standhafte Frömmigkeit, Erinnerung, Liebe, Weisheit. Um ihm die Kraft zu verleihen, um zu tun, was er im Dienst Acuyibs tun mußte. Im Dienst von Tza'ab Rih.

Aus einer der Lederröhren nahm er ein Pergament, ein Blatt der Heiligen Schrift, reich geschmückt von kunstfertiger Hand. So viele leuchtende Farben, so unendlich viele Zwischentöne, die präzisen Linien von Schwarz, Filigran von Gold und Silber, ein Höhepunkt der Kunst und der Magie. Die Muster seiner Welt, die auch zu der Welt des Jungen wurde.

Il-Adib lächelte. *Kein Junge mehr. Nicht mehr.* Aber dennoch Acuyibs Diener, jetzt, da er wußte.

Der alte Mann entrollte das Blatt und breitete es aus, beschwerte es vorsichtig mit goldenen Figurinen, die für seinen Orden standen. So viele Farben: das leuchtende Grün der Seide, die heilige Farbe von Al-Fansihirro; die brillanten Töne der Illustration des Textes, die in einem Rand um denselben verlief und die ebenfalls die Wahrheit der Macht atmete, die Wahrheit von Acuyibs Macht. Es lag Magie in der Lingua Oscurra, den Mustern des Randes, nicht im Text selbst.

All das, um diesen Jungen zu unterrichten, der kein Junge mehr war, der etwas unendlich viel Größeres werden würde, als selbst Sario glaubte.

Er hat schon viel gelernt, aber noch so viel mehr zu lernen. Il-Adib nahm die heiligen Düfte in sich auf, las den vertrauten Text, der vor denen, die die Vision nicht hatten, verborgen blieb; betrachtete das magische Muster, das er geschaffen hatte, und er wußte, daß er gewonnen hatte.

Neue Pigmente waren aus neuem Material entstanden. Tza'ab-Blut, gekreuzt mit dem von Tira Virte, mit dem der seuchengestraften Grijalvas, mit der inneren Vision von Al-Fansihirro, hatte eine gänzlich neue Macht geschaffen.

»Für Dich«, sagte er leise in seiner wahren Sprache, der Sprache von Al-Fansihirro, der Lingua Oscurra. »In Deinem Namen, Großer Acuyib, auf daß du wieder leben mögest im Herzen der Wüste, in den Seelen ihrer Menschen. Ich habe Dir einen neuen Verkünder geschaffen. Möge er Deine Stimme hören, möge er die Not seines Volkes spüren; möge er sich als der Mächtigste der Al-Fansihirro erweisen.«

Duft stieg auf. Der alte Mann schloß die tränenerfüllten Augen, dann öffnete er sie wieder, als ihn etwas, ein Insekt, in die Brust biß. Stirnrunzelnd zog er sein Gewand zur Seite, entblößte eine knochige und dennoch faltige Brust.

Es gab kein Insekt, aber ein Blutstropfen war neben seinem gebogenen Brustbein erschienen.

Der alte Tza'ab hielt die Luft an. »Noch nicht –«

Blut strömte, spritzte. Der knochige Brustkorb brach ein unter dem Stoß des Messers, das es in Il-Adibs Zelt überhaupt nicht gab, sondern an vollkommen anderer Stelle.

Der alte Al-Fansihirro tat seinen letzten Atemzug. »– zu früh …«

Und zu spät.

Saavedra, die man in den Eingangshof gerufen hatte, war erstaunt und erschrocken, diesen Besucher hier vorzufinden. »Was tut Ihr denn hier?«

Alejandro blinzelte sie überrascht an. Man hatte ihn durch ein großes, schmiedeeisernes Tor eingelassen. Ein kunstvoll mit filigranen Ornamenten geschmückter Türflügel stand unter dem Torbogen aus Ziegeln noch offen, als dächte er an Flucht. Zu beiden Seiten brannten Fackeln in der Abendluft, warfen Licht und Schatten auf ihn, betonten Konturen und Winkel, brachten golddurchwirkte Spitzen und Edelsteine zum Blitzen.

Saavedra ärgerte sich, daß sie ihn derart unhöflich begrüßt hatte. *Heilige Mutter* – »Ich meine, warum seid Ihr gekommen?« Sie sprach, so ruhig sie konnte, aber sie war immer noch verblüfft. »Ich meine ...« Und dann, was ihr selbst unangemessen lahm vorkam: »Ich hatte Euch nicht erwartet.«

»*Ich* hatte mich auch nicht erwartet.« Beschämt grinste er und fingerte an dem hohen, bestickten Kragen herum, der über die Weste ragte. »Ich meine, ich hatte nicht vorgehabt herzukommen. Ich – ich habe es einfach getan.«

Saavedra war sich deutlich der Anwesenheit des schweigenden Grijalva-Vetters bewußt, der hinter ihr wartete und sich höflich distanzierte, ohne sie vollkommen allein zu lassen. Es war höchst ungewöhnlich, daß überhaupt jemand um diese Tageszeit in den Palasso Grijalva kam, und vollkommen unmöglich für den Sohn des Herzogs.

Aber er war dennoch hier.

Sie nahm endgültig Zuflucht zur Höflichkeit; es gab Rituale, auf die sie sich verlassen konnte, wenn schon nicht auf ihre eigene Initiative. »Darf ich Euch eine Erfrischung anbieten? Möchtet Ihr hereinkommen?«

Er zuckte mit den breiten Schultern; eine seltsam defensive Geste. Mit einiger Verspätung zog er den federgeschmückten blauen Samthut. »Ich dachte, Ihr würdet vielleicht einen Spaziergang mit mir machen.«

»Spazierengehen ... mit Euch? Jetzt?« Sie war vollkommen verdutzt. *Matra Dolcha, was ist nur mit dir los? Bildest du dir ein, er will dir einen Heiratsantrag machen?* Wütend auf sich selbst, zwang sie sich zu einem Lächeln. »Ich hatte eigentlich vor, ins Bett zu gehen ...« Und dann wünschte sie sich, es nicht gesagt zu haben, denn das Bett war kein Ort, von dem sie in Gegenwart dieses Mannes sprechen sollte – oder wollte. »Dumme Kuh«, murmelte sie leise.

Alejandro, der das gehört hatte, grinste. »Ich auch«, sagte er. »Ich freue mich, Euch in dieser Sache so unentschlossen zu finden wie mich.«

Sie zweifelte sehr an seiner Unentschlossenheit. Alejandro war nie unsicher. »Wieso seid Ihr dann hier?« Und dann, ehe sie sich bremsen konnte: »Wieder Schwierigkeiten mit den Frauen?«

Er errötete langsam, aber unmißverständlich.

Heilige Mutter, würde sie es denn nie lernen? »Verzeiht mir bitte.«

»Nein«, brachte er schließlich und nicht ohne Anstrengung hervor. »Ich meine, ja, es geht schon um Frauen, aber nicht um Schwierigkeiten dieser Art. Und vielleicht sollte ich wirklich nicht hier sein ... vielleicht bin ich nur ein Narr; ich habe Euch immerhin bezahlt, mich zu malen, und nicht, um Euch meine Sorgen anzuhören, oder – oder ...« Wieder wurde er rot, tief rot, und zerdrückte den Samthut mit seinen kräftigen Fingern. »Ich hätte in der Taverne bleiben sollen.« Er strich sich das wirre Haar zurück. »Heilige Mutter, was rede ich da?« Ein schiefes Grinsen. »Wird Euer Wachhund mir gestatten, mich Euch allein zu erklären, oder muß ich mich gleich vor zwei Grijalvas blamieren?«

»Mein Wachhund –« Und dann drehte sie sich um. »Benedizio, sicherlich glaubst du nicht, daß Don Alejandro mir etwas antun wird.«

Benedizio lächelte dünn. »Wahrscheinlich nicht«, murmelte er und ging nach drinnen.

Saavedra sah ihn wieder an. »Da. Verscheucht. Jetzt braucht Ihr nicht mehr verlegen zu sein.«

Alejandro lächelte. »Das hängt von Eurer Sichtweise ab.«

»Von welcher Sichtweise redet Ihr?«

»Eurer«, sagte er, »oder meiner, die von Eurer abhängt.

Aber ich kann nicht mehr warten. Ich habe schon viel zu lange gewartet.«

»Zu lange wofür?« Sie wurde mutlos. »Mir zu sagen, daß Euch meine Arbeit doch nicht zusagt?« *O Mutter, natürlich sagt sie ihm nicht zu.* Sie schluckte und wagte den Vorstoß. »Daß Ihr das Bild nicht wünscht?« Und es war beinahe fertig!

Er war verblüfft. »O nein! Euer Werk ist wunderbar. Das *Bild* ist wunderbar; Ihr laßt mich viel zu gut aussehen für einen Dummkopf mit einem schiefen Zahn.« Das berüchtigte Lächeln blitzte auf, zeigte den bewußten Zahn, verschwand dann wieder hinter Selbstironie. »Dies hat mit Eurer Arbeit nur insofern zu tun, als daß Euer Modell wünscht, daß Ihr ihm eine Gunst erweist.«

Erleichtert, entwaffnet, mußte nun auch Saavedra lächeln. »Ihr wißt doch, daß ich alles für Euch tun würde.«

Braune Augen blitzten. »Nommo do'Matra ei Filho«, rief er, »ich hatte gehofft, daß Ihr das sagen würdet.« Und beugte sich vor, um sie in die Arme zu nehmen, sie an sich zu ziehen, sie zu küssen.

Saavedra bemerkte, daß dies alles mit Verlegenheit nichts mehr zu tun hatte. Einen Augenblick lang mit Erschrecken. Und dann nur noch mit Ehrlichkeit.

Tief drinnen im Palasso Grijalva, in der kleinen Kammer über der Crechetta, in der die Angelegenheiten der Familie beschlossen wurden, widmete sich Sario seinen eigenen Angelegenheiten. Eine einzige Lampe hatte er auf die oberste Stufe gestellt, auf daß sie die ganze Welt in Brand setze. Dann zog er unter seinem Arm ein kleines gerahmtes Porträt hervor, das in Leinen und dann in Seide gewickelt war – feine grüne Seide –, nahm beide Tücher ab und ließ sie zu Boden fallen. Er roch Mohn, Gras, Zypressenduft aus dem Seidentuch.

Er kniete nieder, stellte das Bild gegen die Wand, studierte die Arbeit.

Unendlich lebensecht. Eine hervorragende Ähnlichkeit. Jeder, der den Abgebildeten je gesehen hatte, würde ihn sofort erkennen.

Sario sprach den Namen aus, dann lächelte er schwach. »Ich erhielt die Erlaubnis, zu tun, was ich tun muß«, erklärte er, »von einem Mann, dem ich traue. Dir wage ich nicht zu trauen; unsere Visionen unterscheiden sich zu sehr.«

Ruhig hob er ein Messer ins Licht. Es blitzte kurz auf. Kalt.

»Ich bin nicht, was du von mir erwartest. Aber was du mich gelehrt hast, wird mir nützen, und deine Macht wird in mir fortleben. Dein Ende ist mein Anfang.«

Am schwierigsten war es gewesen, sich das Blut zu beschaffen. Aber es war ihm gelungen, indem er scheinbar gestolpert und über den alten Mann gefallen war, ihn mit einem Fingernagel geritzt hatte – die Blutspur unter dem Nagel hatte genügt.

Sario legte die Hand an den Rahmen, um das Portrait festzuhalten; mit der anderen hielt er das Messer an die Leinwand. Es hatte Zeit und Einfallsreichtum gebraucht, all die notwendigen Flüssigkeiten zu erlangen, aber er hatte es geschafft. Er war vorbereitet.

Nun begann er, der zweite Teil seines Lebens. Der erste, bloße achtzehn Jahre, war nichts für jemanden, der so alt war wie Il-Adib von den Al-Fansihirro, dem einzigen Überlebenden dieser heiligen Kaste von Krieger-Zauberern. Alle anderen waren im Krieg mit Tira Virte getötet worden, geraubt aus Acuyibs Großem Zelt, bis auf Il-Adib, den jüngsten der Diener des Gottes, von den Besiegten ins Exil geschickt, der die Reste des *Kita'ab* suchte und bestrebt war, seinen Orden wieder ins Leben zu rufen. Beides suchte er im Herzen des Feindes, denn dorthin, so hatte der alte Mann gesagt, hatte Acuyib ihn gesandt. Um einen anderen zu finden, der die innere Vision hatte.

Sario lächelte. Innere Vision. Luza do'Orro. Er war zweifach gesegnet.

Und Raimon hatte ihm erlaubt zu tun, was immer er tun mußte.

Sario zögerte. Sein Mund war unerklärlich trocken. *Damit wird sich alles ändern.* Alles, was er je gewußt hatte.

Aber einer solchen Vision mußte man dienen, und Licht machte es einem Mann möglich, seinen Weg zu erkennen.

Sario befeuchtete die Lippen, rezitierte mehrere Sätze in der Sprache der Al-Fansihirro, der Lingua Oscurra, dann durchstieß er das gemalte Herz, das unter dem gemalten Gewand lag.

»Ich bin nicht dein Verkünder.« Er stieß die Klinge bis zum Heft in die Leinwand. »Ich bin nur und immer ein Grijalva. Und ich werde Oberster Hofmaler sein.«

Düfte stiegen auf: Mohn für Schlaf; Gras für Unterwerfung; Zypresse für den Tod.

18

In der Schlafkammer herrschte ein schreckliches Durcheinander. Es gehörte nicht zu den Aufgaben des Herzogs, sich um so etwas zu kümmern – dafür hatte er wahrhaftig genug Dienstboten –, aber Baltran do'Verrada war schon immer unberechenbar gewesen. Mitten im Durcheinander zog er seine schmutzige Jagdkleidung aus, während saubere Gewänder gebracht und gepackt wurden, und dabei fauchte er seinem Sekretär Anordnungen zu.

Die Reise war für das Wohlergehen und den Frieden in Tira Virte unerläßlich, für die Zukunft seines Herzogtums, verkörpert durch seinen Erben, Alejandro, und den Erben, den *er* zeugen würde, und man konnte sich nicht darauf verlassen, daß Botschafter diese wichtigen Angelegenheiten immer in der Weise angingen, wie Baltran es für notwendig hielt. Sie versuchten es sicher, gesegnet sollten sie sein, aber sie ließen sich nur zu leicht von den Wortklaubern beirren, die der König von Pracanza beschäftigte. Also gab Tira Virte Pracanza die Ehre zu bestätigen, daß der erwünschte Vertrag wirklich beabsichtigt war, indem Baltran selbst reiste – aber er lechzte auch nach dem angeblich hervorragenden Jagdgelände an der Grenze zu Tza'ab Rih, und er neigte dazu, solche Gelüste zu befriedigen, wenn es irgendwie möglich war. Das war einer der Vorteile seiner Position. Außerdem waren die Tage der Wüstenkrieger zu Ende; er würde nicht in Gefahr sein. Daher würde er sich das Vergnügen gönnen, bevor er nach Pracanza weiterritt.

Inzwischen gab es noch eine Angelegenheit, um die er sich vor seiner Abreise kümmern mußte. Der Herzog besprach die Arbeit seines Obersten Hofmalers mit ebendiesem Obersten Hofmaler.

»Um es ganz offen zu sagen, Zaragosa – Eure Fähigkeiten lassen nach.« Baltran do'Verrada betrachtete Serrano einen Augenblick lang mit Mitgefühl, das aber schnell der Ungeduld wich; er hatte einfach zu viel zu tun. »Es tut mir leid, wenn ich so deutlich werden muß, aber ich habe keine Zeit für etwas anderes als die Wahrheit. Ich habe ein Porträt meines Sohnes bestellt, damit ich es mit mir nach Pracanza nehmen kann ... aber was Ihr mir anbietet, ist bestenfalls Kleckserei und sieht meinem Sohn in nichts ähnlich. Ihr wißt, wie wichtig dieses Porträt ist, Zaragosa. Es soll die Verhandlungen zu einer Verlobung eröffnen.«

Das jämmerliche Wrack von einem Maler nickte. Knochige Schultern sackten unter greller Kleidung zusammen, die ein bißchen zu groß geworden war; Hände verkrampften sich zu Klauen, Verzweiflung, vermischt mit Schmerz, zeichnete Kerben auf seine Gesichtshaut. »Euer Gnaden –«

»Ich kann das einfach nicht zulassen, Zaragosa.« Er schnippte nach einem Diener. »He, nicht dieses Hemd; es gefällt mir nicht mehr.« Wieder wandte er sich dem Maler zu. »Ihr wißt sehr genau, wie wertvoll solche Gemälde für die Diplomatie sind. Die gesamte Geschichte unseres Herzogtums wird in solchen Werken dokumentiert – *Gebur-*

ten, Tode, Hochzeiten, Testamente, Verträge und vieles andere mehr – und sie *müssen* einfach von hervorragender Qualität sein. Sie müssen vollkommen sein. Ich kann nicht zulassen, daß sie das nicht sind.«

»Nein«, murmelte Serrano, »nein, Euer Gnaden, selbstverständlich nicht –«

»Es sieht meinem Sohn nicht sonderlich ähnlich, Zaragosa –«

Er zuckte zusammen. »Nein, Euer Gnaden, wie Ihr sagt –«

»Und wenn ich es dem König von Pracanza präsentieren soll, um Verhandlungen über eine Verlobung zu eröffnen, muß es ähnlich sein.« Er ließ sich die blut- und schweißfleckigen Ringe von den Fingern ziehen, damit seine Hände gewaschen werden konnten. »Mein Sohn ist ein Mann, der für sein Gesicht, seine Gestalt, seine Ausstrahlung gerühmt wird. Sollen Pracanza und seine Tochter ihn für weniger halten, als er ist?«

»Nein, Euer Gnaden, selbstverständlich nicht –«

»Was sollen wir dann tun, Zaragosa?«

Der Mann schien weiter in sich zusammenzusinken: aus einer einstmals runden Traube war eine schrumpelige Rosine geworden. »Euer Gnaden, wenn mir erlaubt würde zu sprechen –«

»Dann sprecht; ich halte Euch nicht davon ab.«

Serrano wagte ein schwaches Lächeln. »Ich bin krank gewesen, Euer Gnaden. Selbstverständlich bin ich schon wieder auf dem Weg der Besserung«, fügte er hastig hinzu, »aber – ich bin krank gewesen.«

»Staatsangelegenheiten können sich nicht nach Krankheiten richten, Zaragosa.«

»Nein, Euer Gnaden, selbstverständlich nicht – aber ich könnte neu beginnen –«

»Dafür ist keine Zeit mehr, Zaragosa; ich werde morgen nach Pracanza abreisen. Und daher habe ich beschlossen, ein anderes Gemälde mitzunehmen.«

Der Atem rasselte in Serranos Lungen. »Ein anderes

Gemälde? Aber – Euer Gnaden ... Nommo do'Matra, *ich* bin der Oberste Hofmaler! *Ich!*«

»Ich kann Euer Bild nicht in Pracanza vorführen. Daher nehme ich ein anderes.« Der Herzog wandte sich zur Seite, studierte einen Brief, den sein Sekretär ihm entworfen hatte, nickte und entließ den Mann. »Wir haben das Glück, daß mein Sohn ein weiteres Porträt bestellt hat, Dank sei der Mutter, und das wird genügen müssen.«

Serrano war totenbleich. »Wer?« keuchte er. »Wer ist der Künstler?«

Baltran winkte ab. »Ich kenne seinen Namen nicht, Zaragosa. Es handelte sich um ein privates Arrangement zwischen meinem Sohn und dem Maler, aber ich habe das Bild gesehen – es wurde vor zwei Tagen geliefert –, und es ist hervorragend. Eine deutliche Ähnlichkeit und voller Geist und Ehrlichkeit. Genau das, was ich brauche.« Er hielt inne. »Alejandro weiß noch nicht, daß ich es brauche, aber er wird keinen Einspruch erheben. Es schmeichelt der Eitelkeit eines Mannes zu wissen, daß seine zukünftige Braut ihn von seiner besten Seite sehen wird.« Der Herzog grinste. »Ich versuche, für meinen Nachwuchs das Beste zu erreichen; seine Schwester wird, wenn sie alt genug ist, in das Haus Diettro Mareia einheiraten, und dieses pracanzische Mädchen für Alejandro wird endlich die Grenzstreitigkeiten beilegen.«

Grau wie ein Seuchenopfer, schaffte es Serrano kaum, auch nur zu nicken. »Aber sicher wissen Euer Gnaden, aus welcher Familie der Künstler stammt?«

Baltran do'Verrada lachte. »Wie, Zaragosa – fürchtet Ihr, ich würde Euch durch einen gemeinen Grijalva ersetzen?« Grinsend schüttelte er den Kopf. »Euer Platz ist sicher, solange ich lebe, Zaragosa. Aber das bedeutet nicht, daß ich schlechte Arbeit hinnehmen muß.«

»Nein, Euer Gnaden –«

»Daher schlage ich vor, daß Ihr Eure Gesundheit wiedererlangt, das wird auch Euren Fähigkeiten zugute kommen.«

Er entließ den Maler mit einer Geste. »Ihr dürft gehen, Zaragosa. Ich wünsche Euch einen guten Tag.«

Aber für Zaragosa Serrano, der sich aus der Schlafkammer schlich, war der Tag alles andere als gut.

Sario zögerte vor dem Zelt nur einen Augenblick, dann griff er nach einer Handvoll Stoff und zog die Türklappe zur Seite. Er wußte, was er finden würde – was er finden *sollte* –, und war daher nicht erschrocken, sondern erleichtert, sogar insgeheim erfreut: neben dem Teppich mit den inzwischen vertrauten, lesbaren Mustern saß ein alter Mann, im Tod zusammengesunken.

Sario kniete sich neben die Leiche und zog das verrutschte Gewand beiseite. Sah sich an, was er aus der Ferne bewirkt hatte.

»Matra Dolcha ...« Jubel erfüllte sein Herz.

Es war keine Freude über den Tod des Mannes, sondern Triumph, intensive Zufriedenheit, daß er dies bewirkt hatte. Und nicht darüber, daß er jemanden bewußt getötet, sondern daß er Erfolg gehabt hatte. Es war wichtig, Erfolg zu haben. Es war wichtig zu wissen, daß er tun konnte, was er plante, was er tun *mußte,* daß er werden konnte, was er werden mußte.

»Ich weiß es«, sagte er. »Jetzt weiß ich es.« So viel Macht, so viel Magie, so viele althergebrachte Fähigkeiten besaß niemand in Tira Virte, nicht einmal die Viehos Fratos, die nicht wußten, daß sie selbst und ihre geschätzte Gabe nichts anderes waren als ein paar Reste von Al-Fansihirro.

Sario, der sich gern seiner eigenen Art von Humor hingab, lächelte: *Im Namen der Mutter und Ihres Heiligsten Sohnes dienen wir Acuyib von Tza'ab Rih.*

Ironie reinsten Wassers. Und ganz sicher Ketzerei.

Er hätte nach Tza'ab Rih gehen sollen. Er hätte im Namen von Acuyib die Reiter des Goldenen Sturms wieder zum Leben erwecken sollen, Menschen Lebensmut und

Atem geben, die lange ohne dies gelebt hatten. Aber das würde er nicht tun. Das war nicht sein Ziel.

»Ich will malen«, sagte er dem alten Mann. »Ich will malen, was nie zuvor gemalt wurde. Ich will sein, was wir seit drei Generationen nicht waren. Ich will der Beste von allen sein, von meinen streitbaren Viehos Fratos, der beste Grijalva, der beste Maler, der beste Oberste Hofmaler, seit es dieses Amt überhaupt gab.« Er hielt inne. Wartete. Erhielt keine Antwort. »Du siehst, es gibt vieles für mich zu tun. Ich habe keine Zeit, das zu sein, was du dir gewünscht hast, und Tza'ab Rih ist nicht mein Zuhause. Sein Volk ist nicht mein Volk. Du bist nicht mein Vater.«

Schweigen. Leise ließ er den Stoff der Klappe sinken und kniete sich auf den Teppich.

Ich bin nicht mehr derselbe. Ich bin mehr, als ich war, mehr, als selbst ich glaubte, sein zu können, mehr, als ich Saavedra gesagt habe. Dieser alte Mann hat mir einen Schlüssel gegeben, genau wie die Viehos Fratos. Er schloß die Faust um den goldenen Anhänger an seinem Hals. *Ich darf keine Angst haben. Ich darf das nicht zulassen. Ich bin, was ich bin, was ich immer sein wollte ... aber es gibt noch mehr. Und Raimon hat mir die Erlaubnis dazu gegeben.*

Er hätte es ohnehin getan. Aber Raimon hatte ihm die Erlaubnis gegeben.

Sario betrachtete forschend die Seide, das Muster, die Zutaten dort auf dem Teppich, auf dem er kniete. Er konnte die Bedeutung sofort entziffern; Il-Adib hatte einen Segen herangerufen, sich um Kraft bemüht.

Wieder diese Ironie. Sario schloß die Augen, dann murmelte er Worte der Lingua Oscurra, brach das Muster, verstreute Zweige und Blüten. Rasch nahm er die Gewichte von dem Pergament, rollte es zusammen, schob es zurück in die Lederhülle und legte sie vorsichtig auf die anderen in der Dornholz-Truhe.

»Ich werde den *Kita'ab* bewahren«, sagte er, »nicht um

dessentwillen, was er für Tza-ab bedeutet; nicht um seines Wertes für die Viehos Fratos willen, die seine Wahrheit nicht kennen ... sondern weil er *mir* helfen wird.« Er schloß die Truhe, verriegelte sie, verfolgte rasch die ins Holz eingeschnitzten Worte. Lingua Oscurra, die den Inhalt schützte. »Mein *Kita'ab*«, sagte er. »Mein Schlüssel zur Macht.«

Sario lachte. Wahrhaftig ein Schlüssel. Chieva do'shihirro.

Schweigend rollte er den Teppich auf, der ihn so fasziniert hatte, klemmte ihn sich unter den Arm und trug ihn zusammen mit der Truhe nach draußen.

Ohne den Teppich, ohne die Lingua Oscurra, die es verbarg, würde Il-Adibs Zelt bald entdeckt werden – und ein Tza'ab-Zelt würde innerhalb der feindlichen Mauern nicht geduldet werden.

Alejandro brachte sie in das Erkerzimmer, das man dem Sohn des Herzogs innerhalb der Mauern der Grijalvas zur Verfügung gestellt hatte, und sagte ihr die Wahrheit. Er sah, wie die Farbe aus ihren Wangen wich, sah, daß sie gleich zusammenbrechen würde, und hielt sie fest, bevor sie fiel. Sofort führte er sie zu einem Stuhl und half ihr, sich mit einem gewissen Maß an Anmut und Selbstkontrolle hinzusetzen.

»'Vedra«, sagte er, »ich bin so entsetzt wie du, aber ist es denn wirklich so schlimm?«

Sie fuhr sich mit der Hand an die bleiche Kehle.

»Selbstverständlich ist es das«, sagte sie schließlich mühsam. »Nommo do'Matra, Alejandro – *mein* Gemälde soll dem König von Pracanza präsentiert werden?«

Er versuchte, es mit Humor zu nehmen. »Immerhin spricht das für deine Arbeit, oder?«

»Nein«, erklärte sie. »Es spricht nur davon, daß er dir etwas gestohlen hat – und mir ebenfalls!«

»Ja, ich nehme an, man könnte das so sehen.« Er ging um ihren Stuhl herum, jetzt weniger amüsiert. Zerstreut zog er sein Fleischmesser halb, steckte es wieder ein. »Aber er ist der Herzog, und was mein ist, gehört auch ihm.«

»Es war ein Geschenk an dich.«

»Ich habe es bestellt.«

»Ich habe die Bezahlung nicht angenommen.«

Er lächelte.

Gereizt sagte sie: »Wenn ich es dem Herzog hätte schenken wollen, hätte ich es ihm selbst geschickt.«

Alejandro lachte. »Ist das das Temperament der Künstlerin? Nicht viele würden es wagen, Baltran do'Verrada zu kritisieren.«

»Er hat es doch verdient, oder?«

Er blieb stehen, hörte auf, mit dem Fleischmesser zu spielen, sah sie abschätzend an. *Meine arme Malerin* – »'Vedra, meine Liebste, was soll ich denn tun? Es zurückverlangen?«

»Das könntest du.«

In eisigem Ton. Mit eisiger Miene. Er wußte nicht, wieviel davon echter Zorn war, wieviel Bedauern, wieviel Angst, daß ihre Begabung, die ihm allemal ausreichte (was er ihr immer wieder versicherte und was sie sich immer wieder weigerte zu glauben), nicht genug war für den Herzog. Oder für den König von Pracanza und dessen Tochter.

Matra Dolcha, gib mir Kraft. Ich würde ihr nie weh tun, wenn ich eine andere Möglichkeit hätte. Aber ich möchte auch nicht, daß mich jemand verletzt. Er trat hinter ihren Stuhl, legte ihr die Hände auf die Schultern, bezog Trost aus diesem Kontakt und tröstete zugleich selbst. »Ich kann es nicht zurückverlangen. Mein Vater ist schon vor zwei Wochen abgereist, und er hat das Bild mitgenommen. Aber ich habe erst jetzt den Mut gefunden, es dir zu sagen.« Er seufzte, spürte, wie sie sich versteifte; erst hatte man das Bild genommen, und nun gestand er auch noch, daß er es ihr nicht sofort gesagt hatte. »Und ich dachte eigentlich – ich *hoffte* –, daß die Nachricht von dieser anstehenden Verlobung für dich, für uns beide wichtiger ist als die Tatsache, daß er das Porträt mitgenommen hat.«

»Gestohlen, Alejandro.«

Er drückte ihre kühlen Schultern sanft, wartete auf die vertraute Reaktion. Streichelte sie mit den Daumen. »Bedeutet es dir gar nichts, daß ich heiraten werde?«

Sie hatte den Kopf gesenkt. Ihr Haar fiel nach vorn, verdeckte ihr Gesicht, schloß ihn von ihren Gedanken aus. Aber ihr Tonfall war jetzt ruhig, sie schien diese Nachricht unbeteiligt hinzunehmen. »Selbstverständlich wirst du heiraten. Ich ebenfalls.«

Das ließ ihn innehalten. Seine Hände, immer noch auf ihren Schultern, erstarrten. Kälte breitete sich in ihm aus: entsetzliche, äußerste Angst. »Ist das so? Wollen sie dich verheiraten?«

»Davon ist immer die Rede. Für alle Frauen, vor allem für Grijalva-Frauen. Und ich bin schon ein wenig älter als die meisten, die bereits verheiratet sind.« Er spürte, wie abgehackt sie atmete, wie ihre Schultern unter seinen Händen zu zittern begannen. »Ich bin jetzt neunzehn ... es wird Zeit, daß ich Kinder bekomme.«

Er sprach es aus, ohne nachzudenken. »Dann bekomm meine.« Und in dem Augenblick, in dem er es aussprach, wußte er, wie sehr er es sich wünschte. Er beugte sich zu ihr, brachte die Locken mit seinem Atem durcheinander. »'Vedra, ich bitte dich –«

»*Grijalva*-Kinder.«

Das versetzte ihn in Zorn, in Qualen. Konnte sie denn nur die Familienlitanei herunterbeten? Hatte nichts von dem, was er ihr gesagt hatte, sie bewegt? »Gesegnete Mutter«, sagte er und zog sich erstarrt zurück. »Bedeutet es dir denn überhaupt nichts, daß ich heiraten soll, um einen weiteren Erben für Tira Virte zu zeugen, und *du* heiraten sollst, um Maler für die Grijalvas zu gebären?«

Saavedra lachte leise, und endlich hörte er die Verzweiflung darin. »Was wollen wir denn sonst tun? Uns weigern? Wir sind, was wir sind, Alejandro ... es war uns nie bestimmt, etwas anderes, mehr als das zu sein, seit dem Tag unserer Geburt.« Sie erstarrte unter seiner Berührung. »Würdest du mich denn heiraten wollen? Eine Grijalva-Chi'patro als Herzogin?«

Seine Hände umschlangen ihren Hals, ruhten auf zarten Schlüsselbeinen, als schmückte er sie mit den kostbarsten Juwelen. Und vielleicht tat er das auch: mit der Liebe und Aufmerksamkeit eines Mannes, der einmal Herzog sein würde. »Nommo Matra ei Filho ... wäre es mir gestattet«, schwor er mit aller Förmlichkeit, »dann würde ich es tun.«

Ein Schauder überlief sie. »Aber es ist nicht so. Es wird nicht so sein. Es kann nicht sein.«

»Nein.« Er löste seine Hände von ihr, ging um den Stuhl herum, um ihr ins Gesicht zu sehen. Er kniete vor ihr nieder, nahm eine ihrer Hände in seine, küßte sie, zog sie an sein Herz. »Ich werde dich nie mit falschen Versprechungen von etwas, das nicht sein kann, beleidigen. Aber ich werde dich ehren, wie ich es vermag, wie ich es will und wie es in meiner Macht liegt.«

Sie war sehr blaß geworden. Sie hatte nichts mehr von dem Mädchen am Brunnen vor zwei Jahren an sich, das nasse Locken zurückwarf, um ihn anzugrinsen, in unbewußter Zurschaustellung der Großzügigkeit und der Ehrlichkeit, die sie so bemerkenswert machte.

Sie hatte in diesem Augenblick nichts mehr von dem Mädchen, in das er sich an jenem Tag verliebt hatte, obwohl er das so lange und aus Gründen, an die er sich kaum mehr erinnern konnte, geleugnet hatte.

Gesegnete Mutter, laß sie erkennen, wie sehr ich sie liebe. Nein, jetzt leugnete er nichts mehr. Er wollte alles; und wenn er nicht *alles* haben konnte, würde er nehmen, was blieb. »Marria do'Fantome«, sagte er.

Farbe breitete sich auf ihren Wangen aus. Die grauen Augen wurden groß, dunkel vor Schreck und vom Kerzenlicht. »Eine Schattenehe? Du und – ich?« Unglauben schwang in ihrer Stimme mit. »*Ich?*«

»Viel mehr als ein Schatten – so wirklich es nur geht. Alles bis auf die Heiligen Gelübde vor Premia Sancta und Premio Sancto –«

»Vor deinem Vater, deiner Mutter, den höchsten Familien von Tira Virte.« Sie seufzte, schloß die Augen, entzog ihm ihre Hand. »Sie werden es nie erlauben.«

Das verblüffte ihn. »Wer? Mein Vater? Meine Mutter? Die Ecclesia? Die werden wenig mitzureden haben –«

»Meine Familie«, sagte sie bitter. »Die Viehos Fratos, die die Grijalvas regieren.«

Er gab einen Fluch im übelsten Gossenjargon von sich.

Saavedra öffnete die Augen – diese großen, grauen Augen, riesig und verblüffend ausdrucksvoll in diesem eleganten, zarten Gesicht – und lächelte traurig. »Du dienst den do'Verradas. Ich diene den Grijalvas.«

Das saß. »Bin ich nicht gut genug für sie?«

Tränen glitzerten. »Für mich bist du ganz bestimmt gut genug, Alejandro. Ich glaube, *sie* sehen nur, daß sie Kinder von mir brauchen, begabte Kinder, potente und fruchtbare Kinder, die andere zeugen und gebären werden. Wir können es uns nicht leisten, auch nur eines davon zu verlieren ... es sind nur noch so wenige von uns übrig.«

Er wich ein Stück zurück, richtete sich auf, begann, auf und ab zu wandern, quer durch den Raum. Wieder fing er an, mit dem Fleischmesser zu spielen. Und als er schließlich innehielt, sich umdrehte und lächelte, sah er die Wahrheit in ihrer Miene so schneidend wie eine Schwertklinge: sie hatte entsetzliche Angst, ihn zu verlieren, aber sie war sicher, daß dies geschehen würde.

Gesegnete Mutter ... Es tat weh, ihren Schmerz zu sehen, obwohl er froh war, nun zu wissen, daß sie ihn ebenso liebte wie er sie. Und nun wußte er auch, was er ihr anbieten konnte, um die gegenseitige Angst zu beschwichtigen. *Sie wird mich nicht verlieren, ebensowenig wie ich sie.*

»Verhandlungen«, sagte er, seines Entschlusses ganz sicher. »Mein Vater verhandelt mit den Pracanzern. Ich mit den Grijalvas.« Er zuckte mit den Schultern. »Der Schlüssel zu erfolgreichen Verhandlungen besteht darin herauszufinden, was die andere Seite will, und es – wenn möglich – anzubieten oder etwas annähernd Ähnliches. Mehr. Etwas, was sie so unbedingt wollen, daß sie dir genau das geben, was *du* willst.«

Saavedra schüttelte den Kopf; im Kerzenlicht schimmerten die Locken schwarzblau. »Es gibt nichts«, sagte sie. »Wir sind keine Herrscherfamilie ... wir sind keine Herzöge oder Erben. Wir verdienen unser Geld durch unsere Kunst.«

»Maler«, sagte er. »Hervorragende, bemerkenswerte Maler. Selbst ihre Frauen, was bewiesen wird durch die Absicht meines Vaters, dein Werk als Grundlage einer Verlobung zu benutzen.« Er lächelte, als er ihr Staunen bemerkte; so hatte sie das nicht betrachtet. »Und wonach sehnt sich ein Grijalva-Maler mehr als nach allem anderen auf der Welt?«

Sie verstand ihn nun vollkommen. Sofort. Es brauchte keine weiteren Erklärungen. Und sie zögerte keinen Augenblick, während strahlende Freude in ihren Augen aufblitzte und Röte in ihre Wangen schoß.

»Sario«, sagte sie.

Alejandro grinste. Lachte. Zog sie vom Stuhl und umarmte sie, machte ein paar Tanzschritte, war dankbar und ermutigt von ihrem hingerissenen Lachen, ihrer ungezähmten Freude, dem Ausmaß ihrer Erwiderung.

»Sario«, sagte er.

Mehr brauchten sie nicht.

19

Saavedra stand in der offenen Tür der kleinen Zelle, die ihr so lange als Atelier gedient hatte, als Einschränkung ihrer Welt, die sie gezwungen hatte, Phantasie zu entwickeln, sie zu definieren. Sie hatte gleichzeitig gedient und gelernt, fast ihr gesamtes Leben lang, und nun hatte ihr Leben sich verändert.

Das Zimmer war leer – nun ja, nicht ganz: die Pritsche war noch vorhanden, der kleine Arbeitstisch am Fenster, Waschschüssel und Krug, der Nachttopf hinter dem Wandschirm. Solche Dinge gehörten der Familie, nicht einer einzelnen Person. Es würde andere Möbel für sie geben, bessere, aber nicht so großartig, um sie reich oder adlig scheinen zu lassen. Und ein besseres Zimmer, größer, geräumiger, mit größeren, besseren Fenstern, mit besserem Licht. Sie nahm an, einige würden der Meinung sein, das sei an sie verschwendet – sie würde nie Meistermaler sein und verdiente daher kein besseres Quartier –, aber niemand würde Einspruch erheben. Sie verstanden, wie wichtig das Interesse und der Schutz des Erben war. Zum ersten Mal in drei Generationen hatten die Grijalvas das Ohr eines do'Verrada.

»Das Ohr«, meinte Saavedra trocken, »und ich bin sicher, einige sagen, noch etwas ganz anderes.«

Sie grinste. Ein do'Verrada als Gönner ... aber nicht für ihre Kunst, jedenfalls nicht unbedingt, und auch nicht für die Kunst anderer Grijalvas.

»Für mich.« Obwohl sie leise sprach, hallten die Worte wider.

Zögernd zunächst, begann ihre Freude sich zu entfalten – sie hatte Angst, sie sich einzugestehen, Angst, damit alles zu verderben – aber dann begann Saavedra zu lachen und lachte abermals ins Echo ihrer Freude.

»Alejandro do'Verrada ... und Saavedra Grijalva.«

Da. Jetzt hatte sie es ausgesprochen. Hatte es *verkündet.*

Sie nahm an – nein, sie war sicher –, daß sie auf der Straße, in Familien wie den Serranos, für eine Schlampe gehalten wurde. Eine Hure. Am Hof hingegen würde es nicht darum gehen, welchem Zweck sie diente, sondern um ihren vollkommen unbedeutenden und dennoch berüchtigten Namen. Bei Hof waren solche Dinge nicht ungewöhnlich. Baltran do'Verrada selbst hatte seine Mätresse nie verborgen. Gitanna Serrano hatte sein Bett sieben Jahre lang geteilt, anerkannt und geduldet, ebenso wie jetzt Alizia do'Alva.

»Aber ich bin eine *Grijalva.*« Dafür würden sie sie hassen. Sie Chi'patro nennen. Alejandros jämmerlich schlechten Geschmack beklagen.

Und die Ecclesia würde toben, Sanctas und Sanctos würden mitten auf der Straße tot umfallen!

Wieder mußte sie lachen. Sie konnte einfach keinen Grund finden zu bedauern, was zwischen ihnen entstanden war – und es hatte lange gebraucht, bis sie es sich eingestanden hatten. Kein Teil von ihr wich vor etwas zurück, verbarg sich, vermied das Nachdenken; die Liebe war der Verliebtheit gefolgt, noch ehe etwas zwischen ihnen geschehen war. Und nun war sie ganz Freude. Geist und Körper vibrierten geradezu.

Alejandro liebt mich. Und dann, in einem Aufbrausen freudigen Unglaubens und zögernder Anerkennung: »Alejandro liebt *mich!*«

Es machte ihr nicht das geringste aus, daß es über die Gelübde hinaus, die sie einander gegeben hatten, keine formelle Bestätigung ihrer Bindung geben würde. Bei den Grijalvas, denen Kinder so wichtig waren, wurden selbst kurzfristige Verbindungen zwischen Männern und Frauen ganz ähnlich wie ein Sakrament betrachtet. Einige heirateten, andere nicht. Es kam sogar vor, daß ein Mann, der die Gabe hatte, eine fruchtbare Frau heiratete, trotz seiner Sterilität; es gab genug fruchtbare Männer, die die Frauen schwängern konnten. Es war sinnlos, eine Bindung zwischen einem Meistermaler und einer fruchtbaren Frau zu verhindern, nur um der Kinder willen. Sterilität war ja keine Strafe, sondern ein Anzeichen der Begabung. Solange die Grijalvas Kinder bekamen, war es gleich, wer die Eltern waren.

Saavedra selbst hatte ihren Vater nie gekannt. Ein sanftmütiger, aber körperlich schwacher Mann von schlechter Gesundheit und angeblich seltsamem Aussehen – rundlich und fraulich –, das hatte ihre Mutter ihr in dem Sommer erzählt, bevor Suerta Grijalva am Fieber gestorben war. Guilbar Grijalva war auch für diese Familie seltsam gewesen; er hatte die Gabe gehabt, war aber merkwürdig unfähig gewesen, ein Peintraddo Chieva abzuliefern. Spät in seinem Leben hatte er höchst unerwartet ein Kind gezeugt, von dem seine Frau schwor, es sei das seine: Saavedra, sein einziges Kind in einem achtundfünfzig Jahre währenden Leben. Er lebte länger als die meisten Meistermaler, aber nicht so lange wie jene Männer, die die Gabe nicht hatten; Guilbar Grijalvas einziges Vermächtnis war, daß er selbst in einer Familie, die von der Außenwelt als merkwürdig betrachtet wurde, ein Außenseiter war.

Aber Saavedras Kind, wenn sie denn eines haben würde, würde seinen Vater kennenlernen, denn sein Vater würde erheblich länger leben als die Meistermaler oder der arme, kränkliche, *seltsame* Guilbar Grijalva, und keiner der Viehos Fratos würde vorschlagen, daß sie einen anderen Mann heiratete oder auch nur mit ihm schlief, solange sie die Mätresse des Erben war.

Lächelnd legte Saavedra eine Hand auf den Riegel und zog die Tür zu. Dieser Teil ihres Lebens war zu Ende. Sicher würde sie eines Tages heiraten, ebenso wie Alejandro heiraten würde, aber vorerst gehörten sie einander. Und sie würde dafür sorgen, daß es so lange wie möglich währte, selbst mit der Hilfe der Mutter, zu der sie mit zunehmender Dankbarkeit und Intensität betete.

Saavedra schloß die Tür. Hörte das Schloß klicken. Wandte allem, was sie kannte, den Rücken zu, um dem entgegenzusehen, was sie erkennen *würde.*

Einen Augenblick lang durchstieß etwas die Freude und senkte sich in ihr Herz wie ein Dorn. *Ich darf es Sario nie sagen … nie etwas von dem Gespräch erwähnen, das Alejandro und ich über Verhandlungen hatten – und über Oberste Hofmaler.* Aber dann schüttelte sie diesen Dorn ab wie ein Pferd, das eine Fliege abschüttelt; das war unbedeutend, war keine Überlegung wert und sicher kein Zögern. Sarios Genie würde genügen, ihm diese Position zu gewinnen, wenn Baltran do'Verrada irgendwann sterben sollte.

»Er ist dafür mehr als gut genug«, murmelte Saavedra und zuckte innerlich zusammen, weil sie so dumm gewesen war, auch nur daran zu denken, daß sie eine Rolle spielen könnte.

Als sie sich umdrehte und sich auf den Weg zu ihren neuen Räumen machte, begannen die Glocken zu läuten.

Auf dem großen Arbeitstisch in dem geräumigen Atelier mit der Gewölbedecke waren nur noch der *Folio* und die Truhe aus Dornholz zu sehen. Sario stellte noch eine kleine Kupferschale darauf, die drei Dinge enthielt: Blüten von Goldrute, Geranien und Verbenen für Vorsicht, Schutz und Verzauberung. Er zerdrückte sie mit dem Daumen, inhalierte die Duftmischung, dann ließ er die Blüten wieder in die Schale fallen.

Als nächstes öffnete er die Truhe und begann, Lederröhren herauszuholen und zu öffnen, methodisch die Pergamente herauszuholen, einige zerrissen, einige an den Ecken verbrannt oder durchlöchert von Funken. Vorsichtig entrollte er sie alle und breitete sie auf dem Tisch aus, beschwerte sie mit Pinseln, Farbfläschchen, Harzbrocken.

Er betrachtete sie forschend. Der Text selbst, so sorgfältig von Hand geschrieben, bedeutete nichts, bestand nur aus Anweisungen zu einem bestimmten Verhalten – Listen von Regeln. Es gab einiges, was zu lernen war, ein paar kleinere Zauber, wie sie auch die Grijalvas kannten, einiges über Acuyibs Lehren und Philosophien, aber nichts darüber, was *er* gelernt hatte, was Il-Adib ihn gelehrt hatte. Er wußte allerdings, daß die Wahrheit von Al-Fansihirro in der Lingua Oscurra lag, der Form der Ränder, den Illustrationen.

Dann wandte er sich dem *Folio* zu, den Verro Grijalva erobert hatte. Er öffnete den Ledereinband, legte das Buch flach auf den Tisch und begann, sich jede Seite genau anzusehen. Vom *Folio* zum *Kita'ab*, vom *Kita'ab* zum *Folio*, bis er das Muster erkannte.

Es war selbstverständlich gebrochen. Es gab Lücken im *Folio*, Lücken innerhalb der Seiten, die der alte Mann so lange aufbewahrt hatte. Zerrissene Seiten, halbe Seiten, blut- und wasserfleckige Seiten, an manchen Stellen bis zur Unleserlichkeit beschädigt. Es fehlten Seiten, es fehlten ganze Abschnitte, so daß zwischen einer Stelle und einer anderen keinerlei Verbindung hergestellt werden konnte.

Gebrochene Muster. Sie würden nie wieder zusammengesetzt werden können. Zuviel war verloren, zuviel zerstört. Aber er wußte besser als jeder andere, wie man Dinge zusammenfügte.

Zeit. Das war es, was ihnen allen gefehlt hatte: den Grijalvas, denen, die die Gabe hatten, den Obersten Hofmalern, den Viehos Fratos. Ironischerweise hatten die, die am längsten lebten, der Familie am wenigsten zu bieten gehabt, da sie nicht über die Gabe verfügten und daher zweitrangig waren, vollkommen machtlos, vorgesehen für Unbedeutenderes.

Er hingegen war dazu geschaffen, ganz groß zu werden. Und Größe brauchte Zeit.

Seufzend brachte Sario die Kerzen näher heran, stellte sie auf den Tisch. Es war ein Kompromiß: Licht ja, aber so weit entfernt, daß es nicht gefährdete, was so unersetzlich war. Immerhin, es genügte, um mehr zu erkennen, um das goldene und silberne Filigran zum Glitzern zu bringen, als wäre es feucht. Als wäre es gerade erst aufgetragen worden.

In der Stille des Ateliers, die nur vom Rascheln des Pergaments gebrochen wurde, das er hierhin schob, dorthin, dann wieder hierhin, arbeitete Sario. Das Muster konnte nie wieder vervollständigt werden, aber er konnte einzelne Teile davon zusammenfügen. Und aus ihnen lernen.

Er lächelte. Er hatte soviel gelernt in den zwei Jahren mit

dem Mann. So viel in den achtzehn Jahren bei den Grijalvas. Achtzehn Jahre solcher Wahrheit und Magie, wie niemand in der Welt zu kennen ertragen könnte.

Solcher Wahrheit und Magie, wie niemand auf der Welt sie lernen konnte: er war der einzige. Denn die Gabe der Grijalvas bestand nicht in der Kunst des *Folio* allein oder in dem, was in den Rändern des *Kita'ab* verborgen war, sondern aus beidem. Das Muster, das er aus beiden Teilen auf seinen eigenen Körper wob: die Verbindung der wahren Kunst mit der Magie, hatte der alte Mann es genannt. Er selbst war eine Art Orden. Die Summe von Sarios Einzelteilen war in ein Ganzes gewebt, aus Tza'ab-, Tira Virtinischem und Grijalva-Blut zu jenem unlöschbaren Feuer, der Luza do'Orro seiner Begabung und der inneren Vision der Al-Fansihirro. Einer von vielen Möglichen, hatte Il-Adib gesagt, aber der einzige mit dem Wesen, der Begabung, dem Blut, dem Ehrgeiz, der Rücksichtslosigkeit, dem Willen – und dem *Hunger* zu sein, was er war.

Niemand sonst. Nicht jetzt. Nur Sario. Nur Sario wußte es. Es konnte nur Sario sein.

Er berührte die uralten Seiten des *Folio,* der der *Kita'ab* war. »Mein«, murmelte er leise. »Das alles gehört mir –«

Er hielt inne, als der Riegel rasselte. Er erstarrte, drehte sich um und schaute zur Tür des Ateliers hinüber, und dann lachte er leise, weil der Riegel zwar nicht verschlossen war, aber dennoch nicht geöffnet werden konnte. Nicht mit der Hand, nicht mit einem Schlüssel, nicht von der Kraft eines Mannes oder gar eines Rammbocks.

Auch das war wichtig. Niemand sonst durfte es erfahren. Il-Adib war tot, und Sario hatte nicht vor, sein Wissen zu teilen.

Es hörte auf zu rasseln. »Sario.«

Die Freude verebbte. Er wartete.

»Sario.«

Er warf einen Blick auf seine Arbeit, den offenen *Folio,* die zusätzlichen Seiten, die Schale mit den Blüten.

»Nommo Chieva do'Orro, Sario.«

Er brauchte die Tür nicht zu öffnen, in niemandes Namen. Aber für diesen Mann würde er es tun.

Noch ein Blick auf seine Arbeit. Verborgene Sprache, verborgene Arbeit, verborgenes Wissen und Macht ... aber er wollte den *Triumph* seines Wissens mit einem anderen teilen, nur mit einem einzigen; mit diesem Mann, der auf der anderen Seite der Tür stand. Er würde nicht alles teilen, aber genug davon.

Wieder blühte der Stolz auf. *Ich habe getan, was keinem anderen gelungen ist.* Und dieser Mann war der einzige, der es verstehen würde. Der seinen eigenen Mangel an Mut bedauern würde. Dieser Mann hatte selbst die Grenzen der Familie erprobt, aber er war zurückgewichen. Sario nicht. *Ich habe Grund, stolz zu sein.* Also erhob er sich, ging zur Tür, benetzte die Finger mit Speichel und rieb die winzigen Buchstaben weg, die er um den Riegel geschrieben hatte.

Die Verborgene Sprache verbarg sich selbst, aber auch die Wahrheit ihrer Macht. »Jetzt«, sagte er leise und trat beiseite, als der andere die Tür öffnete.

Raimon Grijalva betrat das Atelier nicht sofort. Er schaute an Sario vorbei zum Tisch, murmelte ein Gebet, dann sprach er lauter, wenn auch ohne Nachdruck. »Ich bin allein.«

Sario lächelte. »Selbstverständlich, Sanguo Raimon. Ich hätte keinem anderen den Eintritt erlaubt.«

Die Linien auf der alternden Haut prägten sich tiefer ein. »Nommo do'Matra, selbstverständlich nicht.« Raimon ging direkt zum Tisch und drehte sich nicht einmal mehr um, als Sario die Tür wieder hinter ihm schloß. Es war keine Zeit, die Buchstaben wieder hinzumalen; Sario verriegelte die Tür einfach. »So.« Raimon stand am Tisch, die Schultern unter der schwarzen Weste steif. »Bist du unter die Kopisten gegangen?«

Das Lachen war echt. »Du glaubst, ich *kopiere* nur?«

»Tust du das nicht?« Raimon beugte sich weiter vor. »Soll ich denn glauben –« Und dann hielt er inne.

»Ja«, sagte Sario grinsend. »Ich dachte mir, daß du es erkennen würdest, wenn du einen Augenblick Zeit hättest.« *Jetzt wird er es wissen. Jetzt wird er es sehen.*

Stille, bis auf abgehackte, laute Atemzüge und das leise Rascheln von Blättern, die bewegt wurden. »Matra Dolcha – O Gesegnete Mutter –« Eine Hand klammerte sich um den Schlüssel, küßte ihn, drückte ihn ans Herz. »– heiliger Sohn –«

»Und Acuyib.« Wieder grinste Sario, lachte. Er wurde immer vergnügter. »Aber ich nehme nicht an, daß dir der Name vertraut ist.«

Ein Schauder überlief Raimon. Als er sich schließlich umdrehte, tat er es ungeschickt, mußte sich mit der Hand am Tisch abstützen. »Wie kann das sein? Der *Folio?*«

»*Nicht* der *Folio*«, sagte Sario, dann zeigte er auf die Seiten. »Ja, doch, der *Folio,* aber noch mehr. Anderes. Wir kannten die Wahrheit nicht, Sanguo Raimon ... wir waren Narren, hier eingeschlossen wie die Sanctas und Sanctos.«

Raimon alterte wie alle, die die Gabe hatten: er näherte sich den Vierzig, sah aber aus wie sechzig. Die Jugend war verbannt, seine Lebenskraft schwand, die Weichheit seiner Züge war einer herben, kantigen Schönheit gewichen, die dem Leiden entsprang. Der unruhige Geist, der ihn zum Neosso Irrado hatte werden lassen, die Ungeduld seiner Begabung, war eingeschränkt und beinahe erstickt worden. Noch lebte ein Mann in diesem Körper, ein mächtiger, brillanter Mann – jetzt einer der höchsten von ihnen, im Vorjahr zum Sanguo aufgestiegen –, aber Pflichten und Opfer hatten ihn an Geist und Körper altern lassen.

Mit offensichtlich angestrengter Zurückhaltung fragte er: »Was hat das zu bedeuten, Sario?«

Sario lachte laut. Er konnte seinen Jubel nicht mäßigen. *Siehst du, was ich getan habe!* »Verro Grijalva, der uns diese Seiten geschickt hat, die zum *Folio* wurden, hat uns viel mehr geschickt als einen Text, der uns hilft, unsere Technik zu verbessern und unsere Disziplin. Er hat uns das

Versprechen der Macht geschickt, den Schlüssel zur Magie, aber er wußte es nicht. Und so haben wir nur gesehen, was an der Oberfläche lag, aber der Schlüssel, den *wir* sahen, war nur aus niederem Metall, nicht aus Gold.« Sario sah die Chieva an, die an Raimons Hals hing, dann berührte er seinen eigenen Schlüssel, umschloß ihn mit der Hand. »Es ist mehr als nur der *Folio*, Raimon. Es ist auch der *Kita'ab*.«

Das wies Raimon scharf und zornig zurück. »Das kann nicht sein.«

»Doch.« Sario zeigte auf den Tisch. »Sieh her, Raimon. Erinnere dich, daß nur ein Drittel des Textes entziffert werden konnte ... wir überspringen die Worte, die wir nicht kennen, die Abschnitte, die wir nicht verstehen.« Er ließ den Schlüssel los, trat neben Raimon. »Sieh hier ... dieses Wort, siehst du es?« Er zeigte auf eine Zeile im gebundenen *Folio*, zeigte auf dasselbe auf einer der losen Seiten. »Hier, hier und hier. Überall im *Folio*, überall auf diesen Blättern.«

»Ich sehe es«, sagte Raimon.

»Dieses Wort ist den Grijalvas unbekannt, immer unbekannt gewesen. Bis jetzt.« Sario gestattete sich, die Buchstaben einen Augenblick lang mit dem Finger zu berühren. »Acuyib, Raimon. Das heißt es.« Es war einfach für ihn; Sprache und Betonung waren ihm vertraut. »Acuyib. Herr der Wüste, Lehrer der Menschen.«

»Du *weißt* diese Dinge?«

»Man hat sie mich gelehrt. Ja. Und nun weiß ich sie.« Er grinste, hielt nach einem Anzeichen von Freude auf der Miene des Sanguo Ausschau, in seinen müden Augen. »Ich weiß viele Dinge.« *Aber selbst du wirst sie nicht alle erfahren.*

Raimons Gesicht nahm einen bleichen Farbton an, wie eine Leinwand. »Und wie willst du diese Dinge verwenden, die du gelernt hast?«

»Wie du es von mir gewünscht hast.« Sario zuckte mit den Schultern. »Deine Anweisungen waren deutlich.« *Wo bleibt seine Anerkennung?* Nachdrücklich sagte er: »Ich sollte tun, was nötig ist, damit ein Grijalva – damit *dieser* Grijalva –«

Er hielt inne. Draußen, außerhalb des Palasso Grijalva, nur ein paar Straßen entfernt, begannen unerwartet die Glocken der Kathedrale zu läuten. Dann fielen auch andere Glocken ein, die Glocken der Sanctias, die kleineren der Kapellen.

Jetzt? Wie jeder Einwohner von Meya Suerta verstand Sario die Sprache der Glocken. Er war erschrocken; er kannte das, er kannte das Geläut, jenes schmerzliche Klappern … er hatte es zwar nie zuvor gehört, nie auf diese Art, denn die anderen verstorbenen do'Verradas waren nur Kinder gewesen.

Es wird wieder aufhören. Aber das tat es nicht. Und der erste Impuls, dieses abwehrende Gebet, änderte sich. *Nommo do'Matra – laß es wahr sein* – Schuld. Aber dieses Gefühl verging. »Matra«, murmelte er. *Laß es wahr sein.*

Raimon sank auf die Knie. Senkte den Kopf. Umklammerte seine Chieva do'Orro. »Nommo do'Matra, Nommo do 'Filho –« Die Glocken läuteten weiter. »– Nommo Matra ei Filho –« Die ganze Welt bestand nur noch aus Glocken. »O Gesegnete Mutter, Heiliger Sohn …« Raimon drückte den Schlüssel an die Lippen, dann ans Herz. »Schütze uns. Schütze uns alle.«

Sario fiel ein; das wurde erwartet. Aber er hatte eine zusätzliche Bitte: und gewähre seinem Sohn selbst in seiner Trauer die Klugheit, den Wert meines Werks zu erkennen, damit er mich berufen möge.

Er fühlte sich – brüchig. Zerbrechlich. Er drohte zu zerfallen, wenn ein anderer ihn auch nur ansprach.

Und genau das taten sie. Sie konnten nicht anders. Es gab keinen anderen, an den sie sich wenden konnten. Sie waren zu zweit gewesen, obwohl der andere erheblich größer gewesen war; er war unbedeutender, ein einsamer, bebender Setzling, verglichen mit diesem großen, kräftigen Baum.

Alejandro, sagten sie. Verbunden mit einem neuen Titel.

Herzog. Euer Gnaden.

Nein, wollte er schreien. *Das bin ich nicht.*

Dennoch war er es. Und mehr. Alejandro Baltran Edoard Alessio do'Verrada, durch die Gnade und den Segen von Matra ei Filho Herzog von Tira Virte.

Er würde zerbrechen. Sie würden ihn zerbrechen.

Alejandro, sagten sie. Baten. Befahlen. Trösteten. Mitten in Fragen, Antworten, Kommentaren. Anklagen. Tränen und Entsetzen und Wut.

»Seid Ihr sicher?« fragte er schließlich, was alle zu abruptem Schweigen veranlaßte. Er wich vor den harten, wütenden Blicken zurück, die so bitter wie Winterfrüchte waren. »Wieso sollte jemand so etwas tun?«

»Politische Gründe«, antwortete einer von ihnen, als spräche er mit einem Kind. Was er vermutlich auch war, verglichen mit ihrer Welt. »Wer kann das mit Sicherheit sagen? Wir wissen nur, daß es geschehen ist. Es gibt Rivalitäten, Feindseligkeiten, unterschiedliche Gruppierungen – selbst unter Pracanzern, die willens sind, einem Botschafter zuzuhören ...« Die Räte unterhielten sich murmelnd, sprachen von Tragödie und Krieg. Von Attentat.

»Seid Ihr *sicher?*« Wieder fragte er, denn er war vollkommen überzeugt davon, daß sein Vater es so gewollt hätte. Er mußte sehr, sehr sicher sein. Baltran do'Verrada hatte solche Dinge instinktiv gewußt, aus natürlicher Klugheit, verbunden mit Jahren der Erfahrung, aber sein Sohn, sein Erbe – jetzt Herzog an seines Vaters Stelle – war überhaupt nicht sicher, er wußte nur, daß alle bei Hofe in den Krieg ziehen wollten.

– *MICH in den Krieg schicken wollen* – Denn das würde er selbstverständlich tun müssen; Tira Virtes Herzöge führten ihre Armee immer persönlich in die Schlacht.

»Ich will keinen Krieg.«

Stimmen verklangen. Wieder hatte er sie entsetzt. Sich selbst ebenso – er hatte es nicht laut aussprechen wollen.

»Nein, ich will nicht«, sagte er deutlich. »Kein Mann sollte sich einen Krieg wünschen.«

»Nicht einmal, um die Ehre seines ermordeten Vaters zu rächen?«

Alejandro zuckte zusammen. Ja, Baltran do'Verrada war ein Mann von Ehre gewesen. Aber auch so viel mehr. *Weisheit, Geist, Zielsicherheit* – er schluckte gequält. *Ich selbst weiß überhaupt nichts, nur, daß ich für das hier nicht tauge.*

»Euer Gnaden«, sagte jemand; war es der Marchalo Grando, der Oberkommandant der Armeen? Vielleicht, Alejandros Blick war seltsam umnebelt, und er konnte nur sehr wenig erkennen. »Euer Gnaden, es müssen Routen festgelegt werden, Möglichkeiten abgewogen, Entscheidungen getroffen.«

Zurückgehaltene Wut und Trauer brachen sich Bahn. »Nommo do'Matra, Ihr werdet mir gefälligst *Zeit lassen!* Heilige Mutter, man erzählt einem Sohn, sein Vater sei ermordet worden, und innerhalb einer Stunde versammelt Ihr Euch wie Hetzhunde, um ihn in den Krieg zu treiben!«

Die Stille klang hohl. Plötzlich konnte er wieder klar sehen. Alles. Er verstand.

Schmerzvoll sagte er: »Wir *haben* keine Zeit.«

Der Marchalo – jetzt *sein* Marchalo – nahm sich seiner an, wenn nicht in Worten, so doch im Tonfall. »Nein, Euer Gnaden.«

20

Sario hatte gelernt, sein Mienenspiel zu kontrollieren, nur zu zeigen, was andere sehen sollten, obwohl sie blind blieben. Selbstvertrauen, ja; Arroganz, nein. Sicherheit über seine Ziele, über sein Recht, anwesend zu sein; aber keine Selbstzufriedenheit, keine Herablassung. Stolz war gestattet – in eingeschränktem Maß –, da Selbstsicherheit gefordert war; ohne beides wäre ein Maler nicht mehr als ein

Kritzler, ein Kopist, ein Mann, der sich sein Geld als Wandermaler verdiente – was keine Beleidigung darstellte, das war ehrliche Arbeit und führte oft zu Größerem –, aber für jemanden, der glaubte, daß seine Begabung erheblich mehr als das verdiente, wäre so etwas nur der Beweis der eigenen Mittelmäßigkeit gewesen. Und es war dieser Glaube an sich selbst, der verhinderte, daß Sario für sich so etwas wie Mittelmäßigkeit akzeptierte – diese einfache, leicht zu erreichende, *bequeme* Mittelmäßigkeit –, und ihn zu jenem Perfektionismus trieb, der Talent, Technik und die Gabe in ihm vereinte.

Er hatte sich für diese Gelegenheit besonders gekleidet, auf eine Art, von der er wußte, daß sie Beachtung hervorrufen würde. Aber es war eine ehrliche Aussage und eine, die kein Grijalva wagte, einfach abzutun. Während die anderen die traditionellen dunklen Farben trugen, die ruhigen, zurückhaltenden Töne einer Familie, die keine Aufmerksamkeit auf sich lenken will, weil dies nur zu Problemen führt, prangte Sario in dem leuchtenden, unverwechselbaren Grün seiner sogenannten »Barbarenbanditen«-Vorfahren und des Ordens. Er hatte entdeckt, daß ihm die Farbe stand: sein Haar, die Augen, die Haut waren dunkel wie bei einem Wüstenbewohner, und üppige Farben schmeichelten ihm. Den Turban hatte er allerdings nicht übernommen; es war eine Sache, in aller Stille an die Tza'ab-Vorfahren der Grijalvas zu erinnern, aber eine andere, zu offenem Haß herauszufordern. Und es waren nicht nur Grijalvas, die diese Ausstellung besuchen würden, sondern die wichtigsten Familien von Meya Suerta, die mächtigsten Höflinge, der Premio Sancto und die Premia Sancta und Herzog Alejandro persönlich.

Und obwohl Sario nicht das geringste auf all die anderen gab, ganz bestimmt nicht auf die Premias, *brauchte* er Alejandro, einen Mann, der vor Trauer beinahe außer sich war, verwirrt von seinem abrupten Aufstieg und der Notwendigkeit, so schnell wie möglich Entscheidungen zu treffen, besonders über die Bergung der Leiche seines Vaters und den anstehenden Krieg – und der zweifellos von den anderen stark beeinflußt wurde.

Vielleicht sogar von Saavedra … Sario hielt in der Menge nach ihr Ausschau. Sie gehörte nicht zu den Meistermalern, und man erwartete daher von ihr nicht, daß sie hier teilnahm, und ihre Position als Mätresse des Herzogs erlaubte ebenfalls keine öffentliche Entehrung der do'Verradas – obwohl es im Augenblick nur eine Herzoginwitwe gab, keine Ehefrau, die hätte beleidigt werden können –, aber er hatte sie eingeladen. Als einer der Aussteller hatte er das Recht dazu. So viele bedeutende Personen würden dort sein; *er* wollte, daß Saavedra kam. Sie war diejenige, die von Anfang an an ihn geglaubt hatte – und er wollte, daß sie nun Zeuge seines Ruhmes wurde.

Abrupt wurde sein Selbstvertrauen stärker. Er würde es sein, ohne Zweifel. Es konnte keinen anderen geben.

Da … Saavedra hatte die Galerria betreten und war dann zur Seite getreten, als wolle sie sich verbergen. So schüchtern? Wo sie doch die Mätresse des Herzogs war?

Er biß die Zähne zusammen. Seine Gefühle waren eine komplizierte Mischung aus Ablehnung, Anerkennung, Eifersucht, Neid, Rechtfertigung, Stolz und allem möglichen anderen, das er nicht einmal benennen konnte. Aber durch dieses komplexe, weit verzweigte Muster lief ein blutroter Faden: sie war immer *seine* Saavedra gewesen, so wie er immer ihr Sario gewesen war – und nun gab es einen anderen, der ihm diesen Vorrang streitig machte.

Er schloß die Augen. Um ihn wurde es lauter: die Besucher, all jene, die hier warteten, beobachteten, kritisierten, lobten. Grijalvas, Höflinge, Mitglieder von Familien wie den Serranos, do'Brendizias, do'Alvas, do'Najerra und andere.

Es ist besser für die Familie, mahnte er sich. *Besser, wenn eine Grijalva sein Bett teilt, selbst wenn auch ein Grijalva für ihn malt.* Aber es traf ihn wie eine Speerspitze in die Eingeweide, mitten in seine fähigen, aber unfruchtbaren Lenden, daß Saavedra Alejandro tatsächlich *liebte,* nicht nur sein Bett teilte. *Sie sollte MICH lieben.*

Saavedra sah ihn. Lächelte. Erblühte: eine Wüstenlilie, äußerlich zerbrechlich, aber immun gegen die brennende Hitze von Tza'ab Rih, die bedrückende Feuchtigkeit der Stadt; mit bleichem Gesicht, dunklem Haar, gekleidet in weiche, purpurne und cremefarbene Stoffe, nicht grell, sondern von hinreißender Subtilität.

Sofort trat sie an seine Seite, um seine Kleidung zu loben, die reich gemusterte Weste aus grüner Seide zu berühren, die so hervorragend geschnitten, so präzise geschnürt war. Darunter ein Hemd aus feinstem Leinen, dessen hoher Kragen gefältelt und mit echten Goldfäden bestickt war – er hatte viel Geld ausgegeben, überzeugt, daß der Anlaß es wert war –, die Manschetten spitzenbesetzt und ebenfalls bestickt. Um nicht zu viel Mißfallen zu erregen, hatte er sich auf schwarze Hosen beschränkt, und auch seine weichen Lederstiefel waren von dieser Farbe.

»Du hast dir das Haar schneiden lassen«, sagte sie mit strahlendem Lächeln. »Ich bin so daran gewöhnt, daß es dir ins Gesicht hängt oder wirr zurückgebunden ist – jetzt kann jeder dein Gesicht sehen, Sario. Versprich mir, daß du nicht ein einziges Mal mürrisch dreinschauen wirst, ja? Du kannst so finster und mürrisch aussehen.«

Ihm war sehr danach, genau dies zu tun, aber er hielt sich zurück. »Also gut«, stimmte er zu, »keine mürrische Miene, geschnittenes Haar und perfektes Benehmen.«

Saavedra lächelte. »Unmöglich! Nicht von dir!«

Sario rang sich ein angespanntes Lächeln ab. »Wenn es notwendig ist, 'Vedra, kann ich auch das.«

In ihren Augen blitzte so etwas wie Zweifel auf, verschwand wieder. Abermals lachte sie. »Heute kannst du vielleicht so sein, wie du willst – die Leute werden es als den Überschwang des Begabten entschuldigen.« Sie zeigte auf die Bilder an der Wand vor ihnen. »Für diese da werden sie dir alles verzeihen.«

»Freundlich gemeint, 'Vedra – aber vermutlich wiederholst du nur, was die Freunde und Verwandten jedes Kandidaten hier sagen.«

»Freundlich gemeint«, erklärte sie, »aber auch die Wahrheit. Matra Dolcha, Sario, du weißt doch, was du bist. *Ich* weiß, was du bist! Ebenso wie jeder andere hier; siehst du nicht die finsteren Blicke, die sie dir zuwerfen?«

»Finster und mürrisch?« Er lächelte. »Ja, die sehe ich ... und ich danke dir für deinen Glauben an mich, 'Vedra –« Unvermittelt hielt er inne, nahm ihre Hände, hielt sie ganz fest. Das war ungeplant, unbedacht gewesen; er brauchte sie in diesem Augenblick sehr, also konnte er auch sagen, was er schon sooft zuvor hätte sagen sollen: »Du hast mich nie verraten. Bei allem, was ich gesagt, allem, was ich getan habe – bei allem, was ich *bin,* 'Vedra ... und dafür segne ich dich.« Er küßte eine ihrer Hände, dann die andere. »Sei gesegnet für alles. Zweifle nie daran, Luza do'Orro, daß ich weiß, was du für mich getan hast; daß ich deine Freundschaft und deine Unterstützung zu schätzen weiß ... und wenn ich kann, *wenn* es mir möglich sein sollte, werde ich dir alles zurückgeben. Zweifle nie daran, 'Vedra.« Er hielt ihre Hand immer noch fest, drückte sie an seine Brust, an seinen goldenen Schlüssel. »Nommo Matra ei Filho, Nommo Chieva do'Orro. Daran solltest du *nie* zweifeln.«

Ihre Hände in den seinen waren kalt. »Goldenes Licht?« wiederholte sie. »Wieso nennst du mich so?«

»Weil du es bist.« Er ließ ihre Hände los. »Immer, 'Vedra – du warst immer bei mir und hast so hell geleuchtet wie das goldene Licht deiner Begabung.« Er lächelte. »Unsere Gabe.«

»Ich habe –«

Er fiel ihr ins Wort. »Ich habe es dir schon einmal gesagt: Das Feuer im einen erkennt die Flamme im anderen.« Sario schaute an ihr vorbei, faßte sich wieder. »Und nun kommt er endlich, unser neuer Herzog, um sich den Grijalva-Teil seiner Paraddia Galerria anzusehen – sollen wir zusehen, wenn er sich die Bilder ansieht, und versuchen, seine Gedanken vorherzusagen?«

Einen Augenblick lang sah es so aus, als wollte Saavedra zurückweichen. Und dann lächelte sie, obwohl das ungezwungene Strahlen fehlte. »Als ob es da noch eine Frage gäbe!«

»Nun, es ist durchaus möglich. Ettorio ist nicht unfähig, und dann sind da noch Domaos, Ivo, Ybarro ...« Insgesamt fünf Grijalvas. »Und die aus den anderen Familien, selbst die Serranos; selbst, wenn ich ihn erwähnen darf, *Zaragosa* –« Er lächelte, als er dies sagte, weil er wußte, was er wußte – *nur, daß er mit seinen Fähigkeiten am Ende ist* – »– und Alejandro könnte gut den Obersten Hofmaler seines Vaters berufen.« Er zuckte mit den Achseln. »So etwas ist zwar noch nie passiert, aber es *könnte* sein –«

»Keiner von denen, Sario. Du.«

Es war eine Feststellung. Sie wußte es. Und sie hatte ihn nie verraten.

Sario lächelte, dann trat er von der Wand zurück, an der ein paar seiner Werke hingen, so daß Don Alejandro sie ungehindert sehen konnte.

Der Duft nach Bienenwachs und Zedern hing in der Luft. Raimon Grijalva, gebeugt vor dem hervorragend gemalten Heiligenbild – im Palasso Grijalva konnte man kaum etwas anderes als hervorragende Kunst erwarten! –, die Knie auf dem abgetretenen Steinboden, dessen Härte von keinem Teppich gemildert wurde, hörte Schritte, das Klappern eines Riegels. Er murmelte rasch die abschließenden Worte, küßte seinen Schlüssel, drückte ihn ans Herz, dann erhob er sich und drehte sich um. »Davo!«

Der ältere Mann lächelte ironisch. »Hattest du jemand anderen erwartet?«

Das hatte er. »Sario«, gab er zu, »der mir das Ergebnis berichten will.«

»Es ist, wie du es erwartet hattest. Hattest du je Zweifel daran?«

»Nein.« Raimon löste den stützenden Griff um die Kante des samtbespannten Tisches, auf dem das Heiligenbild stand. »Ich hatte es tatsächlich erwartet. Du nicht?«

Das Kerzenlicht schmeichelte Davos Gesicht nicht. Mit fünfundvierzig begann er zu verfallen; er würde sicherlich nicht die einundfünfzig Jahre von Arturro erreichen oder die neunundvierzig von Otavio, der im Jahr zuvor gestorben war. Nun war Ferico Premio Frato – aber sie alterten alle, und auch Ferico würde nicht mehr lange leben.

Dann bleibt noch Davo – oder ein anderer … vielleicht sogar ich –

»Ich hatte es erwartet«, gab Davo zu. »Für mich gab es keine andere Wahl. Aber ich bin ein Grijalva, und man könnte sagen, ich sei voreingenommen.«

Raimon zog die Brauen hoch. »Es gab noch vier weitere Grijalvas unter den Kandidaten.«

»Hör auf damit, Raimon … du bist zu alt für solche Spielchen, und es steht dir nicht.« Davo milderte diese Bemerkung mit einem Lächeln, dann seufzte er und ließ sich auf eine schmale Bank neben der Tür fallen. »Mir tut alles weh. Ich wünschte, jemand würde mir einen Zaubertrank verkaufen, der meinen alten Knochen die Jugend wiederbringt.« Sanft massierte er die verformten Fingergelenke. »Es sind diese Marschen, bei der Mutter – ich schwöre, es sind die Marschen.« Er lehnte sich vorsichtig zurück und griff das ursprüngliche Thema wieder auf. »Es gab keinen anderen Grijalva-Kandidaten, der dieses Postens würdig gewesen wäre.«

»Und auch keinen aus einer anderen Familie.«

»Ja. Aber es gibt bereits Gerede, Raimon. Sie sagen, wir hätten die Entscheidung beeinflußt.«

Raimon lachte auf. »*Wir?* Grijalvas? Aber wir sind nichts, Davo … wir sind für die Politik dieser Stadt und die des Herzogtums vollkommen unbedeutend –«

»Und was ist mit dem Schlafzimmer?« Davos Miene hellte sich einen Augenblick amüsiert auf. »Eine Grijalva in seinem Bett, ein Grijalva an seinem Hof.«

»Dann haben wir immer noch nicht erreicht, was die Serranos hatten«, konterte Raimon scharf. »Caterin Serrano bleibt Premia Sancta. Sie vergiftet die Ecclesia immer noch, baut auf deren Angst vor uns.«

»Aber jetzt hat sie nicht mehr soviel Macht.« Wieder veränderte Davo seine Haltung auf der Bank. »Wir haben in kurzer Zeit viel gewonnen, Raimon. Wir müssen sicherstellen, daß diese Gelegenheit nicht verschwendet wird. Nicht, nachdem wir so lange darauf hingearbeitet haben.«

»Sario ist der erste Oberste Hofmaler, den unsere Familie seit drei Generationen stellt, Davo. Er wurde vor nicht einmal zwei Stunden berufen, und schon machst du ihn schlecht.«

»Nicht *ihn,* Raimon ...« Davo zog eine Grimasse. »Na ja, man könnte es vielleicht behaupten – aber ich wollte ihn nicht schlechtmachen, sondern nur meine Sorge zum Ausdruck bringen. Er ist jung –«

»Und deshalb wird er dem Herzog erheblich länger dienen können.«

»Jung auch, was seine Selbstbeherrschung angeht –«

»Die wird er lernen. Er hat doch schon viel gelernt. Das mußt du zugeben, Davo.«

»Ich gebe es ja zu.« Der ältere Mann lächelte. »Du bist für ihn beinahe so lange eingetreten wie Arturro für dich.«

»Das hatte ich nötig. Ebenso wie Sario.«

»Du hast die Fähigkeit, Raimon, hinter die Hitze zu blicken, die einen Mann zu Holzkohle verbrennt, und die konzentriertere und daher weniger gefährliche Flamme dahinter zu erkennen.«

»An Sario ist nichts Ungefährliches«, erklärte Raimon. »Das weiß ich, Davo. Ich trete für ihn ein, ja, aber das habe ich nie geleugnet. Ich war immer der Ansicht, daß er der einzige mit der Begabung, der Technik, der Gabe ist – und dem unbarmherzigen Ehrgeiz, zu beweisen, daß alle anderen unrecht haben, mit der Entschlossenheit, sich über andere hinwegzusetzen –, die man braucht, um sein Ziel zu erreichen. Viele haben es versucht, Davo ... in diesen drei Generationen haben es viele versucht.«

Davo maß ihn mit unverwandtem Blick. »Du hättest es selbst sein können. Hättest es sein *sollen.*«

Dem widersprach er sofort. »Nein. Mein Feuer war zu klein, zu unsicher ...« Raimon ging zu der Bank auf der anderen Seite der Tür und setzte sich. »Mein Wunsch war nicht komplizierter, nicht fordernder als einfacher Ehrgeiz. Es gibt einen Unterschied zwischen Besessenheit und Ehrgeiz. Der Ehrgeiz will. Die Besessenheit *muß.*«

»Und wird daher Erfolg haben. Aber es ist mehr als Begabung, mehr als die Gabe, erheblich mehr als Besessenheit notwendig, um sich angemessen zu verhalten – und die Macht auf eine Art zu nutzen, daß sie der Familie ebenso dient wie dem Herzog und dem Land.« Davo sprach jetzt sehr leise. »Du warst – und bleibst – der Beste für diese Aufgabe.«

Raimon starrte ins Halbdunkel der kleinen Kapelle innerhalb des Palasso; mit einem neuen Herzog, einer neuen Mätresse, einem neuen Obersten Hofmaler würde man es den Grijalvas vielleicht wieder gestatten, in der Öffentlichkeit zu beten. »Aber ich wünschte mir auch, jemand würde etwas entdecken, das meinen Gelenken die Jugend wiederbringt ...« Er hob die Hände, betrachtete die geschwollenen Fingergelenke, spürte, wie starr seine Wirbelsäule war. *Sei nicht so sicher, daß ich nicht auch über einen Anteil an Besessenheit verfüge, wenn auch mehr für meine Familie als für mich selbst.* »Das Knochenfieber erwischt uns alle. Es kommt – und es verzehrt uns.«

»Und Sario?« fragte Davo. »Wird es ihn auch verzehren? Oder verzehrt er *uns?*«

Raimon, erschrocken, spürte nicht mehr den Schmerz in den Gelenken, im Rücken. Er legte die Hände auf die Oberschenkel und sah den Mann an, der nach Arturro seine Seele am meisten geformt hatte.

»Sario hat sehr früh gelernt, eine Maske zu tragen«, begann Davo. »Eine undurchdringliche Maske; nicht unsichtbar, aber undurchdringlich. Man sieht seiner Miene nichts von seinen Gedanken an, da die Maske sie abschirmt, und man könnte vielleicht Arroganz und Ehrgeiz daraus lesen, aber das sind keine Sünden, die wir bestrafen; das steht nur der Mutter zu.« Er ließ den Schlüssel, den er in die Hand genommen hatte, wieder sinken. »Aber du, Raimon, hast nie eine Maske gebraucht, also hast du jetzt auch keine.« Er warf einen Blick zu dem Heiligenbild. »Wenn ich wissen möchte, wessen Sario fähig ist, wenn ich Schuld, Sorge, Bedauern, die allesverschlingende Angst sehen will – Gefühle, die er nie zugeben wird –, dann brauche ich mir nur *dein* Gesicht anzusehen. Dann weiß ich alles.«

Kälte senkte sich in Raimons Knochen. In diesem Augenblick glaubte er fast, daß die Jahreszeit sich plötzlich verändert hatte; das war die bittere Kälte von Sperranssia statt der feuchten Wärme von Plagarra, dem Seuchenmonat.

»Wir haben seit drei Generationen keinen von uns an den Hof schicken können, und selbst dies geschah schneller, als wir es für möglich gehalten hätten. Er ist jetzt außerhalb unserer Reichweite, und daher können wir ihn nicht mehr disziplinieren, was immer er tun mag.« Davo hielt inne und schloß eine zitternde Hand um den goldenen Schlüssel. »Du bist noch hier.«

Es kostete ihn Anstrengung zu sprechen, und selbst dann glaubte Raimon, daß seine Stimme aus dem Hals eines anderen kam. »Er ist, was wir aus ihm gemacht haben.«

»Das glaube ich nicht. Ich glaube, Sario hat sich selbst gemacht ...« Seine Stimme war unendlich sanft. »... abgesehen von der Ermutigung, die er durch dich bekam.«

Dämmernde Erkenntnis trieb ihn zu einer übereilten Antwort. »Wir haben jemanden wie Sario *gebraucht!*«

Der Satz hallte kurz wider, verklang dann im Halbdunkel des kerzenbeleuchteten Raums.

»Jemanden *wie* Sario, das gebe ich zu, aber nicht unbedingt ihn.« Davo bewegte die Füße, Stiefelsohlen kratzten auf dem Steinboden. »Ein mangelhaftes Werkzeug wird brechen, und dabei könnte es andere verletzen. Vielleicht viele andere.«

»Das kann geschehen, aber es *muß* nicht.«

»Wenn man zugibt, daß es geschehen kann, muß man auch die Auswirkungen bedenken.«

Raimon biß die Zähne zusammen. »Heilige Mutter«, sagte er heiser, »was willst du von mir?«

Davo seufzte. »Nicht mehr, als du von jeher freiwillig gegeben hast, Frato. Die Wahrheit.«

Raimons Augen brannten, als er das goldverzierte Heiligenbild ansah, das keine drei Schritte entfernt war. Arturros Arbeit. »Deshalb bist du also *hierher*gekommen.« *Wegen des Heiligenbilds. Wegen Arturro. Weil ich nicht lügen könnte, nicht hier, nicht jetzt, nicht vor der Mutter.*

»Weil du nie versuchen würdest zu lügen, und ich hatte keine Zweifel, daß du göttliche Hilfe haben wolltest.« Davo sammelte sich, erhob sich mit einiger Anstrengung, wandte sich der Tür zu. »Im Namen unserer Gesegneten Mutter und Ihres Heiligen Sohns, das sage ich dir: An dem Tag unseres größten Triumphs, seit Verro Grijalva den *Kita'ab* zerstörte, soll nichts geschehen.«

Raimon saß erstarrt da, bis Davo die Tür hinter sich geschlossen hatte, und dann überließ er sich dem Schauer, der ihn ganz erfüllte, der ihn gnadenlos rüttelte.

O Mutter, wenn Davo doch nur ein anderes Beispiel als den Kita'ab benutzt hätte … eine andere Metapher … Aber das war nicht geschehen, und so war die Ironie dessen, was aus dem *Kita'ab* geworden war, wie er jeden Tag im Leben der Grijalvas geprägt hatte, nun zu einem Speer geworden, der Raimon durch Herz und Seele drang.

Ich werde den Rang des Premio Frato also nie erreichen.

Raimon ließ sich von der Bank gleiten. Stand auf wie ein alter Mann, wie Zaragosa Serrano: mit leicht hängenden Schultern, die vom Knochenfieber gezeichneten Hände zu kraftlosen Fäusten geballt.

Wieder kniete er vor dem Bild nieder. »Ich habe es ihm gestattet«, gestand er. »Ich habe ihm die Erlaubnis gegeben, zu tun, was er wollte, um Oberster Hofmaler zu werden ...«

Ein mangelhaftes Werkzeug, hatte Davo gesagt.

»... und da er nun vom Herzog selbst berufen wurde, mögest Du seinen Namen und seine Nachkommen segnen, und meine Arbeit ist getan. Du bist weise, gütige Mutter, und großzügig, und ich will nichts von dem, was du tust, in Frage stellen – aber ich möchte etwas anbieten, wenn Du es in Deiner Gnade zuläßt: nur wenn Sario ebenso *für die Familie* arbeitet wie für seinen Herzog und sein Herzogtum, werde ich es als wohl getan betrachten.«

Und jeden Opfers würdig.

21

Alejandro, starr auf dem Stuhl sitzend, der einmal seinem Vater gehört hatte, fand sich mehreren Räten gegenüber, die ihn alle gleichzeitig berieten, und konnte ihnen nicht entgehen. Entsetzen und Trauer hatten ihn während der beiden Tage, die der Nachricht vom Tod seines Vaters gefolgt waren, vollkommen hilflos sein lassen, aber man ließ ihm keine Zeit zum Trauern: er hatte zusammen mit dem Schmerz auch ein Herzogtum geerbt. Daher erholten sich die Räte, nachdem sie kurz behauptet hatten, gleichermaßen entsetzt und traurig zu sein, in ihrer Gier nach Rache sehr schnell, erheblich schneller als er, und ließen ihm keine Zeit, seine Gedanken und Gefühle zu bedenken. Sie wollten Krieg. Sofort. Und nun verlangten sie eine Reaktion ihres neuen Herzogs.

Er rutschte unbehaglich hin und her, war sich dessen bewußt, daß das steife, alte Leder dieses Stuhles, in zwei Jahrzehnten dem mächtigen, rastlosen Körper von Baltran do'Verrada angepaßt, nicht im geringsten zu dem ebenso rastlosen Fleisch seines erheblich unreiferen Sohnes paßte. Solche Kraft, solche Stärke zu gewinnen, brauchte Zeit. *Aber sie werden mir keine Zeit lassen.* Wieder bewegte sich Alejandro und warf den Räten einen finsteren Blick zu. *Sie lauern wie Wölfe, die darauf warten, daß ich ihnen die Kehle biete.*

Er hatte bald entdeckt, daß ihm seine bemühte Höflichkeit und Zurückhaltung nicht halfen. Er war ihr Herzog, das sagten ihm alle –, mit solcher Häufigkeit und Heftigkeit, daß er glaubte, sie müßten vielleicht in erster Linie sich selbst überzeugen –, aber sie gaben ihm keine Gelegenheit, sich zu äußern. Jeder Versuch, etwas anzumerken, sich zu erklären, begegnete einer verblüffenden Reaktionslosigkeit, wenn man von höflicher Gleichgültigkeit einmal absah.

Seine Frustration wuchs. *Sie ignorieren mich!* Obwohl sie das vielleicht nicht mehr tun würden, wenn er sich – wie schon einmal – der Frustration und der reinen Trauer überließ. Aber er zog es vor, die Selbstkontrolle nicht wieder zu verlieren; es nützte nichts, ihnen auch noch zu demonstrieren, daß er unfähig war.

Bin ich das denn nicht? Sein Vater hatte ihn nur auf wenig vorbereitet. Er war mit Dreiundvierzig noch nicht alt genug gewesen, um seinen Tod zu erwarten – er war schließlich kein Grijalva. Niemand hätte geglaubt, daß sein neunzehnjähriger Sohn das Herzogtum schon so bald erben würde.

Seine Selbstbeherrschung war brüchig, ließ jeden Augenblick mehr nach; daher hielt er es für einen glücklichen Zufall, als sein neuer Oberster Hofmaler angekündigt wurde und alle im Raum sofort schwiegen.

Heilige Mutter. Alejandro betete lautlos, wischte sich über das angespannte Gesicht, als er sich wieder zurücklehnte, *rette mich vor diesen Idioten, die in mir nach meinem Vater suchen.*

Sario Grijalva, immer noch in das Schwarz und Grün gekleidet, das er zu seiner Einsetzungszeremonie getragen hatte, trat leise ein. Er blieb stehen. Wartete. Ließ sich ansehen, die Chieva do'Orro, die an seiner Taille hing wie die Schlüssel und Schlösser der Sanctas und Sanctos an deren gebleichten Gewändern.

Und dennoch ganz anders, dachte Alejandro. *Was 'Vedra mir von den Grijalvas erzählt hat, von ihren strengen Verhaltensregeln – gesegnete Mutter, aber sie sind so verschieden von uns wie die von der Ecclesia!* Und er fragte sich nervös, ob ihm dieser Gedanke, als Ketzerei ausgelegt werden könnte. Jemand trat leise von einem Fuß auf den anderen, eine Stiefelsohle knirschte auf dem Steinboden. »Aha«, murmelte eine trockene Stimme, »wenigstens ist es nicht so ein Papagei wie der Serrano.«

Ein anderer lachte leise, und ein dritter meinte: »Immerhin trägt es kein Scharlachrot.«

Grijalva lächelte, nahm die Herausforderung an. »Das wird es auch nie.« Entschlossen wiederholte er die Beleidigung. »*Es* kann diese Farbe nämlich nicht ausstehen.«

So begann es. Alejandro, der sich im höfischen Verhalten auskannte, wenn auch nicht in der Politik, bemerkte, wie sich die Räte zusammenschlossen, um den Fremden zu locken. »Soll das heißen, Ihr verwendet es auch in Euren Bildern nicht?«

»Das wollte ich nicht sagen«, erklärte Grijalva. »Ich benutze es allerdings mit Bedacht.«

»Und Ihr werdet die Farbe nie tragen, selbst nicht an Mirraflores?«

Alejandro, über die Maßen erleichtert, daß Grijalvas Ankunft die allgemeine Aufmerksamkeit von ihm abgelenkt hatte, lauschte erwartungsvoll. Es war eine Probe, das wußte er; Mirraflores, der Tag, an dem man feierte, daß die Mutter nach der Geburt des Sohnes ihre Fruchtbarkeit wiedererlangt hatte – und damit die Fruchtbarkeit Tira Virtes –, wurde begangen, indem man die Stadt mit Blutblumen schmückte ... und indem man sie an der Kleidung trug, echte oder papierene Blüten.

»Mit Bedacht«, wiederholte Grijalva ernst.

Alejandro grinste. *'Vedra sagte, er sei nicht dumm.*

Und mutig war er auch. Grijalva bedachte alle Anwesenden mit einem abschätzenden Blick, betrachtete jeden der Räte einzeln, untersuchte ihn, und dann wandte er sich mit einer eleganten Verbeugung seinem Herzog zu. »Euer Gnaden, ich muß gestehen, daß mir meine Pflichten völlig neu sind, ebenso wie diese Kammer, aber wenn Ihr gestattet, könnte ich eine Lösung zu Euren derzeitigen Problemen beitragen.«

Besser gesprochen als erwartet – das wird sie ärgern. Alejandro setzte zu einer Antwort an, aber ein lautes Schnauben von dem Mann, der ihm am nächsten stand, ließ ihn innehalten.

»Könntet Ihr?« Edoard do'Najerra, der Marchalo Grando des verstorbenen Herzogs, setzte sich laut über das Flüstern der anderen hinweg. »*Ihr* könntet?«

»Ich könnte.« Grijalva würdigte den älteren, kräftig gebauten Mann, der ein enger Freund des verstorbenen Baltran do'Verrada gewesen war, keines Blickes. »Wenn der Herzog –« Das Innehalten war kaum merklich, aber wohl überlegt. »– oder Ihr mir zu sprechen gestattet.«

Dunkelbraune Augen wandten sich dem Herzog zu, und in ihrem Blick lag nichts als höfliche Geduld. Alejandro, der ein kurzes, erschrockenes Lächeln verschluckte, gestikulierte ungeschickt. »Heilige Mutter, Grijalva – zögert nicht! Wenn Ihr dieses Dilemma lösen könnt –«

»Und uns entehren!« donnerte do'Najerra; er hatte seine Stimme auf dem Exerzierplatz gestählt.

»– dann werde ich äußerst erfreut sein«, schloß Alejandro demonstrativ. Er warf dem Marchalo einen finsteren Blick zu. »Was soll geschehen?«

»Nur das, wozu ich hergeholt wurde, Euer Gnaden.« Sario Grijalvas Lächeln war unendlich liebenswert. »Ich werde malen.«

»*Was* malen?« rief jemand hinter den anderen hervor. »Und wenn das die Lösung ist, die Ihr im Sinn hattet, wenn Ihr das für ehrenvoller als einen Krieg haltet, wieso malt Ihr Herzog Baltran dann nicht einfach ins Leben zurück?«

Matra Dolcha – das schockierte Alejandro. Es schockierte alle. Selbst den Mann, der es ausgesprochen hatte. Seltsamerweise war Grijalva ungerührt; Alejandro fragte nicht, ob ihn irgend etwas schockieren konnte. »Genug!« Er war unendlich dankbar, als er sah, daß sie *diesmal* zuhörten. Sie sahen ihn sogar an. »Genug«, wiederholte er. »Nommo do'Matra, deshalb *ist* er schließlich Oberster Hofmaler. Und mit seinen Gemälden werden Ehen geschlossen, Verträge dokumentiert, *Kriege verhindert.*« Jetzt hatte er ihre Aufmerksamkeit. Er nickte Grijalva zu, der ruhig und beherrscht wartete, einen Schritt vom Stuhl des Herzogs entfernt. »Wenn er diesen Krieg verhindern kann, indem er statt des Schwertes den Pinsel schwingt, dann werde ich froh darüber sein. In einem Krieg kann nichts gewonnen werden –«

Ein Fehler. Das brachte sie wieder auf.

»Nichts als *Ehre!*« rief einer: Estevan do'Saenza.

»Nichts als *Land!*« schrie ein anderer; Alejandro glaubte, Rivvas Serrano zu erkennen, einen entfernten Verwandten des inzwischen entlassenen Zaragosa.

»Und Leben gerettet, Euer Gnaden«, wandte Edoard do'Najerra ein, trotz deutlichen Unglaubens erstaunlich gut gelaunt. »Und Ihr könnt die geschändete Leiche Eures armen Vaters zurückerhalten –«

»Das kann ich ebenfalls«, versicherte Grijalva.

Dröhnende Stille. Dann wütendes Aufbrüllen.

»*Ihr* könnt das, ja?« Jetzt war sogar der Marchalo wütend. »Es ist also ganz einfach? Ihr malt die Leiche, und dann ist sie plötzlich da?«

Eine tiefe Stimme murmelte: »Nur die Mutter hat die Macht, solche Wunder zu wirken.«

»Oder ein Grijalva mit seiner Schwarzen Magie.« Das war Rivvas Serrano.

Alejandro sprang auf. »Genug«, sagte er scharf, denn er spürte, daß sich eine Katastrophe anbahnte. Saavedra hatte ihm einmal gesagt, er verstehe sich aufs Ausgeben von Befehlen ... und wenn nicht, dann würde er auf die Erinnerung an die Fähigkeiten seines Vaters zurückgreifen. »Ihr seid hier in meiner Gegenwart, auf meine Anordnung, in meinem Dienst – *und ihr werdet das Wort nicht mehr ergreifen, bis ich es euch erlaube!*«

Erschrockene Gesichter. Entsetzte Blicke. Erstarrte Münder. Aber niemand sagte mehr etwas.

»Danke.« Entschlossen setzte sich Alejandro wieder hin und bemühte sich, sich seine Erleichterung nicht anmerken zu lassen. Er bemerkte, wie Edoard do'Najerra ihn nachdenklich und abschätzend ansah. Ermutigt wandte er sich wieder Sario Grijalva zu. »Ihr könnt es tun?«

»Euren Vater wieder zum Leben erwecken? Nein. Solche Macht habe ich nicht, ebensowenig wie irgendein anderer Mensch.« Das galt Rivvas Serrano. »Aber seine Leiche beschaffen? Ja.«

Ein Brummen erhob sich. Rivvas schob sich an den anderen vorbei, daß er nun vorn stand, und starrte wütend den jungen Mann an, der seinen Verwandten ersetzt hatte. »Wir haben immer schon gesagt, Euer Gnaden, daß sich die Grijalvas Schwarzer Magie bedienen. Er gibt es zu – er hat es hier vor uns allen *zugegeben!*« Er warf Grijalva einen haßerfüllten Blick zu, dann wandte er sich wieder an seinen Herzog. »Euer Gnaden, mein eigener Verwandter, Zaragosa Serrano, hat versucht, Eurem Vater Beweise vorzulegen –«

»Es gab keine«, unterbrach Alejandro ihn. »Ich habe selbstverständlich davon gehört – wer hätte das nicht?« Er zuckte mit den Achseln, erfreut, daß sie ihm jetzt wenigstens kurze Zeit zuhörten, bevor sie wieder losplatzten.

»Alle wußten, daß Zaragosa überzeugt war, die Grijalvas praktizierten Schwarze Magie –«

»Was sie ja auch tun!« Rivvas zeigte anklagend auf den neuen Obersten Hofmaler. »Er hat es gerade zugegeben, Euer Gnaden.«

Alejandro sah Sario Grijalva an. *'Vedra behauptet, er sei schlau ... schlau genug, dieser Falle zu entgehen? Oder werde ich meinen Obersten Hofmaler gleich wieder loswerden?* Was ihm viel mehr schaden könnte, als einfache Unerfahrenheit bisher geschadet hatte. Soviel wußte er vom Leben bei Hofe; er mußte die Macht ergreifen, mußte seinen eigenen Weg gehen, mit rücksichtsloser Arroganz, bevor er diese Leute vollkommen verlor. Kühl wiederholte er: »Könnt Ihr das?«

»Ich kann, Euer Gnaden.« Grijalva ließ sich nicht anmerken, daß ihm die Feindseligkeit etwas ausmachte. »Es ist eine einfache Sache, wißt Ihr –«

»*Einfach!*« schrie Rivvas. »Eine Leiche herzuzaubern?«

»Sie herzumalen?« Estevan do'Saenza übernahm das Stichwort von Serrano, was zu weiterer Unruhe führte. »Euer Gnaden, Ihr seht doch sicher –«

»Eine einfache Sache.« Grijalvas Stimme drang über ihr Murmeln hinweg. Eine schlanke, dunkle Hand entfaltete zwei Pergamentblätter; Alejandro bemerkte unwillkürlich die langen, schlanken Finger, die geübten, anmutigen Bewegungen eines Mannes, der an exakte Körperbeherrschung gewöhnt war. »Ihr seht – sie ist bereits hier. Die Leiche.« Grijalva lächelte Alejandro an, der feststellte, daß er das Lächeln unwillkürlich erwiderte. »Wieso braucht man Magie, Schwarze oder andere, wenn es Wagen gibt, die den Toten transportieren können?«

Schweigen. Die Männer schienen selbst den Atem anzuhalten, während sie darüber nachdachten, was Grijalva vorgeschlagen hatte.

»Wagen?« murmelte jemand ungläubig.

»Eine Botschaft hat die Leiche begleitet.« In die erwartungsvolle Stille hinein reichte Sario Grijalva dem Herzog die Blätter. »Als ich zum Tor kam –«, er nickte kurz in die entsprechende Richtung, »– wurde mir dies für Euch mitgegeben. Eine Botschaft, hat man mir gesagt, die erklärt, wie Herzog Baltran zu Tode kam –«

»Es war Mord!« schrie Rivvas, der versuchte, den Augenblick für sich zu beanspruchen.

»Ein Attentat!« rief do'Saenza, der ihm helfen wollte.

»Vielleicht.« Grijalva ließ sich nicht verstören. Alejandro neidete ihm seine Haltung. »Vielleicht auch nicht. Und vielleicht sollte der Herzog die Botschaft lesen, um es zu erfahren; sie ist an ihn gerichtet, und mir wurde gesagt, sie könnte alles erklären.« Wieder hielt er die Blätter hoch, mit gesenktem Kopf.

»Matra ei Filho –« Ungeduldig sprang Alejandro auf und riß Grijalva das Pergament aus der Hand. Er zögerte nur einen Augenblick, dann brach er das Siegel und entrollte die Blätter.

Enttäuschung erdrückte die Hoffnung. *Aber ich kann das nicht!* Er sah sie alle nacheinander an, wollte vermeiden, ein neues Versagen zuzugeben. Statt dessen wandte er sich an seinen Sekretär, der auch der seines Vaters gewesen war. Wegen dieser Verbindung, wegen Martains beständigem Blick, gelang es Alejandro, wieder den Kommandoton seines Vaters anzunehmen. »Bitte lies das.«

Martain nahm die Blätter entgegen und betrachtete sie. »Es tut mir leid, Euer Gnaden – die Sprache hier ist mir unbekannt ... und der Rest ist unleserlich.«

»Diese Sprache ist mir nicht unbekannt.« Wieder Grijalva. Diesmal äußerte sich der allgemeine Unglauben weniger explosiv, die Räte hielten sich ein wenig zurück, aber das Gemurmel war vernehmlich.

Alejandro reichte ihm die Blätter zurück. »Was steht dort?«

Grijalva glättete das Pergament, überflog es schnell. »Ja«, murmelte er. »Ich kenne es. Die Sprache von Tza'ab Rih.«

Edoard do'Najerra trat einen langen Schritt vor und riß Grijalva den Brief aus der Hand. »Tza'ab Rih!« Das war wirklich unglaublich und nicht zu akzeptieren. »Niemand kann diese Sprache lesen. Es ist die Sprache des Feindes –«

»Und der Feind hat uns unseren toten Herzog zurückgeschickt.« Sario Grijalva warf Alejandro einen entschuldigenden Blick zu. »Es scheint, er ist auf dem Weg nach Pracanza an der Grenze zu Tza'ab Rih auf die Jagd gegangen und hat dort einen Unfall erlitten –«

»Verrat.« Marchalo do'Najerra preßte das Wort zwischen zusammengebissenen Zähnen hervor. »Baltran wurde ermordet. Das wissen wir. Und jetzt geben die Tza'ab es zu?«

»Der Herzog wurde *nicht* ermordet.« Ruhig griff Grijalva wieder nach den Blättern. »Es war ein Unfall, wie er jedem Reiter passieren kann. Herzog Baltran wurde offensichtlich von seinem Pferd abgeworfen.« Er zuckte mit den Achseln. »Bei dem Sturz hat er sich das Genick gebrochen.«

»Lügen. Es war ein Attentat.«

»Ja?« Alejandro wich do'Najerras verblüfftem Blick aus und wandte sich Grijalva zu. »Steht das dort?«

»Hier steht auch, es gäbe Zeugen.«

»Die Tza'ab«, bemerkte do'Najerra.

»Tira Virtiner«, verbesserte Grijalva. »Die Begleiter des Herzogs.«

»Wieso sind sie dann nicht hier?« fragte Alejandro, bevor jemand anders es konnte. »Wieso erfahren wir nichts von jenen, die meinen Vater begleitet haben?«

Grijalva machte eine hilflose Geste. »Pflichten, Euer Gnaden – und eine weitere Tragödie. Der Herzog war auf dem Weg, eine Verlobung zwischen Euch und der Prinzessin von Pracanza in die Wege zu leiten – seine Begleiter haben diese Aufgabe übernommen.«

Alejandro hätte beinahe nach Luft geschnappt. »Sie sind nach Pracanza weitergereist?«

»Die meisten von ihnen. Hier steht, Euer Gnaden, daß Euer Vater kurz nach seinem Sturz starb, aber er hatte noch genug Zeit, seinen Begleitern zu befehlen, sie sollten die Reise nach Pracanza fortsetzen. Den Interessen Tira Virtes sei am besten gedient, wenn der Friede mit Pracanza durch eine Ehe besiegelt würde.« Elegant zuckte er mit den Achseln. »Offenbar war das Gerücht von einem Attentat nicht mehr als ein Gerücht, Euer Gnaden.«

»Ein Gerücht!« sagte Alejandro abrupt. »Ein Gerücht ...« Nun sah er do'Najerra an. »Ihr hättet mich auf der Grundlage eines *Gerüchts* in den Krieg ziehen lassen?«

Das fleischige Gesicht des Marchalo rötete sich. »Verlangt Ihr, daß ich meinen armen Baltran auf das Wort eines *Tza'ab* hin verrate?«

»Es sollte offenbar nicht allein das Wort eines Tza'ab sein«, sagte Sario. »Zwei der Begleiter des Herzogs wollten die Leiche mit Hilfe der Tza'ab zurück nach Meya Suerta bringen. Aber die Gruppe wurde von Grenzbanditen angegriffen. Einige der Tza'ab wurden sofort getötet, ebenso wie unser Dio Ormendo. Antoneyo Barza starb auf dem Weg hierher, aber er hat zuvor noch eine Nachricht geschrieben.« Er hielt ein verschmiertes und zerrissenes Blatt hoch. »Leider wurde das Papier feucht, und die Tinte verschmierte, aber hier sind Antoneyo Barzas Unterschrift und sein Siegel ... ich nehme an, die Tza'ab haben diesen Brief mitgebracht, um ihre eigene Nachricht zu bestätigen.«

»Betrug«, fauchte do'Najerra. »Ich glaube einfach nicht, daß mein armer Baltran bei einem Sturz vom Pferd umgekommen ist. Und es ist einfach zu passend, daß Barzas Brief nicht mehr lesbar ist.«

»Ich kann die Tza'ab verhören, die den Wagen begleiteten, wenn Ihr es wünscht«, bot der junge Oberste Hofmaler an, »aber wir haben auch die Leichen. Wieso lassen wir uns die Wahrheit nicht von dem verstorbenen Herzog und von Antoneyo Barza mitteilen?«

Aufgebracht wollte Marchalo do'Najerro sofort wissen: »Und Leichen könnt Ihr ebensogut lesen wie die Sprache der Tza'ab?«

Sario Grijalva wich vor dem wütenden Mann nicht zurück. »Um die Lebenden malen zu können«, antwortete er ruhig, »muß man die Toten erforschen.«

Saavedras neue Unterkunft bestand nicht nur aus einem Zimmer, sondern aus einer ganzen Zimmerflucht: insgesamt waren es drei Räume. Sie war zunächst verblüfft darüber, daß ein einzelner Mensch so viel Platz haben sollte, und dazu ausgerechnet *sie.* Ein kleines Schlafzimmer, ein geringfügig größeres Wohnzimmer und ein luftiger, fensterreicher Raum mit einem Balkon nach Norden hinaus, von dem aus man den Hauptinnenhof und seinen sprudelnden Brunnen sehen konnte.

»Die Räume eines Obersten Hofmalers« , murmelte sie, als sie von einem Zimmer ins andere ging, erstaunt und entzückt von so viel Licht und Platz. »Dorthin sollte, glaube ich, der Arbeitstisch, und die Staffelei *hier* –« Und dann brach sie in schuldbewußtes Lachen darüber aus, daß sie so einfach zu solchem Luxus kommen sollte.

So viel zu tun ... sie mußte ihre Truhe auspacken, damit ihre Kleider gelüftet werden konnten, und selbstverständlich mußte sie ihr Arbeitsmaterial ausbreiten und einräumen: Leinwand, gespannt und ungespannt, Papier, Töpfe mit geriebenen Farben, Pinsel, Messer, Spachtel, Behälter mit Harz und Wachs, versiegelte Fläschchen mit Mohnöl, Leinsamen, Leim, Tinte, Körbe mit ihren Lieblingsstiften, Kreiden, Federn ... so *vieles,* wofür sie neue Plätze finden mußte – »Und so viel Platz, es einzuräumen!«

Die Tür hinter ihr flog auf, und ein schrilles Fluchen war zu hören. Erschrocken fuhr sie herum und mußte grinsen, als sie einen ihrer vielen Vettern sah, der versuchte, mit einer Ladung Leinwänden, Rahmen und Brettern hereinzukommen.

»Hier ... Ignaddio, *warte!*« Das tat er nicht. Die ersten Gegenstände fielen. »Ignaddio!« Hastig fing sie auf und rettete, was ebenfalls hinunterzufallen drohte, dann bückte sie sich, um noch mehr aufzuheben. »'Naddi, du hättest doch nicht alles auf einmal nehmen sollen. Teile es dir besser ein!«

Er reckte das Kinn vor, um den Rest der Ladung festzuklemmen. »Dauert zu lange. Wo soll das hier hin?«

»Dorthin.« Saavedra wies auf die Kammer mit dem Balkon, die ihr Atelier sein würde. »Hier durch, 'Naddi – immer dem Licht nach.«

Er tat, was ihm geheißen wurde. Seine Stimme war gedämpft von dem, was er trug, ebenso wie von der Wand zwischen ihnen. »Sind sie jetzt der Meinung, daß du die Gabe hast, daß du solche Räume bekommst?«

Saavedra seufzte. Sie wußten es alle. »Glaubst du, daß ich das ausgerechnet *dir* erzähle?« Sie sortierte Papier – Skizzen, die sie eines Tages auf Leinwand oder Holz übertragen wollte – und erhob sich vorsichtig wieder. »Wenn das stimmen würde, würdest du es ohnehin nie glauben.«

»Nein?« Er blieb in dem anderen Zimmer, außer Sicht. Sie hörte das Klirren von Flaschen, ein Klappern von etwas anderem. »Es wäre dumm, es zu leugnen – wir sind enger verwandt als die meisten, und ich hoffe selbst, eines Tages Oberster Hofmaler zu werden ...« Seine Stimme wurde lauter, deutlicher; jetzt stand er in der offenen Tür, ein schlanker und noch schmächtiger Junge, dem wirres dunkles Haar in die braunen Augen fiel. »Aber wieso solltest *du* derart gesegnet sein? Die Mätresse des Herzogs *und* Meistermalerin?« Er grinste, wich ihrem zutretenden Fuß tänzelnd aus, schlüpfte an ihr vorbei und durch das Wohnzimmer zur Tür, die zum Flur führte. »Und wie würde er dich nennen? Doch sicher nicht Oberste Hofmalerin? Nein, du solltest dich lieber auf deine Talente im Bett verlassen, 'Vedra, wenn du den Herzog halten willst – was versteht er schon von Malerei?«

Dann war er weg, kichernd, rannte die Treppe hinunter, um mehr von ihren Sachen zu holen, aber Saavedra antwortete ihm trotzdem. »Er weiß, daß ich gut bin.« Sie überlegte. »Er *sagt,* daß er das weiß – aber vielleicht ist das nur Freundlichkeit.« Das sollte vielleicht weh tun, aber sie war zu glücklich, um jetzt Schmerz zu spüren. »'Naddi ...« Sie hob die Stimme, obwohl er sie zweifellos nicht mehr hören würde oder nicht hören wollte. »Du solltest lieber deine Zunge im Zaum halten, oder sie werden dich für einen Neosso Irrado halten.«

»Und warum nicht?« Da war er wieder, die Arme voller mit Tüchern verhängter Gemälde. »Der letzte, den sie so genannt haben, ist Oberster Hofmaler geworden!« Er grinste, obwohl er schwer mit den starren Leinwänden zu kämpfen hatte. »Soll ich –«

»Ignaddio!« Saavedra war entsetzt. »Matra Dolcha, du kannst sie doch nicht einfach *stapeln* ... 'Naddi, wie *konntest* du nur!« Vorsichtig nahm sie das oberste Bild vom Stapel. »Das solltest du wirklich besser wissen, du Dummkopf!« Vorsichtig nahm sie das Tuch ab. »Leg die anderen aufs Bett – *nebeneinander!* –, damit wir sehen können, ob eines beschädigt ist. 'Naddi, warum hast du das nur getan?«

Jetzt schmollte er; mit dreizehn war man schnell beleidigt. »Ich fand, sie haben trocken gerochen.«

»Woher solltest du das wohl wissen?« Saavedra lehnte das gerettete Bild an die Wand und kniete sich hin, um es auf Schäden zu untersuchen. »Dummkopf! Ein künftiger Meistermaler würde so etwas nie tun.« Und dann runzelte sie die Stirn. »Das ist keines von meinen, 'Naddi –«

»Es ist meins.« Ängstliche Erwartung und aufblühende Hoffnung.

»Aber –« Immer noch kniend, drehte sie sich um und sah ihn an. Sah, wie blaß er war, daß er auf der Unterlippe herumkaute, die Hände im schmutzigen Hemd verkrallt hatte. »Was soll das?«

Es brach aus ihm heraus. »Weil du gut bist, 'Vedra – alle sagen das.«

Das war unerwartet und unerwartet erfreulich. Sie lachte. »Ach, *alle* sagen das?«

»Die Moualimos. Ein paar der Schüler.« Er schürzte den Mund. »Bin *ich* gut, 'Vedra?«

»Aber selbstverständlich –« Saavedra hielt inne. Er wollte nicht unbedingt die Wahrheit hören, aber sie *sollte* ihm die Wahrheit sagen. Deshalb hatte er gefragt. »Also gut. Sollen wir es zusammen kritisieren?«

»Matra Dolcha, *nein.*« Er dachte noch einmal nach. »Ich meine – ich denke ...« Er starrte zu Boden, hatte den Saum des Hemds gefaßt und ihn beinahe zerrissen. »Ich habe Angst. Bitte, sieh es dir an – aber sag mir erst später, was du denkst.«

»Gut.« Diese Angst kannte sie. Vorsichtig deckte sie das Bild wieder zu. »Aber du hättest nur fragen müssen ... es gab keinen Grund, die Bilder in Gefahr zu bringen, nur um meine Meinung zu hören.«

Erleichtert, daß sie tun würde, um was er sie gebeten hatte, achtete er jetzt kaum mehr auf sie. Schon befreite er die Leinwände auf ihrem Bett vom schützenden Stoff. »Dem hier ist nichts passiert – ich habe wirklich aufgepaßt. Und das hier ... *Filho do'Canna!*«

»'Naddi! Nimm dich zusammen, bitte. Wenn du wirklich ein Meistermaler sein willst –«

»Was *ist* das?« Seine Stimme war heiser vor Aufregung. »Wann hast du *das* da gemalt, 'Vedra?«

»Wie kann ich das wissen, wenn du es mich nicht sehen läßt?« Sie schüttelte den Staub aus ihren Röcken und ging zum Bett. »Das da –« Sie starrte es entsetzt an.

Ignaddios faszinierter Blick wanderte von dem Gemälde zu ihrem Gesicht. »Ich wußte nicht, daß du *so* gut bist, 'Vedra.«

Sie keuchte. »Aber – das ist *entsetzlich* –«

Ignaddio nickte eindringlich. »Das ist ja das *Gute* dran.«

»Nein, nein –« Erschrocken wischte Saavedra diese Bemerkung beiseite. »Wo hast du das gefunden? Das gehört mir nicht.«

Er zuckte mit den schmalen Schultern, starrte wieder mit

unverhohlenem Entzücken das Gemälde an. »Im Arbeitsraum.«

»Welchem Arbeitsraum?«

»Dem, in dem wir alle Bilder abstellen, die anderswohin gebracht werden sollen.« Das interessierte ihn wenig; solche Sendungen waren Routine für eine Familie, in der so viele Kopien gemalt wurden. »Es gefällt mir, daß du seine Hände verkrüppelt gemalt hast, 'Vedra – und diese gequälten Falten in seinem Gesicht –«

»'Naddi!« Sie wollte sagen, daß das Bild zu grotesk war, solche Schmeichelei nicht rechtfertigte, und dennoch mußte sie zugeben, daß dieser Künstler mehr als nur begabt war. Er war ein reines Genie.

»Wer ist das?« fragte Ignaddio. »Und wieso hat er sich so malen lassen?« Er mochte jung sein, aber er verstand bereits, daß Eitelkeit oft den Sieg über die Wahrheit davontrug.

»Ich weiß nicht, wer das ist –« Aber sie wußte es. Plötzlich wußte sie es. »Filho do'Canna.« Sie brach in die Knie, während 'Naddi noch darüber lachte, sie so fluchen zu hören. »O Matra, Gesegnete Mutter –«

»Wer *ist* das, 'Vedra?«

Sie küßte ihre Fingerspitzen, drückte sie an die Brust. »Nommo do'Matra ei Filho, gib, daß er es nicht tut ... laß ihn *nie* so etwas tun –«

»Wer ist das? Wer hat das getan? Wer soll das nicht tun?«

Diese Reihe von Fragen, gestellt mit ungebrochen schriller Kinderstimme, rüttelte sie aus ihrem Entsetzen. Eine zitternde Hand – ihre? – griff nach dem Tuch, zog es wieder über das Bild. »'Naddi –«

»Wer hat das gemalt, 'Vedra?«

»Nein.« Jetzt legte sie die Hand auf seine Schulter, packte sie fest. »Nein, 'Naddi ...das ist nicht wichtig.« Sie erhob sich unsicher, führte ihn zur offenen Tür. »Und jetzt geh. Du hast mir heute genug geholfen ... geh und spiel, wenn du willst.«

Er wehrte sich. »Aber ich will *wissen* –«

»Nein.« Das willst du nicht. Niemand sollte das erfahren. »Geh schon, 'Naddi.«

»Aber –«

»Schon gut«, sagte sie fest. »Es ist nichts – nur ein schlechter Scherz, von einem Verrückten gemalt.«

»*Aber* –«

Sie schob ihn nach draußen, schloß die Tür, lehnte sich dagegen. Eine letzte Frage kam vom Flur, aber als sie sie lange genug ignorierte, ging der Junge schließlich davon.

Zitternd richtete Saavedra sich auf. Stieß sich von der Tür ab. Ging zum Bett. Riß das Tuch weg, das die verkrüppelten Hände und die schmerzgepeinigten Züge von Zaragosa Serrano enthüllte.

Sie hatte das Bild schon einmal gesehen, in Sarios Atelier. Sie erinnerte sich, ihn nach dem Rand gefragt zu haben, wie er ihn nun auf jedem seiner Bilder unterbrachte.

Er hat dafür gesorgt, daß ich es zu sehen bekomme. Er wollte, daß ich es weiß. Ihr Magen krampfte sich zusammen. Sie wandte dem Bild den Rücken zu, glitt zu Boden, spürte ihren Rücken an der Bettkante entlangkratzen. *Ich bin immer seine Vertraute gewesen, habe ihn immer verstanden, sein Bedürfnis, seine Gabe zum Ausdruck zu bringen. Und jetzt zeigt er mir dies.*

Sie saß da und starrte blind geradeaus, auf dem harten Steinboden … sie spürte Angst, Tränen, Ekel – und verstand endlich Sarios schreckliche Luza do'Orro.

22

Er verausgabte sich wie ein Mann, der zu lange nicht mehr mit einer Frau geschlafen hat: mit einer raschen und gierigen Heftigkeit, die ihn völlig ausgelaugt und unbefriedigt zurückließ; er fühlte sich so schlaff an Körper und Geist wie ein feuchtes Leintuch. Die Frau unter ihm schien nichts dagegen zu haben; sie lachte leise, heiser, murmelte etwas von einem Schwert, dessen Härte von einer angemessenen Scheide gezähmt wird ... und er gönnte es ihr, gönnte ihr die Schmeichelei, ließ sie glauben, daß sie seine Lust entfacht und befriedigt hatte.

Dann bewegte er sich, verlagerte das Gewicht, wurde sich der glatten Haut bewußt, die noch an seiner klebte – und wußte sofort und mit absoluter Sicherheit, daß er sich verschwendet hatte, seinen Samen; daß er weggeworfen hatte, was er besser zur Erlangung weiterer Macht benutzt hätte.

Es verlor alles an Reiz: die Berührung, die Erleichterung, das reine körperliche Bedürfnis. Er schob sich von ihr weg und stand auf, befreite sich aus den Decken und Tüchern, kümmerte sich nicht um seine Nacktheit, als er neben dem Bett stand. Schweiß trocknete auf seiner Haut, als sie sich umdrehte, sich auf einen Ellbogen stützte.

»Geh«, sagte er. »Sofort.«

Das schockierte sie. »Aber –«

»Du hast alles von mir bekommen, was du je bekommen wirst ... was bleibt, gehört mir, und ich habe bessere Wege, es zu verschwenden.«

Staunen wurde zu Zorn. Sie riß die Bettücher zurück und stand auf, ebenso nackt wie er. Das Wort, das sie benutzte, war ihm nicht fremd, und er lachte.

»Jungen? Ist es das?« Sie suchte nach ihrer Unterkleidung, riß das Hemd über den Kopf, zerrte es über üppige Brüste und wogende Hüften. »Erst eine Frau, dann ein Junge? – Süßer Wein auf sauren? Ist es das?«

Er sagte nichts. Er beobachtete sie, bemerkte, wie die Farben in ihrem Gesicht sich änderten: er hatte zuvor nie solche Verachtung gesehen oder Demütigung, nicht solche angespannt unterdrückte Wut. Alles war jetzt vor ihm. *Das darf ich nicht vergessen ... ich muß es nutzen ...*

Wieder gab sie einen solch boshaften Kommentar über ihn, seine Männlichkeit, seine armseligen, hastigen Versuche ab, daß er offen grinsen mußte, amüsiert von ihrem Vokabular. Was sie nur noch mehr erzürnte, und als sie schließlich ging, warf sie die Tür so fest zu, daß er befürchtete, der Rahmen werde brechen.

Dann war sie verschwunden. Ihr Geruch blieb, ein billiges, schweres Parfum, zusammengebraut aus Veilchen in ranzig werdendem Öl, und darunter der Geruch nach Schweiß, nach – *verschwendetem!* – Samen. Immer noch nackt, starrte er das Bett an und dachte über seine Gefühle nach. Daß er ein Mann war, wußte er; daß es mehr geben mußte als das vergängliche körperliche Vergnügen der Kopulation, nahm er ebenfalls an.

Vergänglich … vollkommen anders als die Kunst, die weiterlebte, wie es ein vorübergehender Augenblick körperlicher Freude nicht konnte; die lebte und Wirklichkeit war, weil Kunst aus dem Körper *und* dem Geist entstand; und Kunst, wenn sie einmal vollendet war, konnte nicht ausgelöscht werden von solch banalen Dingen wie Erschöpfung oder der Möglichkeit, daß ein Mann unter bestimmten Umständen vielleicht nicht in der Lage war, das berüchtigte Schwert zu erheben.

Sario lächelte. *Dieses Schwert ist wertlos. Es wird alt, krank, schlaff. Aber die Linie künstlerischen Schaffens kann nie gebrochen werden.*

Ebensowenig wie die der Macht. Er kannte ihren Namen, wußte, wo sie sich verbarg. Und er lernte mehr darüber, jedesmal, wenn er den *Kita'ab* las, der auch der *Folio* war.

Meya Suerta hatte wie die meisten Städte mit nur geringem Ehrgeiz begonnen. Aber dieser Ehrgeiz war mit der Stadt gewachsen, und nun bedeckte ihr unregelmäßiger Saum ausgedehnte Teile des sanft gewölbten Landes zwischen den gebrochenen Palisaden der Hügel und den Marschen im Tiefland. Umgeben von Obstgärten und Weinbergen waren die Mauern und niedrigen Gebäude derjenigen, die sich vor der Stadt niedergelassen hatten, von den Marschen getrennt, und dennoch spürten alle Bürger ihre Nähe. Besonders die Grijalvas, bis in die Knochen.

Raimon blieb an der Feldsteinmauer stehen und bemerkte, wo sie stellenweise eingestürzt war. Die Mauer schlängelte sich den Hügel hinauf, trennte Weinberg von Weinberg, Obstgarten von Obstgarten, damit Trauben und Oliven einander nicht störten, so daß die Zitrusfrüchte unter sich blieben.

Er kam auf die Kuppe eines Hügels und bemerkte das rötlich-goldene Licht, das in ihm sofort das Bedürfnis weckte, nach Pinsel und Palette zu greifen; er spürte auch Ungeduld und wachsende Erwartung. Die hastig hingekritzelte Botschaft hatte nichts ausgesagt, nur, daß er dringend kommen sollte. Sie stammte nicht von einem Meistermaler, es wurde kein Bezug auf den Goldenen Schlüssel genommen – aber sie stammte dennoch von einem, der ihn kannte, der wußte, wo seine Interessen lagen.

Als sie kam, von der Stadt herauf, die Röcke gerafft, war er verblüfft. Er wußte nicht, wieso er einen Mann erwartet hatte, aber so war es, und nun war sie hier, aus ungelenker Jugend zu unzweifelhafter Schönheit erwachsen, einer warmen, exotischen Schönheit, geformt aus den besten Zügen der Tza'ab und Tira Virtes, so daß sie weder das eine noch das andere war, sondern beides.

Raimon verstand nicht, wieso es ihm nicht vorher aufgefallen war, wieso es Alejandro do'Verrada gebraucht hatte, um seinen Blick auf sie zu lenken. Vielleicht, weil sie so viel jünger war als er ... aber nein, Jugend bedeutete für einen Mann, der so jung sterben würde, nichts als ein Versprechen. Vielleicht war er abgelenkt gewesen, so tief in die Angelegenheiten der Familie verstrickt, ergeben den Viehos Fratos und Sario. Oder er war einfach blind gewesen. Dumm und blind.

Er lächelte. Er wußte von ihrem lebhaften Geist, und es freute ihn zu sehen, daß ihr Äußeres dazu paßte.

Sie erwiderte sein Lächeln nicht. Sie erreichte die Hügelkuppe, ließ die verknitterten Röcke sinken und nahm eine so starre Haltung an, daß er befürchtete, sie könne zerbrechen. »Weißt du, was er getan hat? Weißt du, was er *ist?*«

Die Freude erlosch. Er öffnete den Mund, um nachzufragen, wen sie meinte, dann schloß er ihn wieder. Er wußte es. *Gesegnete Mutter ... weiß denn jeder, was ich getan habe?*

Ihre Wangen waren gerötet vom Laufen. »Kannst du ihn aufhalten?«

Das verblüffte ihn. »Aufhalten? Warum? Wir haben so lange daran gearbeitet, einen Grijalva an den Hof zu bringen.«

Sie schüttelte den Kopf; dichte Locken, locker zurückgebunden, fielen über die schmalen Schultern. »Er ist kein Grijalva mehr. Er – er ist ...« Sie überlegte, machte eine hilflose Geste. »Mehr. Weniger. *Anders.*«

Abrupt wandte er sich ab und starrte über die Weinberge und Obstgärten zu den Marschen hinüber. Von dort, behauptete Davo, kam die Krankheit, die sie alle quälte, das Knochenfieber, das die Gelenke zu schmerzhafter Unbeweglichkeit und Hilflosigkeit verdrehte. *Ist es das Fieber, das uns so jung sterben läßt? Ein Gift in unserem Blut?*

»Was willst du tun?« fragte sie. »Was *kannst* du tun?«

Sind es die Pigmente, die wir mahlen, vermischt mit Körperflüssigkeit, um die Peintraddos zu schaffen?

»Du kannst nicht untätig zusehen«, sagte sie. »Du mußt etwas unternehmen.«

Noch immer wich er ihrem Blick aus. »Ich habe etwas getan. Ich habe geholfen, ihn zu dem zu machen, was er ist.«

»Nein!« Röcke raschelten über das Gras, als sie entschlossen um ihn herumging, um ihn zu stellen. »Du hast ihm ebensosehr wie andere ans Herz gelegt, die Regeln zu befolgen ... kennst du denn die Wahrheit?«

»Daß er zu mehr befähigt ist als andere Maler? Ja, das weiß ich.«

»Wie lange schon?«

Er sah ihr ins Gesicht, sah ihren wütenden, aber auch verängstigten Blick. »Von Anfang an.«

»Das glaube ich nicht.« Zarte Farben breiteten sich auf ihrer makellosen Haut aus. »Niemand wußte es ›von Anfang an‹. Ansonsten hätte man ihn nie zu einem der Viehos Fratos gemacht, und sicher hättest du ihn nicht nur der Kleineren Disziplinierung ausgesetzt.« Die Wangen wurden dunkler. »Ich erinnere mich an Tomaz. Erinnerst du dich an Tomaz? Wie er starb?«

Er erschrak sich ebenso wie sie, als er sie am Arm packte. »Wieviel weißt du, Saavedra? Wieviel hat dir Sario von uns erzählt?«

»Von euch?« Sie schüttelte den Kopf. »Er bricht keine Eide, Sanguo – es gibt keine Geheimnisse der Meistermaler, die ich nicht wissen sollte, denn wir sind alle Grijalvas –«

Sie weiß zuviel. Er umklammerte ihren Arm fester. »Das war nicht die Frage, die ich gestellt habe, und nicht die angemessene Antwort.«

»Du hast auch *meine* Fragen nicht beantwortet«, konterte sie. »Nommo do'Matra, Sanguo Raimon ... du sagst, du hast geholfen, ihn zu dem zu machen, was er ist. Weißt du, was du getan hast?«

»Ich habe die Macht über ihn verloren«, gab er zu, »falls ich jemals welche hatte.« Abrupt ließ er sie wieder los und spürte den Schmerz in seinen Knöcheln. »Ich glaube, es gibt mehr in seiner Seele, als selbst ich für möglich gehalten hätte.«

Sie zog die Brauen hoch. »Und dennoch hast du es den anderen nicht gesagt?«

Schuldgefühle trieben ihn, sich selbst zu bezichtigen. »Frag lieber, was ich den anderen *überhaupt* gesagt habe.«

Alle Farbe wich aus ihrem Gesicht. »Daß er der Richtige war. O Gesegnete Mutter, du hast ihn vorgeschlagen! Du hast ihn unterstützt!« Der Wind riß an ihren Locken. »Er sagte, es gäbe nur einen, dem er vertraute, einen, der an ihn glaubte.«

»Ich hielt ihn für den Richtigen, ja. Und er sollte die Gelegenheit erhalten, Oberster Hofmaler zu werden.«

»Warum?«

Das ärgerte ihn. »Weil es einer von uns sein *mußte!*«

Sie wich ein wenig zurück vor der schieren Lautstärke und Vehemenz seines Ausbruchs, dann faßte sie sich wieder. »Ist es so wichtig, daß die Grijalvas *jetzt* zurückerobern, was sie verloren haben?«

»Ja.«

»Ganz gleich, was es kostet?«

Er hob eine Hand, zeigte ihr die Finger, in denen bereits die Veränderung zur Kraftlosigkeit begonnen hatte. »Wir kennen den Preis, Saavedra! Er lauert in unseren Knochen, wartet auf den Tag, an dem er ans Licht kriechen kann.«

Sie sah hin, fuhr fort. »Aber wenn du gewußt hast, daß er –«

Er unterbrach sie. »Wer konnte wissen, was er tun würde?«

Sie schüttelte den Kopf. »Ich bin eine Grijalva. Man hat mich in dem Glauben aufgezogen, ebenso wie dich und Sario, daß wir dem Herzog zur Seite stehen würden –«

»*Zur Seite*«, betonte er.

»Ja, selbstverständlich.« Und dann verstand sie. »Glaubst du, Sario könnte mehr wollen?«

»Nein, das wird er nicht.«

»Aber wenn –«

»Wieviel Zeit«, fragte er drängend, »wird dir zum Malen bleiben, wenn du ein Kind hast? Wenn du dieses Kind aufziehst? Und ein weiteres bekommst und aufziehst?«

Obwohl sie nichts sagte, war die Antwort deutlich sichtbar in der Anspannung ihrer Züge. Wenig Zeit, keine Zeit.

Raimon nickte. »Vor allem wird er malen müssen.«

»Das stimmt.« Ihre Stimme war heiser. »Ich weiß – das habe ich alles gewußt, seit er ein Junge war. Ich sah die Luza do'Orro – ich habe sie immer gesehen, obwohl andere es leugneten; obwohl sie ihm mißtrauten und ihn nicht mochten.«

»Und ihn Neosso Irrado nannten.« Wieder nickte er. »Wie auch mich. Das scheint dazuzugehören.«

Sie verstand sofort. »Heißt das, wenn *du* –«

»Es gibt solche, die da sind«, sagte er, »und solche, die formen.«

»Wie du Sario geformt hast?«

Er gab keine Antwort.

»Warum?« fragte sie. »Gab es keinen anderen? Hätte es nicht ein Jahrzehnt später einen passenden Maler gegeben?«

»Das ist eine Angelegenheit der Viehos Fratos –«

Sie unterbrach ihn ohne Zögern. »Bitte, laß es auch meine sein. Ich habe ihn ebenso geformt wie du.«

Wind zerrte an seinem Haar, riß es aus seiner Stirn, so daß er nichts vor ihr verbergen konnte. »Weil ich es so wollte.«

Sie wich zurück. »Ist *das* deine Antwort? Deine Rechtfertigung für alles, was passieren wird?«

Bitterkeit entstellte sein Lachen. »Wenn ein Mann nicht selbst werden kann, was er sich wünscht, versucht er, einen anderen zu formen, der seinen Platz einnimmt.«

»Aber –«

»*Genug!*« Es brach geradezu aus ihm heraus, verblüffte ihn ebenso wie sie. »Mir ist das Ausmaß meines Versagens bewußt«, erklärte er, »und seine Folgen. Matra ei Filho – ich war ein Narr, Saavedra, aber nicht dumm. Nicht taub. Und nicht blind.«

Tränen traten ihr plötzlich in die Augen, wurden weggewischt. »Ich auch nicht«, sagte sie bedrückt. »Ich *bin* es auch nicht, aber ich habe weniger als du getan.«

»Man kann uns nicht die Schuld geben.«

»Nein. Mir schon. Ich habe nichts von dem alten Mann erzählt, dem Tza'ab, der ihn Dinge gelehrt hat.«

»Und ich habe nichts von den Seiten des *Kita'ab* gesagt und der Wahrheit unseres *Folio.*« Er sah, wie verblüfft sie war. »Siehst du es nicht? Festzustellen, wer woran die Schuld trägt, führt zu gar nichts. Es sei denn, wir versuchen, sie zu teilen, und nehmen ihr damit die Schwere.«

Ihr schönes Gesicht war bleich, nur Knochen unter straff gespannter Haut. »Ich bin zu dir gekommen, damit die Viehos Fratos verstehen, was er ist. Damit sie ihn aufhalten können.«

»Wie?«

»*Peintraddo Chieva*«, murmelte sie verzweifelt.

»Möchtest du, daß wir ihn töten? Ihn verkrüppeln?«

»Nein! Heilige Mutter, nein!«

»Was dann, Saavedra? Die Kleinere Disziplinierung hat zu nichts geführt.«

»Nein«, sagte sie. »Nein, auch das nicht ...« Und dann wurde sie noch bleicher.

»Saavedra?«

»Sein *Peintraddo* –«

»Wir haben es. Bei den anderen. Es bleibt in der Sammlung der Viehos Fratos.«

Entschlossen schüttelte sie den Kopf. »Nein ... nein, Sanguo – ihr habt nur eine Kopie.«

»Eine *Kopie* –«

»Ich habe das Original.« Ihr Gesicht war nur noch eine Maske. »Er hat es mir zur Aufbewahrung gegeben.«

Er keuchte. »Das verstößt gegen alle Schwüre ... Nommo Chieva do'Orro, das ist unmöglich!«

»Es ist geschehen. Ich habe es. Ich habe sein *Peintraddo.*« Wind zog eine Locke neben ihrem Ohr in die Länge, ließ sie wieder zurückschnellen. »Würde eine Bedrohung des Bildes ausreichen?«

Seine Knochen schmerzten stärker. »Für Sario? Was glaubst du denn?«

»Ich glaube ... ich glaube ...« Sie zitterte, als eine Bö ihr die Röcke zur Seite riß, aber er wußte, das hatte die Reaktion nicht hervorgerufen. »Ich glaube, er würde tun, was er für nötig hält. Er würde *sein,* was nötig ist ...« Tränen stiegen auf, trockneten wieder. »Das hat er mir gesagt.«

»'Vedra.« Er benutzte bewußt die Abkürzung, sah, daß sie es bemerkte. »'Vedra, wieso bist du zu mir gekommen?«

Sie schluckte schwer. »Weil ich Angst habe. Um ihn. *Vor* ihm. Und weil ich ihn liebe.« Sie machte eine hastige Geste. »Nein, nicht so, wie ich Alejandro liebe ... nicht, wie Frauen Männer lieben, die sie heiraten, deren Kinder sie haben wollen – so war es nie zwischen uns –« Sie überlegte einen Augenblick und fragte sich, ob Sario dasselbe sagen würde. »– sondern *anders,* auf eine Art, die ich nicht verstehe, nicht wirklich, ich weiß nur, daß es sie gibt. Hier.« Sie drückte eine Hand aufs Herz. »Ich verstehe ihn, Sanguo ... ich sehe sein Licht, die Flamme, ich reagiere darauf – und er erkennt meine. Glaubt an meine. Sario hat mir immer gesagt, wir hätten dieselbe Seele.«

Raimon konnte ihr nicht bieten, was sie brauchte – Alejandros Umarmung, seine Wärme, seine Liebe –, aber er bot, was er konnte: er legte ihr die Hände auf die Schultern und sprach mit aller Wahrhaftigkeit, die er aufbringen konnte: »Deine Seele gehört dir«, versprach er. »Ich sehe keinen Makel daran, keine Krankheit, die ihre Kraft zerstören könnte.« Er drehte sie so, daß sie die Weinberge, die Obstgärten sehen konnte. »Du bist nicht wie die Weinstöcke, wie die Oliven und Orangenbäume. Du kannst von Wind, Frost, Entbehrungen, Parasiten nicht geschwächt werden ... du bist Saavedra Grijalva, begabt mit größerem Talent als viele, geliebt von ihrem Herzog – und du hast eine Seele, die dir ganz allein gehört. Und die niemand, selbst Sario nicht, zu seinem Zweck nutzen und zerstören kann.« Er drückte ihre Schultern kurz, unterdrückte ein schmerzliches Zucken, als es in seinen Gelenken stach, dann drehte er sie wieder herum, damit er ihr ins Gesicht sehen konnte. »Ich habe dich zuvor schon gefragt, wieso du dich an mich gewandt hast. Ist es die Angst davor, was er tun könnte? Oder wegen etwas, was er bereits getan hat?«

»Beides«, sagte sie. Und dann erzählte sie ihm von dem Porträt von Zaragosa Serrano.

Als sie fertig war, als sie sich bestätigt hatte, daß sie recht hatte mit ihrer Angst, wandte er sich scharf von ihr ab. Er sah nichts mehr, keine Weinberge und Obstgärten, keine Mauern aus Feldsteinen, keine Marschen hinter dem verschwommenen Tränenschleier.

»Sanguo Raimon?«

Ich habe so viel getan.

»Sanguo?«

So viel verschuldet, aus eigenem Ehrgeiz.

»Sanguo Raimon ...« Sie hielt inne. »Ich könnte es nicht ertragen, daß eine solche Begabung ausgelöscht wird.«

Er schwieg.

»Und da ist immer noch Alejandro ...« Er hatte sie getröstet, das wurde Raimon jetzt klar. Indem er ihre Angst teilte, hatte er sie ermutigt, weil sie nun nicht mehr allein war. »Ich könnte mit Alejandro reden.«

Das könnte sie wirklich, eher als er.

»Vielleicht könntest du mit Sario sprechen.«

Warum nicht? Er hatte ihn geformt. Ebenso wie diese Frau und ihre Angst; er hatte viel mehr getan, als er je vorgehabt hatte.

Ich habe es zu gut machen wollen.

Davo hatte das angedeutet. Ein mangelhaftes Werkzeug, das andere verletzen könnte. Andere.

Zeit, dachte er. *Alles wegen der Zeit, weil wir so wenig haben. Hätte ich gewartet – hätte ich auf einen anderen Jungen gewartet –*

Es gab keinen anderen. Nicht zu Raimons Lebzeiten.

Ich habe es getan, wurde ihm klar, *und es ist meine Sache, es zu ändern.*

»Sanguo Raimon –«

Er drehte sich um. Lächelte strahlend. Küßte seine Fingerspitzen und drückte sie ans Herz. »Nommo Matra ei Filho«, sagte er und wiederholte die Bewegung mit dem Schlüssel. »Nommo Chieva do'Orro. Es wird geschehen.«

Hoffnung glomm auf, und ihre bleichen Wangen färbten sich wieder. Wind riß das Haar von ihrem Gesicht, entblößte es, zeigte das Ausmaß ihrer Erleichterung. Leise dankte sie Mutter und Sohn, dankte ihm lauter, dann lächelte sie und machte sich auf den Rückweg.

Raimon sah ihr hinterher. *Wenigstens das habe ich tun können. Ihr zu neuem Seelenfrieden verhelfen.*

Wenn auch auf Kosten seines eigenen.

23

Ignaddio hatte getan, was man ihm aufgetragen hatte: die Bilder, Paneele, das Holz für Rahmen an die Wände von Saavedras neuem Atelier gelehnt; Portfolios und Skizzenbücher gestapelt, Stapel unbenutzten Papiers in eine Ecke geschoben; Körbe und Flaschen und Schachteln in einem unklaren Muster auf dem Boden ausgebreitet, auf dem Arbeitstisch, selbst auf dem einzigen Stuhl. Saavedra selbst, versunken in ihre Bemühungen, dieses ungewohnte Durcheinander in das vertraute Chaos zu verwandeln, das sie bequem und nützlich fand, bemerkte zunächst gar nicht, daß ein Besucher eingetreten war; er mußte angestrengt hüsteln, ehe sie sich umdrehte – und dann hätte sie beinahe den verbeulten Zinnkrug fallen lassen, in dem sie ihre Pinsel aufbewahrte.

»Alejandro!« *Oh, er ist wunderbar!*

Alejandro Baltran Edoard Alessio do'Verrada grinste sein bekanntes Grinsen und entblößte dabei unwillkürlich den schiefen Zahn, den man in seiner Jugend für einen Makel gehalten hatte, jetzt allerdings für charmant hielt. »So gefällst du mir viel besser als in Hofkleidung; es erinnert mich an den Tag, als wir uns kennenlernten.«

Sie erinnerte sich ebenso daran wie er. Sie hatte nach Öl und Lösungsmittel gerochen, war in schmutziges Leinen gekleidet gewesen, voller Farbflecke, Kreidestaub unter den Nägeln, und ihr Haar war naß vom Brunnenwasser gewesen. Vom letzteren einmal abgesehen, erinnerte ihr Äußeres tatsächlich sehr an jenen Tag.

Sie umklammerte den Krug. »Aber ich bin *schmutzig!* Du könntest mich am besten gleich zu den Färbern schicken oder sogar in die *Gerberei* –«

Er trat mit einem langen Schritt auf sie zu, nahm ihr den Krug ab und stellte ihn auf den Boden, und dann nahm er sie, trotz Schweiß und Staub, in die Arme. »Schmutzig, verknittert, mit Farbe auf der Haut –« Er berührte einen Fleck an ihrer Wange. »– und dem durchdringenden Geruch verschütteten Öls ... ja, und nun bin ich ebenfalls beschmutzt ... und dir unrettbar verfallen.« Er küßte sie. Leidenschaftlich.

Sie reagierte sofort. Nie war das so plötzlich geschehen, die abrupte und unabwendbare Erkenntnis, daß in diesem Augenblick nichts zählte *außer* diesem Augenblick und was sie daraus machen konnten.

»Die Tür –«, murmelte sie gegen seinen Mund.

»Verschlossen«, antwortete er in ihren.

»Es ist ein Bett im anderen –«

»Nein«, sagte er. »*Hier.*«

Neben einem Stapel unvorbereiteter Leinwände, inmitten des Klapperns von Flaschen; einem Korb, der umstürzte und seinen Inhalt in einem Regenbogen über den Teppich ergoß; der Krug bekam eine neue Beule; ein Samthut wurde zerdrückt – *hier* geschah es.

Er brauchte einige Zeit, bis er die Vergangenheit, die er aus dem Palasso Grijalva in seine Zukunft im Palasso Verrada mitgebracht hatte, aussortiert und neu plaziert hatte. Man hatte ihm eine ganze Flucht von Räumen überlassen, damit er sich so einrichten konnte, wie es am besten war für die Aufgabe, dem Herzog und dem Herzogtum zu dienen. Es gab selbstverständlich Dienstboten, aber er hatte die meisten von ihnen weggeschickt, bis auf zwei, denn wenn er in der Arbeit versank, vergaß er oft zu essen und zu trinken – und dann war es einfacher, jemanden nach etwas zu schicken, statt die Konzentration vollends zu brechen.

Konzentration war so überaus wichtig, besonders mit der Oscurra und den Rändern, die ihm sein Bestes abverlangten, damit die Magie nicht auf ihn zurückfiel ... manchmal ärgerte es ihn schon, wenn er urinieren mußte. Auch das unterbrach ihn nur. Aber das mußte er schon selbst tun – einen Diener fürs Pinkeln zu bezahlen würde seine Blase nicht erleichtern. Obwohl er manchmal wünschte, daß das möglich wäre.

Im Augenblick brauchte er allerdings den Nachttopf nicht, sondern er kniete über dem Tza'ab-Teppich, den er aus Il-Adibs Zelt mitgenommen hatte, und sortierte Papiere. Stapel von Papieren: Karten von Tira Virte, Karten von Pracanza, Karten von Ghillas, von Taglis, Merse, Diettro Mareia, selbst von Vethis, so weit im Norden ... er glaubte, keine weitere Karte mehr ertragen zu können, und dennoch mußte er. Er war nun Oberster Hofmaler, und zu seinen Aufgaben gehörte es, sich mit Verträgen, Kriegen, Bündnissen, mit den Gewohnheiten und Bräuchen der großen Familien, den Interessen anderer Herzöge und Könige und Fürsten zu befassen, mit ihren unzähligen Frauen und Kindern, selbst mit ihren *Schoßtieren* – denn wenn er seinem Herzog helfen wollte, Geschichte zu machen, mußte er dies alles wissen.

»Matra«, murmelte er. »Ich kann mir nicht vorstellen, daß *Zaragosa Serrano* dazu in der Lage gewesen sein soll – daß er überhaupt zu mehr in der Lage war, als in Scharlachrot rumzulaufen!«

Er hörte Schritte an der Tür. Er hatte sie bewußt nicht verschlossen; er tat nie etwas, ohne sich angemessen zu schützen, und im Augenblick mußte er alle im Palasso Verrada überzeugen, daß es keinen Grund gab, dem neuen Grijalva-Hofmaler zu mißtrauen. Also ließ er sich zusehen.

»Und nun wird diese Farbe an Zaragosa hängenbleiben?« fragte der andere ruhig. »Das Rot der Scham, das Rot fiebergeschüttelter Hände, das Rot seines Blutes, wenn man ihn zur Ader läßt in der Hoffnung, eine unerwartete und zerstörerische Krankheit zu behandeln, ganz ähnlich der, die sonst die Grijalvas befällt?«

Sario drehte sich nicht um. Er erkannte die Stimme, erkannte die Mißbilligung, die an Verachtung grenzte. »Seine Begabung war tot. Also kann sein Körper es ebenso sein.«

»Wenn die Mutter es wünscht.« Raimon Grijalva trat ins Zimmer. »Hast du dir Ihren Platz angemaßt?«

Sario, dem Mann immer noch den Rücken zugewandt, grinste, faltete Landkarten. »Ohne Zweifel würden die Serranos das behaupten!«

»Und hätten sie ein Recht dazu?«

Jetzt geht es also los ... Sario stapelte die Karten aufeinander: Ghillas eroberte Diettro Mareia. Und nun die Genealogien, die komplizierten Verknüpfungen und Muster von Eheschließungen, Geburten, Toden, die endlosen Listen von Gemälden, die Ereignisse dokumentierten ... »Ich tue, was ich tun muß. Ich bin immerhin einer der Viehos Fratos.«

»Und?«

»Und?« Er zuckte mit den Achseln, lächelte angesichts der mehrfachen Ehen von Baltassar von Ghillas, die hier so sorgfältig aufgelistet waren; wie *konnte* ein Mann nur so viele Frauen heiraten? Und wieso waren so viele von ihnen gestorben? »Sollte ich anders sein?«

»Mehr vielleicht«, erwiderte Raimon. »Du hast Mittel, die andere nicht haben, nicht einmal die anderen Viehos Fratos.«

Es war seltsam; er verspürte eher freudige Erwartung als Bedauern und etwas, das beinahe so mächtig wie Begierde war. »Beunruhigt es dich, Raimon?« Er legte die Ghillasische Genealogie beiseite, die Listen, und wandte sich den Handelsabkommen zwischen Taglis und Tira Virte zu. »Fürchtest du, daß ich mein Wissen mißbrauche?«

Schweigen.

Sarios Lächeln wurde breiter. *Es macht tatsächlich Spaß – es gibt mir ein Gefühl der MACHT.* Ruhig legte er die Papiere zur Seite und stand auf, wischte sich den Staub von den Knien. Drehte sich um: Kette und Schlüssel glitzerten im Kerzenlicht. Mit wohleinstudierter Selbstkontrolle wandte er sich dem älteren Mann zu, den er immer geachtet hatte. »Du hast mich gemacht«, sagte er. »Bitte, drück dich genauer aus – *wessen* hältst du mich für fähig?«

Raimon zögerte nicht. »Ich glaube, du bist zu allem fähig.«

Sario hielt einen Augenblick inne – er hatte diese Wahrheit nicht so schnell erwartet –, dann nickte er. »Laß es mich bitte noch einmal formulieren: was, glaubst du, werde ich tun?«

»Was immer du tun willst.«

Wieder die Wahrheit. Von diesem Mann hatte er auch nicht mehr und nicht weniger erwartet; es war alles schneller gegangen, als er selbst angenommen hätte. Zaragosa hätte sterben oder wegen seiner Krankheit entlassen werden sollen, aber Baltrans plötzlicher Tod hatte alles zu schnell in Bewegung versetzt. Und Sanguo Raimon hatte eindeutig begriffen, was andere sich nicht vorstellen konnten oder wollten. Noch nicht.

Also soll er auch die Wahrheit hören. »Nommo Chieva do'Orro, Raimon, ich schwöre dir: ich will nicht regieren. Ist es das, was du fürchtest?«

Der ältere Mann schüttelte den Kopf. »Selbst du verstehst, daß so etwas das Herzogtum in einen Bürgerkrieg stürzen würde, der alles zerstören könnte – und dir würde nichts bleiben. Es sei denn ...« Raimons Miene war so bitter wie der Winter und gleichzeitig so hart wie der Sommer. »Es sei denn, du dienst jetzt Tza'ab Rih.«

Sario lachte laut auf. »Das würde denen gefallen! Sie erwarten es vielleicht sogar – das war es, was der alte Mann wollte – aber das ist nicht mein Ziel.«

»Was ist dann dein Ziel, Sario?« Raimon hielt inne, betrachtete forschend die Miene, die Haltung seines Gegenübers, dann fuhr er fort: »Hast du vor, dich auf den Thron der Mutter selbst zu setzen?«

Solche Vorfreude nun, solches Vergnügen! »Ketzerei – oder Humor? Was davon ist es, Raimon?« Lachend breitete er die Arme aus. »Ich will sein, was ich bin. Das ist mein Ziel. Oberster Hofmaler des Herzogs von Tira Virte.«

»Warum?«

»Weil ich von solchen Männern wie dir dazu geschaffen wurde.«

Raimon trat einen weiteren Schritt vor. »Es war nicht *ich,* der dies begann –«

»Nein? Aber natürlich warst du es. Otavio und Ferico hätten sicher mehr getan, als mir ein paar kleine Löcher ins Schlüsselbein zu brennen –« Sario berührte seine Schulter. »– sie hätten vermutlich vorgeschlagen, daß ich wie Tomaz behandelt werde, daß sie alles Feuer ersticken, das sie nicht unter Kontrolle bringen können.« Gleichmütig zuckte er mit den Achseln. »Ich bin, was du vor dir siehst. Ich hätte weniger sein können oder mehr, wenn ich mir selbst überlassen geblieben wäre – aber nun bin ich der Mann, den die Grijalvas als Erlöser betrachten –«

»*Erlöser!*«

»– weil ich es bin, zu dem der Herzog kommen wird, kommen *muß,* um seine Pläne zu schmieden, seine Politik zu entwickeln und die seiner Räte, um Handel zu treiben und Verträge zu schließen, um eine Frau zu finden, mit ihr Erben zu zeugen, eine andere zu heiraten, wenn diese bei der Geburt stirbt; um Tode und Geburten und Eheschließungen und daher noch mehr Geburten und Eheschließungen und vielleicht auch mehr Tode zu dokumentieren ... um das *Leben* festzuhalten, Raimon! Um die Geschichte und die Veränderungen eines Landes und seiner Menschen festzuhalten.« Er hielt inne und wartete, bis auf dem Gesicht des Älteren die Verachtung dem Verständnis wich. »Das ist es, was wir tun. Das ist unsere Aufgabe. Der Welt die Maske abzunehmen, damit andere die Wahrheit erfahren können und daran gebunden sind.«

»*Deine* Wahrheit.«

»Wir haben alle unsere eigene – oder nehmen um des Geldes willen den Auftrag an, die Wahrheit zu verdrehen, wie andere sie verdreht wissen wollen.«

»Du wirst niemandem schaden.«

Das fürchtet er – er fürchtet MICH. »Niemandem, dem mein Herzog keinen Schaden zufügen möchte.«

Mit ausgefeilter Ironie und ebenso eindeutiger Geringschätzung: »Zaragosa Serrano?«

Sario seufzte. »Kümmert es dich wirklich, was aus ihm wird, Raimon? Ja, ich weiß, du suchst Beweise, daß ich zum Ungeheuer geworden bin – oder auf dem besten Weg bin, eines zu werden ... aber warum bist du dir so sicher? Ich bin *Maler,* Raimon! Alles, was ich je wollte, war malen!«

Raimons Hände zitterten, verrieten, daß er nicht so stark war, wie er vorgab. »Dann male«, sagte er heiser. »Ich erlaube dir zu malen. *Wie wir es dich gelehrt haben.*«

Sario lächelte und setzte seine Ehrlichkeit so brutal ein, wie er konnte: die Wahrheit war die Wahrheit. »Aber es gibt viele Lehrer. Viele Moualimos. Und es müssen nicht alle Grijalvas sein.«

»Der alte Mann, dieser alte Tza'ab, von dem du mir erzählt hast –«

»– der mich zu einem zweiten Verkünder machen wollte.« Sario schüttelte den Kopf. »Warum wollen so viele Männer andere formen? Bin ich für dich nur ein Haufen Fleisch? Ein paar Knochen, die man so zusammensetzt, eine Bastardhaut, auf diese Weise über die Knochen gespannt, ein Geist, der leer ist bis auf das, was andere hineinfüllen, Männer wie du und Arturro und Otavio und Ferico, weil der Junge doch sicher nicht für sich allein denken kann! Und auf keinen Fall *darf* er das. Der Junge muß unbedingt durch feste Regeln kontrolliert werden, die Rituale sterbender Männer –«

»Sterbender Männer!«

Ignoranz ärgerte ihn. Die Weigerung, die Wahrheit zu akzeptieren, verleitete ihn dazu, heftiger zuzuschlagen. »Viehos Fratos«, sagte er. »Arturro. Otavio. All diese Toten. Und all jene, die bald tot sein werden: Ferico, Davo. Selbst *Raimon,* obwohl ihm noch eine Handvoll Jahre bleiben – während das Knochenfieber schon seine Gabe zerstört.« Es war nichts mehr in ihm als kalte, unvergängliche Wut. »Was ist denn ein Oberster Hofmaler anderes als ein Mann, der ewig lebt?«

»Er stirbt, Sario – sie sterben alle.«

»Aber nicht ihre Werke.« Sario schüttelte den Kopf. »Wer kommt in unsere Galerrias, Raimon? Wer kommt, um zu sehen, was wir waren, was wir sein werden? Niemand ... sie kommen bestenfalls, um uns einen Auftrag für eine *Kopie* zu geben, um die Werke der Obersten Hofmaler zu kopieren, weil nur die Werke solcher Männer diesen Männern Unsterblichkeit verleihen, und nur Oberste Hofmaler erhalten die Möglichkeit, daß ihr Werk unsterblichen Ruhm genießt.« Keuchend holte er Luft. »Und das ist das Ziel der Familie. *Nicht,* einen Grijalva an die Seite des Herzogs zu stellen ... sondern die Jahre zurückzustehlen, die uns gestohlen wurden, sie in unsere Bilder zu legen, weil wir diese Jahre nicht in unserem Körper ertragen können, ohne daß sie uns verschlingen.« Er streckte die Hände aus, zeigte sie vor. Schlanke, junge, begabte Hände, schön, kräftig und geschmeidig. »Ich bin jetzt fast zwanzig. In noch einmal soviel Jahren werde ich dein Alter erreicht haben, und meine Hände, befallen vom Fluch der Familie, werden noch älter sein. Kein Maler, der malen muß, *kann* mit solchen Händen weitermalen. Und daher stirbt er.«

»Sario –«

»Wir sterben, Raimon. Wir alle. Und niemand erinnert sich. Es kümmert niemanden.« Er ließ die Hände wieder an die Seiten sinken. »Dein Weg, der Weg der Viehos Fratos, besteht darin, einen Mann zu schaffen, dessen Werk ihn überlebt. Aber das ist ein falsches Leben. Ein künstliches Leben. Du verstehst es nicht, du und die Viehos Fratos, die Jungen, die hoffen, die Gabe zu besitzen ... ihr versteht es überhaupt nicht. Ihr habt erlaubt, daß man eure Phantasie verkrüppelte, und ihr akzeptiert es als den Willen von Matra ei Filho ... ich tue das nicht, ich wehre mich. Das wahre Leben besteht darin zu *leben* – und das ist mein Ziel. Zu leben. Also werde ich malen. Die Seele eines Mannes stirbt, wenn ihm seine Fähigkeiten genommen werden, so, wie man dir deine jetzt nimmt ... aber meine Seele wird nicht sterben. Ich werde es nicht zulassen.«

»Sario ...« Tränen standen in Raimons Augen, als er verzweifelt wiederholte: »Niemand kann ewig leben.«

»Vielleicht nicht«, stimmte Sario ihm zu, »wenn man es als unvermeidlich hinnimmt, daß man aus Staub gemacht ist.«

»Wir sind alle aus Staub gemacht.«

»Ich nicht«, antwortete er. »Ich werde mich selbst verändern, wie wir die Farben verändern: mit Lösungsmitteln ... und meine Haut, die Pigment ist, meine Knochen, die Leinwand sind, werden nicht sterben.«

Raimons Miene verfiel. Die scharfen Kanten der Schädelknochen durchbohrten beinahe, was einmal junge, glatte Haut gewesen war. »Gesegnete Mutter ... Matra Dolcha, Matra ei Filho –«

»Brabbel nur deine Gebete vor dich hin«, sagte Sario, »aber das hat nichts mit Ihr oder Ihrem Sohn zu tun.«

Wut kam hoch, brach sich Bahn. Die Augen waren noch jung, machtvoll in ihrem Stolz. »Das sagst du mir? Ausgerechnet *mir*?«

Die Entschlossenheit wankte, aber dann war er wieder überzeugt. »Dir als Raimon Grijalva? Oder dir als einem der Viehos Fratos?«

»Mir als Mann, als einem, der dein Freund war, dich unterstützt, sich für dich eingesetzt hat –«

»Ja«, antwortete Sario. »Ich sage es dir in all deinen Rollen. *Ich werde es tun.*«

Raimons Hand schloß sich um den Schlüssel. »Selbst ein Oberster Hofmaler ist für uns nicht unerreichbar, Sario. Wenn es notwendig werden sollte –«

Sario lachte. »Weil ihr mein *Peintraddo* habt?«

Triumph blitzte auf. »Wir haben die nutzlose Kopie, die du uns überlassen hast. Aber Saavedra hat das Original.«

»So.« Sehr leise fragte er: »Hat sie das?«

Und so verstand Raimon schließlich in vollem Ausmaß die ganze, ungeschminkte Wahrheit: sie kannten ihn alle nicht. Niemand. Kein Mann, keine Frau.

Sanft erklärte Sario: »Wir sind die besten Künstler der Welt ... Sanguo. Kopieren ist eine Kleinigkeit. Nicht nur einmal. Zweimal. Dreimal.« Er blickte auf zu dem Mann, den er von allen am meisten gemocht und geachtet hatte, sogar verehrt, und ihm wurde klar, daß er über solche Dinge hinausgewachsen war. Er wagte es nicht, so etwas wie Schwäche zuzulassen. Nein, keine Schwäche. »Du hast mein Vertrauen verraten«, sagte Sario, aber es schmerzte ihn nicht mehr. Auch darüber war er hinweg.

Raimon zitterte. »Wie du das meine. Eine Kopie deines *Peintraddo Chieva* zu malen. Zwei Kopien!«

»Und du siehst, wie es mir zugute kommt, Frato. Wie es mir die Möglichkeit gibt weiterzumalen, weiterzuleben.« Sario schüttelte den Kopf. »Ich werde nie wie Tomaz sein. Und nie wie du. Ich werde mich nie wieder von etwas bedrohen lassen, was in der Crechetta passiert.«

Die Litanei begann. »Es ist unsere Art –«

Und kam zum Ende. »Eure Art ist veraltet. Ich werde einen neuen Weg finden, jetzt. Niemand sonst hat den Mut, die Mittel, die Fähigkeit.« Sario lächelte. »Oder die Luza do'Orro.«

24

Alejandro erwachte aus einer Art Halbschlaf. Lederne Bettriemen knarrten unter der Matratze. Nach ihrer ersten und unendlich befriedigenden Vereinigung auf dem Boden hatten sich doch beide über die Unbequemlichkeiten und Hindernisse beklagt – Pinselgriffe, der verbeulte Krug, die spitze Ecke einer Schachtel –, und so hatte er ihr erlaubt, ihn ins Schlafzimmer zu führen. Die folgende zweite Vereinigung, der Wein, den er zuvor getrunken hatte, die Wärme des Tages, die Entspannung hatten schließlich bewirkt, daß er eingeschlafen war.

Saavedra hatte nur spitz angemerkt, es sei nett von ihm, damit wenigstens so lange zu warten, bis sie fertig waren.

Jetzt war er wieder wach und lächelte über diese Bemerkung, aber er wollte noch nicht aufstehen oder sie wecken, er blieb zufrieden liegen, eine nackte Hüfte an ihre gedrückt, während Haar, das nicht sein eigenes war, sich um seinen Nacken schlang. Mit einer Ruhe, die er seit dem Tod seines Vaters nicht mehr verspürt hatte, gestattete er sich, intensiver über die Auswirkungen der Ereignisse nachzudenken.

Dieser Tod hatte ihn zum Herzog gemacht. Er hatte auch seine Jugend beendet. Man hatte ihn zwar, als sein Vater noch lebte, bereits um seines Alters und der Größe willen als Mann betrachtet, aber von allen, die sie beide kannten, war er *neben* seinem Vater doch immer noch als Junge angesehen worden. Nun war Baltran gegangen – und Alejandro sein Nachfolger. Ein erzwungener, rascher Übergang zum Erwachsensein, aber es war geschehen. Herzog Baltran war tot, seine Frau eine Witwe, seine Kinder vaterlos.

Alejandro spürte einen Stich von Trauer, von Verlassenheit, von Einsamkeit. Seine Mutter hatte sich sofort zurückgezogen und wohnte jetzt in Caza Varra, einem der Landsitze; und die achtjährige Cossimia war ebenfalls weg, nach Deittro Mareia geschickt worden, wo sie bleiben sollte, bis sie alt genug war, den Erben zu heiraten. Nur er war noch geblieben – aber jetzt war er Herzog statt Erbe, und das änderte alles. Das Leben war nun schwierig, und nicht eine einzige der Entscheidungen, die er zu treffen hatte, fiel ihm leicht. Alle waren sie befrachtet mit Möglichkeiten und Gefahren.

»Merditto«, murmelte er bedrückt und drehte sich, um sich enger an Saavedra zu schmiegen.

Sie schlief nicht. »Woran denkst du gerade, das dich so schrecklich fluchen läßt?«

Er seufzte in ihre Locken. »Ans Heiraten.«

»Ha.« Sie hielt inne. »Alejandro ...« Ihre Stimme klang seltsam erstickt, halb ernst, halb ironisch, als müsse sie sich anstrengen, nicht zu lachen. »... verzeih mir bitte meine Unhöflichkeit, ja, aber vielleicht solltest du über solche Themen lieber nachdenken, wenn du *nicht* bei mir bist –« Sie drehte sich zu ihm um, sah ihm ins Gesicht. »– und *ganz bestimmt nicht* in meinem Bett!«

Es durchzuckte ihn wie Feuer. Von Kopf bis Fuß. Schweiß brach ihm aus. »Merditto! Ich Idiot!« Er warf sich auf den Bauch und drückte das Gesicht auf die Matratze. Wie hatte er so gedankenlos sein können, ein so rücksichtsloses Ungeheuer?

Er spürte, wie sie zitterte, entzückt auflachte. »Und noch viel mehr – Gesegnete Mutter, eigentlich sollte *ich* dir die Schimpfworte anhängen ... es wäre mein gutes Recht.«

»Ich muß verrückt sein«, schloß er und hob sein immer noch blutrot übergossenes Gesicht. »Eigentlich solltest du mich sofort rausschmeißen.«

»Das könnte ich, aber dann würde ich dich noch schneller verlieren.« Sie strich über die festen Muskeln, die die Waffenübungen auf seinem Rücken hinterlassen hatten. »Ich würde dich lieber behalten, solange es geht ... du *wirst* heiraten, Liebster, und dann –«

»Aber jetzt noch nicht. Noch nicht.« Er setzte sich, schüttelte sich das wirre Haar aus den Augen; schob *ihr* zerzaustes Haar zur Seite, damit er sich nicht darin verfing. »Verzeih mir, was ich getan habe, Liebste ... aber am liebsten würden sie mich verheiraten, ins Bett stecken und mit einem Erben versehen, bevor noch ein Jahr vorüber ist.«

»Armer Alejandro ... soll ich dich deshalb bedauern?« Sie setzte sich ebenfalls, warf die dunklen Locken zurück, lehnte sich gegen die Wand. Ihre Schulter berührte die seine. »Mir tut die Frau mehr leid.«

Er fuhr herum, um sie forschend zu betrachten, nachzudenken – und sah das Lachen in ihren Augen. »Canna!« erklärte er, aber ohne Nachdruck. »Herzloses, eigensüchtiges Weib –«

»Herzloses, eigensüchtiges, *ehrliches* Weib ... und ich kenne dich.« Sie beugte sich zur Seite, lehnte ihren Kopf an seinen. »Ich kenne dich, Alejandro, und ich weiß, daß sie sich glücklich schätzen kann.«

Das Lachen verschwand. Es war schwierig: Freude und Schmerz gleichermaßen. »O Liebste – wäre ich kein Herzog –«

»Dann hätte ich dich nie in mein Bett gelassen!«

Er grinste kurz, aber dann wiederholte er: »Wäre ich kein Herzog –«

»– und ich keine Grijalva ...« Sie seufzte, ließ sich von seiner Stimmung anstecken. »Aber du bist es und ich auch, und das hier ist alles, worauf wir hoffen können. Und es ist nicht so armselig, finde ich. Besser als nichts.«

Gedanken flossen wie Wasser, das von Steinen im Fluß zu zufälligen Mustern gebündelt wurde. »Ich glaube nicht, daß er sie geliebt hat ...«

»*Wen?*«

»Gitanna Serrano. Ich glaube nicht, daß mein Vater sie geliebt hat. Ich glaube, er mochte sie ganz gern –«

»Das ist ein Anfang.«

»– und ich glaube, sie hat ihm etwas gegeben, was meine Mutter ihm nicht geben konnte –«

»Das tun Mätressen für gewöhnlich.«

»– und ich glaube, auf seine Art hat er sie gebraucht; auf eine Art, die ich nicht verstehe – vielleicht, um sich etwas zu beweisen –!«

»*Du* hast es dir ja wohl bewiesen!«

»– um sich in jeder Hinsicht als Mann zu fühlen –«

»Und deine Existenz war kein Beweis dafür?«

»– weil er der Herzog von Tira Virte war, und ein Herzog muß alles sein.« Alejandro sah sie an. »Ich möchte nicht so sein müssen.«

»Herzog?«

»Alles.«

»Herzöge *sind* es aber, Alejandro.«

»Ich kann es nicht, 'Vedra. Ich bin nicht mein Vater.«

»Und das freut mich, mein Liebster. Ich habe nicht vor, mit deinem Vater zu schlafen.« Sie sah ihn forschend an, berührte seinen Arm. »Entschuldige – ich sollte über die Toten nicht scherzen.«

»Aber er ist tot.« Er zuckte mit den Achseln; ihm war bewußt, daß seine Trauer noch kein Ende gefunden hatte, aber sie überwältigte ihn nicht mehr; in Saavedras Gegenwart fühlte er sich befreiter. Und nun wußte er, daß der Tod seines Vaters ein Unfall gewesen war, wie Sario Grijalva es bewiesen hatte, indem er die Leiche untersucht und die Tza'ab, die sie gebracht hatten, verhört hatte. Tot war tot, und sein Vater war es wert, beweint zu werden, aber das war keine Aussicht, über die er auch nur nachdenken wollte. Wie ein erschrockenes Pferd scheute er davor zurück, und dennoch konnte er es vor ihr zugeben. »Er ist tot. Und so bin ich nun an seiner Stelle ... und ich habe Angst.«

Sie zögerte einen Augenblick, dann drehte sie sich zu ihm um, legte ihm die flache Hand aufs Herz, drückte ihre Wange daran. »Du bist dabei nicht allein.«

»Nein. Dank sei der Mutter – und dir.« Er beugte sich vor, küßte sie, lehnte sich zurück und dachte weiter nach. Wieder schlüpfte er durch Felsen, getragen zu einem anderen Wirbel von Gedanken. »Und es gibt noch einen, der mir helfen wird ...« Die Erinnerung bewirkte, daß er sich aufrichtete, die Schulter gegen die kühle Wand lehnte. »'Vedra, du hättest ihn sehen sollen! Du hättest hören sollen, wie er mit ihnen gesprochen hat! Matra, ich wünschte, ich hätte seinen Mut – und seine Haltung! All diese steifen, stolzen Männer, die herumstolzierten wie Hähne auf dem Hühnerhof …« Er lachte, jetzt fiel ihm alles wieder ein. »›Grijalva‹ haben sie ihn angeklagt, als wäre das ein Schimpfwort, und ›Grijalva‹ hat er entgegnet, als wäre es eine Ehre! Vielleicht wird es wirklich nicht so schlimm, mit seiner Hilfe.« Er wandte sich ihr zu. »'Vedra – du kennst ihn besser als ich … war er immer schon so?«

Sie zog eine nervöse Grimasse. »Arrogant? Ja. Selbstsicher? Ja. Von seinem Wert für jeden überzeugt, der seine Hilfe braucht? Ganz bestimmt.«

Er tat, als wäre er überrascht. »Und du behauptest, seine Freundin zu sein?« Er legte die Hand an die Brust. »So etwas würde mich kränken!«

Trocken erklärte sie: »Sario kann man nicht kränken.«

Er wurde wieder ernst. »Das ist vielleicht das beste.«

Etwas an seinem Tonfall verwirrte sie. »Alejandro, machst du dir deshalb wirklich Sorgen?«

»Weil ich Herzog bin? Ja. Ganz bestimmt.« Er seufzte, zupfte am Bettzeug. »Ich bin einfach noch nicht bereit dazu.«

»Du hast Männer, die dich beraten; Männer, die deinem Vater gedient haben.«

»Narren«, erwiderte er knapp. »Alle, bis auf …« Er lächelte ein wenig. »Bis auf den Mann, den du empfohlen hast. Diesen unendlich arroganten Mann, der sich seines Wertes so sicher ist.«

»Alejandro …« Ihr Tonfall war seltsam, als wollte sie etwas sagen, was sie dann doch lieber verschwieg. »Er ist tatsächlich arrogant. Er *ist* selbstsicher. Und er ist begabter als jeder andere.«

»Dann kann mir doch nichts passieren, oder? Du kannst mich in der Nacht beraten und er am Tage. Ich habe alles, was ich brauche.«

Sie warf ihm einen beunruhigten Seitenblick zu. Dann griff sie plötzlich nach seiner Hand. »Alejandro, versprich mir eins … versprich mir, daß du du selbst sein wirst.« Er starrte sie an, erstaunt über die Heftigkeit ihres Tonfalls.

»Du magst Angst haben – die hätte ich auch! –, aber du hast ein gutes Herz, Alejandro, ein großes und gütiges Herz, und du bist kein Narr. Glaub an dich selbst, nicht an das, was andere glauben. Es sei denn, du kannst ihnen wirklich zustimmen.«

»Selbstverständlich …« Er lächelte zärtlich und bewegte seine Hand, so daß er nun die ihre umfing. »Vertrau mir, Geliebte … Ich brauche *Rat*, ja, aber die Entscheidungen werde ich selbst treffen.«

Sie betrachtete ihn forschend, wägte seine Worte ab, dann seufzte sie erleichtert. Ein strahlendes Lächeln erhellte ihre Züge. »Dann wird alles gut werden. Aber dieses eine Mal werde ich die Entscheidung für dich treffen: es ist Zeit, daß du zurückgehst.«

»Zurück? 'Vedra! – wo willst du hin?« Er zog an dem Betttuch, das wegrutschte, als sie aufstand. »Ich dachte, du wolltest mir mehr von deinen Arbeiten zeigen. Du hast es mir versprochen.«

»Das habe ich.« Sie bückte sich und hob seine Hose und ihr Hemd auf. »Ein anderes Mal.«

»Saavedra.« Jetzt war sie aufmerksam, wußte, daß sie nicht mehr ausweichen durfte. »Was ist los?«

Nach einem Augenblick schüttelte sie den Kopf. »Nichts.«

Er ergriff ihre Hand, als sie sich umdrehte. »Es hat mit ihm zu tun, nicht wahr? Du verheimlichst mir etwas?« Spannung baute sich auf, verbunden mit Schrecken. »Geht es darum, daß du und er –«

»*Nein.* Nie.« Sie schüttelte den Kopf. »Nie.«

Alejandro runzelte die Stirn. »Du hast ihn vorgeschlagen, aber er war auch so der einzig mögliche Kandidat. Das habe ich sofort gesehen. Alle waren derselben Meinung, mit Ausnahme der Serranos, und das war zu erwarten.« Er grinste, erinnerte sich an das Mißvergnügen dieser Familie und zuckte mit den Achseln. »Selbst wenn wir einander nie begegnet wären, wäre er es geworden. Es gab keine andere Wahl.«

»Ich weiß.« Sie zwang sich zu einem Lächeln, obwohl es zu schnell wieder welkte. »Etwas anderes hätte er nie zugelassen. Nicht mit diesem Feuer, diesem *Drang.*«

Das war ein Thema, das er nicht weiterverfolgen sollte. Nicht jetzt. Zu viele andere Pflichten erforderten seine Aufmerksamkeit. »Gut«, sagte er, wieder seinem Vater sehr ähnlich. »Das genügt. Sario ist Oberster Hofmaler, und du bist meine Mätresse. So ist es, und so soll es bleiben. Was für ein Glück.«

»Glück«, wiederholte sie säuerlich und warf ihm seine Hose zu.

Kita'ab. Folio. Und unter jedem dieser Namen, unter jeglichem Namen: *Macht.*

Eine Kerze beleuchtete die Kammer, die Crechetta – sie konnten ihn nicht von hier fernhalten, selbst wenn sie es wollten; er gehörte zu ihnen, ebenso wie er zu Al-Fansihirro gehörte –, und verbannte alle Schatten außer den frechsten, und er las in ihrem Licht, einem jämmerlichen Licht, unangemessen solch wunderbarer Malereien wie der der Ränder, der Lingua Oscurra; und unangemessen auch der Erhellung der Wahrheit, des Weges, der Antwort auf die Fragen, die er nie hatte stellen können, denn ein Mann fragt nicht, wenn seine Phantasie verkrüppelt ist.

Es machte ihn wütend, daß ihn jene, die ihn aufgezogen hatten, belogen hatten. Um der Gerechtigkeit willen mußte er bedenken, daß sie nicht einmal verstanden hatten, daß es eine Lüge war, aber er war nicht in der Verfassung für Gerechtigkeit und betrachtete jetzt das, was geschehen war, als reine Falschheit. Und verachtete sie dafür.

So viel gab es noch zu lernen. Beinahe zwei Jahrzehnte als Schüler der Familie, zwei Jahre mit dem alten Mann, dem Fremden, der ihm so viel gegeben hatte, wie Al-Fansihirro geben konnte: den Schlüssel zur Macht, wahrer, tief verwurzelter Macht, einer Macht, die so sehr mit Tza'ab Rih verbunden war, daß selbst jetzt, mehr als hundert Jahre nachdem Verro Grijalva den *Kita'ab* geraubt hatte, die Möglichkeit ihrer Wiederbelebung, ihrer Wiedergeburt, einen alten Mann im Herzen des Feindes leben und auf ein passendes Gefäß warten ließ, das er erkennen, fordern, formen konnte.

Er biß die Zähne zusammen. *Werden sie mich nie in Ruhe lassen? Sieht denn niemand, daß ich nie etwas anderes als* ich selbst *sein wollte?*

Kein Herzog. Keiner der Viehos Fratos. Nicht einmal Premio Frato. Einfach nur – Maler. Und Oberster Hofmaler, damit er den Tod besiegen konnte, indem er die Welt dazu zwang, sein Werk, seine Gabe anzuerkennen.

Aber jetzt gab es noch eine andere Möglichkeit. Sein Werk würde weiterleben, wie er es geplant hatte, aber auch Sario Grijalva würde leben.

Die Anspannung zog sich vom Kiefer über den Hals bis in die Schultern. *Demütig wie die Schafe, diese Narren ... sie beten zur Mutter und danken Ihr für Ihre Großzügigkeit und Ihren Segen, wenn Sie ihnen eigentlich nur den göttlichen Hintern hinhält! Tot mit fünfzig, die Begabung verkümmert mit vierzig? Nein. Nein!*

Seine Gabe würde ihm das nicht gestatten, noch sein Talent, sein Ehrgeiz. Zuviel brannte in ihm, zuviel schrie noch danach, freigesetzt zu werden ... zwei weitere Jahrzehnte waren nichts, überhaupt nichts, wenn man sie gegen das Ausmaß seiner Gabe setzte, die Landschaft seiner Vision. Er brauchte *Zeit.*

Brauchte Jugend.

Er las im Licht der Kerze, im Schimmer der Erleuchtung, die der *Kita'ab* ihm verlieh, und die verborgene Sprache und seine Phantasie vereinten sich schließlich zur wahren Luza do'Orro, dem goldenen Licht des Verstehens.

»Laßt sie sterben«, sagte er. »Sollen sie doch mit vierzig versagen, mit fünfzig sterben. Und ich werde ihnen *dabei zusehen.*«

Das würde er. Das konnte er. Es fehlte dem *Kita'ab* zwar

an Seiten, aber nicht an sämtlichen Antworten auf die Fragen, die er schließlich gelernt hatte zu stellen.

Sario starrte ins Kerzenlicht, fixierte den Blick, bis Licht und Schatten verschwammen und nichts mehr sichtbar war außer dem schwachen Glanz von Gold auf uraltem Papier. Ein langer, schlanker Finger verfolgte sanft das Muster, das vor zweihundert Jahren festgehalten worden war. »Es ist genug«, sagte er. »Es muß genügen, und es wird.«

Er hatte es schon sooft gesagt, gebetet, erklärt, vor sich selbst, vor Saavedra, selbst – einmal – vor Raimon.

Ein Lächeln breitete sich aus, wuchs zu einem Lachen. Zum ersten Mal in seinem Leben glaubte er, daß der lange verstorbene Verro Grijalva tatsächlich ein Held war. Und er segnete ihn, weil er ihm die Antwort auf Fragen bereitgestellt hatte, die er zuvor nicht einmal zu fragen gewußt hatte.

Er blies die Kerze aus. Ein schwaches letztes Glitzern von Gold, von Macht.

Es muß genügen, und es wird.

Er ging allein durch die Straßen der Stadt, kümmerte sich nicht um Schatten, um Dunkelheit, um die Gefahr, die in ihnen lauerte, verzweifelte Taten verzweifelter Männer gebar. Sollten sie doch kommen, Raimon war es gleich. Und aus diesem Grund geschah nichts. Schritte ertönten, näherten sich zögernd, zogen sich wieder zurück. Man ließ ihn in Ruhe durch die Straßen ziehen, Dunkelheit und Tod begrüßend, aber der letztere trat nicht ein.

Schließlich kam er in eine sicherere Gegend, sicher bis auf jene Möchtegern-Draufgänger, die selbst die Sicherheit um eines höheren Preises willen herausforderten, und trat in eine Pfütze aus Lampenlicht, die sich wie verschüttetes Bier um seine Füße herum ausbreitete und ihm den Weg zu der Sanctia zeigte.

Er blieb stehen, gefangen wie ein Insekt im Bernstein, und fragte sich, ob ihn nun jemand in Harz gießen würde, das geeignet war, Puder in Farbe zu binden, in Schöpfung ... dann mußte er lächeln, weil er so über sich gedacht hatte: Staub, der durch das Talent und den Ehrgeiz des Malers zu einem Mann geformt wurde.

Sario. Sario war so.

Alles kehrte zurück, stürzte sich wie ein Raubtier auf die machtlose Beute, wie sich Sario auf den Widerspruch des Sanguo gestürzt hatte.

Sanguo. Was bedeutete dieses Wort schon? Seinen Rang innerhalb der Gesellschaft, der Familie, aber einzig geschaffen von Männern, zu denen er sich auch selbst zählte, ein künstliches System, um die Ordnung aufrechtzuerhalten, das Befolgen der Regeln. Die Kunst war ein so fordernder, ein so verschlingender Herr, daß ohne ein System scharfer Disziplinierung nichts erreicht würde außer schrecklichem Chaos. Kunst um der Kunst willen, nichts mehr, ohne Ziel, ohne Ehrgeiz, ohne Konzentration auf das Licht, die Luza. Sie würde niemandem dienen, wenn man sie sich selbst überließ; sie wäre einfach nur da, unstrukturiert, unausgegoren, nicht anerkannt – und die Männer, die sie schufen, würden unbekannt sterben, ungesehen, ungeschätzt.

Jung zu sterben, mit einem überwältigenden Werk, das in einem verschlossenen, vergessenen Atelier zurückblieb, war eine entsetzliche Strafe, die wahre Disziplinierung der Verdammten. Und wenn Sario dagegen ankämpfte, wenn Sario vorhatte, zu besiegen, was ihnen allen drohte, dann wußte Raimon nicht, ob er ihm das übelnehmen konnte.

Und dafür würde *er* bestraft werden.

Das Licht schimmerte. Er wandte sich der Quelle zu, suchte Einlaß, Verständnis, Lossprechung. Und trat ein, wo man ihn als einen Menschen in Not begrüßen würde – oder wegen seines Namens verstoßen.

Als er durch die Tür trat, schloß er die Hand um seinen Schlüssel, wollte ihn in den Kragen seiner Weste stecken, wo ihn niemand sehen würde, denn ohne diesen Schlüssel würde sicher niemand – Novize, Sancto, Premio Sancto – wissen, wer er war.

Grijalva. Tza'ab. Beides.

Chi'patro.

Aber dann ließ er den Schlüssel wieder los, ließ ihn im Licht glitzern; niemand sollte verbergen müssen, wer er wirklich war. Und Tränen der Dankbarkeit traten ihm in die Augen, als der Sancto, der ihn begrüßte, den Schlüssel bemerkte, lächelte und dann freundlich die Hand ausstreckte.

25

Zurück von den Schwertübungen, vom Ringen, vom Schlagen und Geschlagenwerden mit vom Alter polierten Stöcken, roch Alejandro nach seiner Anstrengung. Die Weste hatte er noch auf dem Hof ausgezogen und einem Diener überlassen; jetzt trug er nur noch das weite Hemd, schweißgetränkt und befleckt vom Schmutz des gestampften Bodens des Hofs, die Ärmel über die zerkratzten und zerschlagenen Unterarme hochgerollt, die Verschnürungen offen oder losgerissen. Die Hose war über beiden blaugeschlagenen Knien zerrissen von einem unbeabsichtigten und schmerzhaften Sturz, aber er hatte sich gerächt; und sein Haar, feucht von einem kurzen Guß aus dem Regenfaß und aus dem Gesicht zurückgestrichen, lag in Strähnen.

Er hätte sich am liebsten sofort gebadet, um Schmerzen und Dreck wegzuwaschen, aber Martain hatte ihm mit einem Brief aufgelauert, und die einstudierte Ausdruckslosigkeit im Gesicht des Sekretärs hatte ihn beunruhigt. Diese Miene, zusammen mit einem schnellen Überfliegen des Briefes, hatte alle Gedanken an ein Bad aus seinem Kopf verbannt. Und aus diesem Grund saß er jetzt auf einem Stuhl im Atelier seines Obersten Hofmalers, nach Schweiß riechend, die Ellbogen auf angespannte Oberschenkel gestützt, während seine gespreizten, starren Finger Rinnen ins feuchte Haar gruben.

Der kluge, unendlich arrogante junge Mann, der älter schien als er selbst, es aber nicht war, war weniger ausdrucksvoll, was seine Sorgen betraf. Tatsächlich fragte sich Alejandro, ob sein Oberster Hofmaler sich überhaupt Sorgen machte.

Er blickte auf, runzelte die Stirn, strich sich das Haar aus dem Gesicht. »Ihr seht doch sicher, um was es geht«, sagte er scharf. »Oder?«

Sario Grijalva, hinter einer Staffelei, zog eine Braue hoch. »Das hängt von vielem ab«, antwortete er. »Ich sehe, Ihr seid aufgeregt ... und es ziemt sich nicht für mich, danach zu fragen – aber sollte eine solche Nachricht Euch wirklich in Verzweiflung stürzen?«

Alejandro setzte eine noch finsterere Miene auf. »Das hätte ich von Euch nicht erwartet.«

Eine dunkle Locke hatte sich aus dem Lederband befreit und bog sich vor wie ein Flügel, um sich an die Kinnlinie des Malers zu schmiegen. »Weil ich Euch diene?«

Alejandro fauchte. »Weil Ihr etwas für Saavedra übrig habt.« Er hielt inne. »So hat man es mir wenigstens gesagt.«

»So ist es auch. Und wenn ich das für eine Bedrohung hielte, das versichere ich Euch, würde ich Eure Sorge teilen.« Grijalva betrachtete einen Augenblick lang sein Werk, nickte zustimmend, dann fuhr er fort. »Aber wo keine Bedrohung besteht, braucht man sich auch keine Sorgen zu machen.«

Alejandro richtete sich ruckartig auf. »Filho do'Canna! Ihr haltet das für unbedeutend?«

Grijalva dachte einen Augenblick lang nach, dann legte er die Palette und den Pinsel nieder und hockte sich auf einen Schemel, um sich ganz seinem beunruhigten Herzog zu widmen. Er war selbst ebenso unpräsentabel wie sein Gegenüber, beschmiert mit Farben, in Kleidern, die der Bequemlichkeit dienten. »Man sollte glauben, Ihr könntet froh sein, daß ein König Euch einer Prinzessin für würdig erachtet.«

»Und daß der letzte Plan meines Vaters sich erfüllt. Die Werbung wurde angenommen.« Alejandro sank wieder zusammen. Ließ die breiten, sehnigen Hände hängen in einer sprechenden Geste der Vergeblichkeit, der Verzweiflung. »Was soll ich tun?«

»Sie heiraten, Euer Gnaden.«

Alejandro sah ihn mißmutig an. »Und was wird aus Saavedra?«

»Ist das wichtig?«

»Für mich ja! Und das sollte es auch für Euch sein.«

»Warum? Erwartet Ihr, daß ich mich flehend und hilflos zu Boden werfe?« Grijalva zeigte lächelnd die Zähne – *bessere als meine!* stellte Alejandro verärgert fest – und fuhr fort, bevor sein Herzog eine scharfe Entgegnung machen konnte. »Ihr könntet Euch natürlich auch weigern, Euer Gnaden.«

Das war unverschämt. »Und Pracanza beleidigen? Und das Werk, das mein Vater begann, damit zerstören? Vielleicht den Krieg beginnen, den meine Räte vorziehen würden, während ich zur selben Zeit auf ihren voreingenommenen Rat hören muß? Merditto, Grijalva, Ihr versteht überhaupt nichts!«

Grijalva zuckte mit den Schultern. »Dann heiratet sie, Euer Gnaden.«

Alejandro, dessen Körper inzwischen zu kräftig für Eleganz geworden war, zuckte zusammen. Wieder zupfte er an seinem Haar, das zu wirren Stacheln trocknete. »Ich habe prinzipiell nichts gegen eine Heirat … nicht einmal mit dieser pracanzischen Prinzessin, die ich nicht kenne, der ich nie begegnet bin, die ich noch nicht einmal *gesehen* habe –«

»Sie schicken ein Porträt, Euer Gnaden. Vielleicht werdet Ihr weniger besorgt sein, wenn es erst eingetroffen ist.«

»Warum?« Alejandro, immer gereizter, hatte kein Interesse mehr an Höflichkeiten. »Wenn sie schön ist, erwartet man dann, daß ich mich freue über etwas, das ansonsten aus rein politischen Gründen erfolgte?«

»Als Maler, Euer Gnaden, bin ich ein wenig vertraut mit der Art, wie Menschen auf ein Porträt reagieren. Eine schöne Frau oder ein gutaussehender Mann können tröstlich sein, Euer Gnaden.«

»Nommo do'Matra, Grijalva – ich muß mit dieser Frau *leben,* nicht nur ihr gemaltes Gesicht ansehen!«

»Warum nicht?«

Alejandro erstarrte. »Was wollt Ihr damit sagen?«

»Ich meine nur, daß ein Mann und eine Frau oft nur so weit zusammenleben, daß Kinder gezeugt werden können.«

Das wußte Alejandro. Er erinnerte sich nur zu genau an die Szene, als seine Mutter sich für die Taufzeremonie seiner kleinen Schwester angekleidet und so bitter von Gitanna Serrano gesprochen hatte.

Beunruhigt von dieser Erinnerung, rutschte er auf dem Stuhl hin und her. »Ist das gerecht? Daß alle Ehefrauen nur benutzt werden sollen, um Kinder zu bekommen, um dann zugunsten einer Mätresse vergessen zu werden?«

»Gerecht, Euer Gnaden?« Der Oberste Hofmaler runzelte nachdenklich die Stirn. »Für wen?«

»Für die Frau! Merditto, Grijalva ... wenn ein Mann im Bett einer anderen Frau schläft, ist das nicht eine Beleidigung für die Ehefrau?«

Der Tonfall der Antwort war sanft, enthielt nur eine stille, ruhige Frage: »Dann werden Euer Gnaden Saavedra wegschicken? Ihr einen weit entfernten Landsitz schenken, wie ihn der verstorbene Herzog Gitanna Serrano geschenkt hat?«

Wütend, beleidigt, frustriert über alle Maßen, sprang Alejandro so dramatisch auf, daß der Stuhl über den Steinboden schlitterte, bis er mit einem Bein am Teppich hängenblieb. »Bei der Mutter, Grijalva –« Und er hielt inne. *Was soll ich nur tun? Meine neue Braut beleidigen, indem ich eine Mätresse halte, oder Saavedra beleidigen – und mich selbst unglücklich machen –, indem ich sie wegschicke?*

»Also.« Grijalva saß immer noch da, die Füße hinter den Beinen des Hockers eingehakt, das Kinn auf die verschränkten Hände gestützt. »Wie kann ich Euch helfen, Euer Gnaden?«

»In diesem Fall *gibt* es keine Hilfe.«

»Doch. Der richtige Mann könnte eine Lösung finden ... und Ihr habt *mich* als den Richtigen erwählt. Nicht wahr?«

»Aber ...« Alejandro runzelte die Stirn. »Was könnt Ihr tun?«

Grijalva lachte. »Malen.«

»Was soll *das* schon ändern? Ihr dokumentiert alles, das weiß ich, aber was könnt Ihr in diesem Fall unternehmen? Mich von Saavedra weg- und in die pracanzische Prinzessin verliebt machen?«

Der Maler dachte darüber nach. »Wenn Ihr das wollt.«

»Merditto! Verspottet mich nicht! Das hat keinen Sinn, Grijalva.«

»Dann werde ich Euch eine andere Antwort anbieten.«

»Welche Antwort? Was für eine Antwort soll das sein? Wenn Ihr keine Möglichkeit habt, diese Frau damit einverstanden zu malen, daß ich eine Mätresse habe – ich weiß, mein Vater hatte mehrere, aber ich weiß auch, wie das meine Mutter gequält hat! –, oder wenn Ihr keinen Weg findet, Saavedra als für immer mein zu malen, gibt es nichts, was Ihr tun könnt. Und dazu seid Ihr ja wohl nicht in der Lage.«

Grijalva schüttelte den Kopf. »Wir können mehr, als Ihr glaubt, Euer Gnaden. Wir sind Maler, aber auch Verkünder.« Sein rasches Lächeln war seltsam, aber es verschwand zu schnell wieder, als daß Alejandro es hätte deuten können. »Wir malen die Wahrheit. Wir malen Falschheit. Wir malen einen Mann präsentabel, eine Frau schön, so daß eine Verbindung zustande kommen kann. Wir malen ein Paar, das seit Jahrzehnten zerstritten war, aber indem wir die Liebe wiederbeleben, die Ehre und den Respekt, erinnern wir sie daran, was einmal war, und sie erinnern sich tatsächlich. Wir schmeicheln, Euer Gnaden, wir lassen uns beraten, wie wir beginnen, fortfahren, es beenden sollen, wir binden und lösen, erschaffen jeden Teil der Welt neu.« Er zuckte leicht die Schultern. »Das Porträt, das Euer Vater mitgenommen hat, war mit dem Auge der Liebe gemalt, mit dem Herzen und der Seele einer Frau, die sich an Euch gebunden hatte. Niemand sonst hätte ein solches Bild malen können, hätte Euch so präsentieren können, wie *sie* Euch sah ... und so hat Euch auch die pracanzische Prinzessin gesehen. Und reagiert.«

Alejandro holte tief Luft. »Dann malt mir Saavedra mit denselben Augen, mit diesem Herzen und dieser Seele, damit ich sie nie verliere.«

Einen Augenblick lang schien Sario Grijalvas Haltung zu wanken. Dann faßte er sich wieder. »Um das zu tun, Euer Gnaden –«

»– müßte der Maler Saavedra lieben.« Alejandro lächelte nicht. »Dann läge eine solche Aufgabe innerhalb Eurer Fähigkeiten, ja?«

Grijalvas Gesicht war weiß wie frisches Leinen. In seinen Augen lagen kalter Zorn, bitterer Zorn und unendliche Trauer.

Zitternd von einer komplizierten Mischung von Gefühlen, die er kaum benennen konnte, darunter Eifersucht, Frustration, Verzweiflung, setzte Alejandro do'Verrada einen Fuß vor den anderen und stellte sich neben seinen Obersten Hofmaler, sah ihm ins unmaskierte Gesicht, in die Augen voller Leidenschaft, voller Besessenheit. »Sie sagt, Ihr könnt einem Mann in Not unschätzbare Dienste leisten. Dann laßt uns zugeben, daß ich dieser Mann in Not bin. Und daher solltet Ihr Euch dieser Aufgabe annehmen und Euch ihrer würdig erweisen.«

Nach kurzem Zögern griff Grijalva wieder nach dem Pinsel. Mit ruhiger Hand begann er zu malen. »Das werde ich tun, Euer Gnaden.«

In der Tür blieb Alejandro stehen, sah sich noch einmal um. »Ich werde sie nie aufgeben. Und Ihr werdet nie wieder vorschlagen, daß ich es tun sollte.«

Schließlich antwortete Sario: »Euer Gnaden, seid versichert, wenn ich mein Werk beendet habe, wird niemand mehr so etwas vorschlagen können.«

Der Junge hockte da wie ein Diener, wie ein Betender. Seine gesamte Aufmerksamkeit war auf das gerichtet, was er tat, und er hörte sie nicht einmal kommen, war sich ihrer Anwesenheit nicht bewußt. Er kniete auf dem Steinboden des Hofs neben dem Brunnen und zeichnete, Kreide löste sich vor einem rauhen Stück Papier auf einer wettergezeichneten Kachel in Puder auf.

Eine plötzliche Bö trieb Sprühwasser vom Brunnen herüber, benetzte ihr Gesicht. Saavedra tat das gut, dem Jungen überhaupt nicht. »Filho do'Canna!« zischte er und riß sich selbst und sein Papier herum, so daß es gegen Wind und Wasser geschützt war.

Dann sah er sie, und seine Wangen glühten. »Wie lange stehst du schon da?«

»Nur einen Augenblick«, antwortete sie. Sie sah an seinem verlegenen Gesicht vorbei auf seine Arbeit. »Sario.«

Ignaddio nickte, richtete sich auf, sah ihr aber nicht ins Gesicht, als hätte er Angst, darin Ablehnung oder Enttäuschung zu erkennen.

Saavedra studierte die Skizze, die Technik, die ersten Andeutungen von Stil. »Er hat ein ausdrucksvolles Gesicht, nicht wahr?«

Ignaddio zuckte mit den Schultern.

»Hast du viel Zeit damit verbracht, ihn zu beobachten?«

»Bevor er zum Herzog ging.« Jetzt war er eifrig, wich ihrem Blick nicht länger aus. »Du hast ihn *erkannt.*«

»Keine Frage.« Sie lächelte über seine Erleichterung. »Du

hast ein gutes Auge für Linien, obwohl du noch an der Perspektive arbeiten mußt.«

»Wie?« Hastig erhob er sich, nahm das Papier von der Kachel. »Wie kann ich das tun?«

Kein Widerspruch, keine Verteidigung. Nur die Frage, wie er sich verbessern könnte. *Er wird ein guter Schüler sein.* »Siehst du diese Linie hier? Den Winkel zwischen Nase und Auge?« Er nickte. »Du hast ihn zu perfekt gezeichnet – kein Gesicht ist wirklich symmetrisch. Ein Auge sitzt höher als das andere ... eines dichter an der Nase, so; das andere weiter entfernt.« Sie wies mit dem Finger vorsichtig auf die Linien. »Siehst du? Da. Und da.«

»Ja! Ja, 'Vedra, ich *sehe* es!« Er holte tief Luft. »Wirst du mir noch mehr zeigen?«

»Nein, das ist deine Sache. Ich habe dir gesagt, um was es geht, jetzt mußt du selbst nachschauen und es verbessern.« Sie lächelte, erinnerte sich daran, wie rasch Sario Verbesserungen demonstriert hatte, indem er sie einfach *ausführte,* nicht durch Fragen. *Ich werde mit 'Naddi nicht dasselbe tun. Er hat es verdient, seine eigenen Fehler zu machen und sie mit eigener Hand zu verbessern.* »Du mußt stets hungrig bleiben, 'Naddi ... um deine Technik zu verbessern, dein Talent, mußt du dir deinen Hunger bewahren.«

»Das tue ich ja!« rief er. »Es gibt so viel zu lernen, und ganz gleich, wieviel ich tue, die Moualimos fügen immer noch mehr hinzu.« Er seufzte, hob die schmalen Schultern. »Rinaldo sagt, ich werde ihn nie einholen.«

Sie wußte, was das bedeutete. »Wird Rinaldo bald bestätigt werden?«

»In einer Woche.« Ignaddio starrte seine kreideverschmierten Hände an, umklammerte Papier und Kreide. »Ich sechs Tagen werden sie ihn zu den Frauen schicken.«

Saavedra widerstand dem Impuls, ihm eine tröstende Hand auf die dunklen Locken zu legen; ein Junge an der Grenze zur Männlichkeit ließ sich nicht gern von einer Frau behandeln, als wäre er noch ein Kind. »Auch deine

Stunde wird kommen. Das verspreche ich dir. Vielleicht in *zwei* Wochen, und dann wirst du nicht viel Zeit gegenüber Rinaldo verloren haben.«

Das stellte ihn nicht zufrieden. »Aber ich bin älter als er!«

»Tatsächlich!« Sie tat überrascht. »Das hätte ich nicht gedacht.«

Vehement schüttelte er den Kopf. »Bin ich aber. Zwei Tage.«

Saavedra milderte ihr Grinsen zu einem Lächeln; er wäre von allem anderen außer mildem Humor gekränkt gewesen. »Aber es gibt doch sicher Dinge, die du besser kannst als er. Farben vielleicht? Perspektive?«

»Nein, du hast doch gerade erst gesagt, daß meine Perspektive noch verbessert werden muß.« Das stellte er wie eine Tatsache fest, nicht mehr, was für seine Haltung sprach. »Und er kann auch die Farben besser mischen. Aber die Moualimos sagen, ich hätte ein gutes Auge für Schatten.« Er grinste stolz. »Ich habe Sarios Gemälde der Kathedrale als Modell benutzt; die Moualimos sagen, er habe die Schatten der Bögen und der Glockentürme besser eingefangen als jeder andere.«

»Nun, was seine Werke angeht, liefert er kein schlechtes Beispiel«, stimmte sie zu, »aber bedenke, daß sein Benehmen alles andere als angemessen war – und erheblich schwieriger als deines.«

Ignaddio war davon nicht beeindruckt. »Wenn ich sein könnte wie er, würde ich jede Strafe hinnehmen, die sie mir für schlechtes Benehmen geben.«

»'Naddi!«

Flehend richtete er den Blick auf sie. »Ich möchte *gut* sein, 'Vedra. Ich möchte sein wie er, möchte Oberster Hofmaler werden und dem Herzog dienen. Ist es nicht das, wozu wir ausgebildet werden? Würdest du das nicht auch wollen, wenn du ein Mann wärst und die Gabe hättest?«

Es traf sie wie ein Schlag. Sie definierte sich zuerst über ihre Kunst, erst dann über ihr Geschlecht, aber selbst in der

Kunst war sie festgelegt als eine Frau, denn sie konnte nie mehr sein, als sie war: weiblich und ohne die Gabe. Begabt vielleicht, aber nur den Männern zugedacht, die sich als fruchtbar und somit bar jenes Talents erwiesen hatten, das die Viehos Fratos hatten, oder ein möglicher Oberster Hofmaler.

Sario schwört, ich hätte die Gabe. Sie schloß die Augen. *Matra ei Filho, wenn ich wirklich –*

»Was würdest du wollen?« fragte Ignaddio. »Wenn du ein Mann wärst? Würdest du die Gabe wollen? Wenn du eine Wahl hättest?«

Sie wich aus. »Das ist eine Wahl, die ich nie haben werde.«

Aber er gab nicht auf. »Aber *wenn* ...«

Ein Mann zu sein und die Gabe zu haben würde bedeuten, einer der Viehos Fratos zu werden, sich um die Familie zu kümmern, um Regeln durchzuführen und selbst solche Dinge zu tun, wie eine Chieva do'Sangua anzuordnen. Ein Genie zu zerstören.

Sie hatte schon einmal dabei geholfen, einen Mann zu töten. Sie glaubte nicht, noch einmal eine solche Wahl treffen, noch einmal Leben nehmen zu können.

Und dennoch war eine Wahl dazwischen, gut oder besser zu sein, keine Wahl.

»Das genügt«, murmelte sie. »Du stellst zu viele Fragen.«

Ignaddio seufzte. »Das sagen die Moualimos auch immer.«

»Dann wird es wohl stimmen.« Sie zeigte auf seine Skizze. »Vervollständige das, 'Naddi. Es ist ein guter Anfang. Denk daran, was ich dir gesagt habe, wie du es ändern kannst, und dann bring es wieder zu mir. Ich würde es gern sehen, wenn du fertig bist.«

Die ganze Welt stand in seinen Augen. »Das werde ich! Vergiß es nicht!«

»Nein.« Sie lächelte, als er davonrannte, um sich neues Papier zu holen. »Nein, das vergesse ich nicht. Es ist zuviel von mir in dir. Aber *du* wirst bessere Möglichkeiten haben.«

Und dann wußte sie, daß sie die Wahl dennoch getroffen hatte. Möglichkeiten. Man mochte versagen oder nicht, aber wenn man nicht einmal die Möglichkeit hatte, es zu *versuchen,* würde man nie erfahren, ob die eigene Arbeit nur auf Technik beruhte oder auf Begabung.

Genie war etwas anderes, aber das entzog sich ihrem Verständnis. Sario hatte und war ein Genie. *Sie* war eine Frau, war gut, vielleicht begabt – aber die Gabe hatte sie nicht.

Das hatte 'Naddi ihr gezeigt.

»Matra Dolcha!« murmelte Saavedra. »Du wirst vielleicht Neosso Irrado, ohne es je darauf angelegt zu haben.«

26

Die Tür aus Rahmenwerk und Gips. Zweimal vierzehn Stufen. Die winzige Kammer, aus der man, wenn man sich bückte und durch einen Schlitz zwischen Wand und Boden spähte, in die Crechetta sehen konnte.

Raimon bückte sich nicht. Er spähte nicht. Er stieg nur nach oben, duckte den Kopf vor der niedrigen Decke, entging ihr dann, indem er sich hinsetzte.

Besser. Die Füße auf einer Stufe weiter unten, den Kopf nicht mehr in Gefahr, konnte er aufatmen.

Schlimmer. Er konnte auch wieder denken.

Also dachte er. Er saß auf dem Boden in der Kammer über der Crechetta und erinnerte sich an damals, als er bestraft und in die dunkle Kammer verbannt worden war, während die Wunde an seinem Handgelenk in seiner Seele ebenso brannte wie in seinem Fleisch.

In der Sanctia war es friedlich gewesen. Er hatte dem älteren Sancto nicht alles sagen können – das verboten die Eide, die er als einer der Viehos Fratos, einer, der die Gabe hatte, geleistet hatte –, aber er war so offen gewesen, wie ihm gestattet war. Man mußte dem Mann zugute halten, daß er sich weder entsetzt noch angewidert gezeigt noch Raimon aus der Sanctia hinausgeworfen hatte. Er hatte einfach nur zugehört und Raimon gestattet, sich zu befreien – und dann hatte er erklärt, daß er einem Mann, der nicht gänzlich ehrlich sein konnte, nicht helfen könne.

Davo hatte ihn für ehrlich gehalten. Davo hatte ihm in der Kapelle der Familie vorgeschlagen, er solle das sein, was er immer gewesen war: ehrlich. Aber es gab Wahrheiten und *Wahrheiten;* er hätte gegen seine Schwüre verstoßen, wenn er dem Sancto alles gesagt hätte, selbst angesichts der Mutter und Ihres Sohnes, und er hätte auch gegen deren Gebote verstoßen – schließlich hatte er seine Grijalva-Schwüre in Ihrem Namen abgelegt.

Daher war er zweifach verdammt, zweifach verflucht, und hatte Strafe verdient. Vielleicht, um der Symmetrie willen, *zwei* Strafen.

Nur eine zählte.

Raimon zog den Ärmel seiner seidenen Sommerweste zurück, band die Manschette seines Hemds auf und zog sie weg. Das Handgelenk war nun nackt; im beinahe nicht existierenden Licht, das durch die offene Tür unter ihm fiel, war keine Narbe zu sehen. Aber er sah sie. Spürte sie.

Heilige Mutter, es brennt!

Er war sein ganzes Leben lang ehrlich gewesen, in seinem Licht, *für* sein Licht, seine Luza do'Orro. Und er war auch dafür bestraft worden, für seine Versuche, mehr zu sein, *anderes* zu sein, als erlaubt war. Aber die Strafe hatte sich nicht auf die Beschädigung seines Peintraddo beschränkt, die auch seine Haut verbrannt hatte, sondern hatte auch in Zeit bestanden, in Zeit, um nachzudenken, zu überlegen, wer und was er war, wer und was er sein konnte und wie er das erreichen könnte.

Während dieser Strafe in der Kammer oberhalb der Crechetta hatte er eine neue Wahrheit gesucht und gefunden, eine schmerzliche Wahrheit, die Art von Wahrheit, die mehr tat, als sein Feuer zu ersticken, als sein Licht zum Erlöschen zu bringen, mehr als jeder körperliche Schmerz.

Begabt. Gut. Aber nicht groß. Nicht gut GENUG!

Sie hatte ihn beinahe zerstört, diese Wahrheit. Tat es jetzt noch fast.

Er wußte, wer und was er war. Und es genügte nicht. Alles, was er jemals sein würde, alles, was er war, genügte nicht.

Sario wußte das. Sario *war* es geworden.

Er war alles, was Raimon nicht war, nie hatte sein können.

Wahrheit: Im Namen seines eigenen Versagens hatte er den Jungen zum Erwachsenen gemacht, einen Begabten zu einem Mann mit der Gabe, einen Meistermaler zum Obersten Hofmaler – und einen Menschen zum Ungeheuer.

Sario Grijalva war alles, um das sie gebetet, auf das sie hingearbeitet hatten. Aber auch mehr. Und anders.

Wahrheiten: Der *Folio* war der *Kita'ab*. Der *Kita'ab* war Zerstörung.

Sein Lachen war leise und häßlich. Dann kamen die Tränen.

Die Vorbereitung des Zimmers war Sario sehr wichtig. Er wies Ignaddio an, der zum Zuschauen gekommen war, wie er die Möbel verrücken, Bücher stapeln, Kleinigkeiten wie Blumenvasen verteilen sollte: ein Seidentuch über einen samt- und lederbezogenen Sessel, ein Obstkorb, ein bestickter Schal, die kupferbeschlagene Eisenlaterne – obwohl sie jetzt, am Tage, nicht entzündet war –, ein halbgeschmolzener rubinfarbener Kerzenstumpf in einem Tonbecher, ein Weinkrug und zwei Kristallgläser, frisch eingegossen. Und er ließ den Jungen auch die Fensterläden zuklappen und verriegeln.

»Warum denn das?« fragte Saavedra und beobachtete die hektischen Aktivitäten, während sie quer auf einem Sessel saß. Seidige Samtröcke fielen wie Wasser über ihre Knie, wie ihr Haar über Schultern und Brüste. »Ist dir das Tageslicht nicht lieber?«

Er beschäftigte sich mit dem Aufstellen der Staffelei, wählte Kohlenstifte aus, mit denen er die ersten Einzelheiten festhalten würde, stellte sich bereits das fertige Gemälde vor. »Um das Licht kann ich mich später kümmern.«

»Nein – ich meine, brauchst du nicht mehr Licht, um zu *sehen?*«

Er gönnte ihr kaum einen Blick. »Im Moment nicht, nein. Vielleicht später. Im Augenblick suche ich Schatten.« Ignaddio gab ein entzücktes Geräusch von sich, und Sario sah ihn neugierig an. »Stimmst du mir da zu?«

»Aber *ja!*« rief der Junge, rot angelaufen vor Freude und Unsicherheit. »Sie sagen, du kannst am besten mit Schatten umgehen, und das ist auch *meine* beste Seite.«

»Du hast eine beste Seite?« Er sah den Jungen nicht an, immer noch beschäftigt mit Vorbereitungen.

»Sario!« schalt ihn Saavedra scharf und warf ihm einen verärgerten Blick zu.

Das ließ ihn abrupt aufblicken, brachte ihm eine unangenehme Erkenntnis. *Ach ... jetzt schützt sie einen anderen eifrigen Jungen.* Aber er fuhr fort, ohne seine vorübergehende Bestürzung zu zeigen. »Ach, 'Vedra, wir glauben alle, wir hätten eine ›beste Seite‹, aber oft ist es nicht mehr als Mittelmäßigkeit.«

»Woher solltest du das wissen?« forderte sie ihn heraus. »Du hast nie eine seiner Arbeiten gesehen.«

»Sollte ich denn?« Es freute ihn, zu sehen, wie ihr Farbe ins Gesicht stieg; er würde sich daran erinnern, es auf diese Weise malen. »Was weiß ich schon von diesen Dingen? Ich bin kein Moualimo.«

»Du *könntest* einer sein!« Das kam von dem Jungen. »Und – und ich würde mich unendlich geehrt fühlen –«

»Sicher würdest du das!« Sario schnitt ihm das Wort ab;

Saavedras Miene deutete an, daß er dafür würde zahlen müssen. »Aber ich bin Maler, kein Moualimo – und außerdem Oberster Hofmaler –«

»Das weiß er«, fauchte Saavedra. »Was glaubst du wohl, wieso er etwas von *dir* lernen will?«

Die Betonung ließ das ziemlich erschreckend klingen. Nachdem er die erste unangenehme Überraschung hinter sich gelassen hatte, fand er das Ganze auf irgendwie perverse Art amüsant und faszinierend – sie vernachlässigte ihn zum Vorteil eines anderen, eines anderen Jungen, der so viel besser sein wollte als gut. Sario war nicht ganz sicher, ob ihm diese Erkenntnis zusagte.

»Es gibt einiges, was ich lehren könnte und vielleicht auch lehren *werde,* aber nicht jetzt.« Sario sah den Jungen an, bemerkte die Hoffnung in seinem Blick. »Ignaddio ... 'Naddi? –« Ein Nicken bestätigte die Abkürzung. »– es gibt noch viel, was du lernen mußt, bevor ich dich unterrichten kann. Aber das habe ich in deinem Alter auch nicht sonderlich gut verstanden, obwohl es wahr war; ein Künstler muß die Regeln erst kennen, bevor er sie überschreitet.«

»Das hast *du* nie getan«, bemerkte Saavedra spitz.

Ihm wurde endgültig klar, *daß* es ihm weh tat, daß sie ihn zugunsten eines anderen verließ. Ruhig griff er nach der Kohle, wog sie in der Hand, nickte. »'Naddi, du solltest jetzt lieber gehen. Du hast doch sicher Unterricht.«

»Im Augenblick nicht.« Der Junge lächelte strahlend. »Das hier könnte doch auch eine Art Unterricht werden – und ich werde auch nicht im Weg sein, das verspreche ich!«

»Magst du es, wenn dir andere bei der Arbeit zusehen?«

Der Überschwang ließ nach. »Nein.«

»Später werden wir noch viel Zeit haben. Heute geht es nur um die ersten Skizzen ... später, wenn ich male, wird genug Zeit für Fragen sein.«

Ignaddio sah von ihm zu ihr. »Ihr wollt nur, daß ich gehe, damit Ihr Euch streiten könnt.«

Das verblüffte sie beide; Saavedra biß sich auf die Lippen,

während Sario ein finsteres Gesicht aufsetzte, um das Lachen zu unterdrücken. »Das stimmt«, stellte er ernst fest, und Ignaddio war so erstaunt, daß man ihm die Wahrheit sagte, daß er nur noch blinzelte und ohne weiteren Kommentar gehorchte. Sario grinste Saavedra an. »Siehst du? Dein Schmollmund und deine finsteren Blicke sind sogar für diesen Jungen offensichtlich.«

»Er hat noch nicht viel davon sehen müssen«, entgegnete sie, »nur wenn *du* Gegenstand unserer Gespräche warst.«

»Bin ich das oft?«

»Öfter, als mir lieb ist.« Sie suchte, fand eine wirre Locke, strich sie sich aus dem Gesicht. »Mußt du so grausam zu ihm sein? Er möchte so gern wie du sein.«

»Oder mich ersetzen.« Sario lächelte. »Sie ist jetzt erreichbar geworden, 'Vedra, die Stellung des Obersten Hofmalers ... wovon alle träumten, ist Wirklichkeit geworden, und alle Jungen werden glauben, sie seien begabt genug, mich zu ersetzen.«

»Das ist doch nur natürlich, oder?«

»Sicher. Aber sie sind dazu verdammt, enttäuscht zu werden. Ich habe nicht vor, mich ersetzen zu lassen.«

»Eines Tages wirst du es nicht vermeiden können.« Sie machte eine Geste. »In zehn Jahren, vielleicht fünfzehn, werden deine Knöchel zu schwellen beginnen, nicht mehr so beweglich sein ...«

»Ach ja?«

»Es sei denn, du hast eine Möglichkeit gefunden, das Knochenfieber zu heilen.« Sie runzelte die Stirn. »Hast du?«

Er grinste. »Nein.«

Sie sah ihn forschend an. »Für einen Mann, der sich mit der Möglichkeit konfrontiert sieht, daß seine schwer erworbene Position in zwanzig Jahren einem anderen gehören wird, machst du einen ungewöhnlich zufriedenen Eindruck.«

»Zwanzig Jahre sind eine lange Zeit, 'Vedra.«

»Das hast du zuvor nie geglaubt! Du warst nie zufrieden damit, daß alle Maler unserer Familie mit Vierzig begannen, schlechter zu werden, und mit Fünfzig starben –«

»Das bin ich auch immer noch nicht«, stimmte er zu, »aber das hält mich nicht davon ab, meine Position jetzt erst einmal zu genießen.« Er winkte. »Wir haben darüber gesprochen, wie du stehen solltest ... also *stell* dich bitte.«

Saavedra rührte sich nicht. »Du warst unnötig unhöflich zu 'Naddi.«

»Nicht unhöflicher, als irgendeiner der Moualimos zu mir war. 'Vedra – würdest du dich bitte hinstellen, wie wir es besprochen haben?«

»Mußt du ihn denn so behandeln, wie man dich behandelt hat? Wenn es dich so gestört hat, dann solltest du –«

»Vielleicht gehört es ja zur Ausbildung. Mich hat es nur hungriger gemacht.«

»Und wütender.«

»Was vermutlich auch zur Mischung gehört.« Er sah sie geduldig wartend an. Als sie sich immer noch nicht regte, fragte er: »Hast du vor, heute überhaupt noch anzufangen?«

Saavedra, immer noch mit finsterer Miene, murmelte frustriert: »Kannst du die Skizze nicht ohne mich machen? Für den Hintergrund brauchst du mich überhaupt nicht, und –«

»Ich will es so«, sagte er entschlossen. »Ich will alles von dir einfangen, von Anfang bis Ende.«

»Warum?«

Er seufzte demonstrativ. »Vielleicht sollte ich dich fragen, wieso du wolltest, daß *Alejandro* jeden Augenblick anwesend war, als du ihn gemalt hast.«

Sie kniff die Lippen zusammen. Röte stieg ihr in die Wangen.

Sario lächelte liebenswert. »Danke. Würdest du nun deine Position einnehmen?«

»Ich dachte, du wolltest streiten.«

»Ich dachte, wir hätten uns gestritten.«

»Ach was – das war nichts. Eine Kleinigkeit.« Sie schien jetzt nicht mehr so gereizt, als hätten das Verschwinden des Jungen und ihr übliches Gekabbel die Situation ein wenig entspannt. »Ignaddio braucht einfach jemanden, der seine Arbeit billigt.«

»Und? Tust du es?«

»Er ist vielversprechend.«

»Das sind viele, 'Vedra.«

»Du bist auch einmal einer von vielen gewesen«, gab sie zurück.

»Aber kein anderer«, sagte er, »steht, wo ich heute stehe.«

»Ach nein?« Sie zog die Brauen hoch. »Und was ist mit mir? Gut, im Augenblick sitze ich noch. Aber das läßt sich ändern. Ich brauche nur aufzustehen.«

Er schenkte ihr das Lächeln, um das sie gerungen hatte. »Du warst auch vielversprechend.«

»Bin ich das nicht mehr? Das läßt mich verzweifeln.« Die Hand aufs Herz gedrückt, verspottete sie ihn. »Ich hatte geglaubt, es gäbe Techniken, die ich noch meistern würde. Aber wenn du jetzt sagst, ich sei vielversprechend *gewesen* …«

»Ich würde sagen, das bist du immer noch«, meinte er, »aber du erlaubst mir ja nicht, mir ein Urteil zu bilden, ob du wirklich wert bist, unterrichtet zu werden … ob du die Gabe hast, obwohl ich weiß, daß du sie hast. Aber du hast Angst.«

»Wert!« Sie stand auf, stellte sich auf die andere Seite des Tischs. »Du glaubst, ich sei es nicht wert, weil ich nicht auf deine Sticheleien eingehe? Weil du dir irgendwie eingeredet hast, ich hätte die Gabe, obwohl nie eine Grijalva-Frau die Gabe hatte – und dann behauptest du, ich zögerte nur aus Angst?« Sie schüttelte den Kopf. »Nommo do'Matra – du warst ja schon immer arrogant, aber das ist wirklich zuviel! Du bist nicht der Sohn, Sario, der neben der Mutter auf dem Thron sitzt!«

»Das stimmt«, meinte er, »aber es gibt tatsächlich einen Thron, und ich stehe neben einem Herzog.«

Dieser Schlag saß. Er sah, wie sie zurückwich, wenn auch nur geringfügig; er bemerkte die Anspannung in ihren Schultern, die feste Linie ihrer Arme, als sie sich mit beiden Händen auf den Tisch stützte.

»*Da!*« rief er, bevor sie beginnen konnte, ihn anzuschreien. »So sollte ich dich malen: Saavedra Grijalva, wie sie zum Fluchen ansetzt! Üble, ätzende, vulgäre Flüche, genug, um mich aufs Sterbebett zu werfen, da bin ich sicher!« Er lachte sie an. »Wie ist es, 'Vedra, habe ich wirklich deinen Zorn entfacht? Hast du Angst, ich würde mich so im Luxus und den Verstrickungen der Macht verlieren, daß ich nicht mehr dein Neosso Irrado bin?«

»Das hast du schon«, sagte sie mit tödlicher Kälte. »Du hast dich schon verloren, Sario.«

»Und was ist mit dir?« entgegnete er. »Hast du mich auch verloren? Oder verlor ich dich zuerst?«

Sie blinzelte. »Das verstehe –«

»Das verstehst du nicht? Doch. Du hast es an dem Tag verstanden und akzeptiert, als du dich mit Alejandro do'Verrada eingelassen hast.«

Ihr Gesicht war sehr bleich. »Und du? Hast du dich nicht zuerst von mir abgewandt, an dem Tag, als du erlaubt hast, daß dich dieser alte Tza'ab unterrichtet?«

»Ich habe viel von ihm gelernt.«

»Zu viel.«

»Genug, um unseren neuen Herzog zufriedenzustellen. Bin ich nicht Oberster Hofmaler?«

»*Das* wäre ohne mich –« Sie hielt inne. Es war, als hätte ihr jemand von hinten einen Speer durchs Rückgrat gebohrt.

Es ging sehr schnell – er war nie langsam im Denken gewesen oder unfähig, eine Verschwörung aufzudecken. Die erste Erwiderung blieb unausgesprochen, verflog so schnell, als hätte er sie nie auch nur gedacht. Die Kohle in seiner Hand brach.

Saavedra griff sich an die Kehle, als wollte sie die Stimmbänder herausreißen, die sie verraten hatten. Mit der anderen umfaßte sie fest die Tischkante, so fest, daß er das Rot und Weiß unter ihren Fingernägeln sah, ihre fest angespannten Gelenke.

Er war sowohl überrascht als auch dankbar, daß sie nicht versuchte zurückzunehmen, was sie angedeutet hatte. Eine Erklärung war nicht mehr notwendig.

Leer. Erstaunlich *leer.* Oder vielleicht würde der Schock erst später einsetzen. »So«, sagte er leise, »wirst du jetzt die vereinbarte Position einnehmen?«

Selbst ihre Lippen waren bleich. »Du willst –«

»– dich immer noch malen? Aber selbstverständlich. Es ist für Alejandro, und ich diene meinem Herzog, so gut ich kann.«

Die Hand an ihrer Kehle erstarrte, dann senkte sie sich vom Hals zur Brust, zum Bauch. Und blieb dort. »Wenn – wenn du das für ratsam hältst …«

»Ratsamkeit hat nichts mit dem Wunsch eines Mannes zu tun, seine Geliebte malen zu lassen, Saavedra. Hier geht es um Eitelkeit. Und Besitz.« Sario suchte, griff nach einer anderen Kohle. »Und nun, Saavedra, nimm bitte deine Position ein.«

27

Martain nahm vorsichtig das rechteckige Paket aus der Kiste und wickelte die Tücher ab, dann stellte er es aufrecht auf einen Stuhl ohne Armlehnen. Es war keine richtige Staffelei, aber es würde genügen; jedenfalls gut genug sein, daß Alejandro und alle anderen im Raum die Frau auf dem Gemälde sehen konnten und was sie wert war, obwohl ihr Wert kaum richtig eingeschätzt werden konnte, wenn man nicht nur die Mitgift, sondern auch die politische Bedeutung hinzurechnete.

»Aha.« Das war Edoard do'Najerra, der streitbare Marchalo Grando. »Pracanza bringt also auch Schönheit hervor.«

Alejandro warf ihm einen scharfen Blick zu. *Das war ein bißchen zu eifrig* ... und andere im Raum, die herangetreten waren, bekundeten ebenso rasch ihren Beifall.

»Seine letzte Leistung!« sagte do'Najerro mit lauter Stimme, damit es auch alle hören konnten. »Baltrans letzte Sorge galt dem Wohl seines Sohnes und der Zukunft des Herzogtums!«

Zustimmung, Einigkeit, Beifall. Alejandro hätte am liebsten finster die Stirn gerunzelt, aber er achtete darauf, daß seine Miene so fade blieb wie verwässerter Wein.

»Eine Schönheit«, verkündete do'Najerra mit Nachdruck und zeigte auf das Porträt.

Zustimmung. Einigkeit. Beifall.

Gesegnete Mutter, schenk mir Geduld ... »Wir sind uns einig«, sagte Alejandro bedrückt, »daß sie schön ist.«

»Und eine Prinzessin«, fügte do'Najerra hinzu; auf diese vollkommen unnötige Feststellung reagierte sein Herzog mit einem milde verärgerten Blick, und der Marchalo Grando hatte die unerwartete Würde, zu erröten, zu hüsteln und plötzlich ganz fasziniert von einem nichtexistierenden Fleck auf seinem vollendet polierten Stiefel zu sein.

»Und eine Frau«, murmelte Martain nur für die herzoglichen Ohren; nach Jahren im Dienst von Baltran do'Verrado, in denen er sooft dem Erben einen Brief aus den noch von Süßigkeiten klebrigen Fingern reißen mußte, hatte er das Recht auf solche Vertraulichkeiten.

Alejandro grinste, dann kehrte er zu einem dünnen, bedeutungslosen Lächeln zurück. »Wir werden darüber nachdenken«, sagte er, »und in jeder Hinsicht den Wert einer Allianz zwischen Tira Virte und Pracanza abwägen.«

»Aber Euer Gnaden!« Do'Najerra hatte seinen Stiefel plötzlich wieder vergessen. »Euer Gnaden – das hat Euer Vater doch bereits getan ... ich erinnere mich sehr deutlich an die Gespräche über die Vorteile einer solchen Verbindung.«

»Ihr habt vielleicht darüber gesprochen. Ich nicht. Mich hat man nicht gefragt.«

»Euer Gnaden, es wäre der Wunsch Eures Vaters gewesen! Deshalb ist er doch überhaupt nach Pracanza gereist –«

»Und er ist dafür *gestorben!*« Rivvas Serrano. Unvermeidlich.

Zustimmung, ungerührt von Einigkeit und Beifall. Alejandro biß die Zähne zusammen. Eine erhobene Hand unterbrach das Murmeln; es war Estevan do'Saenza, der schwer zur Ruhe zu bringen war und der direkt neben Rivvas Serrano stand. *Am liebsten würde ich die beiden voneinander trennen,* dachte Alejandro, *wie ein Moualimo zwei unruhige Schüler trennt.*

Er bedachte sie alle mit einem beständigen Lächeln ungerührten Selbstvertrauens. Sario Grijalva zu beobachten, wie er mit den Räten umgegangen war, hatte ihn inspiriert. »Die Welt ist inzwischen ein wenig anders geworden als vor ein paar Wochen, als mein Vater noch lebte –«

»Wahrhaftig!« erklärte Serrano heftig. »Matra Dolcha, als diese Glocken läuteten ... Nommo Matra ei Filho, ich dachte, das Herz würde mir brechen!«

Alejandro erhob die Stimme. »Wie ich sagte, die Welt hat sich verändert, und wir dürfen nicht vergessen, daß eine einzige kleine Veränderung die Bedeutung von Ereignissen beeinflussen kann –«

»*Kleine* Veränderung!« Estevan do'Saenza, dem der Kragen in den fleischigen Hals schnitt, nahm eine höchst unschmeichelhafte Färbung an. »Ihr nennt den Tod von Baltran do'Verrada eine *kleine Veränderung?*«

»Innerhalb der Welt, gegen das Gewicht aller Herzogtümer und Fürstentümer und Königreiche, ja«, sagte Alejandro. »Wir sind ein kleines Herzogtum und nur für uns selbst so wichtig.«

Das erschrockene Aufkeuchen do'Saenzas, vervielfältigt durch zwanzig verblüffte Räte, wurde zu dem Geräusch, das eine Katastrophe ankündigt. Alejandro merkte dies und verfluchte sich selbst, bemerkte Martains Bewegung aus dem Augenwinkel, zwang sich, sich zu entspannen. *Ich brauche Grijalva hier. Er ist für so etwas besser geeignet als ich.* Aber Grijalva war woanders, und der neue Herzog war auf sich allein gestellt. *Was würde er an meiner Stelle tun?*

Er beantwortete sich die Frage selbst mit zwei raschen Schritten zu dem Gemälde auf dem Stuhl. »Zweifelt Ihr etwa an mir?« fragte er so leise, daß sie selbst schweigen mußten, um ihn hören zu können. »Zweifelt Ihr die Klugheit eines Mannes an, der seine Gegenwart und Zukunft gegen die Vergangenheit seines Vaters aufwiegen muß?« Jetzt lockerte er die Anspannung seiner Stimme. »Das solltet Ihr nicht; ich nehme allerdings an, daß der König von Pracanza im Augenblick damit beschäftigt ist, *mich* neu einzuschätzen.«

Das nahm ihre Aufmerksamkeit in Bann. Daran hatten sie noch nicht gedacht.

»Und vielleicht hält auch er mich für ungeeignet? Ich bin nicht mein Vater, wie Ihr Euch alle anstrengt, mich zu erinnern ... und vielleicht hält der pracanzische König weniger von mir als Herzog denn als Erben eines Mannes im besten Alter – könnte das nicht möglich sein? Wäre es möglich, daß er es sich anders überlegt und das Porträt zurückverlangt?« Er legte die Hand locker auf den Rahmen. »Ist es nicht möglich, daß Pracanza mich dieser zugegeben schönen Frau für unwürdig hält?« Er zuckte mit den Achseln. »Ein Mann, der seine Räte in einer solchen Sache nicht zur Einigkeit führen kann, zählt wohl auch kaum, wenn es um Dinge wie Kriege geht.« Er hielt inne. »Oder?«

Das trieb sie alle zum Widerspruch: *selbstverständlich* war er es wert; *selbstverständlich* konnte er mit ihrer Einigkeit rechnen; *selbstverständlich* würde Pracanza ihn für den idealen Schwiegersohn halten.

Leise murmelte Martain: »Jetzt habt Ihr sie, Euer Gnaden.«

Ebenso leise gab er zurück: »Ja? Gut.« Er grinste, und die

Männer reagierten so berechenbar, wie es jede Menschenmenge tun würde, auf das strahlend gute Aussehen und die gute Laune eines Mannes, der dem Regenten, den sie verloren hatten, so ähnlich sah.

Und dann machte Rivvas Serrano eine Bemerkung über das pracanzische Gemälde, über den pracanzischen Künstler und erinnerte sie alle daran, daß der augenblickliche Oberste Hofmaler von Tira Virte ein Grijalva war – ein *Grijalva!* –, von dem man erwartete, alles zu dokumentieren, was die Stadt und das Herzogtum betraf.

Der Triumph verblaßte. »Merditto«, murmelte Alejandro, als die Streitereien wieder ausbrachen.

»Euer Gnaden.« Serrano, gefolgt von do'Saenza, drängte sich nach vorn. »Euer Gnaden, verzeiht unsere Unverschämtheit, aber wir sind in ehrlicher Sorge wegen des Mannes, den Ihr zu Eurem Obersten Hofmaler gemacht habt.«

»Eure Sorge«, erwiderte Alejandro, »geht so tief wie Euer Neid auf die Grijalvas, die Eure eigene Familie verdrängt haben.«

»Euer Gnaden!«

»Bitte keine so dramatische Reaktion, Rivvas. Ich habe vielleicht nicht während der Ratsbesprechungen auf dem Schoß meines Vaters gesessen, aber ich habe Ohren. Ich weiß sehr genau, wie weit die Feindschaft zwischen den Grijalvas und Serranos geht.«

»Um einer guten Sache willen, Euer Gnaden.«

»Um gar nichts!« schoß Alejandro zurück. »Ihr habt nicht eine einzige Eurer Anklagen beweisen können!« Er schüttelte den Kopf. »Merditto, Serrano, seid Ihr denn alle verrückt? Und auf Euren Rat soll ich hören? Wie denn? Und warum? Was habt Ihr mir schon zu bieten außer Anschuldigungen, die aus Eifersucht und Angst geboren sind?«

»Euer Gnaden.« Diesmal war es Edoard do'Najerra, von solidem Körperbau und solidem Charakter. »Euer Gnaden, könnt Ihr uns denn verübeln, daß wir uns sorgen? Wir kannten Zaragosa, wir waren an Zaragosa gewöhnt –«

»Genug, daß Ihr ihn verachtet habt«, entgegnete Alejandro. »Oder habt Ihr schon wieder vergessen, daß ich Ohren habe?« Er griff an eines davon, zupfte zweimal, dann ließ er es wieder los. »Ich glaube, es ist viel zu früh, Sario Grijalva nach etwas anderem zu beurteilen als dem, was er bisher getan hat, was sich auf die Kleinigkeit beschränkt, einen Krieg verhindert zu haben ...« Er ließ das wirken, sah wie es sie traf. »... einen vollkommen unnötigen Krieg, der sicher viele von uns das Leben gekostet hätte, ebenso wie viele Pracanzer; einen Krieg, den Ihr alle befürwortet habt, auf der Grundlage eines Gerüchts.« Er sah die anderen nicht an, nur do'Najerra. »Ich vertraue ihm in diesem Augenblick mehr als Euch, Marchalo, was die Fähigkeit angeht, Wahrheit von Falschheit zu unterscheiden, und mit gutem Grund.« Das letztere ging an Rivvas Serrano. »Er ist als Oberster Hofmaler berufen und bestätigt. *Gewöhnt Euch daran.*«

Do'Najerra beherrschte sich eisern. »Euer Gnaden, wir sorgen uns, daß sie sich erheben und uns überrunden. Verzeiht mir, Euer Gnaden, aber selbst Eure Mätresse –«

»– ist eine Grijalva. In der Tat.« Alejandro bedachte sie alle mit einem glühenden Blick. »Kann denn keiner von Euch zählen? Habt Ihr unsere Vergangenheit schon ganz vergessen? Zu Zeiten meines Vaters gab es *vier* Serranos von gewaltigem und andauerndem Einfluß: Oberster Hofmaler, Mätresse, Premia Sancta, Rat.« Er sah Rivvas an. »Nach so vielen Jahren sind nur noch zwei geblieben ... muß das denn gleich bedeuten, daß die Sonne für die Familie Serrano untergeht?«

»Darum geht es nicht, Euer Gnaden.«

»Nein? Um was denn sonst, Serrano?«

Rivvas gab nicht auf. »Magie.«

Alejandro wich in gespielter Verblüffung einen Schritt zurück. »Das hatte ich völlig vergessen. *Schwarze* Magie! Ja!« Er drehte sich um, trat hinter den Stuhl, packte die beiden oberen Ecken des Bilderrahmens. »Rivvas, welche *Art* von Magie? Böse, nehme ich an, wenn Ihr es gegen ihn vorbringt ... also gut, wessen ist er denn fähig? Wir haben schon festgestellt, daß er einen Toten nicht wieder lebendig malen kann, nun gut – was dann? Sollen wir ihn einladen, diese Frau hier ins Leben zu malen?« Alejandro wies mit einer eleganten Geste auf das Bild. »Sie ist bereits am Leben, wenn auch in Pracanza. Warum sollen wir ihr nicht ersparen, ihre Zeit auf eine mühsame und lange Reise zu verschwenden und Grijalva einfach die pracanzische Prinzessin hermalen lassen ... wieso soll er nicht einfach ein paar Worte murmeln, ein bißchen Staub auf das Bild pusten und sie heraufbeschwören? Nein? Aber, Rivvas, Ihr wolltet doch mich unbedingt überzeugen, daß er mit seiner Magie schlimme Dinge tun kann ... was soll er denn machen?«

»Sich selbst zum Herzog ausrufen«, sagte Estevan do'Saenza scharf. »Wenn die Serranos recht haben und Sario Grijalva tatsächlich Schwarze Magie beherrscht –«

»Dann würde er jeden einzelnen von Euch umbringen müssen, zusätzlich zu mir«, sagte Alejandro. »Und vielleicht auch noch jeden anderen Bürger der Stadt.« Er schüttelte den Kopf. »Glaubt Ihr wirklich, daß es für einen einzelnen Mann möglich ist, sich eines gesamten Herzogtums zu bemächtigen?«

»Verro Grijalva hätte das tun können.«

»Verro Grijalva starb, als er seinen do'Verrada-Herzog vor einem Anschlag auf sein Leben schützte.« Alejandro sah nicht hin, obwohl alle anderen es taten: hinter ihm hing das massive Original von Piedros spektakulärem *Tod des Verro Grijalva.* Ein ähnliches Gemälde von einem weiteren Grijalva, Cabrallo, hing an der gegenüberliegenden Wand. »Und *Sario* hat diesen do'Verrada-Herzog hier vor einem Krieg gerettet, der ihn vielleicht ebenfalls das Leben gekostet hätte.«

Jetzt hatten sie begonnen, sich in Gruppen zusammenzufinden, alle, die derselben Ansicht waren. Estevan do'Saenza blieb bei Rivvas Serrano; Edoard do'Najerra stand, wie immer, allein; die anderen zu zweit, zu dritt, zu fünft. Und sie warteten auf das, was ihr Herzog noch sagen würde.

Sie schätzen mich ab ... nun, es wird Zeit, daß ich sie abschätze.

Alejandro verließ den Stuhl mit dem Gemälde und mischte sich unter die Männer. Er wußte, daß er sie allein durch seine Körpergröße einschüchtern konnte; er war größer als alle, bis auf den Marchalo Grando, und selbst dieser überragte ihn nicht. Alejandro hatte so etwas schon bei seinem Vater beobachtet und zuvor nie verstanden, wieso es etwas zu bedeuten hatte. Jetzt erkannte er es und nutzte es, als er an jeden Mann herantrat, ihm ins Gesicht sah, zuließ, daß der andere *ihn* ansah, dann nickte. Er ließ sie sehen, was er tat, ließ sie sich winden und unsicher herumstehen und Blicke wechseln, sich fragen, was er dachte. Schließlich kehrte er zu dem Stuhl mit dem Gemälde zurück.

»Ihr kennt mich nicht«, sagte er ruhig. »Das akzeptiere ich, und ich verstehe, daß ihr verängstigt und verwirrt seid; Baltran do'Verrada ist kein Mann, der einfach zu ersetzen wäre. Das kann ich akzeptieren. Tatsächlich verstehe ich das vollkommen: er war ein Mann unter Männern, aber ganz er selbst.« Er holte tief Luft, atmete langsam wieder aus. »Zeit«, sagte er. »Ich bitte euch nur um Zeit. Gebt sie mir, wie ich sie euch gebe, und wir werden gemeinsam einen Weg finden.«

Rivvas Serrano regte sich. »Aber –«

Edoard do'Najerra starrte ihn an. »Bei der Mutter«, sagte er voll tiefster Verachtung, »könnt Ihr denn nie über den eigenen Tellerrand hinaussehen? Er ist ein *Grijalva*. In zwanzig Jahren wird er tot sein oder todkrank, und wir werden mit alldem wieder von vorn anfangen müssen.«

Alejandro setzte zum Widerspruch an – das war nicht die Art von Empfehlung, die er brauchte –, aber dann schwieg er. In diesem Augenblick mußte es genügen, wenn es sie zum Schweigen brachte. Außerdem entsprach es der Wahrheit.

Zwanzig Jahre ... wie würde ich mich fühlen, wenn mir

nur noch zwanzig Jahre zum Regieren blieben? Und dann wurde ihm klar, daß er nicht einmal zwanzig Stunden regieren wollte. Nicht, wenn er sich jeden Tag mit diesen Idioten streiten mußte.

Alejandro seufzte und sah sich noch einmal das Porträt der Frau an, die er heiraten sollte. *Der Mutter sei Dank für Sario Grijalva, der mir helfen wird, sie in die Schranken zu verweisen – und die Mutter sei gesegnet für Saavedra, die dasselbe mit mir tut!*

Raimon blieb vor der Tür stehen, hob die Hand zum Riegel, griff aber nicht danach, atmete tief in den Bauch, füllte seinen Kopf mit Luft und Licht, dann öffnete er die Tür und trat ein.

Im Geist zählte er sie ab, als er in die Crechetta trat und die Tür wieder hinter sich schloß. Er mußte nicht einmal hinsehen; er sah sie auf ihren üblichen Plätzen, obwohl Ferico nun auf dem Stuhl saß, auf dem einmal Otavio gesessen hatte, und davor Arturro. Raimon hatte keinen der anderen Premios Fratos persönlich gekannt, obwohl er all ihre Namen kannte. All ihre Porträts, die *Peintraddos Chievas*, hingen in der Galerria Viehos Fratos, einem abgeschlossenen Raum, der allen anderen verboten war, so daß kein Grijalva, der die Gabe hatte, je vergessen konnte, wer ihre Familie und ihre Welt geformt hatte – und die Gefahren, die ihm drohten, wenn er der Ehre und dem Dienst an der Familie abschwor.

Raimon trug das übliche Schwarz, obwohl keine Regel so etwas vorschrieb. Sein goldener Schlüssel glitzerte im Kerzenlicht. Das widerspenstige Haar hatte er gekämmt. Es begann jetzt, nach und nach grau zu werden, obwohl er bezweifelte, daß er lange genug leben würde, um ganz weißhaarig zu werden.

Sie hatten ihm am Fuß des Tischs einen Stuhl freigelassen. Raimon ging darauf zu, umfaßte die geschnitzte Lehne und verzog keine Miene, als ihm ein stechender Schmerz durch die Hände fuhr. Er stand dort, aufrecht, und ließ sie die Farbe seines Geistes, seiner Seele abschätzen.

Neosso Irrado. Damals. Vor so vielen Jahren.

Sario würde sie anlächeln … aber ich habe nichts mehr in mir, das ich ihnen geben kann, nichts außer Angst und Zorn und der Erkenntnis, versagt zu haben.

Keiner wandte den Blick ab. Neun überlebende Viehos Fratos – er war der zehnte, Sario der elfte – saßen am Tisch und warteten darauf, daß Ferico das Wort ergriff.

Aber es war Davo, der sprach. Und das machte Raimon mehr angst als alles andere.

»Nommo Chieva do'Orro«, sagte er leise. »Nicht mehr als das, Raimon. Die Wahrheit. Im Namen dessen, was wir sind.«

Und so sagte er ihnen die Wahrheit. »Er ist mehr. Er ist anders.«

»In welchem Maß?«

Das konnte auch er ihnen nicht sagen. Und so sagte er ihnen, es gäbe keinen Beweis, nur Gerüchte. Daß es, obwohl Sario selbst zugegeben hatte, gegen die Regeln verstoßen zu haben, keine Beweise gab. Keine.

Nicht einmal den *Kita'ab,* das wußte Raimon, denn keiner von ihnen würde glauben, daß ihr *Folio* etwas anderes war als das, wofür sie und ihre Vorfahren ihn gehalten hatten: ein Handbuch mit Anweisungen für Künstler, das detailliert Techniken, Zusammensetzungen und Regeln anführte, bis auf jene Seiten, die fehlten … und da sie ohnehin nicht den gesamten Text lesen konnten, war es gleich, daß etwas fehlte. Was zählte, war das, was vorhanden war. Was Sario vorhatte, wußte Raimon nicht, nur, daß sein Verhalten darauf schließen ließ, daß er Dinge wußte, die allen anderen unbekannt waren. Aber das allein konnte ohne Beweise nicht zur Verurteilung eines Mannes führen.

Und er hatte keine Beweise, nur den *Folio,* der auch der *Kita'ab* war, aber das behauptete Sario nur; ein vielsagendes Porträt von Zaragosa Serrano, aber das Knochenfieber hatte, obwohl es überwiegend die Grijalvas befiel, auch schon Serranos getroffen, ebenso wie Angehörige anderer Familien; ein Peintraddo, das nicht das echte *Peintraddo* war, aber ein ehrgeiziger Mann, ein besessener Mann, würde keinem gestatten, den Schlüssel zu seiner Zerstörung in Händen zu halten, von Begabung und Überleben.

Den Schlüssel. Es ging immer um Schlüssel der einen oder anderen Art. Chieva do'Orro. Chieva do'Sangua. *Peintraddo Chieva.* So viele Schlüssel, so viele Schlösser, so viele verborgene Türen.

Der *Folio* selbst war eine Tür. Vielleicht hatte Sario einen Schlüssel auf einem der anderen Blätter gefunden. Vielleicht war Sario selbst der Schlüssel.

Mehr. Anders. Sario Grijalva war nicht so wie sie, war es nie gewesen. Und Raimon war von einem vollkommen überzeugt: daß dieser Mann, der so anders, so besessen war – er, der *mehr* war und *anders* –, werden konnte, was keiner von ihnen in Generationen erreicht hatte ... und daher hatte er sich auf diese Bruderschaft eingelassen, diese Verschwörung, von der keiner von ihnen je wieder gesprochen hatte, abgesehen von jenem Tag in der Kammer über der Crechetta.

»Wir glauben«, sagte Davo, »daß er einen Mittäter hatte. Daß er nicht allein gegen die Regeln verstieß.«

Raimon umfaßte die Stuhllehne noch fester. Mittäterschaft, Verschwörung. Er leugnete keines von beiden, sondern antwortete mit der Wahrheit. »Sario hat immer seine eigenen Regeln gemacht. Das gehört zu seiner Persönlichkeit.«

Nun sprach Ferico zum ersten Mal. »So etwas ist nicht gestattet.«

Die Wahrheit, nicht mehr. »Ihn hat nie interessiert, ob etwas gestattet war oder nicht.«

»Und wieso das? Ist er etwas Besseres?«

»Das könnte man sagen«, meinte Raimon ruhig. »Er ist Oberster Hofmaler.«

»Aber dies hat er durch Befolgung der Regeln erreicht, oder nicht?« hakte Ferico nach. »Es gibt Gründe für diese Regeln, wie du genau weißt, und Gründe, wieso wir ihre Befolgung so genau beachten müssen, so unbeugsam, wieso wir keine Ausreden zulassen. Das *Peintraddo* allein, mißverstanden von denen, die nicht zur Familie gehören, würde uns schon befähigen, Schreckliches zu tun.«

Davo nahm den Faden auf. »Diese Gerüchte halten sich nun schon seit Jahren«, sagte er, »trotz unserer Anstrengungen, sie zu entkräften. Besonders die Serranos haben sie immer wieder aufgebracht – stellt euch vor, sie hätten von den *Peintraddos* erfahren! Wir wären verfolgt worden. Ausgerottet. Es gibt Würdenträger in der Ecclesia, die genau das vorschlagen, und die Premia Sancta selbst hat dafür gesorgt, daß wir unsere Gebete nicht mehr an öffentlichen Orten verrichten dürfen – obwohl Herzog Alejandro jetzt diesen Wahnsinn zurückgewiesen hat.« Er schüttelte den Kopf. »Die Regeln existieren aus gutem Grund, wie jeder von uns weiß. Wir Meistermaler führen eine Gratwanderung durch wie kein anderer, selbst nicht die anderen Grijalvas. Wir werden behindert von Unfruchtbarkeit, einer verkürzten Lebenserwartung, dem raschen Schwinden unserer Fähigkeiten ... und ebenso durch Gerüchte und Lügen. Schon wenig könnte uns zerstören, das weißt du. Alejandro mag die absolute Herrschergewalt haben, aber sie ist ihm früh und unerwartet zugefallen; er ist jung, unerprobt, zögernd, widersprüchlich. Es kann sein, daß er Hilfe bei seinen Räten sucht, als Gruppe oder von einem einzelnen. Und wenn dieser eine stark genug ist, Alejandros Vertrauen zu erlangen, und wenn dieser Mann uns als Bedrohung sieht ...« Davo machte eine Geste. »Du bist ein kluger, einsichtiger Mann, Raimon. Eine Erklärung ist wohl nicht nötig.«

Die Entgegnung kam sofort. »Aber Sario ist ebenfalls am Hof. Die Grijalvas haben dort eine Stimme, *trotz* seiner Verstöße gegen die Regeln.«

»Und deshalb können wir nichts gegen ihn unternehmen«, sagte Davo sanft. »Wir wagen es nicht, eine so wichtige Figur vom Spielbrett zu nehmen, sosehr wir sie auch fürchten mögen. *Ein* Grijalva ist besser als gar keiner – und dennoch glauben wir nicht, daß es genügt. Caterin Serrano ist weiterhin Premia Sancta, und Rivvas Serrano ist einer der Berater des Herzogs. Solange auch nur ein einziger Serrano so nahe am Herzog ist, dürfen wir nicht nachlässig sein. Die Drohung bleibt bestehen.«

»Wieso sagt ihr mir das alles?« fragte Raimon. »Ich habe keine Macht unter euch, werde sie nie haben, und Sario hört auf niemanden. Wenn ihr glaubt, ich wäre in der Lage, seine Arroganz zu mildern, sein Verhalten zu kontrollieren, muß ich euch enttäuschen. Ich habe diese Figur tatsächlich aufs Spielbrett gestellt, und nun macht sie eigene Züge. Ich selbst bin längst vom Brett genommen.«

»Und damit hast du deinen Zweck erfüllt«, sagte Ferico. »Du bist zu nichts mehr nütze. Es gibt für dich unter uns nichts mehr zu tun: Baltrans Tod und Sarios Berufung kamen zu früh. Wir waren nicht darauf vorbereitet, und wir sind es immer noch nicht. Es ging alles zu schnell.«

»Das ist nicht *meine* Schuld«, sagte Raimon. »Gesegnete Mutter, Herzog Baltrans Tod war ein Unfall. Es hätte auch schon vor zwei Jahren oder in zehn Jahren passieren können –«

»In beiden Fällen«, sagte Ferico, »hätten wir die Zeit gehabt, uns darauf vorzubereiten, einen Kandidaten für seinen Erben vorzubereiten oder für Alejandros Erben oder den Sohn *dieses* Erben. Es ist alles eine Frage der Zeit, Raimon, wie schon immer – aber deine Unterstützung hat Sario in die Position gebracht, daß nur er in Frage kam, ohne daß uns anderen Zeit blieb.« Er warf den anderen einen kurzen Blick zu, dann sah er wieder Raimon an. »Ich glaube, wir sind uns alle einig, daß er, wenn du dich nicht so sehr für ihn eingesetzt hättest, der Chieva do'Sangua unterworfen worden wäre, lange bevor Baltran do'Verrada auf seine Reise nach Pracanza ging.«

»Ihr könnt einen Mann nicht für sein Talent bestrafen!«

»Nein«, stimmte Ferico ihm zu. »Nur für Verstöße gegen die Regeln, die die Familie in Gefahr bringen.«

»Wieso habt ihr mich dann hergerufen?« fragte Raimon.

»Weil es weiter reicht als das«, erklärte Davo leise. »Du hast es ihm gestattet.«

»Dann geht es also darum, daß *ich* gegen die Regeln verstoßen habe!«

Fericos Blick wich dem seinen nicht aus. »Du bist ein kluger, einsichtiger Mann, Raimon. Eine Erklärung ist wohl nicht nötig.«

Nur die Tatsache, daß er sich immer noch an der Stuhllehne festhielt, bewahrte ihn davor, auf die Knie zu sinken. Er hielt sich fest, trotz der Schmerzen, und versuchte, sich zu fassen. *Solange keiner die Worte ausspricht –*

»Nomma Matra ei Filho. Nommo Chieva do'Orro.« Die Stimmen klangen wie eine einzige. Nur seine fehlte. Und die Sarios.

Immer Sario.

28

Sario war ausgesprochen erfreut: die Arbeit ging ihm gut von der Hand. Nach unzähligen Beschwerden über seine strengen Anforderungen für die Position war Saavedra schließlich still geworden und hatte ihn einfach arbeiten lassen. Daher reagierte er mit mehr als nur milder Verärgerung, als sie ein leises Geräusch von sich gab.

»Was ist denn?« fragte er mürrisch und sah sie stirnrunzelnd an, und dann: »Matra meya, was ist denn mit deiner Farbe passiert?«

Sie umklammerte die Stuhllehne. »Woher soll ich das wissen?« fragte sie. »Ich kann mich ja schließlich nicht selbst sehen.«

»So geht das einfach nicht«, sagte er. »Nein, nein – 'Vedra! *Nicht* bewegen!«

»Ich werde mich jetzt hinsetzen.« Und das tat sie, setzte sich mit einiger Vorsicht auf den Stuhl, den er als Teil der Komposition benutzt hatte.

Gereizt legte Sario den Pinsel hin. »Glaubst du etwa, ich sei ein Alla-prima-Maler?« fragte er. »Ich dachte, ich hätte wenigstens ein *bißchen* Zeit; ich würde es erheblich vorziehen, mir Zeit zu lassen, als gezwungen zu sein, dieses Gemälde in einer einzigen Sitzung zu vollenden! Du hast Alejandro immerhin *wochenlang* immer wieder zu dir bestellt.«

Saavedra lächelte dünn. »Aber du hast auch nie behauptet, daß ich eine Alla-prima-Malerin sei.«

»Das *könntest* du – wenn du selbst daran glauben würdest und es anderen gestatten würdest, es zu bestätigen. Dann würden sie dir erlauben, zu malen, soviel du willst. Alla prima oder in Sitzungen, die sich über Wochen hinziehen, ganz wie du willst.«

Sie fuhr sich mit dem Handrücken über die Stirn, dann strich sie sich das Haar aus den Augen. »Sario, wieso hast du so viel gegen Kinder?«

»Habe ich gar nicht.«

»Doch. Du bist nie freundlich zu ihnen.«

»Kinder behindern einen nur. Du hast selbst gesagt, daß Ignaddios Neugier dich beim Arbeiten stört, und er ist nicht einmal dein Kind.«

»Ohne Frage, Kinder können einen stören und vielleicht sogar behindern – aber du klingst so feindselig.«

»Um deinetwillen«, sagte er. »Nur in deinem Interesse, 'Vedra, und um deiner Begabung willen. Du *mußt* malen. Du weißt, ich gehe davon aus, daß du die Gabe hast, und dein einziges Argument dagegen, dies zu überprüfen, ist, daß es einfach nicht sein *kann.*«

»Kann es ja auch nicht – und du weißt, wieso, Sario.«

»Ich weiß es doch gerade, *weil* du eine Frau bist, 'Vedra.

Du bist – anders. Ich kann es dir ansehen. Wie oft habe ich dir schon gesagt, daß das Licht anderes Licht erkennt?« Er breitete die Hände aus. »Siehst du? Du bist eine Grijalva, eine Frau, und deshalb mußt du Kinder bekommen … und dafür – und wie es sich anhört, auch noch freiwillig! – deine Luza do'Orro aufgeben.« Er runzelte die Stirn. »Weißt du, wie viele Männer alles für deine Möglichkeiten geben würden?«

»Ich habe keine Möglichkeiten über das hinaus, was ich bereits bin.«

»Weil man dir seit deiner Geburt eingetrichtert hat, daß es für Frauen nichts anderes gibt, ja, aber das macht mich wütend! Du hast mich in allem unterstützt, wenn ich die Regeln gebrochen habe, und dennoch willst du mir nicht zugestehen, dasselbe auch für dich zu tun. Ich weiß, was du bist, ich weiß, was du sein *kannst* – wenn du mir nur erlauben würdest, dich zu prüfen, zu bestätigen, daß auch du Anrecht auf die Gabe erheben kannst und auf alles, was damit verbunden ist!« Wütend starrte er sie an, beinahe unter Tränen. »Warum weigerst du dich, wenn ich ein einziges Mal etwas für dich tun will?«

»Sario –«

»Wir haben von Anfang an so viel geteilt, 'Vedra – und jetzt willst du mir alles wegnehmen. Alles.« Starr saß er auf seinem Hocker und fixierte das unvollendete Bild. »Du bist alles, was ich je hatte.«

Sie betrachtete einen Augenblick lang ihre Hände, dann sagte sie sehr leise: »Die Dinge ändern sich, Sario.«

»In der Tat. Und die Menschen ebenfalls.«

Sie sah blaß und angestrengt aus. Schatten lagen unter ihren Augen. »Ich wollte dir nie weh tun.«

»Mit der Wahrheit oder dem, was du dafür hältst?« Sein Lächeln war bitter. »Ich weiß, was ich bin, Saavedra … und ich weiß, wie schwer ich gearbeitet habe, um es zu werden. Du würdest lügen, wenn du sagtest, daß ein anderer diese Position verdient hätte, mit oder ohne deine – Hilfe.«

Sie lächelte nicht. »Das stimmt.«

»Also.« Seine Brust war angespannt, verkrampft; er strengte sich an, sich zu entspannen. »Du bist also entschlossen, deine Begabung für Kinder wegzuwerfen.«

»Ich *will* Kinder haben, Sario.«

»Sie wollen, daß du welche willst, und du akzeptierst das.«

»Das ist nicht alles.«

»Selbstverständlich ist es das. Sie haben dir in den Kopf gesetzt, daß du Kinder haben willst, damit du nie über deine Begabung nachdenkst.«

»Und meine Gabe?« Sie lächelte, dann schüttelte sie den Kopf. »Sario – hat es damit zu tun, daß du keine zeugen kannst?«

»Der Mutter in Ihrer Weisheit sei Dank dafür!« Er küßte seine Fingerspitzen, drückte sie ans Herz. »Ich will nichts mit Kindern zu tun haben. Ich will nur *malen,* will mich nicht um irgendwelche Bälger kümmern.«

Sie sah ihn lange an, wägte seine Worte ab, seinen Tonfall, seine Miene. »Das ist vermutlich auch gut so«, sagte sie schließlich. »Du wärst kein guter Vater.«

Es verblüffte ihn, daß sie ein so umfassendes Urteil treffen konnte. »Woher weißt du das? Warum sagst du das?«

»Männer, die Kinder nicht mögen, werden selten gute Väter – es sei denn, sie wollen eigentlich doch welche und lügen nur.«

Das war wirklich alles vollkommen absurd. »Es reicht jetzt, 'Vedra! Ich bin hergekommen, um dich zu malen, und nicht, um über Fortpflanzung zu diskutieren.« Er griff wieder nach seinem Pinsel, machte eine unentschlossene Geste. »Bitte, nimm deine Position wieder ein.«

»Ich bin müde«, erklärte sie, und tatsächlich, sie sah auch müde aus. »Ich möchte hier sitzen und mich ausruhen – mal etwas anderes, Sario. Die Laterne. Den Krug. Das *Obst.* Die sind alle nicht müde, und sie werden sich auch nicht beschweren, wenn du sie zu lange stehen läßt.« Sie warf dem Obst einen Seitenblick zu. »Natürlich müssen die auch nicht *stehen* …«

»Matra«, murmelte er, »du stellst meine Geduld wirklich auf die Probe.«

»Dann sei doch ein Alla-prima-Künstler«, schlug sie vor. »Du hast doch sicher sowohl die Vision als auch die Fähigkeiten, alles sofort zu malen, von Anfang bis Ende, und wirst nach einer Sitzung so zufrieden damit sein wie nach wochenlanger Arbeit.«

Er knurrte kehlig, setzte an, etwas zu sagen, aber dann bemerkte er, daß er ihre Aufmerksamkeit verloren hatte. Er hörte Schritte vor der Tür.

Ignaddio. Aber selbstverständlich. Der lebende Beweis dafür, wie Kinder die Arbeit stören konnten.

»'Vedra?« sagte Ignaddio leise. »Du wirst erwartet.«

»Erwartet? Von wem? Wo?« fragte Sario scharf. »Nein, du wirst hierbleiben. Ich kann es nicht zulassen, daß meine Arbeit schon wieder unterbrochen wird.«

Ignaddio senkte den Kopf. »Ich bitte um Verzeihung, Oberster Hofmaler, aber es ist der Herzog. Er wartet drunten im Hof, am Brunnen.«

»Matra Dolcha!« Saavedra sprang auf, mit wirbelnden rosenfarbenen Röcken und dunklen Locken.

»Merditto«, murmelte Sario, als sie zur Tür hinausrannte. Er warf Ignaddio einen wütenden Blick zu, dann seinem Pinsel, dann seinem Werk. »Wie kann er erwarten, daß ich seinen Auftrag ausführe, wenn er mir mein Modell wegnimmt?«

»Darf ich es sehen?« fragte Ignaddio.

»Nein. Ich erlaube niemandem, ein unfertiges Werk zu sehen.«

»Aber du sagtest doch, wenn erst die Skizzen fertig sind –«

»Genug! Ärgere mich nicht, Junge!« Er winkte ab. »Geh. Geh und such Diega – versuch es in der Waschküche, bitte – und schick sie zu mir. Wir haben etwas zu besprechen, sie und ich.«

Ignaddio riß die Augen auf. »Aber – aber ich dachte, du könntest nicht –«

»Ich könnte was nicht, Junge? Und was geht es dich an, was ich tun kann und was nicht oder was ich tun *möchte*?«

»Schon gut«, flüsterte Ignaddio.

»Allerdings. Und jetzt geh. Schick Diega her. Und dann verschwinde aus meiner Nähe, oder ich werde mir nicht einmal deine Bilder ansehen.«

Und da er bisher nicht einmal angeboten hatte, dies zu tun, hatte die Drohung die entsprechende Wirkung. Ignaddio verschwand eilends.

Saavedra kam unter dem weinumrankten Torbogen hindurch, der von einem kleinen ummauerten Garten zum Innenhof führte, und blieb stehen. Alejandro war nur wenige Schritte von ihr entfernt, starrte den Brunnen an und hatte ihr Näherkommen nicht bemerkt, da ihre Schritte vom Plätschern und Gurgeln des Wassers übertönt wurden. Er hatte ein so reines, klares Profil, daß sie sofort wußte, sie würde ihn wieder malen müssen, und zwar bald. Zu oft stellten Porträts das Modell en face dar oder im Dreiviertelprofil – sie wollte ein Profil wie auf einer Münze: die hohe Stirn zum Teil umschattet von kaum zu bändigendem Haar, das immer noch lockig war; die klare Form der Nase, noch nicht beschädigt durch Waffenübungen oder einen Ringergriff; die gemeißelte Linie zwischen Nase und Oberlippe; ein Mund, der ihr so vertraut war, daß sie errötete, wenn sie daran dachte. Das Kinn darunter war ausgeprägt genug, um auf Sturheit hinzuweisen, aber auch auf Charakter; und es war erheblich besser, dachte sie, ein bißchen zuviel Kinn zu haben als zu wenig.

Sie ging auf ihn zu. Nun knirschte der Kies unter ihren Schuhen, und Alejandro drehte sich um, entzog ihr damit sein Profil, aber Saavedra war es gleich. Sie wußte jeden seiner Züge zu schätzen, das Hochziehen der Brauen, das Schürzen der Lippen, eine rasche, abwehrende Geste des kräftigen Handgelenks und der breiten Hand, wenn er ein Argument ablehnte, das er für vollkommen unbedeutend hielt, selbst wenn es sein eigenes gewesen war.

Er bedachte sie freizügig mit dem ein wenig beeinträchtigten Grinsen, dann ergriff er ihre beiden Hände, als sie zu ihm an den Brunnen trat. Sprühwasser hatte sein Gesicht überzogen, überzog nun auch das ihre; es vermischte sich, als sie sich küßten. Aber innerhalb eines Augenblickes veränderte sich Alejandros Miene, Zärtlichkeit wich dem Ernst, und sie wußte, er war nicht nur gekommen, weil er sich nach ihrer Gesellschaft sehnte.

Sie zog ihn neben sich auf die Bank, die sich an das unterste Becken schmiegte, und mißachtete das Sprühwasser, das vom Wind auch hierhin geweht wurde. »Sag's mir.«

Er versuchte erst gar nicht, sie abzulenken. »Caza Varra«, sagte er einfach. »Ich muß sofort dorthin.«

Sie schüttelte den Kopf. »Ich weiß nicht, wo das ist.«

Er kratzte mit dem Stiefelabsatz über einen der Pflastersteine, bohrte an der Kante herum, als wollte er ihn ausgraben. »Einer der Landsitze. Mein Vater ist mit uns im Sommer immer hingereist, wenn er die Zeit dazu fand.« Er seufzte, eindeutig nervös, schob eifriger an dem Stein herum. »Jetzt lebt meine Mutter dort. Sie hat sich vom Hof und vom öffentlichen Leben zurückgezogen.«

Saavedra lachte und legte ihm die Hand aufs Knie, um ihn von weiteren Ausgrabungen zurückzuhalten. »Ein liebender und pflichtbewußter Sohn, der seine Mutter besuchen will, ja? Damit er sich nicht ihre Mißbilligung zuzieht.«

»Ja, ich nehme an, das ist es.« Er nahm wieder ihre Hand, hob sie an die Lippen, küßte sie sanft. »Verzeih mir, Geliebte ... ich bitte dich, verzeih mir – aber ich muß zu meiner Mutter, um über eine bevorstehende Verlobung zu sprechen.«

Es tat nicht einmal sonderlich weh, als hätte sie schon Schwielen entwickelt in Vorbereitung auf diesen Augenblick. »Deine Verlobung.«

»Meine Verlobung.«

Als sie sich zutrauen konnte, ihm die Hand zu drücken, ohne dabei seine Haut mit ihren Nägeln zu verletzen, tat sie dies. »Wir wußten ja, daß so etwas geschehen würde. Dein Vater ist aus diesem Grund dorthin gereist.« Höflichkeit verbot ihr hinzuzufügen, daß er auch ihr Porträt seines Sohnes mitgenommen hatte, das nun am Hof des pracanzischen Königs war.

»Aber noch nicht so bald!«

»Nicht so bald«, wiederholte sie. »Nein. Aber es ist geschehen, und wir müssen das Beste daraus machen.« Und dann verließ sie der falsche Mut, ebenso wie der künstlich frische Tonfall. »Genug davon! Ich bin keiner deiner Berater, der für Diplomatie und Ausweichen geschult ist. Laß mich sagen, was ich empfinde, Alejandro ... ich bin wütend und verängstigt und eifersüchtig und verwirrt und bitter und würde am liebsten weinen, und das alles auf einmal.« Gequält holte sie Luft. »Aber das wird mir nichts einbringen als ein fleckiges Gesicht, rote Augen und eine geschwollene Nase, und dann wirst du mich nie wieder ansehen wollen und mir deine pracanzische Schönheit vorziehen –« Sie hielt inne. »*Ist* sie schön?«

Eindeutig beunruhigt, antwortete er nicht sofort.

»Merditto«, murmelte sie. »Das war zu befürchten. Matra Dolcha, was denn sonst? Die Tochter eines Königs, mit einer unvorstellbar großen Mitgift, Handelsmöglichkeiten, die Tira Virte nur helfen können, und ich bin sicher, sie ist auch fruchtbar – zweifellos wird sie so fruchtbar wie ein Karnickel sein! –, deine Mutter wird sie anbeten, *und* sie ist schön!« Durch einen Tränenschleier sah sie ihn an. »Und jetzt weine ich doch, weil ich gar nicht anders kann, und du wirst mich nur noch schneller verlassen!«

»Meine liebste 'Vedra ...« Und er tat, was sie sowohl gewünscht als auch erwartet hatte: er nahm sie in die Arme, zog sie fest an sich, tröstete sie, wie nur er es konnte, mit Wärme und Nähe und Worten, die keinen Sinn ergaben und das auch nicht brauchten, solange er sie nur aussprach.

»Es tut mir leid«, sagte sie an seiner Schulter, als sie wieder sprechen konnte. »Das wollte ich wirklich nicht. Ich kann Frauen nicht ausstehen, die so etwas tun.«

»Aber diese Frau hier liebe ich, und sie kann mir so viele Westen verderben, wie sie will.«

»Es ist einfach ein Zeichen von Schwäche.«

»Es zeigt vieles, vor allem Schmerz, aber keine Schwäche. Und mir geht es nicht anders, als du es vorhin so ausführlich beschrieben hast.«

Ihr gelang ein ersticktes Lachen. »Möchtest du auch weinen?«

»Im Augenblick weinst du genug für uns beide. Ich werde damit noch warten.«

Diesmal klang das Lachen schon echter. »Bis wann?«

»Bis meine Mutter mir meine maßgeschneiderte, vollendet sitzende Kleidung zurechtzupft, mir mein frisch gebürstetes Haar zurechtstreicht, mir über die Wange streichelt und mir sagt, was für ein hübscher Junge ich doch geworden bin – das wahre Ebenbild meines Vaters!«

»Das bist du. Beides.«

»Ich bin das Ebenbild von Alejandro do'Verrada, wer immer das sein mag. Eines Tages werde ich das vielleicht sogar selbst wissen.«

Sie lächelte, aber dann erstarb das Lächeln. »Wann wirst du reisen?«

Alejandro seufzte. Wieder begann er, mit dem Absatz an dem Pflasterstein herumzubohren. »Heute nachmittag. Ich habe schon einen Boten geschickt. Es ist nicht weit nach Caza Varra, und sie erwartet mich heute abend.«

Saavedra richtete sich auf. »Dann solltest du lieber gehen.« Ohne Erfolg versuchte sie, seine tränenfleckige, verknitterte Samtweste glattzuziehen. »Und zieh dich um, bevor du losreitest, oder sie wird wissen, daß dir eine Frau auf die maßgeschneiderte Kleidung geweint hat.«

»Ich nehme an, sie wird wohl selbst damit anfangen, wenn sie erst erfährt, daß ich heiraten werde.«

»Dann solltest du sie bitten – hör auf zu graben, Alejandro, oder du wirst noch das ganze Pflaster beschädigen!–, sie sollte deine andere Schulter benutzen. Ich bin Künstlerin, nicht wahr, und Symmetrie ist wichig.«

Wieder umarmte er sie, lachte leise in ihre Locken, als er sie an sich zog. »Meine süße Geliebte, hab keine Angst, daß ich dich vergessen werde oder verstoße – und sei es aus keinem anderen Grund, als daß du so gut auf das Pflaster im Hof aufpaßt! Ich habe dir eine Schattenehe versprochen, und du wirst sie bekommen. Wenn ich zurückkomme, werde ich die entsprechenden Schritte einleiten.«

»Nachdem du deiner Mutter angekündigt hast, daß du die pracanzische Prinzessin heiraten wirst? Sei doch kein Narr, Alejandro, dafür ist jetzt keine Zeit.« Sie machte eine abwehrende, beschwichtigende Geste. »Später vielleicht.«

Das gefiel ihm nicht. »Aber es muß geschehen, bevor sie ankommt! Merditto, 'Vedra – kannst du dir den Aufruhr vorstellen, wenn ich eine Schattenehe eingehe, nachdem ich sie in der Ecclesia geheiratet habe?«

»Vorher wäre besser?« Sie schüttelte den Kopf. »Alejandro, ich weiß, daß du das ernst gemeint hast, und ich segne und achte dich dafür, aber ... aber vielleicht solltest du noch einmal nachdenken, im Hinblick darauf, was geschehen ist. Damals hätten wir uns nicht vorstellen können, daß dein Vater schon so bald sterben würde ... du bist jetzt Herzog, und das macht alles schwieriger.«

»Ich habe es wirklich ernst gemeint, 'Vedra.«

»Ich entbinde dich von deinem Versprechen.«

Etwas, das nichts mit Humor zu tun hatte, blitzte in seinen Augen auf. »Ich werde heute noch die Vorbereitungen treffen, bevor ich nach Caza Varra abreise.«

»Das darfst du nicht!«

»Nein? Ich bin schließlich der Herzog. Ich kann tun, was und vor allem wann ich will.« Er stand auf, gab ihr einen schallenden Kuß und wandte sich, um zu gehen.

»Alejandro?«

Sie hörte das Knirschen von Kies unter seinen Stiefeln, als er sich umdrehte. »Ja?«

Voll verblüffter Neugier: »Was wirst du nun tun?«

»Die ersten Schritte unternehmen, um die Schattenehe offiziell zu machen.«

»Wie?«

»Indem ich sie vom Obersten Hofmaler dokumentieren lasse.«

Sie sprang auf. »Alejandro – *nein!*« Aber als er vollkommen überrascht auf ihren Nachdruck reagierte, merkte sie, daß sie es ihm nicht erklären konnte. Was zwischen ihr und Sario war, war so schwer zu erfassen, daß es unmöglich gewesen wäre, es zu beschreiben. Keine Liebe, keine echte und leidenschaftliche Liebe, wie sie und Alejandro sie teilten, keine Liebe des Herzens und der Seele und des Körpers, aber des Geistes, dessen, was ihre Begabung geformt hatte, ihre Talente. *Niemand, der so etwas nicht teilt, kann es je verstehen.* Also schüttelte sie den Kopf. »Schon gut«, sagte sie. »Geh und tu, was du willst.«

Das genügte ihm. Er senkte den Kopf, küßte die Fingerspitzen, drückte sie kurz ans Herz, dann öffnete er die Hand wieder, um anzudeuten, daß der Segen auch sie einschließen möge.

»Matra«, murmelte sie, als er davonging, über das Knirschen des Kieses. »Matra Dolcha, gib, daß ich mich geirrt habe ... aber ich kann darin nur ein Ende sehen. Kein frisch verheirateter Mann sollte an seiner Mätresse festhalten.«

Und keine Mätresse, die diesen Mann liebte, konnte ihn aus freien Stücken aufgeben.

29

Alejandro rannte die Treppe hinauf, nachdem er den jungen Mann weggewinkt hatte, der versucht hatte, ihn zu führen; er dachte, inzwischen sollten eigentlich alle hier wissen, daß er den Weg zu Saavedras Räumen kannte, wenn auch nicht viel sonst in dem weitläufigen Palasso Grijalva. Am Kopf der Treppe wandte er sich direkt zu der Tür, die ins Wohnzimmer führte, ging durch zum Atelier und fand Sario Grijalva, der aus einem Fenster in den Hof starrte.

Der Maler drehte sich um, während Alejandro an der Staffelei stehenblieb und das unvollendete Bild ansah. Die Entschlossenheit des jungen Herzogs wich der Ehrfurcht, als er genauer betrachtete, was er da vor sich hatte. »Matra Dolcha! *Das* hatte ich nicht erwartet!«

»Nein?« Grijalvas ausdrucksvolles Gesicht war bleich und angespannt; die Linie seines Mundes war streng, als befürchtete er zu fauchen statt zu sprechen. »Nun, ich bin nicht zufrieden damit. Ich werde noch einmal anfangen.«

»Noch einmal? Aber warum? Das ist wunderbar!«

»Es ist nichts als Kritzelei. Es gefällt mir nicht.« Grijalva trat vom Fenster weg und ging zur Staffelei, hängte ein Tuch über das Bild. »Ich werde noch einmal von vorn anfangen.«

Die knappe Einschätzung und Abwertung verwirrte Alejandro. »Aber wenn ich damit zufrieden bin, ist doch sicher –«

»Bitte, Euer Gnaden, es geht hier um etwas, was ich mein Leben lang gelernt habe. Gebt mir bitte die Gelegenheit festzustellen, daß dies nicht mein bestes Werk ist ... ich würde mich auch nie in die Regierung des Herzogtums einmischen.«

All seine Absichten fielen ihm wieder ein, und das mit Nachdruck. »Aber das *möchte* ich ja gerade«, brach es aus ihm heraus. »Wäre das möglich?«

Grijalva blinzelte, eindeutig erstaunt. Es war das erste

Mal, daß Alejandro ihn so verwirrt sah. »Ihr *wollt*, daß ich mich – einmische?«

»Würdet Ihr das tun?«

Die Gefühle, die sich auf Grijalvas Gesicht widerspiegelten, wechselten so schnell, daß Alejandro ihnen nicht folgen und sie nicht benennen konnte. Dann blieb es schließlich bei einem: höchstem Selbstvertrauen. »Haben sie Euch dazu gebracht, Euer Gnaden? Aus Angst um Tira Virte?«

»Hat *wer* mich dazu gebracht?«

»Eure Berater. Vielleicht Marchalo Grando do'Najerra, Rat Serrano, Rat do'Saenza ...« Die dunklen Augen blitzten. »Haben sie sich nicht zusammengeschlossen? Um Euch gegenüber ihr Mißtrauen gegen mich auszusprechen und meine Stellung zu untergraben?«

Alejandro war so verdutzt, daß er auflachte. »Aber dann ist das hier eine Gelegenheit für Euch, *sie* zu untergraben.«

Bleich wandte Grijalva sich ab, kehrte zu dem offenen Fenster zurück und starrte wieder nach draußen. Die Linie seiner Schultern war starr, er hielt sich sehr gerade, jede Einzelheit seiner Haltung zeigte, wie sehr er um Wachsamkeit bemüht war, darum, zu entscheiden, welche Wahrheiten unter dieser allzu offensichtlichen Oberfläche liegen mochten.

Hier geschieht überhaupt nichts mehr, wie ich es erwartet hätte ... Seufzend ging Alejandro zu dem Stuhl hinter dem Tisch und zog ihn mit dem Fuß näher zu sich heran, dann setzte er sich verkehrt herum darauf, verschränkte die Arme über der Lehne, dort, wo der Samt mit Messingnägeln am Holz befestigt war, und stützte das Kinn darauf. Er wählte Worte und Tonfall mit größter Sorgfalt. »Ihr würdet mir damit sehr helfen.«

Grijalvas starre Haltung wurde noch unbeweglicher.

»Das meine ich ernst«, sagte Alejandro, dem es nun leichter fiel, im Geist ebenso entschlossen zu sein wie im Tonfall. »Ich möchte einen Weg finden, der sicherstellt, daß keiner unter meinen Beratern verhindern kann, was ich tun möchte – nämlich dafür zu sorgen, daß Saavedra Grijalva solange meine Mätresse bleiben kann, wie wir das selbst wünschen.« Er hielt inne, betrachtete das verknitterte Hemd, das von der starren Linie von Grijalvas Schultern hing. »Ich werde die Prinzessin von Pracanza heiraten, und ich möchte Saavedra und ihre Familie so sehr auszeichnen, wie ich es nur kann.«

Endlich regte Grijalva sich wieder. Er fuhr herum, als hielte er ein Schwert, als erwartete er einen Angriff. Seine Augen glühten mit einer Heftigkeit, die Alejandro verstörte. »Ihr wollt uns *ehren?*«

Das ärgerte ihn. »Das habe ich gesagt.«

»Dann sorgt dafür, daß uns keiner in Tira Virte mehr schaden kann!«

Ärger wich der Verwunderung. Alejandro runzelte die Stirn. »Ihr habt bereits ein Herzogliches Schutzedikt.«

»Und das ist wertlos, Euer Gnaden.« Grijalvas Lächeln war nun weder angenehm noch zurückhaltend, selbst wenn er sich um die erforderliche Höflichkeit bemühte. »Ihr wißt, wie die Premia Sancta die Ecclesia vergiftet. Man weiß nie, wann es ihr gelingen wird, den Premio Sancto ganz auf ihre Seite zu ziehen.«

Alejandro machte eine abwehrende, verächtliche Geste. »Das ist nun vorüber. Dafür habe ich schon gesorgt.«

»Dafür sollt Ihr geehrt und gesegnet sein, Euer Gnaden –« Flüchtige Höflichkeit, nicht mehr. »– aber seht Ihr nicht, wie es um uns steht? Im Augenblick haben wir Grijalvas zwei wichtige Positionen zurückerobert, durch Euren Willen und Eure Gnade, aber es gibt so viele, die uns wieder verbannt sehen wollen, die uns, wenn man sie ließe, vollständig vernichten würden.«

Beleidigt, daß jemand die Macht seines Wortes als so gering einschätzte, richtete sich Alejandro nun seinerseits starr auf. »Das wird nicht geschehen.«

»Euer Gnaden ...« Das ausdrucksvolle Gesicht mit der ausgeprägten Tza'ab-Nase spiegelte nun Sorge wider. »Euer

Gnaden, es gibt immer Möglichkeiten für bestimmte Leute, auch gegen Eure Anordnungen zu verstoßen.«

»Dann helft mir bei dieser Sache, Grijalva! Ich habe nicht vor, tatenlos zuzusehen, wie Ihr aus Eurer Position verdrängt werdet oder wie Saavedra weggeschickt wird; und ich möchte auch nicht, daß Eurer Familie etwas geschieht. Findet einen Weg, der verhindert, daß jemand so etwas tun kann, sei es nun Edoard do'Najerra, Rivvas Serrano oder Estevan do'Saenza.« Er hielt inne und dachte nach. »Obwohl, um ehrlich zu sein, keiner der beiden letzteren wirklich genug Bedeutung hat, um so etwas zu schaffen. Der Marchalo *könnte* es vielleicht erreichen, aber im Augenblick ist er schon mit dem Gedanken zufrieden, daß Ihr in zwanzig Jahren sterben werdet – eine etwas distanzierte Art, den Feind zu besiegen.« Er seufzte und kaute kurz auf seinem Daumennagel. »Obwohl ich Euch nicht versprechen kann, daß es dabei bleibt.«

»Ihr seid der Herzog«, sagte Grijalva, als wolle er das überprüfen. »Euer Wort ist Gesetz.«

Merditto, ist er denn blind? Er hörte auf, am Nagel zu kauen. »Mein Wort ist das Wort eines jungen, unerfahrenen, zugegebenermaßen verängstigten Herzogs, dem es lieber wäre, sein Vater wäre noch am Leben und immer noch in dieser Position. Und das wissen sie. Damit rechnen sie, darauf lauern sie.« Wieder seufzte er tief und lehnte die Stirn an die Kante der Stuhllehne, spürte, wie die Nagelköpfe sich in seine Haut drückten. Gedämpft von gepolstertem Samt, sagte er: »Ich bin Herzog, Ihr seid Oberster Hofmaler. Wir brauchen einander, obwohl nur wenige das verstehen.« Er hob den Kopf wieder. »Und daher bitte ich Euch, mir bei dieser Angelegenheit zu helfen, damit wir beide zusammen Eure Familie beschützen können.«

Grijalva wandte sich wieder dem Fenster zu. Er schloß zuviel Licht aus; Alejandro konnte nur seine Silhouette sehen. »Vielleicht gibt es eine Möglichkeit, Alejandro.«

Er bemerkte die Vertraulichkeit kaum. »Ja?«

Grijalva nickte. »Wenn *jede* Mätresse aus meiner Familie käme ...«

»Jede? Ihr meint – für immer?«

Grijalva sprach jetzt schneller, entschiedener. »Legen wir fest, daß der Palasso Grijalva – und nur der Palasso Grijalva – den Herzog mit seinen Mätressen versorgt. Einer *offiziellen* Mätresse – derjenigen, mit der er eine Marria do'Fantome eingeht.« Grijalva drehte sich abrupt wieder um, erklärte weiter. »Das muß keinen Mann an eine einzige Frau binden, Euer Gnaden – Ihr und Euer Erbe und *sein* Erbe und alle Erben danach können so viele Frauen haben, wie sie wollen – aber nur eine Frau, eine *Grijalva,* wird diese offizielle Position innehaben.« Er spreizte die schlanken, ausdrucksvollen Finger. »Eine Ehefrau, bestätigt von der Ecclesia, und eine Mätresse, ›bestätigt‹ durch die Schattenehe.«

»Das bringt mir Saavedra«, sagte Alejandro. »Was bringt es Euch?«

»Nicht *mir*«, erwiderte Grijalva. »Mir bringt es nichts – außer dem Wissen, daß die Zukunft meiner Familie gesichert ist.«

»Und das genügt Euch?«

Grijalva lachte leise. »Ich bin Oberster Hofmaler. Das ist alles, was ich mir in diesem Leben gewünscht habe ... aber ich habe Verantwortung gegenüber meiner Familie –« Er hielt nur sehr kurz inne. »– und selbstverständlich gegenüber meinem Herzog, denn die Obersten Hofmaler aus der Grijalva-Familie haben immer, wie schon der treue Verro, den do'Verradas gedient.«

Alejandro dachte darüber nach. Er dachte über so viele Komplikationen wie möglich nach, denn er wußte genau, wie die anderen auf so etwas reagieren würden.

Dann lächelte er – er hatte Feuer gefangen. »Das würde ihnen gegen den Strich gehen«, murmelte er, und sein Lächeln wurde zu einem Grinsen, zu einem Lachen, »o ja, das würde ihnen *sehr* gegen den Strich gehen.«

»Und dazu dienen, daß Ihr Eure Macht demonstriert«,

fügte Grijalva hinzu. »Ihr seid nicht Euer Vater, möge die Mutter seinen Namen segnen –« Schnell küßte er die Fingerspitzen, drückte sie an die Brust. »– und es wird Zeit, daß sie das verstehen lernen.«

Alejandro sprang auf. »Also gut!« Er nickte begeistert, grinsend; die Welt war wieder in Ordnung, war wieder vielversprechend. »Malt es, Oberster Hofmaler. Dokumentiert dieses Edikt. Bestätigt diese Position. Und wenn ich aus Caza Varra zurückkomme, werde ich es all meinen Beratern und dem gesamten Hof kundtun – selbst den Serranos! –, daß ich mit Saavedra Grijalva eine Schattenehe eingehen will.«

Sario Grijalvas Miene war seltsam. »Das«, sagte er, »ist mehr, als Gitanna Serrano je hatte.«

»Oder die Premia Sancta?« Alejandro lachte, dann schob er den Stuhl wieder an den Tisch. »Ich muß gehen. Kümmert Euch um diese Sache, Grijalva, und Ihr werdet meinen ständigen Schutz in allen Dingen haben. Solange Ihr lebt.«

»Zwanzig Jahre? Fünfundzwanzig?« Mit einem merkwürdigen Lächeln zuckte Grijalva mit den Schultern. »Was macht das schon? Auch in so wenig Zeit kann man viel erreichen.«

»Dann fangt sofort damit an«, befahl Alejandro – jetzt, da er sich seines Vorgehens sicher war, gelang ihm das ohne Anstrengung – und ging.

Die Korridore waren, Dank sei der Mutter, leer. An einem schönen Tag wie heute gingen die meisten in die Stadt oder stellten ihre Staffeleien in den Säulengängen rund um den Innenhof auf, oder sie gingen in die Gärten. Der Unterricht fand dann ebenfalls nicht im Palasso Grijalva statt, so daß die Schüler die Möglichkeit hatten, sich an anderen Orten zu üben, die die Moualimos ihnen bestimmten. Raimon erinnerte sich an solche Situationen aus seinem eigenen Leben, sowohl als Schüler als auch als Lehrer.

Tief drinnen im Haus war es dunkel. In den äußeren Fluren gab es hohe Bogenfenster, die es dem Sonnenlicht gestatteten, die kleinen Räume und Zellen zu beleuchten, aber im Herzen des Palasso Grijalva, der sich trotz ihrer schwindenden Anzahl immer weiter ausgedehnt hatte, herrschten trübes Licht, Dunkelheit und Schatten.

Seine Seele war ebenso getrübt, finster, überschattet. Die Bitterkeit war verbannt, der Zorn verschwunden. Es war geschehen. Die Worte waren ausgesprochen.

Er bewegte sich wie ein alter Mann. Es war das Alter, aber ein beschleunigtes, vorzeitiges, wie das eines Mannes, der doppelt so viele Jahre zählte wie ein Grijalva. Aber es war auch mehr als das Alter, mehr als die Folgen des Knochenfiebers.

Nommo Matra ei Filho. Nommo Chieva do'Orro.

Durch die inneren Korridore, durch Dunkelheit und Schatten, in das Licht des Hinnehmens, des Friedens, der Willigkeit. Er war nur so hilflos, wie er es zuließ, und er ließ es nicht zu.

An der Tür blieb er stehen. Er schloß auf, dann ging er hinein.

Galerria Viehos Fratos. Wo Brüder und Onkel und Vettern und alle Arten von Vorfahren und Zeitgenossen ihn aus den Gemälden ansahen, als lebten sie noch.

Keine Söhne. Keine Väter. Das war solchen wie ihm versagt.

Peintraddo Chieva. Ein jedes davon. Bis auf eines.

Eine Kopie. Eine von mehreren. Wie klug. Wie vorausschauend. Und zum erstenmal in seinem Leben beneidete Raimon Sario tatsächlich, weil er den Mut gehabt hatte, sich selbst viel besser zu kennen als jeder andere und über sein unmittelbares Ziel hinweg die langfristigen Auswirkungen im Auge zu behalten.

Kluger Sario. Begabter Sario.

Sario Grijalva, in dem ein Feuer brannte, eine so strahlende Luza do'Orro, daß es einen Mann blenden konnte. Und töten. So viele, nahm Raimon an, wie er für nötig hielt.

Er ging zu seinem eigenen Bild und sah es an. Kein Zweifel, selbst jetzt nicht, daß es sein Porträt war, selbst jetzt nicht. Aber dieser Mann auf dem Bild war soviel jünger, unendlich jünger, weniger abgearbeitet, weniger ausgenutzt, weniger geformt durch die Ereignisse der späteren Jahre seines Lebens; geformt von nur fünfzehn Jahren, nicht einundvierzig, voller Hoffnung und Humor und seiner selbst sicher.

Sicher, daß er eines Tages Oberster Hofmaler sein würde.

Nommo Matra ei Filho. Nommo Chieva do'Orro.

Er war es nicht geworden. Er hatte einen anderen dazu gemacht.

Er seufzte so tief, daß es seinen Lungen jegliche Luft nahm, sein Herz von Befürchtungen befreite. »Nun«, sagte er, »was ändert es noch? Sie werden es selbst tun, wie wir es bei Tomaz getan haben ... und wie wir es vielleicht bei Sario ebenfalls hätten tun sollen.«

Nommo Matra ei Filho. Nommo Chieva do'Orro.

Er nahm sein *Peintraddo Chieva* von der Wand, um es noch einmal zu berühren, die Pinselspuren, die Pigmente und Bindemittel und das Harz, nach dem Rezept des *Folio,* der eigentlich der *Kita'ab* war, das ihn band: Meistermaler, einer der Viehos Fratos; das war er gewesen, bevor Sario in sein Leben trat.

Raimon Grijalva schloß die Hand um den Goldenen Schlüssel, der an der Kette hing. Dann stieß er den Schlüssel durch das Herz, das unter der Kleidung gemalt war.

Sario stand vor dem unvollendeten Gemälde, das Alejandro so bewundert hatte. Er war erfreut, daß der Herzog so beeindruckt gewesen war, aber diese Reaktion bewirkte in ihm auch ein gewisses Maß an Herablassung, an Verachtung: es war nicht sein bestes Werk. Aber Alejandro konnte das nicht erkennen.

»Nein«, sagte er angespannt. »Das werde ich nicht zulassen. Niemand darf mein Werk beurteilen, nur ich, denn niemand kann wissen, was ich von mir selbst gegeben habe.«

Für dieses Bild nur wenig. Es fehlte an einem Bestandteil, den Alejandro selbst befohlen hatte: dem liebevollen Blick. Nein, er hatte es mit den Augen der Eifersucht gemalt, der Ablehnung, der Ungeduld. Und das zeigte sich. Ihm jedenfalls.

»Oberster Hofmaler?«

Eine leise Stimme. Eine weibliche Stimme. Er drehte sich um und winkte ungeduldig. Diega. Eine Grijalva, aber wenig mehr; sie würde die Kinder der Männer austragen, die keine Gabe hatten. In der Hand hielt sie einen kleinen Tontopf, der verkorkt und mit Wachs versiegelt war.

»Dorthin.« Er zeigte auf den Tisch. »Hast du das andere?«

Sie stellte den Topf auf den Tisch, dann wich sie zurück. Sie schüttelte den Kopf.

Er wußte, daß sie sich vor ihm fürchtete. Das war auch besser so; was er von ihr erwartete, mußte geheim bleiben. Er hatte sich ihr Schweigen gesichert, indem er zugestimmt hatte, eine Miniatur des Mannes zu malen, den sie angeblich liebte, um dafür zu sorgen, daß er ihre Liebe erwidern würde, obwohl er ihr nicht gesagt hatte, wie er das erreichen würde – durch die Lingua Oscurra der Tza'ab, so daß dem Mann ihre Zärtlichkeiten immer willkommen sein würden. Er fragte sich, ob sie darüber nachgedacht hatte, was sie da verlangte; wenn sie dieses Mannes müde würde, würde er ihr trotzdem verbunden bleiben, bis einer von ihnen starb.

»Nein?« fragte er scharf. »Du putzt ihre Zimmer, du wäschst ihre Wäsche – es müßte einfach sein.«

Diega schüttelte den Kopf. »Oberster Hofmaler, ihre Blutungen haben aufgehört.«

»Aufgehört! Aber –« Plötzliches Begreifen raubte ihm den Atem. Einen Augenblick lang klappte er den Mund auf und zu wie ein Fisch, der Luft statt Wasser schluckt, dann schloß er ihn so fest, daß seine Zähne schmerzten.

Alejandros Kind. Selbstverständlich.

Es war unvermeidlich.

Er hatte nicht daran gedacht, weil es noch kein Kind gegeben hatte – bisher nicht. Er hatte die Gedanken an die beiden im Bett ignoriert, weil seine Arbeit ihn völlig aufgezehrt hatte und weil er in der Lage gewesen war, es zu ignorieren – bis jetzt. Sie hielten sich zurück, Saavedra und Alejandro, und teilten das Feuer ihrer Leidenschaft mit keinem anderen.

Alejandros Kind. Es wuchs unter ihrem Herzen, während Sario sie malte. Selbst jetzt.

Dann bemerkte er, daß Diega immer noch da war und wartete. Er zwang sich zu einem Lächeln. »Dann kann man nichts machen. Ein Grund zur Freude, nicht wahr? Ein do'Verrada-Bastard, Sohn des Herzogs?« Er hielt inne. »Oder eine Tochter. Man darf nicht vergessen, daß auch Frauen zu etwas gut sein können. Du zum Beispiel, oder?« Er bedachte sie mit einem Lächeln, das sie blaß werden ließ. »Gut, du darfst gehen. Und du kannst versichert sein, daß du bekommen wirst, was du willst, von deinem – Domingo?«

»Alonso.«

»Selbstverständlich. Alonso. Verzeih mir.« Er nickte. »Komm in zehn Tagen zu mir in den Palasso Verrada, dann werde ich damit fertig sein.«

Sie schien unsicher. »Zehn Tage?«

»Kannst du nicht mehr bis dahin warten?« Sie antwortete nicht. Er hatte sie schrecklich verängstigt. »Fünf Tage«, gestand er ihr zu. »Aber nicht eher, denn ich habe noch andere Dinge zu tun.«

Sie senkte den Kopf, wartete darauf, entlassen zu werden; er schickte sie ungeduldig weg.

Nachdem sie gegangen war, bemerkte er, daß er zitterte. Nur einen Augenblick lang fragte er sich, warum. Hatte er denn die Wahrheit nicht längst akzeptiert? Und dann traf ihn der Schmerz der neuen Einsicht abermals und so tief, daß er ungeschickt und unerwartet auf die Knie fiel, sich die Fäuste in den Magen drückte, sich vorbeugte, tiefer und tiefer, bis sein Kopf den Boden berührte.

Er wiegte sich hin und her wie ein Kind; hätte am liebsten Essen und Wein und Schmerz auf den Boden gespien, bis er frei von allem war, frei von Trauer und Enttäuschung und Angst, frei von Tränen, von dieser Leere, die ihn erschütterte, von dem Wissen, daß sie es akzeptiert hatte, lange bevor er es auch nur hatte sehen können, daß sie es *gewollt* hatte, ebenso wie sie Alejandro do'Verrada wollte.

Er konnte sich keinen schlimmeren Schmerz vorstellen, als zu wissen, daß jene, die seine Luza do'Orro, seine Gabe, teilte, sie so vollkommen und endgültig von sich weisen konnte. Und ihn.

Gesegnete Mutter, er hatte doch lange schon akzeptiert, daß sie nie mit ihm schlafen würde. Das war nicht mehr von Bedeutung; seine Kunst war alles für ihn, und obwohl er sich hin und wieder Erleichterung verschaffte, wie er es wünschte oder brauchte, war es wichtiger, daß er sich nicht verausgabte, nicht seine Kraft verschwendete.

Nein, das war es nicht. Es war, daß sie ihn so vollkommen allein gelassen hatte, daß sie sich von ihm abgewandt hatte, als er sie am meisten brauchte, um, von Feinden umgeben, seinen Weg zu finden; daß sie *sich* verschwendete in den Armen eines anderen und nun dessen Kind trug.

Fruchtbarer Samen, der Wurzel geschlagen hatte.

Was seiner nie tun würde. Er konnte ihr nie bieten, was sie offenbar für wichtig genug hielt, um ihre Gabe dafür zu opfern.

Er, der jeden Schwur gebrochen hatte, jedes Gelübde gegenüber solchen, die doch nur seine Gabe zerstört hätten, wenn er dies zugelassen hätte, war jetzt von Saavedra verlassen worden, die ihn zuvor immer unterstützt hatte, ihn geleitet, sich selbst für seine Gabe geopfert hatte.

Sie hatte sein Licht gelöscht. Seine Vision getrübt.

Sie hätte ebensogut gleich sein *Peintraddo Chieva* verbrennen können, wie sie vor so vielen Jahren das von Tomaz verbrannt hatte.

Vernichtung, unermüdlich und systematisch. Sie hatte

ihm den Stolz darauf genommen, sein wichtigstes Ziel erreicht zu haben, indem sie zugegeben hatte, daß es *ihr* Einfluß gewesen war, nicht seine Anstrengungen, die ihn dorthin geführt hatten. Sie nahm ihm seine Überzeugung, so klug gewesen zu sein zu verhindern, daß jemand möglicherweise seine Hände und Augen durch Beschädigung seines *Peintraddo* zerstörte, indem sie ihn angeklagt hatte, sich verändert zu haben, ja wahnsinnig geworden zu sein. Sie hatte ihm ihre absolute Unterstützung versagt, seiner Begabung, seiner Gabe. Und sie trug das Kind eines anderen Mannes, da er selbst keines zeugen konnte, das seine Gabe, sein Licht erben könnte.

Die Grijalvas hatten sich wenig um so etwas wie Vererbung gekümmert: niemand wußte etwas über die Gabe, nur, daß sie existierte, und die Unfruchtbarkeit wurde in diesem Zusammenhang eben hingenommen. Aber in der Welt, die er jetzt bewohnte, der gewaltigen und grenzenlosen Welt der Herzöge, Räte, ausländischen Höfe und Könige, war er kein Mann mehr, nur ein Junge, der malte. Dessen Lenden keinen fruchtbaren Samen enthielten. Und der nach ihrer Ansicht nie seine Männlichkeit beweisen konnte.

Für sie war es wichtig. Und daher bedeutete es auch etwas für ihn.

Sario richtete sich wieder auf und starrte das unvollendete Porträt an. Mit liebevollem Blick, hatte Alejandro befohlen. Nun gut. So sollte es sein.

Nommo Matra ei Filho. Nommo Chieva do'Orro.

Er erhob sich, schüttelte die Ärmel aus, fing an, seine Sachen zu packen. Was er vorhatte, würde er am besten in seinem eigenen Atelier tun, wie es auch in seinem eigenen Herzen geschah.

30

Saavedra fand Ignaddio in einem Korridor, zusammengekrümmt dahockend, als wäre er ein Bündel Wäsche, das jemand vergessen hatte. Er hatte die Knie hochgezogen, die Beine dicht an die Brust gedrückt, die Arme um die Knie geschlungen, aber so, daß er sich noch die Haare raufen konnte, fest genug, als wollte er sie sich ausreißen. Sein Rückgrat berührte die Wand nur kurz, wieder und wieder, er schaukelte sich vor und zurück, wenn auch kaum merklich, aber das machte nur um so deutlicher, wie tief er erschüttert war.

»'Naddi!« Sie rannte auf ihn zu, ihre Röcke rauschten über die breiten Pflastersteine des Flurbodens. »Gesegnete Mutter, was ist denn los?«

Er erstarrte unter ihrer Hand, dann blickte er zu ihr auf, ließ sein Haar los und klammerte sich statt dessen an ihre Röcke, um das Gesicht in den Stoff zu drücken und weiterzuschluchzen.

Matra Dolcha – geht es um seine Bestätigung? Hatte er versagt? Sie strich ihm übers Haar, spürte seinen Kopf unter ihrer Hand. »'Naddi ... Ignaddio – erzähl mir, was geschehen ist.«

Er weinte nur noch lauter, ein rauhes, quälendes Geräusch, das ihr Tränen des Mitleids in die Augen treten ließ. Eine Hand tastete nach ihrem Knie, umklammerte es. Und als er schließlich den Kopf wieder hob, sah sie, daß sein Gesicht ebenso von Trauer wie von Entsetzen gezeichnet war.

Jetzt ließ sie sich auf beide Knie nieder, nahm seinen Kopf in beide Hände. »Du mußt es mir *sagen,* 'Naddi.«

»Die Tür«, sagte er. »... sie stand offen ... ich bin reingegangen ... ich wollte mir die *Peintraddos* ansehen –« Er verschluckte ein Schluchzen, versuchte angestrengt, die Fassung wiederzugewinnen. »Es war *offen,* 'Vedra, ich schwöre, es war nicht abgeschlossen – und ich bin reingegangen …«

Peintraddos. Sie wußte, wie verzweifelt er sich danach sehnte, die Gabe zu haben. »Die Galerria Viehos Fratos?«

Er nickte ruckartig. »Sie ist immer abgeschlossen – aber diesmal nicht. Und ich wollte doch nur sehen … ich wollte mir vorstellen, wie mein eigenes *Peintraddo* eines Tages dort hängt –«

»Und das ist gut möglich«, sagte sie, dann zuckte sie innerlich zusammen. »Es sei denn –«

»Und *er war tot.*«

Sie schnappte nach Luft. »Tot? Wer?«

Wieder mußte er ein Aufschluchzen unterdrücken. »Il Sanguo.«

»*Raimon* –«

»Ich habe ihn gefunden – er lag da, 'Vedra, ausgestreckt und ganz blutig –« Sein Gesicht verzerrte sich entsetzt. »Und sein Schlüssel war auch blutig.«

»Matra ei Filho …« Ihr wurde kalt. »Blut, 'Naddi?«

»Auf seiner Brust, dem Schlüssel, *überall* …« Er umklammerte ihre Röcke mit fest verkrampften Fäusten. »'Vedra – sein *Peintraddo* lehnte unten an der Wand – und es war ein Loch hineingestoßen!«

Aber genau dies schien unmöglich. Sario hatte es ihr sehr genau erklärt. Diese Gemälde wurden weggeschlossen und gegen jede Art von Unfall geschützt, so daß den Malern kein Leid geschehen konnte. Das Risiko war groß, und daher waren alle entsprechend besorgt, daß den *Peintraddos* auf keinen Fall etwas geschehen konnte.

Saavedra sackte zusammen, fiel so fest gegen die Wand, daß ihre Schulter schmerzte. »Nicht Raimon … nicht Sanguo Raimon – o Gesegnete Mutter, gnädige Mutter – *nicht Raimon* –«

»Warum hat er das getan?« fragte Ignaddio und mußte sich anstrengen, um nicht wieder zu weinen. »Warum sollte er so etwas tun, 'Vedra?«

Raimon. Nicht Ferico, der in einer Woche oder einem Jahr sterben würde. Nicht Sario, der ein Opfer der Chieva do'-Sangua werden konnte, wenn er sein Verhalten nicht änderte –

Sie bekam eine Gänsehaut. Was sie sagte, wußte sie nicht, hörte sie nicht. Aber Ignaddio hörte es, und es erschreckte ihn. »'Vedra – 'Vedra, nein … sag das nicht!«

»Aber so ist es«, erwiderte sie, so klar, so sicher, daß die ganze Welt um sie herum zurückzutreten schien. »Es *ist* seine Schuld, 'Naddi! Es muß so sein! Um keines anderen willen würde Raimon so etwas tun. Wegen keinem anderen wäre er in solche Gefahr geraten, daß er keinen anderen Weg mehr sah.« Sie schlang die Arme um den Jungen, drückte ihn fest an sich. »Daß er das getan hat – daß du es *sehen* mußtest –« Sie ließ ihn wieder los. »Es tut mir leid, daß du dieses Schauspiel mit ansehen mußtest!«

Die Tränen waren versiegt, aber seine Wangen noch feucht. »Sie haben mich weggeschickt.«

»Wer?«

»Davo. Die anderen. Sie sind gekommen, als ich geschrien habe … sie haben mich weggeschickt, weil ich an einem Ort gewesen bin, an dem ich nicht sein sollte, aber auch, weil ich … weil ich ihn gesehen habe.«

Sie nickte. »Und jetzt muß ich dasselbe tun.« Sie schloß die Augen, schluckte, spürte den Kloß in ihrem Hals, den Schmerz in der Brust. »Ich muß gehen. Ich muß zu Sario. Er muß es erfahren … er wird sich verantworten müssen …« Ungeduldig rieb sie die eigenen Tränen weg. »Sie haben dich weggeschickt, damit sie sich angemessen um ihn kümmern können, nicht, weil du nicht zählen würdest. Das stimmt. Und jetzt muß ich auch gehen – aber ich verspreche dir, ich komme später wieder; ich werde zu dir kommen, und dann können wir zusammen in die Kapelle gehen und für seine Seele beten.«

Er nickte und blinzelte hektisch.

»Lieber 'Naddi …« Einen Augenblick befürchtete sie, ihn

gekränkt zu haben. »Es tut mir so leid, daß ausgerechnet du ihn finden mußtest.« Saavedra löste sich von ihm, stand wieder auf. »Es tut mir alles so leid.«

Und dann ließ sie ihn dort zurück, bleich und verloren, und spürte den Knoten von etwas in ihrem Bauch, das weder Kind noch Trauer noch Schmerz war, sondern kalte, unversöhnliche Wut.

Was für ein Glück, dachte Sario – oder war es mehr als das? –, daß er vor nur zwei Wochen ein Eichenpaneel für ein Unternehmen wie dieses vorbereitet hatte. Das aufgekochte Leinöl, das er sorgfältig immer wieder aufgetragen hatte, war vollständig eingedrungen, so daß keine Rückstände geblieben waren, und es hatte die dünne Schicht von Ölfarbe hervorragend aufgenommen. Die Oberfläche war bereit.

Das Paneel war groß, für eine Landschaft oder ein lebensgroßes Porträt geeignet. Keine Staffelei würde genügen, er hatte es an die Wand gelehnt, wo es das Zimmer dominierte, das Atelier des Obersten Hofmalers. Aber jetzt wandte er sich davon ab. Später. Im Augenblick gab es andere Dinge, um die er sich kümmern mußte, andere Vorbereitungen.

Er gab die Zutaten in eine große Kupferschüssel: Glockenblumen für Beständigkeit, weiße Chrysanthemen für Wahrheit, Kresse für Stabilität und Kraft, Fenchel, ebenfalls für Stärke, zur Reinigung und gegen Feuer; Farn für Faszination, Tannen für Zeit.

Sario nickte. Dank der Mutter – oder Acuyib –, daß der alte Mann ihm die Sprache beigebracht hatte, die Lingua Oscurra und die Magie der Tza'ab. Nun, verbunden mit der Gabe der Grijalvas – war er wirklich anders als jeder andere Maler der Welt! Und das würde er für immer bleiben.

Noch mehr: Geißblatt für ergebene Zuneigung, Zitronenblüten für Treue, Limonen für eheliche Liebe – die würde er ihr nicht verweigern; weiße Rosen für Würde, Rosmarin für Erinnerung, Thymian für Mut, ein Walnußblatt für Intellekt. Und Weißdorn für Fruchtbarkeit.

Dies alles war sie: *Saavedra.* Er würde nichts verwässern, denn das wäre Falschheit, und er wollte nur die Wahrheit.

Ihren Urin hatte er von Diega. Die anderen Ingredienzien würde er sich selbst beschaffen: Blut, Schweiß, Speichel. Er würde den Moment schon nutzen, sich nehmen, was er brauchte. Aber er konnte bereits beginnen. Sie war wie er: anders. Eine Frau bestand aus einzelnen Teilen, ebenso wie ein Mann. Vielleicht hatte die Mischung von Tza'ab-Blut mit dem von Tira Virte, zusammen mit den Veränderungen, die die Nerro Lingua bewirkt hatte, zusammen mit ihrem Geschlecht, aus Saavedra eine weibliche Version seiner selbst gemacht. Sie hatte ihre eigene Gabe, ihr eigenes Licht. Er hatte es gesehen.

Und er würde es benutzen.

Sario legte eine saubere Marmorplatte bereit, auf der er geriebene Pigmente zu Farben mischen würde; einen Spachtel, Krüge und Tiegel mit Farben, mit Wein, Feigenmilch und Nelkenöl. Mohn, Leinsamen, Safran; ein paar Glasphiolen, Pinsel, ein Topf Wachs, die Kohle, die er zum Skizzieren der Linien brauchte, die aus der inneren Vision die äußerliche schaffen würden, die Wirklichkeit der Luza do'Orro.

Er hatte den Rand bereits vor Augen.

Er hielt inne, zählte noch einmal auf, was er brauchte. Und blickte überrascht auf, als die Tür aufgerissen wurde, als Saavedra selbst in sein Atelier stürzte.

Zuerst konnte sie überhaupt nichts sagen. Und dann sagte sie alles und sofort, so daß sie selbst nicht mehr wußte, ob die Wörter sich noch zu etwas zusammensetzen ließen, zu etwas, das einen Sinn ergab. Sie glaubte, es müsse so sein, irgendwie, denn sie war aus einem seltsamen Zustand innerer Unbeweglichkeit und Distanziertheit plötzlich zur Erkenntnis gelangt.

Und er sagte kein Wort.

»Filho do'Canna«, fauchte sie schließlich, als sie schon

ganz außer Atem war. »*Du* hättest es sein sollen. *Du* hättest den Schlüssel selbst in dein *Peintraddo* stoßen sollen!«

»Warum?« fragte er. »Wenn du meinen Tod wolltest, wäre es so nicht möglich gewesen. Mein *Peintraddo* befindet sich nicht dort.«

Diese Waghalsigkeit verblüffte sie. »Nein, das stimmt ... *ich* habe es.«

»Ach ja?« Er schüttelte den Kopf. »Wenn du sicher sein willst, dann geh und zerstöre es. Und dann komm wieder und beleidige mich weiter.«

Wieder ein Schock. »Dann war es eine Kopie – eine *zweite* Kopie –«

Er war um den Mund herum bleich geworden. »Ich bin ein ganz besonders talentierter Kopist. Es war alles, was man uns über Jahre erlaubt hat.«

»Sario ... Sario – er ist *tot!*«

Er runzelte die Stirn. »Entschuldige – trauere ich nicht angemessen? Erweise ich ihm nicht die Ehre, die ihm zusteht – welch schockierendes Benehmen –«

Und dann sah sie die Trauer in seinen Augen, in der unnatürlichen Starrheit seiner Haltung. Er war so starr geworden, daß sie sich fragte, ob er sich je wieder bewegen würde.

»Wußtest du es?« fragte sie. »Hättest du je geglaubt, daß er so etwas tun würde?«

»Ich habe an mich selbst geglaubt«, sagte er leise, »wie er es von mir erwartet hat.« Er sah plötzlich abgehärmt aus. »'Vedra – er muß es gewußt haben. Und ich wahrscheinlich auch ... und habe dennoch nichts unternommen, um es zu verhindern.«

»Sie müssen geplant haben, sein *Peintraddo* zu zerstören.«

»Nein – nicht es zu zerstören. *Ihn* zu zerstören – Chieva do'Sangua.« Er griff nach einem Spachtel, umklammerte das Werkzeug fest. »Und so wurde ein weiteres Opfer gebracht.«

»Für dich.« Sie hätte es am liebsten ausgespuckt. »So viel ist in deinem Namen geschehen.«

»Meine Gabe«, murmelte er. »Für meine Luza do'Orro.« Er sah sie an, starrte sie an. Streckte die Hand aus. »'Vedra, ich bitte dich – hast du keinen Trost für mich?«

»Wieso sollte ich? Es war an dir, zu handeln oder nicht, Sario.«

Ein kurzer Schauder überlief ihn, genug,um den Spachtel in seiner Hand zittern zu lassen.

Sie fletschte die Zähne. »Ich will, daß du leidest.«

»Das tue ich.«

»Noch mehr.«

»'Vedra – Gesegnete Mutter, gnädige Mutter –« Er schloß die Augen, hob die Hand mit dem Spachtel. »Und meine Gabe versagt, und ich kann ihn nicht zurückbringen – ich kann ihn nicht zurückmalen ... es ist nicht *möglich.*«

Sie hatte Angst, daß er sich verletzen, den Spachtel gegen sich richten würde. Und trotz all ihrer Wut konnte sie nicht leugnen, daß er litt. Er hatte sie nie angelogen.

»Sario – Sario, bitte ...« Sie ging auf ihn zu, streckte die Hand aus. »Gib mir den Spachtel –«

Er packte sie mit der freien Hand am Handgelenk, drehte ihre Hand herum, so daß die Handfläche nach oben kam. Und zog den Spachtel mit einer abrupten, schneidenden Bewegung darüber, die ihre Haut aufriß.

»Du hast die Gabe«, zischte er. »Erinnerst du dich, wie Raimon ein Bild beschädigt hat, das nur einen Teil der nötigen Bestandteile enthielt? Das hier ist dasselbe, nur diesmal bist du es, die den Schaden erleiden wird. Damit ich sogar *dir* beweisen kann, was du bist.«

Saavedra entriß ihm die Hand, griff nach der Staffelei, dem Bild darauf. Sie taumelte zurück, stolperte gegen einen Stuhl, darüber, stieß ihn um, stürzte. Ihre Röcke bauschten sich um sie, als sie sich auf den Boden stützte, eine Hand blutig.

»Matra –«, keuchte sie. »Matra ei Filho –«

Blut, ihr Blut, spritzte über das Gemälde – ihr Porträt –, als er den Spachtel herumriß. Sie sah die Spritzer, die Tropfen, wie sie das Bild verschmierten, sich mit den Farben mischten. »Was machst du da?«

»Ich habe von Anfang an gesagt, daß du anders bist«, erklärte er. »Nommo Matra ei Filho, du bist wirklich nicht wie die anderen. Ich habe nicht die geringste Ahnung, was das bewirkt hat, ebensowenig, wie ich sagen kann, was *mich* bewirkt hat – waren es unsere Eltern? Der Funke, der bei der Empfängnis entstand? Etwas im Blut?«

»Ich bin nur eine *Frau!*«

Sario lachte. »Vielleicht ist es das. Vielleicht, daß du eine Frau bist und ebenso Anspruch auf die Gabe erhebst wie ich –«

»Das tue ich doch nicht!«

»– zusammen mit dem Blut, der Begabung, deinem Erbe –«

»Ich bin nicht, was du glaubst!«

»– weil die Körper so unterschiedlich sind … was immer es ist, was uns männlich oder weiblich macht –«

»Ich bin nicht wie du!«

»Paß auf«, sagte er scharf und kratzte Blut und Farbe grob mit dem Daumennagel weg.

Saavedra schrie auf. Ihre Schulter *brannte.*

Sario fuhr zu ihr herum. »Sieh hin. Sieh es dir an, Saavedra.«

Es brannte und brannte.

»Nicht auf dem Bild«, zischte er, »auf deiner Schulter!« Und bevor sie sich rühren konnte, bevor sie eine Möglichkeit zur Flucht hatte, war er bei ihr. Riß am Ausschnitt ihres Kleides, riß den Stoff weg, entblößte ihre Schulter. »Da«, sagte er. »Sieh es dir an – und sag mir noch einmal, daß du die Gabe nicht hast!«

Ein Kratzer. Ein Stück Haut war abgerissen, und die Wunde blutete. Als hätte sich ein Daumennagel tief in die Haut gedrückt, wie er sich in Blut und Farbe gedrückt hatte.

Ein Aufschrei entfuhr ihr, kurz und gebrochen.

»Gib es endlich zu«, sagte er. »Nommo Matra ei Filho, Nommo Chieva do'Orro – im Namen des Goldenen Schlüssels, *auf den du Anrecht hast* – gib es zu!«

»Ich bin schwanger«, brachte sie schließlich heraus. »Ich trage ein *Kind* in mir – es kann nicht sein!«

»Dabei gibt es keine Regeln«, sagte er. »Wie kann jemand einfach behaupten, daß eine Frau, die die Gabe hat, nicht auch fruchtbar sein kann?«

»Es *kann* nicht sein!«

»Du hast die Gabe ... und ich habe es schon immer gewußt!«

»Alejandro –«

»Weg – heult zweifellos gerade in die Röcke seiner Mutter. Du und ich, wir werden uns allein um alles kümmern müssen, 'Vedra. Wie es sein sollte ... wie es immer gewesen ist.«

Er war zu nahe. Sie bewegte sich ungelenk rückwärts, immer noch am Boden, sah wieder das Blut auf den Dielen, als sie sich von ihm losriß. »Laß mich los ...Sario, laß mich los!«

Er lachte. »Ich werde dich nicht halten. Bitte, geh doch. Geh und denk über die Wahrheit nach.«

Da schlug sie zu, schlug ihn mit ihrer unverletzten Hand und setzte auch die Nägel ein, so daß er ebenfalls blutete.

Er versuchte nicht, es zu verhindern, tastete nicht einmal nach den Kratzern. Er saß vor ihr, gebeugt wie ein Anbeter, und grinste. »Du bist wie ich.«

»Ungeheuer«, flüsterte sie und sah, wie Zorn in seinem Blick aufflackerte.

»Es ist die Gabe«, sagte er. »Nicht mehr, nicht weniger. Und anderes. Was ich von Il-Adib und aus dem *Kita-ab* gelernt habe.«

»Genug!« keuchte sie. »Genug, davon will ich nichts hören.« Sie wich zurück, stützte sich auf den Stuhl, kam auf ein Knie, einen Fuß. »Was immer du sein magst – ich bin nicht wie du. In keiner Weise. Ich werde auch nie wie du sein ...« Es war anstrengend, sich zu bewegen; sie fühlte sich krank und alt und kalt und schwach. »– nicht wie du – das bin ich nicht, das werde ich auch nie –«

Er bewegte sich wieder, erschreckte sie aufs neue. Als er diesmal ihre Schulter packte, geschah es nicht, um ihren Ärmel wegzuziehen, sondern um sie festzuhalten, sie ungeschickt gegen die Wand zu drücken. Und dann warf er sich auf sie, hielt sie am Boden, mit unerwarteter Kraft.

»Dieses eine Mal«, sagte er an ihrem Mund. »Ich liebe dich nicht, 'Vedra – nicht auf diese Weise ... aber wir sind dasselbe, wir sind verbunden, wir teilen die Luza do'Orro –«

Sie wand sich, versuchte, den Kopf wegzudrehen, aber sein Mund berührte sie trotzdem, den Schweiß auf ihrer Oberlippe – und vollkommen ohne Liebe, ohne Leidenschaft oder Begierde küßte er sie; es war nichts weiter als Besessenheit, Besitzergreifung, die Feindseligkeit und Wut eines Mannes, der sich auf rücksichtslose Entschlossenheit und den Bruch aller Regeln verlassen hatte, um sich selbst zu mehr zu machen. Zu einem anderen. Ganz gleich, wie hoch der Preis sein mochte.

Selbst wenn es Raimons Leben kostete. Und ihre Unschuld.

Und dann ließ er sie los. Ließ sich zurücksinken und zuckte kaum zusammen, als sie ihm ins Gesicht spuckte und dann auf den Boden.

»Danke«, sagte er. »Ich danke dir, Nommo Matra ei Filho.«

Zitternd, kaum in der Lage, sich aufrecht zu halten, kam Saavedra auf die Beine und taumelte zur Tür. Sie klammerte sich an den Türpfosten, strich sich das Haar aus dem Gesicht, und ein zerrissener und vergessener Ärmel entblößte die vielsagende Wunde eines Daumennagels, der nie die Haut berührt hatte, nur Farbe.

»Du hast die Gabe«, sagte er.

Sie rannte davon. Vor ihm. Vor sich selbst.

Sario sah sich um. Sie hatte nicht die Geistesgegenwart gehabt, die Tür hinter sich zu schließen, und was er vorhatte, mußte geheim bleiben. Er stand auf, spürte die Schmerzen, die Prellungen, das Brennen ihrer Wut an seiner Wange. Blut. Aber es war nicht sein Blut, was er brauchte, sondern das ihre. Und sie hatte es geliefert.

Er ging zur Tür und schloß sie, verriegelte sie. Es würde mehr als ein gewöhnliches Schloß brauchen, aber darum würde er sich noch kümmern. Im Augenblick gab es Dringenderes zu tun.

Schnell griff er nach den Glasphiolen, löste die Wachssiegel, den Korken. Er nahm ein sauberes Tuch und tupfte sich damit die Lippen ab, trocknete den Schweiß; dann zerriß er das Tuch und steckte Fäden davon in die Phiole. Er nahm den Spachtel, säuberte ihn, kniete sich auf den Boden. Mit unendlicher Sorgfalt drückte er die zweite Phiole gegen die Dielen und benutzte den Spachtel, um den Speichel hineinzuschieben. Als die Phiole voll war, verschloß er sie, nahm eine dritte. Jetzt war das Blut an der Reihe: zweieinhalb Phiolen voll, nicht mehr; er wagte es nicht, am Holz zu kratzen, es hätte die Zusammensetzung verunreinigen können.

Die Phiolen legte er in die Kupferschale. Dann holte er den Tontiegel, den Diega ihm gebracht hatte, und stellte ihn neben die Schale auf den Tisch.

Urin. Blut. Speichel. Schweiß. Nicht alles, aber genug.

Sario seufzte, tupfte sich mit der Manschette die Kratzer auf der Wange, dann hielt er inne.

Eine sorgfältige Suche förderte zutage, was er erhofft hatte: ein paar Haare, die sich im Filigran seines Schlüssels verfangen hatten. Drei, nein vier, die sich lockig kringelten.

Er arbeitete schnell und mit vollendeter Konzentration, schnitt eine Strähne seines eigenen Haars ab, dann schnitt er das ihre, band beides zusammen mit dem eines Zobels an einen dünnen Holzgriff. Er versiegelte die Borsten, vollendete den Pinsel, benetzte ihn mit seinem eigenen Speichel, dann öffnete er den kleinsten Tiegel. Lächelnd trug er Pinsel und Tiegel zur Tür und kniete nieder. Rasch malte er vergoldete Oscurra rund um den Riegel, so daß niemand ihn mehr öffnen konnte.

Nachdem das beendet war, brachte er den Tiegel zurück zum Tisch, wusch den neuen Pinsel aus, trocknete ihn, nahm dann das blutbefleckte, verkratzte Bild von der Staffelei und stellte es beiseite.

»Jetzt«, murmelte er. Er stand vor dem Eichenpaneel, betrachtete es, dann betastete er es. Er griff nach einem frischen weichen Lappen und wischte die Oberfläche ab.

Alla prima. Begonnen und beendet in einer einzigen Sitzung.

Mehr Zeit hatte er nicht. Die Zeit war immer sein Feind.

31

In ihren Räumen zog sich Saavedra schnell aus und wusch sich, wobei sie besondere Sorgfalt auf ihr Gesicht verwendete, auf die Stellen, an denen er sie berührt hatte, auf den Kratzer an ihrer Schulter. Sie hätte ihn am liebsten überhaupt nicht berührt, aber es war nicht mehr als ein Kratzer. Sie fand das sowohl bedrückend als auch erhellend.

So machen sie es also. So üben sie die Chieva do'Sangua aus. Nur, daß sie malten, *neu* malten, ein Bild von Jugend und Gesundheit zu Alter und Krankheit veränderten, einen stolzen, vielversprechenden jungen Mann zu einem alternden Mann mit vor Knochenfieber verkrümmten Händen machten, mit vom Milchfieber getrübtem Augenlicht.

Ihre Hände, ihre Augen waren noch gesund. Sie war immer noch dieselbe, bis auf den Kratzer auf ihrer Schulter – und dieses Wissen.

Zitternd zog sie ein frisches Hemd über, ein frisches Kleid, legte die bandagierte Hand auf ihren Bauch. Er wußte es. Sario wußte es. Sie hatte es ihm gesagt. Selbst Alejandro wußte noch nichts, und auch sonst niemand, von den Frauen, die ihre Wäsche wuschen, einmal abgesehen; es wurde als unpassend betrachtet, eine Schwangerschaft offiziell anzukündigen, bevor die ersten vier Monate vergangen waren, denn so wie die Sterilität die Männer belastete der Gedanke an Fehlgeburten die Frauen. Das Kind bis in den vierten Monat zu tragen, stellte auch noch nicht sicher, daß es lebend zur Welt kommen und gesund sein würde, aber es gab ein wenig mehr Sicherheit, und so war der Brauch zu einem Ritual geworden.

Der Spiegel zeigte ihr die Wahrheit: die Haut um die Augen war eingefallen, der Mund angespannt, die Haut bleich, aber ansonsten war nichts zu sehen. Ihr Wissen stand ihr nicht ins Gesicht geschrieben. Rasch band sie sich das dunkle Haar zurück, dann machte sie sich auf die Suche nach Ignaddio, mit dem sie in der Kapelle für den toten Raimon beten wollte.

Sario arbeitete schnell und sicher und murmelte dabei Worte der Lingua Oscurra vor sich hin, über das, was geschehen war, und das, was noch geschehen mußte, und er benutzte exakt, was Alejandro ihm befohlen hatte, aber aus eigenem Willen, mit seiner eigenen Gabe, seinem eigenen Licht. Den ursprünglichen Plan hatte er verworfen, ebenso wie das ursprüngliche und unvollendete Porträt; er arbeitete jetzt unabhängig von allem, was er je getan hatte, erfand dies vollkommen neu, anders, als er oder ein anderer je gearbeitet hatte.

Eine Frau stand in der Mitte, im Vordergrund, hinter einem Tisch, aber nicht von ihm verdeckt, als wollte sie gerade davon zurücktreten. Der Tisch selbst, ganz im Vordergrund, war nur zum Teil zu sehen, unten am Bildrand und nach links ausgedehnt; Position und Richtung waren wichtig. Auf diese Weise sah jemand, der das Bild betrachtete, vor allem die Tischkante, nicht die Oberfläche, und diese

Kante war zu Mustern geschnitzt, einem Rand, der den Blick weiterleitete. Auf dem Tisch lagen Bücher, Pergamentseiten, stand eine entzündete Laterne, dazu kamen eine Steingutschüssel mit Obst, ein silberner Krug. Und ein geschlossener *Folio,* dessen alter Ledereinband mit Gold und Edelsteinen verziert war.

Hinter der Frau, im Hintergrund, befanden sich Fenster, hohe Bogenfenster, die tief in dicke Mauern schnitten und deren Läden zurückgeklappt waren. Hinter den Fenstern, den Bögen, war der Himmel zu sehen, der sich vom Zwielicht der Dämmerung zum Abend verdunkelte, von den Farben des Sonnenuntergangs zu denen der Nacht überging, schwer und dunkel und umfassend. Auf einem tiefen Regal eine frische Kerze, groß, dick, mit Waben, auf der zwölf Stunden mit goldfarbenen Ringen eingezeichnet waren. Ihr Licht war nur ein Schimmer, der eine warme Patina über die honigfarbene, glatte Maueroberfläche warf.

Auf einem weiteren Regal, ebenfalls hinter der Frau, ein Spiegel auf einer kleinen Staffelei, versilbertes Glas, gerahmt in Gold und Perlen. Ein Erinnerungsspiegel, ein Glücksspiegel, wie man ihn der Geliebten an Astraventa schenkte, wenn die Sterne vom Himmel fielen.

Ganz rechts, direkt am Rand des Paneels, eine Tür, eisenbeschlagen, die sich zum Vordergrund streckte. Geschlossen. Aber nicht verschlossen. Nicht verriegelt.

Und die Frau: hinter dem Tisch, vor den Fenstern, beleuchtet von der Kerze, der Laterne, gefangen zwischen Licht und Schatten. Eine Hand, eine schlanke, schmale Hand, berührte leicht den edelsteingeschmückten Ledereinband des *Folio,* als wollte sie das Buch öffnen; aber die Haltung legte nahe, daß sie unterbrochen worden war, und zwar auf eine Weise, die sie den *Folio* sofort völlig vergessen ließ.

Die andere Hand, ebenso schlank und sprechend, hatte sie zu ihrem Bauch gesenkt, in einer schützenden Geste. Sie stand dem Betrachter gegenüber und wandte sich dennoch auch ab, gefangen zwischen Reglosigkeit und Bewegung. Sie hatte den Kopf gehoben, wandte ihn vom Betrachter weg und der Tür zu. Die feinen Gesichtszüge wurden vom Licht der Laterne beleuchtet, aber auch von einem inneren, freudigen Licht der Erwartung, als wüßte sie, daß ein Mann an der Tür war, ihr Geliebter, der Vater ihres ungeborenen Kindes. Ihre sämtlichen Züge, dargestellt im Chiaroscuro von Schatten und Licht, von Höhlungen und Linien, waren von Liebe geprägt, ihrer zu ihm, seiner zu ihr, und nichts davon galt Sario.

Er hielt im Murmeln inne, im Malen. Hielt den Atem an. Fuhr fort.

Das Schimmern nackter Haut oberhalb des Ausschnitts ihres Kleides, eines aschrosa Kleides; matt beleuchteter Samt, fest um die Brüste geschnürt, die Rippen, den Bauch, der immer noch flach war, nichts von der Schwangerschaft sehen ließ; die gerade Linie des Ausschnittes, der eben hoch genug reichte, um die geschwollenen Brustwarzen zu verbergen, reichte von einer Seite des Oberkörpers zur anderen, so daß die Ärmel, gerüscht und gefältelt, um sich über die Schultern zu erheben, nur an einem schmalen Streifen Stoff befestigt waren, der sich vom Mieder nach oben zog.

Die Glocke der Röcke, Falte um Falte schweren Samtes, vertikal gebrochen von Licht, von Schatten. Geteilt durch den Tisch, darunter fortgesetzt. Und die Masse dunkler Locken, aus dem Gesicht zurückgebunden bis auf zwei Strähnen, die sich gelöst hatten, eine vor dem Ohr, die andere über die nackte Schulter fallend – und noch eine, direkt am Auge, die nur darauf wartete, von der zärtlichen Hand eines Geliebten zurückgestrichen zu werden.

Schnell, so schnell; es war nur so wenig Zeit.

Farbe, ein Ton nach dem anderen, warm, kalt, dunkel, hell, gemischt, um ein Ganzes zu bilden. Er mischte auf der Marmorplatte, fügte Öl hinzu, Wein. Applizierte schwarze Farbe auf den Marmor, damit die frische Farbe nicht verdorben würde ... rieb den Stein wieder sauber, griff nach dem Pinsel, malte weiter.

Einzelheiten der Nase, der ein wenig geöffneten Lippen, der grauen, strahlenden Augen; selbst der Wimpern, der Ohren, der sauberen Linie vom Hals zum gehobenen Kinn, zu der Biegung der Schulter. Hier ein Hauch Helligkeit, dort die tiefere Ruhe eines Schattens.

Saavedra. Wie sie auf Alejandro wartete.

Ignaddios Kammer war, wie ihre gewesen war: leer bis auf das, was zur Grundeinrichtung gehört und was er mitgebracht hatte: sich selbst, Phantasie, Inspiration. Eine schmale Pritsche, eine Truhe für Kleider, ein Tisch am Fenster mit Waschkrug und -schüssel. Und die Bestandteile seines Handwerks.

Saavedra blieb in der Tür stehen. Er hatte sie offengelassen, als wollte er schon ihre Schritte hören, aber ob er sie tatsächlich gehört, ihre Anwesenheit bemerkt hatte, hätte sie nicht sagen können. Er saß auf dem Bett, die Schultern gebeugt, den Kopf gesenkt.

»'Naddi«, sagte sie, und er drehte sich um. Sie sah, daß er gezeichnet hatte: er hatte ein Blatt holzhaltigen Papiers auf einem Brett, ein Stück Kohle in der Hand, Flecken davon auf Gesicht und Händen. Er legte alles zur Seite, als er sie sah. »Nein – hör nicht auf. Wenn du jetzt zeichnen willst – ich kann ein andermal wiederkommen.«

»Ich habe auf dich gewartet«, sagte er.

Sie fragte sich, ob sie so lange weggewesen war, zuerst bei Sario, dann in ihrem Zimmer, um sich von seiner Berührung zu reinigen. »Es tut mir leid«, sagte sie. »Sollen wir jetzt gehen?«

Er stand auf, strich sich das Haar aus der Stirn. »Was werden sie mit ihm machen?«

Sie dachte zuerst, er spreche von Sario, dann wurde ihr klar, daß er Raimon meinte. »Ihn verabschieden«, antwortete sie. Sie wußte, das beantwortete seine Frage nicht, aber sie hatte keine bessere Antwort. Sie hatte noch nie von einem Grijalva gehört, der sich das Leben genommen hatte, und nur von Sario erfahren, was geschah, wenn ein Sanguo starb.

Raimon war nicht einfach nur gestorben. Raimon hatte gegen ein Gebot der Ecclesia verstoßen und etwas getan, was innerhalb der Familie nie zuvor geschehen war.

»Sollen wir jetzt gehen?« wiederholte sie. »Wir werden zur Gesegneten Mutter beten, sie um Fürsprache bitten, um Frieden für seine Seele.«

Ignaddio nickte, rieb sich die schmutzigen Hände am Hemd ab und machte dies auch noch schmutzig, ohne daß seine Hände viel reiner wurden. Wieder wischte er sich das Haar aus den Augen; sie entdeckte tiefe Sorge in seinem Blick.

»Was ist denn?« fragte sie.

Er starrte zu Boden. »Ich soll mich nächste Woche der Bestätigung unterziehen.«

Innerlich zuckte sie zusammen; dabei ging es darum herauszufinden, ob er die Gabe hatte, und mit so etwas wollte sie im Augenblick nichts zu tun haben. »Und«, hörte sie sich selbst ganz ruhig sagen, »ist es nicht das, was du dir gewünscht hast? Erst Rainaldo, dann du. Jetzt ist sein Vorsprung gar nicht mehr so groß, oder?«

Er weigerte sich, sie anzusehen. »Ich will das jetzt nicht«, sagte er. »Ich habe Angst.«

Früher hätte sie ihn zu Raimon geschickt, damit der ihn beruhigen könnte, aber Raimon war statt dessen Ursache dieser Angst. »Wegen dem, was geschehen ist?«

Er nickte. »Er hatte noch Jahre vor sich. *Jahre.*«

Im Haus der Grijalvas dachten selbst Jungen an solche Dinge.

Saavedra seufzte. »Wir werden vielleicht nie erfahren, warum er es tat, 'Naddi.« Sie wußte es. *Sie* wußte es. »Aber wir dürfen unser Leben davon nicht beeinträchtigen lassen – nicht über angemessene Trauer hinaus. Wenn du die Gabe hast, dann wirst du gebraucht. Vielleicht – vielleicht ist es dir ja bestimmt, ihn eines Tages zu ersetzen.«

Er riß erschrocken den Kopf hoch. »Ihn als *Sanguo* zu ersetzen?«

»Nein«, sagte sie nach einem Augenblick, »nein, das könnte niemand. Aber vielleicht kannst du lernen, was er unterrichtet hat, und dabei helfen, daß sein Andenken geachtet wird.«

Ignaddio nickte. »Das würde ich gern tun.«

»Dann komm.« Sie streckte die Hand nicht aus; er war sich seiner Würde wieder sehr bewußt: »Gehen wir in die Kapelle.«

Und nach einem Augenblick des Zögerns folgte der Junge ihr.

Seine Stimme war der Kontrapunkt zu seinem Herzschlag, hob und senkte sich, als er die Verborgene Sprache rezitierte. So viele Einzelheiten: die Maserung des Holzes der Tür; die Einzelheiten des geschnitzten Randes an der Kante, das Schimmern der Edelsteine auf dem Ledereinband des *Folio* im Licht der Laterne; der Text und die Randzeichnungen auf den Pergamentseiten, die Bienenwaben auf der Kerze, ihr Licht, das Fenster, die zurückgeklappten Läden, seine Kupferschüssel auf dem Regal, mit Pflanzen wie Glockenblume, weißem Klee, Rosmarin – und, als geheimer Scherz, ein Hauch von Pfirsichblüten, für Gefangenschaft.

Und Lingua Oscurra. Im Licht, in den Schatten, in der Flamme, im Dunkel, in den Falten ihrer Röcke, den Locken ihres Haars, in der Tischkante, in der Maserung der Tür, in der Bindung des Folio, im Text der Pergamentblätter.

Oscurra. Überall.

Saavedra wußte nicht, ob die Kapelle dem Jungen zu mehr Frieden verhalf, ob das Bild der Mutter ihm Trost für seine Angst und seinen Kummer bot. Ihr selbst gab es ein gewisses Maß an neuer Hoffnung, an Erkenntnis: daß sie tatsächlich die Gabe hatte, bedeutete nicht unbedingt, daß sie den Regeln der Meistermaler unterworfen war. Sie konnte nie zu ihnen gehören, keiner der Viehos Fratos werden, niemals zu denen unter den Grijalvas gehören, die Regeln und Ziele der Familie festlegten. Sie war sie selbst, nicht mehr, nichts anderes; sie überließ es Sario, andere Bedürfnisse zu haben. Und sich zu wünschen, andere Menschen und *deren* Bedürfnisse zu formen.

Ignaddio saß neben ihr auf der Bank an der Wand. Die Kapelle war klein, bot kaum Platz für sechs Personen, aber in diesem Augenblick wirkte sie riesig wie eine Kathedrale. Keine Glocken. Kein Sancto, keine Sancta. Nur ein Tisch mit einer Samtdecke und darauf ein Bild, ein Holzpaneel, bemalt, wie es hieß, vom Premio Frato Arturro, der jetzt schon selbst tot war, ebenso wie Raimon; von Arturro, der, wie es hieß, dem jungen Raimon wie ein Vater gewesen war.

Jung. Raimon war schon jahrelang nicht mehr jung gewesen. Sie hatte ihn als Jungen nicht gekannt. Er war immer älter gewesen, ein Mann mit der Gabe, einer der Viehos Fratos.

Saavedra fragte sich, ob Arturro es wußte. Ob Arturro Raimon willkommen heißen würde oder ob der Selbstmord bewirkte, daß der Premio Frato sich gegen seinen Schüler wandte.

Ignaddio rührte sich. »Darf ich gehen, 'Vedra?«

Sie zuckte zusammen. »Selbstverständlich darfst du gehen. Ich will dich nicht gegen deinen Willen hierbehalten.« Kurz berührte sie seine Hand. »Ich bleibe noch ein wenig, 'Naddi. Geh nur.«

Er nickte und stand auf, wandte sich zur Tür. Die Hand schon am Riegel, drehte er sich noch einmal um. »Du hast doch nicht ernst gemeint, was du vorhin gesagt hast? Daß es Sarios Schuld ist?«

Sie holte tief Luft, um einen Augenblick Zeit zu haben und Kraft zu schöpfen. »Ist es dir sehr wichtig, daß ihm verziehen wird? Daß *ich* ihm verzeihe?«

Ignaddio starrte zu Boden, dann hob er den Blick wieder.

»Er ist Oberster Hofmaler«, sagte er. »Und das möchte ich auch einmal werden – aber wenn es stimmt, was du sagst ...«

Wenn es stimmt, was ich sage, habe ich dir für immer deinen Traum verdorben. Dabei ist es nicht die Stellung, die falsch ist, sondern der Mann, der sie innehat. Soviel konnte sie ihm geben: ein Ende seiner Sorge.

»Ich war wütend.« Das entsprach der Wahrheit. »Wütender als je zuvor, 'Naddi – ich will das nicht als Ausflucht benutzen. Aber manchmal sagt man in der Wut Dinge, die man lieber nicht sagen sollte.«

Er überlegte. »Dann hast du es also nicht ernst gemeint?«

»Ich habe Dinge gesagt, die ich nicht hätte sagen sollen.«

Ignaddio wollte noch mehr fragen, aber er sah schnell ein, daß er dann vielleicht nicht hören würde, was er wollte, und daher verließ er die Kapelle.

»Armer 'Naddi«, sagte sie. »All unsere schönen Vorstellungen sind heute zerstört worden: ein Meistermaler nimmt sich das Leben, ein anderer wird angeklagt, dies zugelassen zu haben. Aber ich kann nichts daran ändern: das Leben ist nie gerecht.«

Weder zu dem Jungen, der seinen Traum verlor, noch zu einer Frau, die ihrer Unschuld verlustig ging.

»Ich will sie wiederhaben«, sagte sie zu dem Bild der Mutter. »Ich will meine Unschuld zurück.«

Aber sie hatte sie so viele Male verloren. In der Kammer über der Crechetta, als sie Zeuge der Chieva do'Sangua geworden war; in der Crechetta selbst, als sie Tomaz' *Peintraddo* verbrannte.

Alles für Sario. Aber auch ebenso für sich selbst, denn tief drinnen, an den verborgenen, verbotenen Stellen, hatte sie sich nach der Gabe gesehnt, die ihn so anders machte.

So viel mehr. Und anders.

Er sagte, sie sei es ebenfalls. Er hatte es *geschworen.*

Abrupt erhob sie sich von der Bank und ging die vier Schritte zum Tisch. Dort kniete sie nieder, dort senkte sie den Kopf. »Vergib mir«, flehte sie. »Vergib mir!«

Er arbeitete an der Kette, widmete sich jedem Glied aufs genaueste. Alles war Oscurra, alles Tza'ab-Schrift, alles winzig und präzise. Glied um Glied, Zeichen um Zeichen. Wort um Wort. Sie hing um ihren Hals, lief über ihre Brüste, ihr Mieder, bis zur Taille. Über die Hand, die sanft auf dem Bauch lag, malte er den Schlüssel. Ebenfalls aus Oscurra, in der Form seines eigenen.

Dann hielt er inne. Holte tief Luft. Schüttelte sich aus der Starre, der Trance von Al-Fansihirro, einer so vollkommenen Konzentration, daß er das Gefühl hatte, nicht mehr in der Welt zu sein. Er legte abrupt den Pinsel nieder, ließ ihn achtlos auf die verschmierte Marmorplatte fallen, trat taumelnd zurück, noch weiter zurück, drückte die Handwurzeln gegen die Augen, drückte, schmierte, rieb; sein Atem klang laut und abgerissen in der Stille des Ateliers.

Gesegnete Mutter, Großer Acuyib …

Er hatte sich ungeheuer verausgabt, alles von sich in das hineingegeben, was sie sein würde. Das Talent der Grijalvas, der Tza'ab – alles, was er war. Mehr. Anders.

Es bleibt nur noch so wenig –

Und wie als Eingeständnis seiner Anstrengungen begannen seine Hände zu zittern, sein Körper zu zucken, und seine Zähne klapperten. Es schien sicherer, sich zu setzen; er kniete sich auf den Boden, schaudernd, würgend, und hörte das leise Klirren der Glieder seiner Kette. Er schloß die Hand um den Schlüssel, spürte die Form, das Gewicht.

Angst überfiel ihn. Hatte er ihn geopfert?

Er kam wieder auf die Beine, fuhr herum, näherte sich dem Paneel. Suchte den gemalten Schlüssel, die Kette. *Identisch.* Nur, daß seiner fest war, aus purem Gold, von Menschenhand geformt, nicht aus Oscurra.

Erleichterung überschwemmte ihn. Er drehte sich um, murmelte ein Gebet, lehnte sich schwach gegen die Wand. So viel getan – so viel in so kurzer Zeit.

Etwas blieb noch zu tun.

Er rutschte nach unten, spürte das leichte Kratzen handgeglätteten Lehms, als er auf den Dielen zusammenbrach, hörte das Rascheln des Stoffs seiner Kleider, roch den Geruch seiner Arbeit: Blut, Urin, Samen, Schweiß.

Sario bebte. *Ich habe alles getan, bis auf das Letzte.*

Farbe, Lösungsmittel, Öl, Wachs, der Duft der Pflanzen, der flackernden Kerzen.

Er spürte das Klopfen seines Herzens unter zitternder Haut.

Und seinen rasselnden Atem, als stürbe er an einer Seuche.

Mit zitternden Händen fuhr er sich durchs schweißgetränkte, wirre Haar; als er die Hände nach unten zog, über die Kanten seines abgehärmten Gesichts, kratzten sie über Bartstoppeln. Wieder griff er nach dem Schlüssel und packte ihn, umschloß ihn mit beiden Händen.

Warte. Warte.

Noch war es nicht erreicht. Er konnte es immer noch ungeschehen machen.

Warte.

Er würde es nicht tun. Er wagte es nicht.

Tränen traten ihm in die Augen. Liefen ihm über die Wangen. Schaudernd hob er den Goldenen Schlüssel an die Lippen, küßte ihn, drückte ihn erst an die Brust und sprang in einer plötzlichen Bewegung auf. Steif ging er zum Tisch, nahm den kleinen Pinsel, den er aus seinem und Saavedras Haar gebunden hatte, tauchte ihn erst in Urin, Speichel, Blut und dann in die Farbe, die immer noch auf dem Marmor verschmiert war.

Er beugte sich dicht an das Porträt heran, biß sich in äußerster Konzentration tief in die Lippe, zögerte – dann schrieb er seinen Namen auf den Riegel an der Tür, die in Saavedras Zimmer führte.

Saavedra, die immer noch vor dem Tisch, vor dem Bild der Mutter kniete, glaubte zuerst, die Kerze sei ausgegangen. Sie blickte auf, merkte, wie dunkel es plötzlich war, aber wie durch einen Schleier konnte sie noch das Glühen der Kerzenflamme erkennen.

Das Herz schlug ihr bis zum Hals. Erschrocken drückte sie beide Hände an die Brust. Gegen ihre Handflächen spürte sie das ungleichmäßige Schlagen, das Pochen und Innehalten, die zu schnelle Beschleunigung.

Sie konnte keinen Atem holen. Konnte nicht *atmen* –

»Matra – Matra Dolcha –« Das kostete sie den letzten Atemzug. Ihre Lungen waren leer.

Taumelnd kam sie auf die Beine. Packte den Tisch, das Tuch, zog es weg, so daß das Bild kippte, aber nicht fiel. Und dann gab ihr Griff nach, sie verlor das Tuch aus den Händen, die Tischkante.

In einem lautlosen Aufschrei der Angst, des vollkommenen Nichtbegreifens, warf sie den Kopf zurück.

Eine Hand an den Bauch gedrückt, die andere nach dem Bild der Mutter ausgestreckt, Arturros Meisterwerk zur Verehrung von Mutter und Sohn, fiel sie.

Ihre Hand glitt durch das Bild. Durch Firnis und Farbe, durch Bindemittel und Öle, durch das Holz darunter. Als sie fiel, warf sie den Tisch nicht um, nicht das Bild, verzog nicht das samtene Tuch.

Sie roch Öl und Wachs und Blut, den Gestank alten Urins, ein Hauch von Farnkraut, Fenchel, eine Spur von Pfirsichblüten.

Im Fallen spürte sie das Gewicht einer Kette an ihrem Hals, die kalte Berührung von Metall an warmer, lebendiger Haut.

Und dann war das Gewicht verschwunden, die Kühle des Metalls, und die Haut war weder warm noch lebendig, sondern aus Farben, gemischt und auf Holz gemalt.

32

Trotz der drückenden Hitze des Sommers schauderte Alejandro. »Wißt Ihr –« Er hielt inne. Schluckte. Fand von irgendwoher Atem und Kraft. Begann aufs neue. »Wißt Ihr, was hier steht?«

Grijalva nickte.

»Daß – daß –« Wieder hielt er inne. Wieder las er die Worte auf dem Blatt, das er in der zitternden Hand hielt. Und wieder begann er von neuem. »– daß sie meiner Ehefrau – meiner *wahren* Ehefrau, sagt sie – die Liebe und Ehre eines wahren Ehemanns geben will und nicht die eines Mannes, dessen Herz geteilt ist?«

Grijalva nickte.

»Ihr wißt das? Daß dies hier steht?«

Grijalva schwieg.

»Aber das kann einfach nicht sein!«

»Euer Gnaden.«

Kein Widerspruch, kein Mitgefühl. Einfach eine Bestätigung.

Alejandros Aufschrei war voller Schmerz, voll gequälten Leugnens. Hektisch zerriß er das Blatt, warf die Stücke zu Boden: äußerste Ablehnung der Beweise, der Wahrheit. »Ich will sie wiederhaben. Ich will es einfach. Hört Ihr das? Ich *will* es.«

Tonlos: »Euer Gnaden.«

»Sucht sie! Sucht sie sofort! Ihr seid ein Grijalva, ihr Freund –« Er verzog schmerzlich das Gesicht. »– ein Verwandter, ihr engster Vetrauter … *findet sie!* Ich bin Alejandro do'Verrada, durch die Gnade von Mutter und Sohn Herzog von Tira Virte, und ich *will* sie wiederhaben!«

Grijalva wahrte sein Schweigen.

Und dieses Schweigen siegte schließlich. Der Herzog war wieder nur ein Mann. »Nommo Matra ei Filho, das kann einfach nicht sein.« Aber es war so. Er kannte sie.

Kannte sie. »Sario – Sario, sagt mir, daß sie nur will, daß ich komme und sie hole ... daß ich sie selbst holen komme, um ihr meine Liebe zu beweisen ... « Plötzlich blickte er zu Boden, auf die Papierfetzen, und verfluchte sich, daß er zerstört hatte, was, wie der Maler gesagt hatte, von ihrer eigenen Hand stammte. Unter Tränen flehte er: »Sagt es mir.«

Grijalva schüttelte den Kopf.

»Filho do'Canna, Maler, *sagt* etwas! Gütige Mutter, Ihr steht da, schweigend wie ein Grab, bleich genug, um tatsächlich tot sein zu können ... könnt Ihr denn nicht reden? Keine Erklärung geben? Nicht einmal eine Theorie?«

Endlich gönnte Grijalva seinem Herzog mehr als nur die Anrede. »Ihr Brief macht es klar: sie will nicht gefunden werden. Nicht zurückgebracht werden. Ihr sollt sie nicht suchen – denn es wäre vergeblich.«

»Vergeblich.« Der Herzog setzte sich, sackte auf den Sessel, der einmal seinem Vater gehört hatte. »Vergeblich.«

»Sie will nicht gefunden werden, Euer Gnaden.«

»Ihr müßt doch etwas wissen, Maler. Ihr wißt über viele Dinge Bescheid. Maler wissen Dinge.«

»Nicht das, was Ihr von mir erfahren wollt.«

Er glitt vom Sessel, kniete nieder, griff nach einem Papierfetzen, dann einem anderen, um den Brief wieder zusammenzusetzen.

Vergeblich.

»Ich kann es nicht«, sagte er unsicher. »– kann – das nicht... Grijalva, ich *kann* das nicht. Nicht ohne sie. Sie *muß* hier sein, bei mir ... sie soll meine Mätresse sein, meine *Frau*, bestätigt nach dem Ritus der Schattenehe. Das habt Ihr mir gesagt. Ihr habt mir den Weg gezeigt.« Er sah die beiden Papierfetzen an, die er in der Hand hielt. Ließ sie los. »Ich kann das ohne sie nicht.«

»Ihr seid nicht ohne sie, Euer Gnaden.«

Er riß den Kopf hoch. »Was?«

»Ohne ihre körperliche Anwesenheit vielleicht, aber nicht ohne sie im Geist.« Grijalva zeigte zu der Wand, zu dem stoffverhüllten Holzpaneel, das daran gelehnt war. »Ich gebe Euch gern, was von ihr geblieben ist, Euer Gnaden … *alles,* was von ihr geblieben ist, so daß Ihr es für immer besitzt.«

Alejandro starrte das Tuch an. »Ist das –« Die Kehle zog sich ihm zusammen. »Ist das Saavedra? Das Porträt?«

»Es ist Saavedra.« Die Spur eines Lächelns. »In der Tat, das Portrait, das Ihr bestellt habt, Euer Gnaden. Damit sie Euch nie verlassen wird.«

Heilige Mutter, es tat so weh. »Aber sie hat mich verlassen!«

»Nicht im Geist.« Grijalva zuckte mit den Schultern. »Vielleicht hat sie Euch zum Teil angelogen – Frauen tun so etwas, Euer Gnaden, wenn es ihnen paßt –, aber es ist auch Wahrheit darin.« Er hielt inne. »Jede Wahrheit, Euer Gnaden.«

Alejandro wartete, starrte ihn verständnislos an.

»Solange Ihr das Porträt habt, werdet Ihr auch Saavedra haben. Aber Ihr müßt das Bild behandeln, wie Ihr sie behandelt habt.«

»Ich kann es nicht«, sagte er, und wieder traten ihm Tränen in die Augen. »Nommo Matra ei Filho, wie soll ich das ertragen?«

»Das werdet Ihr, Euer Gnaden. Ihr seid der Sohn von Baltran do'Verrada, und es ist Eure Pflicht, Tira Virte zu regieren.«

»Ohne sie?«

»Ihr *habt* sie, Euer Gnaden; Nommo Matra ei Filho, das verspreche ich Euch. Ihr müßt das Bild nur beschützen – wie Euer eigenes Leben, wie Euer Herzogtum.«

Er stand auf. Starrte das verhüllte Gemälde an. Dann wies er herrisch darauf. »Nehmt es weg.«

»Euer Gnaden?«

»Nehmt es weg. Bringt es irgendwohin. Werdet es los. Ich werde es mir nicht ansehen.«

Grijalvas Gesicht wurde leichenblaß. Die dunklen Augen sahen nun beinahe schwarz aus. »Überhaupt nicht?«

»Ich *kann* nicht!«

Grijalva holte tief Luft. »Nun gut, ich verstehe ... dann werde ich Euch helfen –«

Alejandro trat einen Schritt vor, um ihn aufzuhalten, es zu verhindern – aber es war zu spät, das Tuch war schon weggezogen, das Porträt stand vor ihm.

»Sie wartet auf Euch«, sagte der Maler. »Seht Ihr? Seht genauer hin. Hier wartet sie, verbringt die Zeit, bis Ihr kommt – und Ihr seid gerade angekommen, noch nicht zu sehen, aber zu hören ... seht Ihr, wie sie dazu ansetzt, sich umzudrehen, zur Tür zu sehen? Seht Ihr die zarte Färbung ihrer Wangen, als sie Euren Schritt erkennt? Seht Ihr, daß sie den *Fol* – das *Buch* – ungeöffnet läßt, weil sie alles vergißt, als sie bemerkt, daß Ihr da seid, gleich *da,* auf der anderen Seite der Tür? Seht Ihr, wie sie schon zur Tür rennen will und sie öffnen, um Euch einzulassen?« Die dunklen Wüstenaugen waren merkwürdig undurchsichtig. »Es ist alles dort, Euer Gnaden. Alles. Saavedra. Für Euch.«

Wieder begann er zu zittern. Was er empfand, wie sehr es ihn schmerzte, war seine Sache, ging nicht einmal seinen Obersten Hofmaler etwas an. »Geht«, sagte Alejandro. »Sofort. *Geht.*«

Grijalva tat, als wollte er sich abwenden, hielt aber inne. Machte eine fragende Geste. »Soll ich es wegbringen lassen, Euer Gnaden? Soll ich es selbst behalten?«

Das traf. Er konnte kaum sprechen. »Laßt es hier.«

»Selbstverständlich.« Der Oberste Hofmaler senkte den Kopf. »Entschuldigt, Euer Gnaden – vergebt mir meine Unverschämtheit. Aber Ihr seid nicht allein. Ihr habt sie immer noch ... und Ihr habt mich.«

»Nommo do'Matra – *geht* –«

Alejandro hörte die leisen Schritte, hörte, wie die Tür zufiel.

Allein. Allein.

Matra Dolcha, er konnte es nicht ertragen.

Allein.

Er konnte es nicht.

Und wußte doch, daß er es mußte.

Sario ging von Alejandro direkt zum Palasso Grijalva und dort ganz nach oben, zu den Räumen, die sie bewohnt hatte. Den Räumen, in denen er all seine Gemälde gelassen hatte, wie das von Zaragosa, die Beweise seiner Macht hätten liefern und ihn zerstören können. Er würde selbstverständlich noch mehr malen, aber es gab andere Orte, an denen er diese Werke verstecken konnte. Was er gewesen war, war nicht mehr. Und nun befanden sich die Bilder aus seiner Vergangenheit an einem Ort, an dem niemand sie je finden würde.

Er schloß die Tür von außen, dann nahm er aus einem Lederetui einen kleinen Pinsel und einen Topf mit Farbe. Er entsiegelte und entkorkte ihn. Tauchte den Pinsel hinein, begann zu malen.

Die Tür war ein Paneel, kleiner als die andere, aber er hatte ohnehin nicht vor, sie vollständig zu malen. Nur das, was notwendig war.

Lingua Oscurra, geboren aus Tza'ab Rih, ebenso wie er. *Kinder der Wüste* hatte Il-Adib sie genannt, hatten sie nach seinem Wunsch sein sollen. Aber sie waren es nicht. Sie waren Grijalvas. Chi'patros. Und hatten die Gabe.

Er malte Oscurra in die Maserung des Holzes, einen Rand an die Kanten und schrieb seinen Namen unter den Riegel. Und als Ignaddio die Treppe hinaufkam und fragte, was er dort tat, verschloß er einfach den Farbtopf wieder, wischte den Pinsel mit einem Tuch ab und steckte alles wieder ein.

»Sie hat mich darum gebeten«, sagte Sario leise. »Bevor sie ging, hat sie mich darum gebeten.« Er zuckte mit den Achseln. »Wer kann schon vorhersagen, auf welche Ideen Frauen kommen?«

Um Ignaddios Augen lagen tiefe Schatten. »Warum ist sie gegangen?«

»Weil sie den Herzog liebte, er aber die Prinzessin von Pracanza heiraten wird.«

»Sie hätte hierbleiben können.«

»Nun ja, es gibt Dinge, die für Frauen zu bitter, zu schwer zu ertragen sind.« Er wandte sich zur Treppe. »Kommst du mit? Ich dachte, ich sehe mir wieder einmal die Galerria Viehos Fratos an; möchtest du mitkommen?«

Der Junge wurde bleich, dann wieder rot. »Mit *dir?*«

»Ja, was ist schon dabei?«

»Du bist Oberster Hofmaler.«

»Und das wärest du auch gerne.« Sario lächelte über das noch intensivere Erröten, legte dem Jungen die Hand auf die Schulter und führte ihn zur Treppe hin. »Ist das ein so geringer Ehrgeiz? Ich glaube nicht. Ich halte es für ein würdiges Ziel.«

Ignaddio stieg die Treppe hinab und drehte sich nach ihm um. »Glaubst du, daß ich es erreichen könnte?«

»Oh, das kann schon sein ... aber nur, wenn du *überlebst!* – paß auf die Stufen auf, Junge, oder du brichst dir den Hals.« Er lächelte. »Und das wäre für uns beide Anlaß zu schrecklichem Kummer.«

Ignaddio packte das Treppengeländer fester. »Für mich schon, nehme ich an. Aber wieso für dich?«

»Weil ich dich brauche.«

Jetzt geriet der Junge tatsächlich ins Stolpern, fing sich aber wieder. Noch ein paar Stufen, dann war er unten und drehte sich rasch um. »Warum? Wozu brauchst du ausgerechnet mich?«

»Weil du mir in so vielem ähnlich bist, wenn auch unter einer Decke der Unschuld. Aber das läßt sich ändern ...« Er lachte leise. »Habe ich dich so verstört, 'Naddi?«

Der Junge nickte schweigend.

Auf der untersten Stufe blieb Sario stehen. »Ich brauche deine Jugend. Ich brauche deine Kraft, deine Begabung, deine Gabe, deine Luza do'Orro. Denn meine wird mich eines Tages verlassen.«

Ignaddios Stimme erhob sich zu einem gebrochenen Aufkreischen: »Ich habe die *Gabe?*«

»Ja.«

»Aber – woher weißt du das? Ich bin noch nicht bestätigt, und du hast noch nichts von meinen Arbeiten gesehen.«

»Ich weiß es.« Wieder berührte er die Schulter des Jungen. »Das Licht erkennt sich im anderen wieder.«

»Aber –«

»Aber. Genug davon. Komm mit mir in die Galerria; wenn du mit dem Unterricht beginnen willst, sollten wir gleich heute anfangen.«

»Merditto«, murmelte Ignaddio und wurde sofort wieder rot. »Entschuldige … aber – wie lange wird es dauern? Zu wissen, was du weißt? Werde ich das jemals schaffen?«

Sario führte ihn sanft weiter den Flur entlang. »Du bist jetzt dreizehn, nicht wahr? Laß es mich so sagen: in fünfzehn Jahren werde ich fünfunddreißig und du achtundzwanzig …« Er nickte und lächelte innerlich, weil er dem Jungen alles gesagt hatte, *alles,* und Ignaddio es dennoch nicht verstehen würde. Ein perverser Scherz und ironisch. »Bis dahin mußt du lernen, da bin ich sicher. Später wird es vielleicht weniger Jahre brauchen, aber jetzt würde ich sagen, fünfzehn. Um ganz sicher zu gehen. In fünfzehn Jahren werde ich unersetzlich sein, und Alejandro wird die Wahrheit wissen – irgendwann wird er es wissen müssen! –, aber er wird mich nicht entlassen können, weil ich unersetzlich bin … also wird er lernen, mich zu nutzen, sich vollkommen auf mich zu verlassen, mich zu *brauchen* – und dann wird alles unendlich einfach sein.« Er sah den Jungen an. »Kannst du fünfzehn Jahre warten, 'Naddi? Um Oberster Hofmaler zu werden?«

Die Augen des Jungen leuchteten. »Fünfzehn Jahre! Das ist eine lange Zeit, Oberster Hofmaler.«

»Aber die Dinge, die ich dich lehren muß, brauchen Zeit – wenn du ich werden willst. Und ich du werden soll.«

Das verwirrte Ignaddio. »Aber – ich *kann* nicht du sein! Oder?«

»Nun ja, vielleicht nicht – vielleicht habe ich übertrieben.« Sario machte eine verächtliche Geste. »Aber ich kann ganz sicher *du* sein, denn ich weiß, wie das geht.«

»Wie?«

»Unterricht«, erwiderte Sario unbeirrt. »Unterricht, den ich von einem alten Fremden bekam, ein *Folio* und ein paar wiedergefundene Seiten eines sehr heiligen Buches.« Er lächelte. »Und nun laß uns mit *unserem* Unterricht beginnen, und in fünfzehn Jahren wirst du wirklich alles wissen, was ich weiß. Das verspreche ich dir.«

Ignaddio blieb stehen. Reckte das junge, noch ungeformte Kinn in die Luft. »Mach einen Schwur daraus!«

Sario lachte, dann nickte er. »Wie du willst.« Er hob den Schlüssel an die Lippen, küßte ihn, drückte ihn ans Herz. »Nommo Matra ei Filho. Nommo Chieva do'Orro.«

Ignaddio Grijalva brach in ein Lächeln von solcher Kraft aus, daß es schier den Flur erhellte.

Es ließ einem leicht ums Herz werden, dieses Lächeln. *Es wird alles gut. Es muß gut werden, und es wird. Und es wird jedes Opfer wert sein.*

Er warf einen Blick über die Schulter, aber er konnte die Treppe nicht mehr sehen. Und die Tür.

Gut. Bald würde auch niemand sonst sie mehr sehen können.

»Oberster Hofmaler?«

Sario versetzte dem Jungen einen tadelnden Stoß. »Genug. Wir haben zu tun.«

Arbeit. So viel Arbeit. Und so wenig Zeit.

Es sei denn, man war ein Meistermaler. Und Chi'patro. Und hatte die Gabe.

Und war bereit, seine Luza do'Orro zu nutzen und sie nicht zu ersticken.

Wenn kein Tag ist, herrscht Nacht, wenn kein Geräusch erklingt, herrscht Stille, wenn es an Licht fehlt, herrscht die Dunkelheit.

Das hatte ich nicht erwartet, mir nicht träumen lassen.

Keiner hätte dies erwarten können, außer vielleicht einem Wahnsinnigen, und ich kann nicht einmal ehrlich sagen, daß er es anfangs so geplant hatte, selbst noch nicht in der Mitte … nur am Ende. Aus Gründen, die ich nicht wissen kann, über die ich nur spekulieren kann, obwohl ich sicher bin, daß er Gründe anbieten wird. Einen einzelnen klugen Satz der Erklärung, geistreicher Rechtfertigung, in dem er die Notwendigkeit seiner Tat erklärt.

Nur für sich selbst.

Und er wird keine Angst haben müssen, denn was könnte ich sagen, wer würde es hören? Wer könnte jemanden wie ihn bedrohen?

Und niemand wird es je erfahren. Er braucht nichts zu erklären, und Alejandro wird es nie einfallen, ihm zu drohen, ihm zu schaden.

Es geschah ganz plötzlich. Verschlang mich vollständig. Nahm mir meine Welt und schuf eine andere, auf seinen Wunsch. Auf sein Geheiß.

Gabe. Fluch. Bei beiden gab es Zeugung, Empfängnis, Geburt. Ich bin zur Beute geworden, Opfer der Magie, einer Macht, die niemand, nicht einmal die Meistermaler, je begreifen wird. Einer Macht, die nicht einmal ich beschreiben könnte.

Neosso Irrado. Aber er ist mehr. Und anders.

Was andere eine Gabe nennen – für mich ist es zum Alptraum geworden.

Was hast du mir angetan?

Ausgewählte Begriffe

Aguo	eigentlich »Wasser«; Grijalva-Meister; die anderen Titel sind Seminno (Samen) und Sanguo (Blut)
Al-Fansihirro	»Kunst und Magie«, ein Tza'ab-Begriff
alla prima	schnelles Malen in einer einzigen Sitzung
amaniaja	»morgen«
Borrasca	»Sturm, Unwetter«
Chi'patro	»Wer ist der Vater?«, Bastard
Chiaroscuro	das Spiel von Licht und Schatten in der Malerei
Chiros	»Schwein«
dolcho, dolcha	»süß«
Filho do'Canna	»Hurensohn«
Kita'ab	das heilige Buch der Tza'ab
Lingua Oscurra	»verborgene Sprache« in Gemälden
Luza do'Orro	»Goldenes Licht«; Vision, Genie
Moualimo	»Lehrer«
Neosso Irrado	»Zorniger Junge«
Nommo Chieva do'Orro	»Im Namen des Goldenen Schlüssels«
Nommo Matra ei Filho	»Im Namen von Mutter und Sohn«
Peintraddo Chieva	»Schlüsselgemälde«, das zur Disziplinierung verwendet werden kann
Tza'ab Rih	Land der Tza'ab
Viehos Fratos	»Alte Brüder«, der Rat der Meistermaler in der Familie Grijalva
Zocalo	»Platz«

(die Aussprache entspricht der des Spanischen)

Danksagungen

Russell (Agent Provocateur) Galen
Danny (Mr. International) Baror
Michael (Zauberfinger) Whelan

und

dem Faxgerät im Athens Gate Hotel, Athen, Griechenland
–MR

diversen Kurierdiensten
–JR

Howard Kerr für künstlerischen Rat
–KE